Alice McDermott

Irischer Abschied

Alice McDermott

Irischer Abschied

Roman

Aus dem Englischen
von Matthias Jendis

Claassen

Danksagung

Ich danke dem *Virginia Center for the Creative Arts* für den Ort der Ruhe, der mir dort zur Verfügung stand, Kevin E. McDermott für die Unterstützung bei den Recherchen und Harriet Wasserman sowie Jonathan Galassi für Freundschaft, Weisheit und grenzenlose Geduld.

Für Will, Eames und Patrick

Irgendwo in der Bronx, nur zwanzig Minuten vom Friedhof entfernt, fand Maeve ein gutes Stück abseits der Straße in einer Nische unter Bäumen ein kleines Lokal, das bereit war, den siebenundvierzig Trauergästen Roastbeef medium, Salzkartoffeln und grüne Bohnen mit Mandeln zu servieren, dazu Obstsalat vorneweg und Vanilleeis zum Kaffee. Krüge mit Bier und Eistee würden entlang der Tafel verteilt werden, und da es ein normaler Geschäftstag war, würde die Bar jedem offenstehen, der einen Drink wollte.

Das Lokal lag am Ende einer abschüssigen Zufahrt, die als Schotterstraße begann, sich dann aber rasch in Matsch und Kies verlor. Matsch und Kies auch auf dem Streifen vor dem Gebäude, der voller Schlaglöcher und am Tag des Begräbnisses mit Pfützen übersät war, und dort fuhren die ersten zehn Autos einschließlich der schwarzen Limousine vor, in der Maeve saß. Die anderen parkten entlang der Zufahrt, erst auf der einen, dann auf der anderen Seite, und die Trauergäste begaben sich auf ihre vierte Prozession an diesem Tag (die erste hatte aus der Kirche hinausgeführt, die zweite und dritte auf den Friedhof und wieder hinaus), gingen den nassen und zerfurchten Weg hinunter zu dem kleinen Gasthaus, das mit Guinness vom Faß und Torffeuer einen irischen

Pub auf dem Lande hätte abgeben können. Oder, mit den Dialogen eines John Millington Synge, die Bühnendekoration für ein ländliches irisches Schauspiel.

Wie um alles in der Welt sie es gefunden hatte, blieb allen ein Rätsel, auch wenn die Frage wieder und wieder gestellt wurde, als Billys Freunde und Verwandten nacheinander eintrafen – die Frauen in hochhackigen Schuhen trippelten auf Zehenspitzen den abschüssigen Weg hinunter, die Männer hielten ihre Frauen am Arm und Regenschirme über sie, die schon am Grab triefendnaß geworden waren. Alle gaben sie in ihrem Sonntagsstaat dem grauen Tag und der verwilderten städtischen Rabatte mit den kümmerlichen Bäumen und dem nassen Unkraut etwas Förmliches. Alle spekulierten sie: Vielleicht hatte der Leichenbestatter dieses Lokal vorgeschlagen, oder es war jemand vom Friedhof gewesen. Vielleicht auch einer der Freunde oder Verwandten von ihrer Seite (viele waren es nicht), der sich in der Bronx ein wenig auskannte, oder Mickey Quinn, der hier oben seinen Bezirk hatte. Aber Mickey Quinn verneinte mit einem Kopfschütteln, wenn man denn glauben kann, daß es irgendein Lokal in den fünf Bezirken von New York City geben soll, in dem er noch nicht gewesen ist.

Drinnen roch es ein bißchen modrig, was bei diesem Wetter und unter dieser (schon im April) dichten Baumlaube verständlich war, doch der rot und grün gekachelte Boden war makellos sauber und das Holz der Bartheke schimmerte im fluoreszierenden Licht. Eine lange Tafel mit weißen Tischtüchern und Gedecken für neunundvierzig teilte den Raum der Länge nach von einer Ecke zur anderen. Ein großes Fenster ging auf den mit Autos vollgestellten Parkplatz, das andere auf ein Wäldchen, das sicher an einer schmalen Seitenstraße oder einer Reihe von Müllcontainern hinter einer Ladenzeile endete, von hier aus aber dunkel und endlos tief zu sein schien.

Maeve saß vor diesem Fenster am Kopf der Tafel. Sie trug ein marineblaues Kleid mit langen, enganliegenden Ärmeln und rundem Ausschnitt, und jeder im Raum, der das nicht vorher schon gedacht hatte, dachte nun – vielleicht wegen der vollkommenen Schmucklosigkeit ihrer Kleidung –, daß in ihrer Unscheinbarkeit, in ihrer Schlichtheit, so etwas wie Schönheit lag. Wenn sie es nicht Schönheit nennen wollten, sagten sie Tapferkeit dazu – was dem Anlaß und dem Tag angemessener war –, und meinten damit nicht unbedingt ihre Tapferkeit als eben erst Verwitwete (mit den dazugehörenden Klischees einer eben erst Verwitweten: Kopf hoch, Unverzagheit, Lebensmut), sondern die Tapferkeit, die es brauchte, um aus einem Gesicht so schlicht wie Brot und Butter ins Leben zu schauen: blasse, flaumig behaarte Haut und blaue ausdruckslose Augen, das Haar ein verblichenes Braun, kurz geschnitten wie bei einer Nonne und mit mattem Grau durchsetzt. Nur eine Spur von Puder und Lippenstift, und als Schmuck nichts als der Ehering und ein Ring mit einer kleinen Perle.

Natürlich war Maeve in ihren Augen immer schon tapfer gewesen (für die meisten jedenfalls oder, was sehr wahrscheinlich war, für alle außer für meinen Vater), da sie doch mit Billy gelebt hatte. Jetzt aber, als alle sie am Kopf der Tafel sahen und Billy nicht mehr war (den ganzen Nachmittag über sollte noch genug Zeit sein zu sagen, wie unglaublich das sei), wurde ihre Tapferkeit, ihre Schönheit, wie immer sie es nennen wollten, zu etwas Neuem, was auch aus dem, was sie über Billys Leben sagen mochten, etwas Neues machte. Denn wenn sie schön war, dann würde die Geschichte seines Lebens oder jene, die sie an diesem Nachmittag neu erschaffen würden, eine andere Wendung nehmen müssen.

Mein Vater saß zu ihrer Rechten. Zwar hatte Maeve alle Vorbereitungen selbst getroffen – sie hatte das Restaurant gefunden und das Menü ausgesucht und gebeten, den Fruchtsalat aufzutragen, sobald alle Gäste eingetroffen waren, damit für Reden oder Trinksprüche keine Zeit blieb, sondern nur für einen kurzen Segen durch einen der Priester –, doch war er es, an den sich die Kellnerinnen wandten und den der Besitzer ab und zu fragte, ob sie noch irgend etwas brauchten. Er war es, der später am Nachmittag die Rechnung begleichen und den Kellnern und dem Mädchen, das die Mäntel und Regenschirme in Empfang genommen hatte, die Trinkgelder geben würde. Er war es, der Maeve fragte, ob sie einen Drink wollte, nachdem er ihr schon ein Glas Eistee eingeschenkt hatte, und der dann aufstand, um ihn ihr zu holen, wobei er dem Leichenbestatter und dem Fahrer zunickte, die an der Bar über ihrem Mittagessen saßen.

Sie sagte: »Danke, Dennis«, als er ihr den Martini hinstellte, und wartete einen kleinen Moment, wobei sie mit ihrer blassen Hand den Stiel kaum berührte, bevor sie das Glas hob. »Alles Gute«, sagte er und hob sein Bier. Sie nickte.

Es macht wenig Sinn, auf die Ironie hinzuweisen, die in dieser Geste lag, oder gar den Versuch zu unternehmen herauszufinden, ob sie alle entweder blind dafür waren oder ob die Ironie ihnen so klar vor Augen stand, daß niemand sie einer Erwähnung wert fand. Billy war als Alkoholiker gestorben. In der vergangenen Nacht war sein Gesicht im Sarg auf die doppelte Größe angeschwollen und seine Haut dunkelbraun verfärbt gewesen. (Dennis, mein Vater, hatte den Körper vor zwei

Tagen im Veteranenkrankenhaus identifiziert und, für einen Moment der Tatsache von Billys Tod enthoben, zuerst gesagt: »Aber das ist ein Farbiger.«)

Billy hatte sich zu Tode getrunken. Er hatte, wie das Alkoholiker zu tun pflegen, an irgendeinem Punkt blindlings das weite, tiefe, dichte Gewebe der Verbundenheit zerrissen und durchstoßen, das einen Teil des emotionalen Lebens von allen im Raum ausmachte, einen Teil ihrer gelebten Liebe und Zuneigung.

Alle hatten ihn gern. Mickey Quinn sagte das, der unten an meinem Ende des Tisches saß. Mickey Quinn, der auch für Consolidated Edison arbeitete und dessen Bezirk hier in der Bronx lag, obwohl er von diesem Lokal noch nie gehört hatte. Mickey mit dem Bier in der Hand, dem die Ironie entweder entgangen oder so sonnenklar war, daß sie ihm keiner Erwähnung wert schien. »Wer Billy nur einmal begegnet war«, sagte er, »mochte ihn auch. Er war ein Mensch, den man einfach liebhaben mußte.«

Und wenn du ihn liebhattest, das wußten wir alle, dann kam es irgendwann dazu, daß du ihm ins Gewissen redetest. Oder du fuhrst ihn zu den Anonymen Alkoholikern und wartetest vor der Kirche, bis das Treffen vorüber war, und brachtest ihn wieder nach Hause. Oder du liehst ihm, soviel du erübrigen konntest, damit er nach Irland fliegen und dort sein Gelübde ablegen konnte. Wenn du ihn liebtest, nahmst du ihm die Autoschlüssel weg und nach Mitternacht seine wirren Anrufe entgegen. Du verbanntest ihn aus deinem Haus, bis er sich wieder nüchtern zeigen konnte. Du sahst die blutigen Fetzen Fleisch, die er in seine Drinks aushustete. Wenn du ihn liebtest, dann sagtest du ihm irgendwann, daß er auf dem besten Wege sei, sich umzubringen, und spürtest, wie seine Gleichgültigkeit scharf durch deine Gefühle für ihn schnitt. Du gingst früher von der Arbeit weg, um seinen Leichnam im Krankenhaus zu identifizieren, und empfandest statt Dankbarkeit dafür, daß sein langes Leiden endlich ein Ende hatte, ein kurzes Aufflackern der Freude, als du dich abwandtest: Das war nicht Billy, das war irgendein Farbiger.

»Er hatte so ein großes Herz«, sagte eine andere Cousine, eine zweite Rosemary, an meinem Ende der Tafel. »Irgendwie hat er es geschafft, jeden zu mögen. Immer ist ihm etwas Freundliches eingefallen oder eine witzige Bemerkung. Er hat einen immer zum Lachen gebracht.«

»Witzig war er, allerdings.« Alle stimmten zu. »Herrje, war er nicht witzig?«

»Alle hatten ihn gern.«

Niemandem entging die Ironie der Drinks in ihren Händen in Verbindung mit dem Alkohol, der ihn umgebracht hatte. Aber vielleicht retteten sie damit die Freude an einem oder zwei Drinks mit alten Freunden an einem traurigen, regnerischen Nachmittag, erlösten sie von dem Elend, das ein Drink in seinem Leben bedeutet hatte. Und konnten dadurch auch die Zuneigung retten, die sie für ihn empfunden hatten, die einst von seiner Verstocktheit, seiner Gleichgültigkeit zerrissen worden war, und machten etwas Lohnendes daraus, etwas von Wert, das letztlich doch nicht vergebens gewesen war.

Der Obstsalat kam aus der Dose, doch er wurde mit einer kleinen Kugel Zitroneneis serviert, was, wie alle meinten, sehr erfrischend war. Es reinigte den Gaumen. Die Brötchen waren gut. In einem der Brotkörbe lagen ein paar Scheiben Sodabrot; jemand mußte sie mitgebracht haben. »Nicht so gut wie meines, allerdings esse ich es auch lieber mit Kümmel, so wie meine Mutter es immer gebacken hat ...«

Man konnte sich ebensowenig mit Billys Leben versöhnen wie mit der eigenen, nicht weichen wollenden Zuneigung für ihn, ohne an irgendeinem Punkt zu sagen: »Da war dieses Mädchen.«

»Das irische Mädchen.«

»Eva.« Natürlich wußte Kate, seine Schwester, ihren Namen noch.

»Das war eine traurige Geschichte, nicht? Das war ein Schlag für ihn.«

»Ein Mädchen, das er gleich nach dem Krieg kennengelernt hat. Gleich nach seiner Heimkehr. Draußen auf Long Island.«

»Ein irisches Mädchen«, sagte Kate. »Sie war zu Besuch bei ihrer Schwester, einem Kindermädchen bei einer wohlhabenden Familie aus der Park Avenue. Er wollte sie heiraten, sogar einen Ring hat er ihr geschenkt. Sie mußte aber erst nach Hause, ich glaube, ihre Eltern waren nicht mehr die Jüngsten. Aber sie haben einander geschrieben. Billy war ein großer Briefeschreiber, nicht? Andauernd hat er ein paar Zeilen geschrieben, eine Karte, einen kurzen Brief, und sie jemandem geschickt.«

»Er hat auf alles geschrieben, wißt ihr noch? Auf eine Papierserviette oder einen Zugfahrplan. Und dann schickte er es dir.«

»Ich habe einen seiner Briefe dabei«, sagte Bridie, seine alte Nachbarin. Sie suchte in ihrer glanzledernen Handtasche herum und fischte einen Umschlag von der Größe einer Ansichtskarte hervor, frankiert mit zwei Briefmarken, die Harfe und Fiedel zeigten. Sie warf einen Blick auf den Poststempel – Juni 1975 – und zog das schlaffe Papierquadrat einer Cocktailserviette heraus, das mit Billys schwungvoller Handschrift bedeckt war. »Die hat er aus Irland geschickt«, sagte sie, »vom Shannon–Flughafen.« Und siehe da, oben in der Ecke prangte das Logo von Aer Lingus. Mit blauem Kugelschreiber hatte Billy geschrieben: »Bridie: Soeben sah ich Dein Gesicht auf einem zwölfjährigen Mädchen in marineblauer Schuluniform. Sie sagte, ihr Name wäre Fiona. Sie wartete auf ihren Vater, der mit dem Flug aus New York kommen sollte. Dein Lächeln, Deine Augen, genau Dein Gesicht in dem Alter – eine zweite Ausgabe von Dir. Alles Liebe, Billy.«

Die Serviette machte die Runde, vorsichtig herumgereicht wie ein gerade flügge gewordener Vogel. Manche griffen sogar in die Handtasche oder in die Brusttasche und setzten ihre Lesebrille auf, um nicht ein Wort zu verpassen. Die ganze Tafel hinauf bis zu Maeve wanderte sie, die mit einem Lächeln die Zeilen las und nickte, und dann den ganzen Weg zurück. Bridie nahm sie wieder an sich und las sie noch einmal, um sie dann in den Umschlag zu stecken, der zurück in ein Reißverschlußfach ihrer besten Handtasche wanderte.

Man sprach über andere Briefe von Billy: eine kurze Nachricht, hingekritzelt auf eine Seite aus einem Theaterprogramm oder auf eine Geschäftskarte. Die langen Schreiben, die er während des Krieges nach Hause gesandt hatte: Ganze Zeilen waren von der Zensur geschwärzt worden, doch das Heimweh war spürbar. Er hatte solches Heimweh gehabt. Die Postkarten von der Reise nach Irland, die Platzsets aus Papier und Servietten von diversen Restaurants und Diners auf Long Island aus jenem Sommer, als er und Dennis da draußen lebten und Mr. Holtzmans kleines Haus herrichteten. Ihr wißt doch noch, wer Mr. Holtzman war. Der zweite Mann von Dennis' Mutter. Der mit dem Schuhgeschäft.

Das war der Sommer, in dem er das irische Mädchen kennenlernte. Eva. Die er zu heiraten gehofft hatte.

»Anfang Herbst ist sie nach Irland zurückgegangen.« Natürlich erinnerte Kate sich. »Und kurz darauf hat Billy angefangen, bei Mr. Holtzman zu arbeiten – samstags den ganzen Tag, vielleicht auch Donnerstag abends, wenn ich mich recht erinnere. Dennis hatte das für ihn eingefädelt. Billy versuchte, genug Geld auf die Seite zu legen, damit er sein Mädchen herüberholen konnte, damit sie zurückkommen konnte, und Dennis machte mit Mr. Holtzman aus, daß Billy im Schuhgeschäft arbeitete, wenn er nicht bei Con Ed war.«

»Als Verkäufer war er große Klasse«, sagte ihre jüngere Schwester, noch eine Rosemary.

»Na ja.« Kate erklärte ihnen, wie es gewesen war. »Mr. Holtzmans Geschäfte waren während des Krieges ziemlich schlecht gelaufen – ob wegen der Rationierungen oder seiner deutschen Herkunft, weiß ich nicht. Jedenfalls war er froh, daß er Billy hatte. Ein ehemaliger GI, und dann so gutaussehend. Diese blauen Augen.«

»Er war ein gut aussehender Junge«, sagte Bridie aus der alten Nachbarschaft. »Ein bißchen schüchtern vielleicht.«

»Und dort hat er dann Maeve getroffen, nicht wahr? Im Schuhgeschäft?«

»Das war später«, sagte Kate. »Sie kam immer mit ihrem Vater in den Laden, und ich weiß noch, wie Billy mir erzählte, wieviel Geduld sie mit ihm hatte. Ihr Vater war nämlich auch ein Trinker, wißt ihr.«

»Ein W. C. Fields mit roten Haaren«, sagte Rosemary, die Schwester. »Ich erinnere mich an ihn auf der Hochzeit der beiden.« Dabei verdrehte sie die Augen.

»Die arme Maeve hat ihr Päckchen zu tragen gehabt.«

Eine Pause trat ein, während der Kellner zwischen

ihnen durchlangte, um die Schalen mit dem Fruchtsalat abzuräumen, und jeder von ihnen danke, danke flüsterte und dann noch einmal danke, als ein anderer Kellner sich mit dem Hauptgang über die Tafel beugte.

»Sieht das nicht gut aus?«

»Und die Teller sind schön warm.«

»Sie machen ihre Sache sehr gut, findet ihr nicht? Ich frage mich, wie sie das Lokal gefunden hat.«

»Sicher über den Leichenbestatter. Wahrscheinlich kriegt er Prozente.«

»Er hat ihr das Geld geschickt«, fuhr Kate fort. »Eva, meine ich, dem irischen Mädchen. Um die fünfhundert Dollar, glaube ich.«

»Und das war damals eine Menge Geld.« Irgend jemand mußte es sagen.

»Auf jeden Fall« – und dem beipflichten.

»Irgendwann im Frühling hat er ihr das Geld geschickt. 1946 muß das gewesen sein. Und sie schrieb zurück, sie würde schon Pläne schmieden, ihr wißt schon, für die Überfahrt und so weiter. Herrgott, damals war er wie ein Mann, der auf einen Bus wartet. Die Tage konnten gar nicht schnell genug vergehen. Er hoffte, sie würde noch vor dem Ende des Sommers kommen, damit sie ihre Flitterwochen zusammen auf Long Island verbringen konnten, in dem kleinen Haus dort draußen, Holtzmans Haus, wo sie sich kennengelernt hatten. Ich weiß nicht, wie er es sich gedacht hatte – wo sie danach wohnen würden. Wißt ihr noch, wie das war, wenn man damals eine Wohnung suchte?«

Sie wußten es noch. Und stellten auch fest, wie zart und saftig das Roastbeef war. Besser reichlich Bratensaft als eine dicke Soße.

»Rose und ich waren damals schon verheiratet, und wir wohnten mit unseren Männern noch zu Hause. Ich hatte auch noch das Baby«, sagte Kate. »Ich weiß nicht, wo Billy sie unterbringen wollte.«

»Ich glaube nicht«, sagte ihre Schwester Rosemary, »daß er so weit gedacht hat. Er hat nur gedacht, sie würde in die Staaten zurückkehren, sie würden heiraten und die Flitterwochen auf Long Island verbringen.«

»Vielleicht war das gut so«, warf die Cousine Rosemary ein.

Dan Lynch sagte: »Vielleicht war es ein Segen.«

»Er hat nämlich den ganzen Sommer über nicht ein Wort mehr von ihr gehört«, nahm Kate den Faden auf, »obwohl er ihr, denke ich, zwei- oder dreimal die Woche geschrieben haben muß, vielleicht auch öfter.

Im September bekam Dennis einen Anruf von ihrer Schwester, die immer noch in der Park Avenue auf die Kinder aufpaßte. Er traf sich mit ihr in Manhattan und klopfte dann an einem Sonntagabend gegen neun an unsere Tür: Ob Billy Lust auf eine Fahrt hinaus nach Long Island hätte, wollte er wissen, um in dem kleinen Haus nach dem Rechten zu sehen. Ich glaube, er sagte etwas von einem Sturm da draußen. Jedenfalls war Billy sowieso immer gern dabei. Ich weiß noch, wie er mit dem Anzug in der Hand aus dem Haus ging, weil sie am anderen Morgen in aller Frühe direkt zum Irving Place zurückfahren wollten. Ich weiß noch, wie meine Mutter mit einer Tüte voll Brötchen und Butter und ein paar Scheiben kalten Braten hinter ihnen herlief, die Treppen hinunter ganz bis nach unten.

So daß Billy erst am nächsten Abend zum Essen zurückkam, und da hat er uns gesagt, daß Eva gestorben war – an Lungenentzündung. Sie war sechsundzwanzig Jahre alt. Ich hätte lieber einen Tee«, und der Kellner mit der Kaffeekanne aus Edelstahl beugte sich zurück. »Mit Zitrone, bitte.«

»Für mich bitte auch Tee«, sagte Bridie. »Das hatte ich fast vergessen.«

Mickey Quinn sagte: »Für mich nichts, danke. Später vielleicht«, und fügte dann hinzu, er habe gedacht, daß nur die Leute aus dem Mittleren Westen ihren Kaffee zum Essen tränken. Das wisse er noch vom Militär: Wie die aus dem Mittleren Westen zu jeder Mahlzeit Kaffee in sich hineinschütteten, ein Wunder, daß sie überhaupt noch etwas schmeckten. Er hielt kurz inne und wartete, ob jemand auf den Köder anbeißen und den Konversationsfaden aufnehmen würde, um das Gespräch von Billy, der sein Mädchen verloren hatte, auf den Zweiten Weltkrieg umzulenken.

Doch Dan Lynch sagte abermals: »Es war ein Schlag.«

»Ich hab ehrlich gedacht, er würde nie drüber wegkommen.«

»Aber hat er nicht weiter in Holtzmans Geschäft gearbeitet?« fuhr Dan Lynch fort. »Ich meine hinterher. Sogar als er das zusätzliche Geld gar nicht mehr brauchte. Er ist geblieben. Das war typisch Billy, nicht wahr? Diese Art von Treue.«

»Na ja«, entgegnete Kate, »was er ihr an Geld geschickt hat, war zum Teil noch gar nicht verdient. Mr. Holtzman hatte ihm einen guten Teil davon vorgeschossen, und als Billy an die Eltern des Mädchens geschrieben hat, um ihnen sein Beileid auszudrücken – könnt ihr euch den Brief vorstellen?« – Bridie erschauerte hörbar –, »hat er ihnen natürlich gesagt, sie könnten das Geld behalten, für die Beerdigungskosten und damit immer ein frischer Kranz auf dem Grab lag.«

»Wie Joe DiMaggio bei der Monroe«, flüsterte Bridie.

Kates hochgezogene Augenbrauen mißbilligten den Vergleich. »Eine Zeitlang«, fuhr sie fort, »redete er davon, er wollte hinüberfahren, aber wir haben es ihm ausgeredet. Sogar Dennis meinte, es würde ein bißchen komisch werden, rührselig, peinlich. Ich hatte Angst, es würde ihm schlicht das Herz brechen. Danke sehr. Aber auf lange Sicht war die Arbeit im Geschäft gut für ihn. Sie füllte einen oder zwei Abende in der Woche und die Samstage. Und wie ich schon sagte, Holtzman war froh, ihn zu haben.«

»Billy hat tolle Geschichten über den Laden erzählt«, sagte Mickey Quinn. »Von schreienden Kindern und Frauen, die ihre Zehen in Größe vier oder viereinhalb quetschten oder sich über ihn beugten, wenn er die Schuhe anzupassen versuchte, bis er unter Pelzen und Parfüm fast erstickte. Ich erinnere mich, wie er mir von einer erzählt hat, so einer Frau mit großen Füßen, die, als er Maß nahm, zu ihm sagte: ›Junger Mann, man hat mir immer gesagt, ich hätte Größe vier.‹ Darauf er aalglatt: ›Vier mal zwei sind acht, gnädige Frau.‹«

»Einmal hat eine Frau ihn ins Ohr gebissen«, sagte Dan Lynch. Es war, als habe ihm diese Information seit zwanzig Jahren auf der Zunge gelegen.

»Niemals.«

»Du machst Witze.«

»Du meine Güte.«

»Es ist wahr!« Er war so froh, es endlich herausgebracht zu haben. »Billy ist bis über beide Ohren rot geworden, als er es mir erzählt hat, drüben in Quinlans Bar war das. Anscheinend hatte die Frau ein paar Schuhe anprobiert, und er hat sich vorgebeugt, um sie wieder an sich zu nehmen, und da hat sie sich ebenfalls nach vorne gebeugt, so als ob sie ihm helfen wollte, und hat ihm mit den Zähnen ins Ohr gebissen. Stellt euch das mal vor.«

»Er konnte gut mit Kindern«, sagte Bridie schnell und lenkte unsere Gedanken in sicherere Bahnen. »Meinen hat er von klein auf die Schuhe angepaßt. Mit Kindern konnte er einfach gut umgehen.«

»Und Maeve hat er auch dort kennengelernt«, ergänzte Rosemary, die Cousine.

Die Schwester Rosemary bestätigte: »Dort hat er Maeve kennengelernt. Sie kam immer mit ihrem Vater. Ihm Schuhe zu verpassen, sagte Billy, wäre gewesen wie ein Maultier zu beschlagen, und kaum daß sie ihm ein Paar gekauft hatte, standen die beiden schon wieder im Laden, weil er einen davon verloren hatte. Billy war bald klar, daß er ihn dann irgendwo unter einem Barhocker gelassen hatte.«

»Aber trotzdem hat Billy sie gefragt, ob sie mit ihm ausgehen würde«, sagte Bridie.

»Ins Kino. Ich bin vor Staunen fast umgefallen, als er mir erzählt hat, daß er sie ins Kino eingeladen hat. Das war wann, Kate? Waren es vier oder fünf Jahre nach der Sache mit dem irischen Mädchen?«

»Fünf. Es war 1950, und drei Jahre später, '53, haben sie geheiratet.«

»Vor dreißig Jahren also«, sagte Mickey Quinn.

Kate nickte. »Im September wären es dreißig Jahre gewesen.«

»Eine ordentliche Zeit«, sagte Mickey Quinn.

Und alle Blicke gingen hinüber zu Maeve. Anscheinend hatte sie ihr Essen nicht angerührt, sondern beugte sich, die Hände im Schoß, aufmerksam zuhörend zu Ted hinunter, einem weiteren Cousin von Billy, der neben ihrem Stuhl kauerte und voller Ernst auf sie einredete.

»Leicht hat sie es dabei nie gehabt«, bemerkte die Schwester Rosemary, »vor allem in letzter Zeit nicht. Gegen Ende, ihr wißt schon.«

»Gegen Ende war klar, was kommen würde«, sagte

Kate. »Ich glaube, schlimmer war's für sie am Anfang, als sie ein Auge auf beide haben mußte, ihren Vater *und* ihren Mann.«

»Heute hält sie sich wunderbar.«

»O ja, sie ist stark.«

»Das muß man ihr lassen: Sie hat Mut für zwei.«

Und vielleicht so etwas wie Schönheit, als sie in diesem Moment aufsah und etwas zu meinem Vater sagte und zu Pater Ryan neben ihm, die blasse Hand auf dem weißen Tischtuch zur Faust geballt. Und wenn Mut auch Schönheit bedeutete, dann waren ihre Besuche im Schuhgeschäft Billys Rettung gewesen, oder zumindest doch seine zweite Chance, die ihm in seiner verstockten Gleichgültigkeit durch die Finger geglitten war. Wenn sie aber so unscheinbar war, wie man es in all den Jahren zu Billys Lebzeiten von ihr behauptet hatte, eine unscheinbare, auf die Dreißig zugehende Frau mit einem trunksüchtigen alten Vater, um den sie sich kümmern mußte, und keinerlei Aussichten für die Zukunft – wenn also Eva die Schönheit gewesen war –, dann war Maeve nur ein schwacher Trost, der vergebliche Versuch, ein Herz zu kitten, das irreparabel gebrochen war. Ein kurzer Moment der Gnade, ein Aufblitzen der Zuversicht, doch für ein ganzes Leben nicht genug.

»Was mir nicht klar ist …«, flüsterte Rosemary, die Cousine, »hatte Billy die Probleme auch am Anfang schon? Als sie frisch verheiratet waren?«

Wir alle wandten uns Kate zu, deren Gedächtnis sich bereits als so gut erwiesen hatte. Sie war die ältere Schwester, die einzige der hier Versammelten, die es zu wirklichem Wohlstand gebracht hatte (wobei es allerdings niemandem entgangen war, daß ihr Mann an diesem Tag fehlte und auch gestern abend nicht gekommen war).

Was sie sagte, hatte also eine gewisse Autorität, während die anderen nur Vermutungen anstellen konnten.

»Nun, getrunken hat er immer schon«, sagte Kate. »Aber sehr lange sah es so aus, als ob sein Trinken harmlos wäre. Ich erinnere mich, wie er Heimaturlaub hatte und seinen Abschiedsschmerz betäubte, bevor sie ihn nach Übersee schickten. Doch das war verständlich. Ich erinnere mich an den Abend, als er nach Hause kam und uns sagte, daß Eva gestorben war. Da ist er hinterher gleich ins Bett gegangen, und ich habe Dennis angerufen, um zu hören, ob er mir mehr sagen konnte, und Dennis meinte, sie hätten beide am Abend zuvor eine ganze Menge getrunken, was ebenfalls verständlich war. Wahrscheinlich war es für Dennis genauso schwer, die Nachricht zu überbringen, wie für Billy, sie zu hören.«

Ihre Schwester Rosemary sagte: »Ich weiß noch, wie er bei Jills Taufe einen zuviel getrunken hat. Ich machte mir Sorgen um ihn, weil er mit der U-Bahn nach Hause fahren mußte.«

»Aber bei der Arbeit hat er jahrelang nicht einen einzigen Tag gefehlt«, bemerkte Kate. »Und jeden Samstagmorgen war er da und hat das Geschäft aufgemacht, von seiner ersten Zeit dort bis in die frühen Sechziger, als Mr. Holtzman den Laden schließlich an die Baker-Kette verkauft hat. Ich glaube nicht, daß Mr. Holtzman je gewußt hat, daß er trank. Und bei Edison hatte bis kurz vor dem Ende ganz sicher niemand eine Ahnung davon.«

Doch Mickey Quinn hob wissend die Hand. »Sie wußten Bescheid«, sagte er.

»Aber dann noch nicht allzulange«, sagte Kate. »Vielleicht seit damals, als er im Krankenhaus war. 1973, im selben Jahr, als Kevin seinen Abschluß am Regis-College gemacht hat.«

Doch Mickey Quinn runzelte die Stirn und schüttelte den Kopf, ganz leicht, wie zur Entschuldigung für etwas, das nur leicht schief war. »Sie wußten es«, wiederholte er. »Wir alle wußten es. Ich war bis 1968 am Irving Place, und die Kollegen im Büro wußten damals schon, daß Billy ein Alkoholiker war. Sie haben ihn gedeckt, meistens am Nachmittag. Wenn er nach dem Mittagessen zu einem Kundenbesuch ging und nicht mehr ins Büro zurückkam. Dann haben sie ihn gedeckt. Alle mochten ihn. Sie haben es gern getan.«

»Ich glaube, Smitty könnte ihn auch mal gedeckt haben«, sagte seine Schwester Rosemary. »Im Schuhgeschäft. Erinnert ihr euch an Smitty? Mr.Holtzmans Assistent – der kleine Mann mit der Glatze?« Sie erinnerten sich. »Einmal bin ich samstags in den Laden gekommen – wir brauchten Schuhe für Bettys Erstkommunion –, und Billy kam gerade vom Mittagessen zurück. Mein Gefühl war, daß er ein paar intus hatte. Ich meine, er benahm sich ganz normal, und die Kinder freuten sich sowieso immer, ihn zu sehen, aber mir fiel auf, daß Smitty das ganze Maßnehmen erledigte und die Schuhe holte. Billy hat die meiste Zeit über nur dagesessen, was ihm gar nicht ähnlich sah, und ein Pfefferminz gelutscht.«

»Wann war das?« Kate fragte, wie ihr reicher Mann fragen könnte, der an der Fordham-Universität Jura studiert hatte.

Rosemary hielt einen Moment inne und rechnete nach. »Betty war in der zweiten Klasse. 1962.« Dann, fast entschuldigend: »Er hat '62 schon getrunken.«

Dan Lynch hob die Hände. »Und, was heißt das schon? Er hat auch vorher getrunken. Drüben in Quinlans Bar. Samstags nach der Arbeit. Sonntag abends. Zum Teufel, auch ich war dauernd da, und meiner Leber geht's bestens.«

»Also wann ist es dann zum Problem geworden?« fragte die Cousine Rosemary.

»Zu den Anonymen Alkoholikern ist er erstmals Ende der Sechziger gegangen«, antwortete Kate ihr. »Und dann wieder '71 oder '72.«

»Sein Gelübde hat er dann auf dieser Reise nach Irland abgelegt. Das war 1975.«

»Hat es etwas genützt?«

»Ich dachte, er würde es einhalten. Maeve dachte das auch.«

Dan Lynch lachte leise in sich hinein, die Hand um sein kleines Glas gelegt. »Ich weiß noch, wie Billy sagte, die Anonymen Alkoholiker wären ein protestantischer Verein, wenn man es genau betrachtete. Gegründet von einem Haufen Protestanten. Er meinte, er könnte die kumpelhafte Art nicht leiden, mit der einige da Unseren Herren immer mit dem Vornamen anreden würden. Ich fuhr ihn zum ersten Treffen und holte ihn wieder ab, weil Maeve nicht wollte, daß er fährt. Und als er rauskam, sagte er, man wüßte gleich, wer die Katholiken wären, weil die alle zehn Sekunden die Köpfe senkten, während die Protestanten es ständig mit Jesus, Jesus, Jesus hatten.«

(Und tatsächlich, bei dem Namen wurden an unserem Ende der Tafel die Köpfe gesenkt.)

Die Schwester Rosemary sagte: »Er mochte es auch nicht, wenn sie Gott eine höhere Macht nannten – ich nehme an, das war der offizielle Ausdruck bei den AA. Ihr wißt schon: ein Wort für alle Konfessionen. Er sagte, es würde nur beweisen, daß sie alle keinen Sinn für Humor hätten. Man müßte schon Gott höchstpersönlich sein, um höher zu fliegen als die meisten dieser Kerle, wenn sie richtig high waren.«

Hier und da wurde leise gelacht. »Billy hatte diesen

respektlosen Zug an sich«, bemerkte Mickey Quinn. »Das gefiel mir so an ihm.«

»Wie es mir Pater Joyce erklärt hat«, fuhr Dan Lynch fort, »war das Gelübde die katholische Antwort auf die AA. Er sagte, es wäre wie mit der Priesterweihe – man verpflichtet sich freiwillig, und dann gibt es kein Zurück mehr. Ein unverbrüchlicher Schwur, nie mehr einen Drink anzurühren. Billy dachte, das wäre das einzig Wahre.«

»Aber er hat ihn gebrochen.«

»Es gibt auch eine Menge Priester, die ihr Gelübde brechen«, meinte Dan Lynch.

»Na, jedenfalls ist er dadurch nach Irland gekommen«, bemerkte Rosemary, die Cousine. »Wie oft hab ich versucht, ihn und Maeve zu der Reise zu überreden, aber immer vergeblich.«

»Maeve reist nicht gerne«, sagte Rosemary, die Schwester. »Sie ist ein häuslicher Typ, das war schon immer so.«

Kate beugte sich zu uns vor und faltete die Hände vor sich auf dem Tisch: ein geschmackvoller Diamantring, ein goldenes Armband, manikürte Finger. »Ich habe mich oft gefragt ...«, begann sie langsam. »Nie hatte ich den Mut, ihn darauf anzusprechen, aber ich habe mich schon oft gefragt, ob Billy damals in dem Ort gewesen ist, wo Eva gelebt hat. Als er drüben war.«

Ihre Schwester schüttelte den Kopf. »Wäre er dagewesen, hätte er es gesagt. Billy war kein Mensch, der Sachen für sich behielt.«

Kate hielt einen kleinen Moment inne und dachte darüber nach. »Aber vielleicht wollte er nicht, daß Maeve davon erfährt, meint ihr nicht?« sagte sie. »Vielleicht hat er gedacht, von so einer Pilgerfahrt würde sie nichts hören wollen.«

»Wer würde das schon?«

»Sie hat von Eva gewußt?« Auch Bridie flüsterte, ein »Vielen Dank« hinzufügend, als der Kellner ihren leeren Teller wegnahm.

»Da bin ich sicher«, sagte Kate. »Danke.« Und dann: »Das heißt, genau weiß ich es nicht. Ich kann mir nicht vorstellen, daß sie nichts von ihr gewußt haben soll.«

»Etwas muß er ihr erzählt haben.«

»Dennis müßte das wissen«, meinte Mickey Quinn. »Die beiden standen sich doch immer sehr nahe.«

Doch Dan Lynch widersprach. »Ich war Trauzeuge bei Billys Hochzeit«, sagte er. »Wir standen uns auch ziemlich nahe.«

»Und, hat er Maeve von dem irischen Mädchen erzählt?«

Dan winkte ungeduldig ab. »Irgend etwas wird er bestimmt erzählt haben. Wißt ihr, über solche Sachen reden Männer nicht. Und das muß ich Billy lassen: Nach der Hochzeit mit Maeve hat er das Mädchen nie mehr erwähnt.«

»Fragt Dennis«, flüsterte Rosemary, die Cousine.

Das vorbestellte Dessert wurde aufgetragen: zwei Kugeln Vanilleeis in kalten Edelstahlschälchen. Die Hände im Schoß, um dem armen Mann die Arbeit zu erleichtern, der zwischen ihren Schultern durchlangte. Danke sehr.

»Ich erinnere mich, wie Maeve in der Kirche den Gang herunterkam.« Dan Lynch hob seinen Löffel und hielt ihn wie ein Zepter hoch. »Sie ging am Arm ihres Vaters, aber bei genauerem Hinsehen merkte man, daß sie ihn stützte, ihr wißt schon, ihn aufrechthielt. Sie lächelte so lieblich wie jede Braut, doch sie hatte etwas Entschlossenes, wißt ihr, in der Art, wie sie im Gehen die Schulter gegen seine stemmte, als wäre er eine Mauer, die jeden Moment einstürzen konnte. Als sie die erste Bankreihe erreichten, nahm sie seinen Arm, ich meine, sie nahm ihn fest in den Griff, und zwar genau hier.« Er zeigte wo, indem er mit der anderen Hand den Arm umfaßte, der das Zepter hielt. »Der alte Mann stieß mit dem Fuß gegen die Kniebank – man konnte es in der ganzen Kirche hören –, und ein paar Augenblicke lang sah es so aus, als würde er kopfüber zu Boden gehen. Doch es gelang ihr, ihn in die Reihe hineinzubugsieren und hinzusetzen. Sie hat ihn gesteuert. Nur mit ihrer Willenskraft, wie ich finde. Und dann nickte sie kurz, als wollte sie sagen: So, das hätten wir, und kam die Stufen herauf, um Billys Frau zu werden.« Er nippte an seinem Bier. »Bereit, es mit ihm aufzunehmen – ich weiß noch, das war es, was ich damals dachte. Sie war kein hübsches Mädchen, aber sie wußte, was sie wollte.«

»Sie war sehr still«, sagte Mickey Quinn. »Wenn man bei ihnen zum Essen war, hat meistens Billy geredet.«

»Er hat Glück gehabt, sie zu finden«, sagte Rosemary, die Schwester. »Meine Mutter hat immer gesagt, es gibt nichts Traurigeres als einen alten Junggesellen, der kein Priester ist. Sie dachte, das wäre es, was nach dem irischen Mädchen aus Billy werden würde. Ein alter Junggeselle. Nimm's mir nicht übel, Danny.«

Und Dan Lynch lachte und errötete leicht bis über seine kahle Kuppel. Nippte an seinem Bier und zuckte mit den Schultern. Er nahm es nicht übel, denn in dieser Runde ging die Geschichte, Danny sei ein solcher Kenner von Schönheit und weiblichen Reizen, daß eine unvollkommene Frau keine Gnade vor ihm gefunden hätte und eine vollkommene nicht zu finden war.

»Hast du sie je kennengelernt?« flüsterte Bridie aus dem alten Viertel. »Das irische Mädchen, meine ich?«

Über den Tisch wechselten die beiden Schwestern einen Blick, als hätten beide ein Auge auf den letzten Bissen eines Kuchenstücks geworfen, das sie sich geteilt hatten. »Sie kam einmal zu uns in die Wohnung«, sagte Kate und sicherte ihn sich. »Das war kurz bevor sie nach Irland zurückfuhr. Billy hatte sich Mr. Holtzmans Wagen geliehen, um in die Stadt zu fahren und sie abzuholen.«

»Sie war sehr hübsch«, ergänzte Rosemary und nahm sich so auch einen Krümel. »Wie Susan Hayward.«

»Ach nein, das fand ich nicht«, versetzte Kate. »Aber schönes Haar hatte sie, so ein dunkles Kastanienbraun. Und große, braune Augen. Sie war nicht sehr groß und sogar ein bißchen mollig. Billy hat sie sonntags zum Essen mitgebracht und bekam dann selbst keinen Bissen herunter. Er war so – wie soll ich sagen – so zart zu ihr. Wie er mit ihr redete, wie er sie ansah und ihr zugehört hat. Wißt ihr, sie hatte eine schöne Stimme, das arme Mädchen« (uns allen ins Gedächtnis rufend, daß sie jung gestorben war), »auch wenn sie mit diesem irischen Akzent sprach. Der von meiner Mutter wurde vom bloßen Zuhören schon stärker. Sie sahen gut zusammen aus, Eva und Billy. Ein hübsches Paar. Irgendwie sahen sie zusammen besser aus als jeder für sich. Ihn hatte es richtig erwischt, soviel steht fest. Als er wieder nach Hause kam, nachdem er sie nach Manhattan zurückgebracht hatte, zogen wir ihn damit auf. Wir stellten ihm im Eßzimmer den Teller auf den Tisch, als wir ihn die Treppe heraufkommen hörten. Wir hatten ihn so aufgehoben, wie er war. Er hatte das Essen kaum angerührt. Wir fragten ihn: ›Billy, war was nicht in Ordnung mit dem Essen?‹« Sie mußte lachen. »Wir sagten: ›Wie willst du denn dieses arme Mädchen heiraten, wenn dir ihre bloße Gegenwart den Appetit raubt? Billy‹, sagten wir, ›sie wird jeden Tag, den Gott werden läßt, mit dir am Tisch sitzen, auch zum Frühstück – wann willst du essen? Du wirst verhungern. Du wirst vom Fleisch fallen, bis nichts mehr von dir übrig ist. Du wirst dich zu uns stehlen müssen, nur um soweit zur Ruhe zu kommen, daß du dein Abendbrot essen kannst.‹ Wir haben ihm ganz schön zugesetzt.«

»Und weißt du noch, was Mom gesagt hat?« fragte Rosemary, die Schwester. Kate schluckte ihr Lächeln hinunter, und ihr Blick wurde leer. Auch das Make-up hatte sie sich machen lassen. »Nein.«

Voller Genugtuung wandte sich Rosemary meinem Ende der Tafel zu. »Wie ihr wißt, hielt sich meine Mutter für eine Art Hellseherin.« Nun bekam sie doch noch ihren Teil von der Geschichte. »Sie las aus Karten und hatte Eingebungen im Traum. Und als Billy gegangen war, sagte sie, sie hätte die Hand des Mädchens berührt und vier schnelle Pulsschläge in ihrem Magen gespürt, wie die Tritte eines Babys. Was bedeutete, daß sie vier Kinder haben würden.«

»Oder daß deine Mutter Verdauungsstörungen hatte«, sagte Mickey Quinn.

»Das schon eher«, meinte Kate. »Ihr wißt ja, wie meine Mutter gekocht hat.«

»Als Wahrsagerin war sie nicht viel besser.«

Bridie dagegen schüttelte den Kopf. »Ich weiß nicht«, sagte sie. »Es hätte wahr werden können. Ich meine, man könnte sagen, daß sie so viele Kinder gehabt hätten, wenn das Mädchen nicht gestorben wäre.«

Dan Lynch sagte feierlich: »Und dann wäre das heute ein anderer Tag geworden.«

»Es wäre ein anderes Leben geworden«, sagte Bridie.

Mickey Quinn schüttelte den Kopf und lehnte sich in seinem Stuhl zurück, als wolle er mit derartigen Spekulationen nichts zu tun haben. »Jetzt hätte ich gern den Kaffee, bitte, bei Gelegenheit«, bemerkte er zum Rücken des Kellners.

»Ein anderes Leben«, wiederholte Dan Lynch und hob sein Glas Bier.

Durch das Fenster hinter Maeve drang jetzt anderes Licht. Schatten schoben sich, schwach noch, zwischen die dunklen Baumstämme; vielleicht rissen die Wolken gerade auf.

»Das sehe ich nicht so«, sagte die Schwester Rosemary leise. »Ich habe viel über diese Dinge gelesen, wo es doch so um Billy stand. Alkoholismus ist keine Entscheidung, sondern eine Krankheit, und Billy hätte sie bekommen, egal, ob er Maeve oder das irische Mädchen geheiratet hätte, ob er Kinder gehabt hätte oder keine. Es wäre kein so anderes Leben geworden, glaubt mir. Alle Alkoholiker führen mehr oder weniger das gleiche Leben.«

»Also, der Meinung bin ich nicht«, murmelte Dan Lynch vor sich hin, und Kate fügte hinzu: »Man stirbt nicht immer daran.«

»Ich sage, es ist eine Frage des Willens.« Dan Lynch hob die Stimme und hinderte Kate so daran, das Gespräch wieder an sich zu reißen. »Fast vierzig Jahre lang habe ich Seite an Seite mit Billy getrunken. Meiner Leber geht's bestens. Billy hatte nie den Willen aufzuhören.«

Rosemary, die Schwester, runzelte die Stirn und schüttelte den Kopf. »Das ist nicht fair. Als er nach Irland geflogen ist, als er das Gelübde abgelegt hat, da war er wirklich entschlossen. Das hat er mir gesagt. Ihr wißt, was für einen starken Glauben Billy hatte. Und ihr wißt, wie ernst er diese Reise genommen hat. Damals war er wirklich fest entschlossen. Doch die Krankheit hatte ihn im Griff.« Sie hob eine geballte Faust, um zu zeigen, wie.

Dan Lynch schenkte sich und Mickey Quinn noch ein Bier ein. »Na gut, dann will ich euch sagen, was er mir erzählt hat«, begann er, »bei Quinlan war es, ein Jahr, vielleicht auch zwei, nachdem das irische Mädchen gestorben war. Da hat er mir erzählt«, sagte er und hob sein Glas, wobei er den Zeigefinger abspreizte und in die Runde deutete, »daß jedes Jahr eine Last mehr auf seinen Schultern wäre. Jede Stunde, sagte er.« Er zeigte auf Kate. »Hast du nicht vorhin gesagt, er wäre wie ein Mann gewesen, der auf einen Bus wartet, als er darauf wartete, sie wieder hierherholen zu können? Nun, als du das gesagt hast, dachte ich: Das hat sich nie geändert. Er hat immer gewartet, noch Jahre nachdem sie gestorben war. Aber da wartete er darauf, zu ihr gehen zu können. Seit jener Nacht, als er von Dennis die Nachricht bekam, hat er auf den Tod gewartet. Da bin ich mir sicher.«

»Aber er hatte doch Maeve«, rief Bridie, die Nachbarin von damals.

»Das ist Maeve gegenüber nicht fair«, sagte Rosemary, die Schwester.

Dan Lynch schüttelte den Kopf. »Ich sage nichts gegen Maeve, nicht ein Wort. Sie hat genug zu tragen gehabt, soviel steht fest. Aber wenn ihr mich fragt, hatte Billy schon einen Fuß im Jenseits, bevor er Maeve überhaupt kennengelernt hat.« Er blickte zum Kopf des Tisches, beugte sich dann vor und senkte die Stimme, weil sich die Tafel allmählich leerte. Die ersten von Billys Freunden und Verwandten standen auf, um noch ein paar Worte mit Maeve zu wechseln, auf die Toilette zu gehen oder sich noch einen Drink zu holen, bevor sie gingen.

»Einmal sind wir zusammen zur Messe gegangen. Es war an Mariä Himmelfahrt, der 15. August. Wir hatten beide nach der Arbeit bei Quinlan haltgemacht, es war ein selten heißer Tag, so heiß wie die Hölle, und uns fiel beiden gleichzeitig ein, was für ein Tag es war. Wir rasten los und schafften noch die Messe um halb sieben in St. Sebastian, und ich weiß auch nicht, kurz nach der Kommunion habe ich einen Blick auf ihn geworfen. Und da dachte ich, daß für den Ausdruck auf seinem Gesicht ganz sicher nicht der Gedanke an Unseren Herrn oder die Heilige Mutter Gottes verantwortlich war. Sondern das Mädchen. Das irische Mädchen. Sie sah er, wenn er die Augen zum Himmel hob.«

»Ach, Unsinn«, flüsterte die Schwester Rosemary.

Mickey Quinn musterte eingehend die Decke. Weiter unten an der Tafel wandten einige die Köpfe, vielleicht weil sie spürten, daß ein Streit in der Luft lag.

Dan Lynch trank einen Schluck und spürte mit gespitztem Mund dem Geschmack nach. »Unsinn? All dieses Gerede von Krankheit, das ist Unsinn«, sagte er. »Mag sein, daß es bei manchen eine Krankheit ist. Aber anderen stoßen vielleicht Dinge zu, mit denen sie einfach nicht fertig werden können. Dinge, die allem im Leben die Süße nehmen. Für manche mag es eine Trauer sein, die sie nicht mehr ablegen können, oder eine Enttäuschung, die nicht mehr weggeht. Und wißt ihr, was ich diesen Leuten wünsche? Alles Gute, das wünsche ich diesen Leuten.« Er hob sein Glas, sein Kinn. »Ich sage: Mag sein, daß sie nicht so klug und vernünftig sind, nicht so bereit, die Dinge hinzunehmen, wie wir alle hier.« Er schloß uns alle in einer großen Geste seines Bierglases ein. »Aber dafür sind sie treu. Sie bleiben ihren eigenen Gefühlen treu und halten an den ersten Plänen fest, die sie gemacht haben – genau wie Billy Holtzman und der Arbeit treu geblieben ist, die der ihm gegeben hat. Und genau wie er ihr treu gewesen wäre, wenn sie am Leben geblieben und zurückgekommen wäre und sie geheiratet hätten. Genau wie er Maeve treu gewesen ist. Nach der Heirat mit Maeve hat Billy dieses Mädchen mit keinem Sterbenswort mehr erwähnt. Aber das Mädchen war zuerst da, und für Billy würde sie immer die erste bleiben. Da konnte Maeve nicht dran rütteln.«

»Ich glaube, als er in Irland war, ist er an ihrem Grab gewesen«, sagte Kate auf einmal. »Ich habe einfach so ein Gefühl, daß er irgendwann, als er dort drüben war, in den Ort gefahren ist, aus dem sie kam, und ihr Grab besucht hat. Ich glaube, nur deshalb hat er die ganze Reise gemacht.«

Rosemary schüttelte den Kopf, ein stummer Appell an Mickey Quinn, der sich darauf konzentrierte, den Zucker in seinem Kaffee aufzulösen. »Er hat die Reise mit Pater Ryan gemacht, weil er das Gelübde ablegen wollte«, sagte sie geduldig. »Wegen der Entziehungskur. Um mit dem Trinken aufzuhören.«

Doch Kate sagte: »Ach Rose, überleg doch mal. Irland ist nicht das einzige Land mit Entzugskliniken für Alkoholiker. Das hätte er auch hier haben können. Vielleicht hat er gedacht, daß er an ihrem Grab irgendwas ein für allemal loswerden könnte. Daß er seine Gefühle für sie dort lassen und endlich Ruhe finden könnte, damit er dann mit dem Trinken aufhören konnte.«

»Aber er konnte es nicht«, sagte Dan Lynch traurig und goß sich ein weiteres kleines Bier ein.

»Er konnte es nicht«, stimmte Kate zu. »Und deswegen hat er es auch nicht gehalten, egal, wie entschlossen er war.«

Doch Rosemarys Mund wurde schmal. »Nein«, widersprach sie entschieden. »Wißt ihr, es gibt kürzere und angenehmere Wege, sich umzubringen. Ich sage euch, ich habe alles darüber gelesen. Alkoholismus ist eine

Krankheit und ist genetisch bedingt. Unser Vater hat sich seine Leber auch ruiniert und wäre wohl auf die gleiche Weise umgekommen, wenn er nicht Krebs bekommen hätte. Und Onkel John in Philadelphia war ein Alkoholiker. Und zwei seiner Söhne – Chuck und Peter – sind bei den AA. Und Ted. Und Mary Casey ebenso wie Helen Lynch. Und der Vater von Dennis war auch nicht gerade ein Abstinenzler.«

»Onkel Daniel ist an Krebs gestorben«, sagte Dan Lynch aufgebracht. »Er war kein Trinker.« An Bridie und Mickey Quinn gewandt: »Er hat seine sechs Brüder und die Schwester herübergeholt und weiß Gott wie viele andere Verwandten und Freunde auch. Und alles mit dem Lohn eines Straßenbahnschaffners.«

»Er war ein Heiliger«, sagte Bridie mit einem Nicken. »Meine Mutter hat das immer gesagt.«

»Meinetwegen«, erwiderte Rosemary. »Gott segne Onkel Daniel, doch was ich sagen will ist, daß es in unserer Familie das gibt, was man eine genetische Veranlagung nennt, und zwar zu Krebs wie zu Alkoholismus. Bei Billy steckte das Trinken in den Genen.«

»Als er aus Irland zurückkam«, sagte Kate leise und strich über den Stiel ihres Glases, »1975 im Juni – das weiß ich, weil mein Daniel damals gerade sein Examen in Fordham gemacht hatte –, ist er sofort hinaus nach Long Island gefahren. Zu dem kleinen Haus dort draußen. Dennis war da, es war kurz nachdem er Claire verloren hatte. Wißt ihr noch, wie er das Haus immer vom Mieter seiner Mutter zurückgemietet hat, damit er dort Ferien machen konnte? Na jedenfalls, Billy war kaum einen Tag wieder zu Hause, da hat er sich in den Zug nach East Hampton gesetzt – und dabei war er seit Jahren nicht mehr dort gewesen.«

»Will heißen?« fragte Rosemary kühl.

»Will heißen, daß er an den Ort zurückgekehrt ist, an dem er sie zum erstenmal getroffen hat. Eva. Es war sein Versuch, mit der Sache ins reine zu kommen.«

»Also wirklich«, sagte Rosemary. »Es war fast dreißig Jahre her. Womit hätte er denn da noch ins reine kommen sollen? Es ist jammerschade, daß sie gestorben ist, aber Billy hatte seither dreißig Jahre sein Leben gelebt. Ehrlich, ich bitte euch, nennt mir etwas, das euch dreißig Jahre lang nicht loslassen würde.«

Womit sie offenbar unser Ende der Tafel für einen Moment zum Schweigen gebracht hatte, so als wäre uns nur vorübergehend entfallen, was wir hatten vorbringen wollen.

Cousine Rosemary stocherte mit ihrem Cocktailrührer in dem letzten Rest Eis in ihrem Glas herum. »Das ist alles Schnee von gestern«, bemerkte sie, als ob genau das, Schnee von gestern, in dem hohen Glas wäre. »Was macht es für einen Sinn, über all das jetzt überhaupt noch zu reden? Billy war hier, und jetzt ist er fort, und ich jedenfalls, ich kann es einfach nicht glauben. Trotz seiner Probleme.« Nun kamen die Tränen. »Er wird mir fehlen. Seine Stimme am Telefon wird mir fehlen. Sein lächelndes Gesicht wird mir fehlen.«

»Hört, hört«, sagte Mickey Quinn.

Doch Dan Lynch hob erneut sein Glas. Mit hitziger Stimme flüsterte er: »Ich finde, es wird dem Leben eines Mannes einfach nicht gerecht, wenn man sagt, er hätte an einer Krankheit gelitten und wäre daran zugrunde gegangen. Sagen wir, er war zu treu. Sagen wir, er war enttäuscht. Sagen wir, er hat sich viel zuviel aus dem irischen Mädchen gemacht und konnte danach dem Leben nicht mehr die Stirn bieten. Aber achten wir ihn für seine Gefühle und dafür, daß er sein Schicksal wenigstens zum Teil selbst bestimmt hat. Sagen wir nicht, daß ihn eine Krankheit an seiner schwachen Stelle erwischt und ihn als Mensch vollkommen ausgelöscht hat.« Mit hochrotem Gesicht nahm er einen großen Zug. »Ich bitte euch, tun wir dem Mann doch wenigsten diesen Gefallen.«

Die Wolken rissen tatsächlich langsam auf, und ein schwacher, dünner Sonnenstrahl fiel auf Maeves Haar und – ließ es aufleuchten, wäre zuviel gesagt, aber er fiel darauf und zeigte es als das, was es war: ein matter, immer mehr von Grau durchsetzter brauner Schopf, der jedoch so klar offenbarte, was er war, daß man etwas Anziehendes darin sehen konnte. Vielleicht war es nur seine Ehrlichkeit. Eine Art von Schönheit, die nicht in der Verwandlung ihrer schlichten Züge lag, sondern in deren Bejahung und der Betonung, daß sie nichts anderes waren, als es den Anschein hatte.

Neben ihr stand mein Vater, seine Serviette in der Linken, und reichte um sie herum einem anderen Cousin die rechte Hand zum Abschied, Ted aus Flushing, der zu den Anonymen Alkoholikern ging, um an Krebs statt an Leberzirrhose zu sterben. Teds kleine Frau stand direkt hinter ihrem Mann, eine Hand auf seinem Rücken.

In der nächsten halben Stunde würde mein Vater die Rechnung begleichen und die Trinkgelder verteilen und Maeves Arm nehmen, wenn sie zu der Limousine hinausging, die sie zurück nach Hause bringen würde, nach Bayside. Er würde versprechen, später am Abend kurz vorbeizuschauen, nur um sicherzugehen, daß es ihr gutging. Er würde allen die Hand schütteln, ihnen für ihr Kommen danken, ihnen beipflichten, daß es unfaßbar war, immer noch unfaßbar. In unserem Auto würde er zuhören, ein leises Lächeln auf den Lippen, während wir über die Brücke fuhren und ich ihm von der Unterhaltung an unserem Ende der Tafel erzählte.

»Tja, der traurigste Teil der Geschichte«, würde er schließlich sagen, mit müder Stimme, so als spreche er von einem alten Ärgernis, das im Lauf der Zeit fast, doch noch nicht ganz belanglos geworden war. »Der armseligste Teil der ganzen Geschichte ist dies: Eva ist nicht gestorben. Es war eine Lüge. Ganz unter uns gesagt, Eva lebt.«

Während er die Geschichte erzählte, glitt mein Vater mühelos von der Vergangenheit in die Gegenwart: Billy war, Billy ist, Billy hat getrunken, Billy trinkt. Billy hängt sein Herz an etwas.

In der Siebzigsten Straße kurz hinter der Kreuzung der Park Avenue saß mein Vater auf dem Vordersitz von Mr. Holtzmans Wagen und sah Mary zu, Evas Schwester, wie sie an einem kleinen Taschentuch aus (natürlich) irischem Leinen herumzupfte, das in einer Ecke mit drei kleinen Kleeblättern bestickt war. Jetzt, im Rückblick, sicher ein Sinnbild, doch in Wahrheit hatten die Kinder, ihre Schützlinge, es für sie genäht. Sie hatten jeweils eines für ihre Mutter und ihre Tante bestickt. Und eines für sie.

Ihre Fingernägel waren rund und weiß, und für ihn sahen sie aus, als habe sie ihre Sieben gerade alle gebadet, was wohl auch stimmte. Es war Ende September, spät am Nachmittag. Das Licht wie das, was jetzt über der Stadt hing, da wir die Brücke nach Queens überquerten.

»Das sind Shamrocks«, sagte sie und zeigte sie ihm, weil er gefragt hatte, den feuchten Stoff ausbreitend. Ihr Rock war aus guter Wolle, der Pullover Kaschmir, beides abgelegte Sachen von ihrer Arbeitgeberin. »Die

Kinder haben es mir genäht. Die Stiche habe ich ihnen gezeigt. Eins haben sie für ihre Mutter und eins für deren Schwester in Riverdale gemacht. Und eines für mich. Shamrocks.«

»Das weiß ich doch«, entgegnete er. Und fügte dann hinzu: »Herrgott, bist du ein dummes Ding.«

Ihr Gesichtsausdruck verriet ihm, daß sie alles andere war als das. »Ich bin nur der Bote, ich kann nichts dafür«, flüsterte sie.

Sie saßen in Mr. Holtzmans Wagen, einem alten, buckligen Ford: die breite Sitzbank vorne mit dem Stoffbezug, der alte Aufkleber aus den Zeiten der Rationierung in einer Ecke der Windschutzscheibe, mit der Frage: Muß diese Fahrt sein? Auf der Rückenlehne des Sitzes und in der Stoffverkleidung um das Fenster Geruchsspuren von Holtzmans Haarpomade.

Sie fragte: »Was wirst du ihm sagen?«, und wenn man jemandem die Schuld für die Lüge geben will, könnte man sie ebensogut ihr geben, weil sie es genau so ausdrückte: Was wirst du ihm sagen? Als ob es mehrere Möglichkeiten gäbe und er die Wahl hätte.

»Am liebsten würde ich ihm sagen, sie ist gestorben.«

»Für mich ist sie gestorben.«

Das war natürlich irische Übertreibung. Das war der irische Hang, jeder Erwähnung des Todes, jedem bildlichen Ausdruck davon, jeder Drohung damit nachzusetzen wie ein Seehund einer Makrele, die man ihm zuwirft. Denn in jenem Moment hatte er nicht wirklich die Absicht gehabt, das zu tun. Er hatte noch keinen Plan. Er hatte es nur so dahingesagt.

»Ich wußte von Tom«, sagte sie über den Jungen aus ihrer Heimatstadt, den Eva geheiratet hatte. »Aber ich wußte, sie mochte Billy auch gern. Sie hat immer davon geredet, wie lieb er wäre. Ständig hat sie von seinen tollen Briefen geschwärmt. Daß sie sein Geld stehlen würde, hätte ich nie gedacht.« Eine Anzahlung, hatte sie gesagt, für eine Tankstelle an der Straße zum Kloster kurz vor Clonmel.

Er lehnte sich über ihren Schoß, über den guten wollenen Rock, den weichen Kaschmirpullover, die letzten, immer noch lieblich duftenden Reste aus dem Chanel-Flakon ihrer Arbeitgeberin – und zog an dem knochenweißen Griff der Wagentür. Wieder ballte sie die Faust um das Taschentuch in ihrer Hand. Wieder kamen ihr die Tränen.

»Ich wünschte, sie wäre gestorben«, sagte Mary. »Das wäre besser gewesen.« Das war die irische Vorliebe für das Wort, sicher, aber auch die Tatsache, daß sie jung genug war zu meinen, so zu reden, beweise die Tiefe ihrer Gefühle. »Für mich ist sie jetzt so gut wie tot.«

Er beugte sich hinüber und stieß mit den Fingerspitzen die Wagentür auf. Eine Hand hielt er immer noch am Lenkrad. Als sie die Hand auf seinen Arm legte, war das Leinentaschentuch zwischen ihnen, und sie sagte: »Wirst du mich anrufen?«

Er versprach es, küßte sie, und beugte sich erneut hinüber, um die Tür aufzustoßen, diesmal ganz weit, so daß sie über den Bürgersteig ausschwang. So daß ihr nichts übrigblieb, als auszusteigen, ohne Hilfe, und mit gesenktem Kopf, das Taschentuch an die Augen gedrückt, ohne Begleitung zurück zum Dienstboteneingang des Gebäudes zu gehen, wo sie erst vor einer halben Stunde auf ihn gewartet hatte.

Zu jener Zeit bedeutete ein derart rüdes Benehmen etwas. Heute ist es nur noch Ausdruck von Ignoranz, aber damals war es Absicht und bedeutete für beide etwas. Es bedeutete, daß die Sache zu Ende war.

Noch als er an jenem Abend die Treppe zu Billys Wohnung hinaufstieg, hatte er keinen wirklichen Plan. Er wußte nur, daß er ihm den Schlag nicht versetzen wollte, wenn seine beiden Schwestern mit ihren Männern und Tante Ellen, seine Mutter, in der Nähe waren. Man stelle sich die Nacht danach vor: die Pläne für dein Leben zu nichts zerstoben, im Zimmer nebenan schreit das Baby, deine Schwester und ihr junger Mann wälzen sich im Bett, und Stunde um Stunde klopft deine verwitwete Mutter an die Tür und fragt: »Ist alles in Ordnung? Möchtest du einen Tee?« Und beteuert, hinter der geschlossenen Tür stehend: »Billy, glaub mir, du wirst andere Mädchen finden, jede Menge.«

Als Dennis an jenem Abend Mary in Manhattan abgesetzt hatte, fuhr er zuerst nach Hause, zu dem Haus in Jamaica, wo sich ein paar Stunden zuvor Holtzman laut gefragt hatte, ob das kleine Haus auf Long Island wohl den Sturm der letzten Nacht gut überstanden habe. Er schnappte sich seinen Kulturbeutel und einen Anzug, ein frisch gebügeltes Hemd und einen Schlips und sagte Holtzman, er werde noch am Abend hinausfahren, nur um mal nachzuschauen, wie es dem kleinen Haus ergangen sei.

Überrascht leckte sich Holtzman die Lippen und strich mit der Hand über seinen Bauch. Er war ein Deutscher mit Hängebacken, glänzendglattem Haar und Ohrläppchen, auf die ein ganzer Daumenabdruck gepaßt hätte. *Der Mann meiner Mutter.*

»Das ist furchtbar nett von dir, Dennis«, sagte Holtzman langsam, doch es klang sehr zögerlich. Zweifellos fragte er sich, ob es hier um ein Mädchen ging, vielleicht um genau jenes, das am Nachmittag bei ihm zu Hause angerufen hatte. Wahrscheinlich rechnete er sich die gefahrenen Meilen aus und den Motorverschleiß und überlegte, wie viele Jahre an Gefälligkeiten für ihren erwachsenen Sohn er in diese Ehe noch würde investieren müssen.

Dennis' Mutter saß im anderen Teil des Wohnzimmers, blätterte die Sonntagszeitungen durch und rauchte dabei. Sie sah auf, um die beiden zu beobachten.

»Ich nehme Billy mit«, sagte Dennis – und löschte damit ohne Zweifel das Licht des Projektors, der Holtzman eine hübsche junge Blondine splitternackt gegen die braunen Polster seines Wagens zeigte. Wenn Billy mitkam, war derartiger Unfug ausgeschlossen.

»Für eine Fahrt zum Haus hinaus ist Billy immer zu haben.«

Und Billy grinste erfreut, als er die Wohnungstür öffnete und Dennis sah. In der Hand hielt er einen Tintenfüller, denn er schrieb gerade ein paar Zeilen. Er trug die Hose und das weiße Hemd, das er an jenem Morgen zur Messe angehabt hatte. Tolle Idee, eine Fahrt zu machen, komm doch herein, na komm schon. Auf der Couch im Wohnzimmer saß seine Schwester Kate mit dem Baby und erzählte flüsternd, ihr Mann habe sich ins Schlafzimmer gesetzt, um zu lernen. Rosie und Mac, ihr Mann, seien im Kino, weil Kates Mann (schsch) lernen müsse. Aus der Küche kam Billys Mutter mit einem Buch in den Händen, ein Hallo flüsternd, und erinnerte sie daran, leise zu sein, weil der arme Peter da drin über den Büchern sitze.

Die Lüge – immer noch die einzige, die er an jenem Abend erzählen wollte – bildete sich wie von selbst um den kleinen wahren Kern, den Sturm der vergangenen Nacht. Mr. Holtzman, sagte er, habe gefragt, ob die beiden sich die Zeit nehmen könnten, noch an diesem Abend zu dem kleinen Haus hinauszufahren und nach dem Rechten zu sehen. Sie könnten die Nacht dort verbringen und morgens direkt von dort zum Büro fahren.

Am Bordstein drehten sie sich noch einmal um und sahen Billys Mutter die Treppe hinunter in den Eingangsflur stürzen, in der Hand eine braune Papiertüte mit Brötchen und Butter und Scheiben von dem Sonntagsbraten, der zu lange im Ofen gewesen war. Was wollt ihr denn morgen früh essen, so weit da draußen?

Dennis legte die Tüte vor dem Rücksitz auf den Boden, neben die beiden Flaschen, Vermouth und Bourbon, die er sich aus Holtzmans Vitrine geborgt hatte. Beide stiegen ein, und das grüne Licht des Armaturenbretts spiegelte sich in Billys Brillengläsern.

In der Vorstellung seiner Mutter, meinte Billy, bestand Long Island aus wilden Schwarzenten, öden Kartoffelfeldern und einer tobenden, schäumenden See. Was er daran fand, würde sie nie verstehen.

»Vielleicht hat sie nicht ganz unrecht«, meinte Dennis.

Er setzte sich Landmarken, nahm sich Punkte vor, an denen er anfangen würde: Sobald sie den Jericho-Expressway erreichten, dann, sobald sie auf dem Sunrise-Highway, sobald sie in Suffolk waren. »Heute hab ich Mary getroffen«, würde er sagen. »Sie hat einen Brief von Eva bekommen. Bill, sie hat geheiratet, letzten Monat. Einen Jungen, den sie seit ihrer Kindheit kennt. Dein Geld hat sie ausgegeben. Hat es in eine Tankstelle gesteckt, stell dir das mal vor. Die Schuhe, die du ihr geschickt hast, hat sie wahrscheinlich versetzt, deinen Ring wohl auch. Es ist eine scheußliche Sache, Billy, eine ganz scheußliche Sache.«

Doch sein Mut verließ ihn. Um ehrlich zu sein: Seine Gedanken wanderten mehr und mehr zu den anderen Leuten, denen er davon würde erzählen müssen, nachdem er Billy die Nachricht überbracht hatte. Zuallererst einmal seiner Mutter, die seufzen würde: Ach wie schade, mit diesem Glanz in den Augen, der außerdem sagte: Ich hab es ja immer gewußt. Und die dann fragen würde, was mit Holtzmans Geld sei.

Dann war da Holtzman. Der hatte schon eine lange Liste mit all den Dingen beisammen, zu denen Dennis und Billy und die meisten ihrer Generation seiner Meinung nach nicht in der Lage waren: ein Geschäft zu führen, ein Vermögen zu machen, die Fesseln der Lektion abzuschütteln, die sie im Militärdienst gelernt hatten – daß es dasselbe sei, jemanden zu haben, der für einen sorge, wie für sich selbst zu sorgen. Sich eine Zukunft aufzubauen.

Beim Ausstellen des Schecks, den er Dennis gegeben hatte, damit der ihn an Billy weitergeben konnte, der ihn an Eva schicken wollte, damit sie noch vor Ende des Sommers zurückkommen konnte, hatte Holtzman gesagt: »Ihr Jungs werdet nie zu Geld kommen, wenn ihr alles ausgebt, bevor ihr es verdient habt.«

»Das ist ein Vorschuß, Sir«, hatte Dennis erwidert. »Billy wird ihn im Geschäft im Handumdrehen wieder abarbeiten.«

Holtzman hatte eine wissende Miene aufgesetzt, was einen bei einem so beschränkten Mann wie ihm wahnsinnig machen konnte. »Aber zuerst wird er ihn ausgeben«, hatte er gesagt.

Holtzman würde er es erzählen müssen.

Und den Jungs im Büro. Alle wußten von Eva, hielt es doch Billy kaum zwanzig Minuten aus, ohne einen Weg zu suchen, ihren Namen zu sagen. Auch den Mädchen im Büro, von denen viele (deine Mutter eingeschlossen) einmal ein Auge auf ihn geworfen hatten. Von denen viele zweifellos feststellen dürften, daß die

Geschichte von Evas Treubruch allmählich die Art veränderte, wie sie ihn sahen: Wenn sie Tom vorgezogen hat, würde ich das nicht vielleicht auch tun?

(Seine Mutter, wie sie durch die geschlossene Tür seines Zimmers sagte: »Billy, du wirst andere Mädchen finden.«)

Der Rest der Familie würde davon erfahren müssen, und Billy würde über Monate, vielleicht über Jahre ihr Mitgefühl wie ihr beflissenes Schweigen ertragen müssen, wann immer das Gespräch auf Liebe und Ehe kam. Die Bekannten und Freunde im Viertel würden es ebenfalls erfahren müssen, Bridie eingeschlossen, von der Billy jetzt gerade sprach, da sie durch Speonk fuhren – noch einer der Punkte, an denen er eigentlich hatte anfangen wollen.

Bridie war anscheinend endlich verlobt und würde irgendwann um Weihnachten einen Burschen namens Jim Fox aus Staten Island heiraten. Was dann die ... Billy zählte laut, die Namen jedes Paares nennend ... siebzehnte Hochzeit ergab, auf der er in diesem Jahr gewesen war.

»Alle haben gedacht, Bridie würde auf dich warten«, sagte Dennis.

Billy aber schüttelte den Kopf: Kate hat gesagt, Bridie hätte Tim Schmidt geheiratet, wenn er am Leben geblieben wäre. Sie wären einander versprochen gewesen, sagte sie. Sie selbst ist an dem Tag die ganze Nacht mit Bridie aufgeblieben, als die Nachricht kam, daß er gefallen war. In Italien, im Winter 1943. Kates Mann war in derselben Division, und sie hatten sechs Wochen lang oder länger noch nicht von ihm gehört. War es nicht manchmal leicht zu vergessen, wie der Krieg für die Leute zu Hause gewesen war? Weißt du, Mike Breen war bei der Ardennenschlacht auch mit dabei. Hab ihn bei Quinlan getroffen. Der Krieg war eine schreckliche Zeit für ihn ...

Um sie war jetzt tiefe Nacht, und die Scheinwerfer zeigten nichts als das dunkle Band der Straße, die sie jener tobenden See entgegentrug. Besser, sie wäre darin ertrunken, dachte Dennis. Besser, die Frauen scharten sich in echter Trauer um Billy, blieben, wenn sie wollten, die ganze Nacht mit ihm auf, klagten über Schicksal und Verlust und die Unausweichlichkeit des Todes, als daß sie ihm ihre zuckersüße Zuneigung und ihr beflissenes Schweigen zuwandten, wann immer die Rede auf Liebe und Ehe kam. Eine Tankstelle an der Straße zum Kloster. Besser ein gebrochenes Herz, als daß er für den Rest seines Lebens von dem Gefühl verfolgt würde, ein Narr gewesen zu sein.

Er erzählte ihm die Lüge in der von regengefüllten Furchen durchzogenen Einfahrt des kleinen Hauses auf Long Island. Die Scheinwerfer zeigten nur einen einzigen Ast, die Blätter schon in Farbe getaucht, der quer über den kleinen Grünstreifen an der Seite des Hauses gefallen war. (Er war überrascht, ihn dort liegen zu sehen, so als hätte er den Sturm der vergangenen Nacht ebenso erfunden wie Holtzmans Bitte an sie, hier herauszufahren und nachzusehen, ob er Schäden angerichtet habe – als ob er, falls er den Ast anfaßte, feststellen würde, daß er aus Papier und Kleister war.) Sonst lag alles um sie herum in tiefstem Dunkel. Billy hatte gerade die Taschenlampe aus dem Handschuhfach genommen. Das Dach mache ihm am meisten Sorgen, sagte er. Wenn er an all den Putz denke, den er im vergangenen Sommer an die Decke gespachtelt habe, sei das letzte, was er sehen wolle, daß jetzt alles auf dem Boden gelandet sei.

»Ich habe Mary heute gesehen«, begann Dennis. »Sie

hatte Post von zu Hause. Es ging um Eva.« Die Einzelheiten glitten beinahe mühelos heraus, ohne daß er vorher überlegt hätte, was er sagen wollte. Lungenentzündung, fuhr er fort: Das Land war so feucht, wie die Verwandten immer gesagt hatten. Wochenlang war sie krank gewesen, fügte er hinzu, was erklärte, warum sie ihm so lange nicht geschrieben hatte.

Billy saß einen Moment lang wie betäubt da, dann zog er die Bügel seiner Brille von den Ohren und legte Daumen und Zeigefinger ans Nasenbein. Und dann bekreuzigte er sich und fluchte und sagte leise, daß es ein scheußliches Land sei, ein primitives, armseliges Land. Er fragte, ob man sie zumindest in ein Krankenhaus gebracht habe.

»Das weiß ich nicht«, antwortete Dennis und meinte damit natürlich, daß er die Geschichte nicht so weit durchdacht hatte. Er war selbst wie betäubt von der Kühnheit dessen, was er getan hatte, was er gerade tat. Von dem Ausmaß, der Tiefe der Lüge, die er da von sich gab, der Welt, die er erschuf und von der er bereits wußte, daß er sie nicht würde aufrechterhalten können. Es würde zahllose kleine Details geben, zahllose Gelegenheiten für Fehler, für Fehleinschätzungen; es mußte sich ein Gefühl der Falschheit und Ungenauigkeit einschleichen und das ganze Gebäude zum Einsturz bringen. Billy konnte einen Brief von ihr bekommen (hoffentlich mit einem Scheck dabei) oder er konnte in der Stadt Mary oder ihrer Arbeitgeberin über den Weg laufen. Oder er konnte in aller Eile nach Irland fahren, um sich auf ihr Grab zu werfen, oder Eva konnte mit ihrem Mann hierher zurückkommen und sich verpflichtet fühlen, bei ihm vorbeizuschauen, ihn um Verzeihung zu bitten. Was er gerade tat, war waghalsig und bizarr, und er wußte, daß die Alltagswelt, die Welt ohne Illusionen (außer jenen, die von der Kirche sanktioniert waren) oder Unfug (außer dem, den der Alkohol mit sich brachte) – und so eine war die New Yorker Welt des irisch-katholischen Queens – für Waghalsiges und Bizarres nicht viel übrig hatte. Jedenfalls nicht über längere Zeit.

Er nahm die Taschenlampe, sagte zu Billy, er lasse ihn ein paar Minuten allein. Holte sich von hinten die Tüte mit dem Essen und die Flaschen und ging den schlammigen Weg zum kleinen Haus hinüber.

Alles war unversehrt, keine Wasserflecken, soweit er sehen konnte, keine übermäßige Feuchtigkeit. Bis jetzt noch kein Schimmel, was möglicherweise an den Holzkohlebrocken lag, die seine Mutter entlang den Bodenleisten verstreut hatte, als sie das Haus im September kurz nach Labor Day verschlossen hatten. Gerade einmal drei Wochen war das jetzt her. Als sie noch davon redeten, Billy und Eva würden vor dem Winter zurückkommen und ihre Flitterwochen hier verbringen.

Er mixte einen Krug mit Drinks, machte ein paar Sandwiches mit den trockenen Bratenscheiben. Einmal hörte er das Schlagen einer Wagentür, doch es dauerte ein paar Minuten, bevor er Billys Schritte auf dem Weg hörte. Er kam nicht herein, sondern setzte sich auf die Stufen vor dem Haus, wie sie es kurz nach ihrer Rückkehr aus dem Krieg fast jeden Abend getan hatten. Das Licht aus dem Wohnzimmer fiel durch das Fliegengitter auf Billys weißes Hemd.

Dennis trug die Drinks nach draußen, wobei er den Teller mit den Sandwiches auf einem der Gläser balancierte. Er stieß die Fliegengittertür mit dem Fuß auf, und Billy rückte ein wenig zur Seite, um ihm Platz zu machen. Billy nahm den Drink. Dennis stellte den Teller mit den Sandwiches zwischen ihnen auf die Stufen.

Er wollte von Dennis noch einmal die genauen Details

hören: vom Brief, alles über die Lungenentzündung, die Dauer der Krankheit – was, wie Billy selbst sagte, erklärte, warum er den ganzen Sommer über keinen Brief von ihr bekommen hatte.

»Ihre Eltern hätten es dir auch geschrieben«, fügte Dennis, seine Spuren verwischend, mit einem Blick über den Hof und die Straße hinaus in die Dunkelheit hinzu, »aber sie wollten es lieber zuerst Mary sagen, und Mary fand, am besten sollte ich es dir sagen. Ich nehme an, sie wird jetzt bald wieder heimfahren.«

»Sie wird dir fehlen«, flüsterte Billy, und Dennis schüttelte den Kopf. Nichts, was er darauf hätte sagen können, hätte in seinen Ohren nicht falsch geklungen.

Einmal legte er Billy die Hand auf den Nacken. Mehr als einmal füllte er ihre Gläser wieder auf. Später führte er ihn ins Haus und brachte ihn ins Bett.

Am nächsten Morgen hatte Billy auf ihrer Fahrt zurück in die Stadt gesagt, daß er nicht verstehen könne, wie Dennis es geschafft habe, die Nachricht während der ganzen Zeit in ihrer Wohnung am Abend zuvor und auf der langen Fahrt hinaus nach Long Island für sich zu behalten. Wie er es geschafft habe, zu fahren und zu plaudern und es für sich zu behalten, bis sie das Haus erreicht hätten. Er sagte nicht, daß er Dennis' Zurückhaltung bewunderte oder auch nur schätzte. Er sagte einfach nur, er könne nicht verstehen, wie er das fertiggebracht habe.

Mittlerweile hatten wir unsere eigene Einfahrt erreicht, und wieder lächelte mein Vater kopfschüttelnd über jenes alte Ärgernis. Sehr lang sei das her. Sie seien damals jünger gewesen, als er sie sich heute vorstellen könne.

»Hat er es jemals herausgefunden?« fragte ich ihn. »Daß du ihn belogen hast?«

Er nickte. »1975, als er drüben war. Er hat sie wiedergetroffen. Hat einen Tee mit ihr getrunken, in dem kleinen Laden, den sie an die Tankstelle angebaut hatte. Ich denke, es war ein ganz gutes Geschäft daraus geworden. Vier Kinder hatte sie auch. Die waren damals alle schon erwachsen. Sie sah immer noch gut aus, meinte er.«

»Hat sie ihm das Geld zurückgegeben?«

»Ich vermute, sie hat es angeboten. Wohl eher aus Verlegenheit. Natürlich wollte er es nicht annehmen.«

»War er wütend, als er es herausfand?«

»Auf sie? Niemals.«

»Auf dich.«

Er überlegte. »Einerseits«, sagte er, »war sie auferstanden von den Toten. Das war das eine. Andererseits hatte er dreißig Jahre lang mit einem Irrglauben gelebt. Und mit der Trauer um sie. Aber nein, wütend war er nicht. Am Ende hat er mich fast damit aufgezogen. Uns war klar, daß das alles sehr lange her war.«

Er öffnete die Tür.

»Wünschtest du, du hättest ihm die Wahrheit gesagt?« fragte ich ihn.

»Ja«, antwortete er, ohne zu zögern. »Ich denke schon.« Wieder lächelte er. »Das ist eine üble Geschichte. Eine derartige Lüge.« Und damit stieg er aus dem Wagen, wobei sich das dünne, graue Tuch seines Jacketts zwischen den Schultern aufwarf. Wir gingen durch die Seitentür in die Küche. In der Spüle standen noch unsere Kaffeetassen und Saftgläser. Er hatte das Radio angelassen; ich glaube, es war ihm zur Gewohnheit geworden. Ich folgte ihm durch die Küche in das Eßzimmer, wo er vor dem Spiegel über der Anrichte stand, an seinem Schlips zerrte und das Kinn hochreckte, um den Kragen aufzuknöpfen.

»Hast du es Mom je erzählt?« fragte ich.

»Ich hab es niemals irgendwem erzählt«, sagte er. »Und soweit ich weiß, hat auch Billy es niemandem gesagt. Das war seine Entscheidung, fand ich. Aber als ich am Dienstagmorgen zum Krankenhaus fuhr, war ich doch froh, daß es damals, 1975, herausgekommen ist. Ich war froh, daß er nicht bis zuletzt im falschen Glauben durchs Leben gegangen ist. Und nicht mit dem Gedanken an irgendein wunderbares Wiedersehen im paradiesischen Jenseits gestorben ist.«

»Denkst du, das hätte er getan? Das hat Dan Lynch gesagt, daß Billy sein Leben lang darauf gewartet hätte, sie im Himmel wiederzusehen.«

Beide Hände zu Hilfe nehmend, zog mein Vater den Schlips über den Kopf, löste den Knoten, faltete ihn dreimal zusammen und legte ihn auf die kleine Spitzendecke unter dem Spiegel. »Da hast du unseren Danny«, mehr sagte er nicht. Er wandte sich um und stützte beide Handflächen hinter sich auf die Kante der Anrichte. Er sprach, als wären seine Worte das Gegengift zu dem völligen Unsinn von Danny Lynchs Behauptung. »Ich glaube, ich hätte es nicht tun sollen. Ich hätte ihm die Wahrheit sagen sollen. Er wäre darüber weggekommen und hätte Maeve trotzdem kennengelernt. Er hätte ein anderes Objekt für seine Tagträume beim Trinken gefunden. Rosie hatte recht, ein Alkoholiker kann immer einen Grund finden, aber er braucht nie einen. Ich habe wohl geglaubt, ich würde ihm seine Unschuld bewahren. Doch ich hätte daran denken müssen, daß nichts und niemand Billy von etwas abbringt, an das er einmal sein Herz gehängt hat. Er ist treu. Er hat seinen Glauben – was wahrscheinlich der Grund ist, warum er trinkt. Das Problem ist nur, es ist schwer, ein Lügner zu sein und gleichzeitig zu glauben. Das wurde mir erst klar, als deine Mutter starb, und damals hat es mir einigen Kummer gemacht. Ich weiß nicht, ob du dich daran erinnerst.«

Ich senkte den Kopf. Daran erinnerte ich mich gut. Und mein Vater drückte sich von der Anrichte ab, an der er gelehnt hatte. Zuviel der Worte. Er ging nach oben, sich umzuziehen. Ich ging in die Küche und stand eine Minute lang da, ohne zu wissen, was ich tun sollte. Ich füllte den Kessel und setzte Wasser auf – eine angeborene Anlage. Als ich zu ihm hinaufrief, antwortete er, er wolle nur einen Toast oder so etwas in der Art, bevor er nachher bei Maeve vorbeischaute.

Das Haus auf Long Island hatte mein Vater von einer Mutter geerbt, die sich mit einer Kehrtwendung, bei der es sogar den himmlischen Heerscharen für einen Moment die Stimme verschlagen haben dürfte, in den letzten Tagen ihres Lebens dafür entschied, doch noch einen letzten Anlauf zu unternehmen, in den Himmel zu kommen. Nicht daß sie bis dahin ein schlechter Mensch gewesen wäre. Sie hatte sich einfach nur gleichgültig gezeigt, gegen ihre beiden Ehemänner ebenso wie gegen ihren Sohn, die Enkelkinder und gegen die Mehrzahl der einfachen wie subtileren Freuden des Lebens, das ihr gewährt worden war.

Das Haus ging während ihrer zweiten Ehe auf sie über, und meinem Vater zufolge bestand das einzige Vergnügen, das sie daran hatte, in ihrer Macht, Einladungen zum Besuch nicht auszusprechen. Das Haus selbst war eher bescheiden; mein Vater und Billy hatten es gleich nach dem Krieg renoviert, und abgesehen von gelegentlichem Staubwischen und dem einen oder anderen Anstrich war es bis zu den frühen Achtzigern kaum angerührt worden. Es bestand aus einem großen, in Wohnzimmer und Küche unterteilten Raum und drei winzigen Schlafzimmern, die wie Briefmarken hintereinander an seiner Längsseite klebten. Die kleine Parzelle, auf der es stand, war überwiegend Buschland, doch eine Bucht mit Sandstrand war bequem zu Fuß zu erreichen, und besonders nachts lag eine Spur von Meersalz in der Luft. Für die Freunde und Verwandten meiner Großmutter aus Brooklyn und Queens war es eine Fußspitze in der Tür zu einer Welt der weiten Rasenflächen, berühmten Künstler und der Sommerkolonien, deren reiche Bewohner ihre Villen einst als ›Häuschen im Grünen‹ bezeichnet hatten – einer Welt von Tagen am Meer ohne Umsteigen in die Züge nach Seagirt oder zwei Stunden Schlangestehen vor den Mautschranken von Jones Beach.

Der Mann, von dem sie es geerbt hatte, Holtzman, ihr zweiter Gatte, hatte es in den Jahren der Depression von einem anderen, vom Glück verlassenen Städter gekauft und dann, selbst in finanziellen Nöten steckend, fast zehn Jahre lang so gut wie aufgegeben. Gegen Ende dieses Jahrzehnts begannen die Besuche einer zierlichen Rothaarigen in ihren späten Vierzigern, die in seinem Geschäft an der Jamaica Avenue nach Schuhen Größe 4 suchte. Während ihre winzige Ferse in seiner Handfläche lag, erfuhr er, daß sie verwitwet war und einen Sohn hatte, der als Soldat in Übersee diente. Er notierte sich ihre Telefonnummer, um sie anrufen zu können, sollte etwas Neues in ihrer Größe hereinkommen. Er lud sie zum Lunch ein und erlaubte ihr, die Schuhschachtel hinter dem Ladentisch zu lassen; sein Assistent vertrat ihn derweil im Geschäft. Er schenkte ihr Strümpfe und eine Handtasche, führte sie abends zum Essen aus und erzählte, als sie durch Jamaica fuhren und an dem Haus seiner Kindheit vorbeikamen, er besitze noch ein anderes Haus, einen kleinen Bungalow draußen auf Long Island.

Sie erwähnte das Häuschen in einem Brief, der meinen Vater in Übersee erreichte. Wie er sagte, war es ein regelrechter Merkzettel gewesen, eine lange Liste aller Gründe, warum sie wieder heiraten sollte. Ganz oben, fast an erster Stelle, stand das Haus auf Long Island.

Er sagte, Liebe sei darin überhaupt nicht vorgekommen.

Meinem Vater zufolge war sie die unsentimentalste Frau, die er gekannt, ja von der er je gehört hatte. Schuld daran war für ihn vor allem ihre Kindheit. Als einziges Kind schottischer Einwanderer mit einem Hang zum Größenwahn war sie in vornehmer Armut erzogen worden, hatte Ballettunterricht und Reitstunden, Anstandsunterricht, Französisch und Geigenunterricht bekommen, bis die Tuberkulose sie mit zwölf zur Waisen machte. Während der nächsten sechs Jahre wurde sie von einem bereits überlasteten Verwandten zum anderen durchgereicht und heiratete mit achtzehn einen vierundvierzigjährigen Straßenbahnschaffner, der (in den Worten meines Vaters) so viel Unsinn und so viele schwärmerische Verse von Tennyson, Shakespeare sowie Gilbert und Sullivan im Kopf hatte, daß er schon allein deswegen Brüder und Schwestern, Cousins und Cousinen, Onkel, Neffen und Nichten von der anderen Seite des Atlantiks ins Land holte, um genug Ohren zur Verfügung zu haben, die er mit all dem vollblasen konnte. Was ihn für so viele irische Immigranten zum Heiligen Vater machte, daß man eine Mietskaserne mit ihnen hätte füllen können, andererseits aber Frau und Sohn die meiste Zeit über in Armut hielt und – da ein illegaler Mick nach dem anderen von jenseits des Teiches an die Angel genommen, eingeholt und auf ihre Couch geworfen wurde – verhinderte, daß sie in den eigenen vier Wänden jemals für sich allein wohnten.

Wie mein Vater gerne sagte, hätte meine Mutter eine

andere sein können, wenn ihr Leben ein anderes gewesen wäre (ich war schon ein Teenager, als ich ihn erstmals darauf hinwies, daß dies für jeden von uns zutrifft), und ich glaube, mein Vater hat zeit seines Lebens ein Bild von seiner Mutter als glücklichem und verwöhntem Kind in seinem Herzen getragen, einem Kind, dessen glänzende Augen bei allen nur die lautersten Absichten sahen.

Doch tatsächlich war sie, wie er sie kannte und wie ich sie kannte, ein Geigerzähler für Unaufrichtigkeit, Heuchelei und Halbwahrheiten. Mit einem Blick konnte sie eine Pose enttarnen und mit einem einzigen Wort die romantischste Vorstellung in sich zusammenfallen lassen. Gedichte, Broadway-Musicals, die große Politik in Washington oder den Pomp ihrer Konfession konnte sie nicht ausstehen – während mein Vater, ganz seines Vaters Sohn, diese Dinge in genau dem Maß liebte, wie seine Mutter sie verachtete – und war so unbeirrbar bei ihrer Suche nach Wahrheit, daß unter ihrem unverwandten Blick Übertreibung, Selbsttäuschung oder Prahlerei einfach eintrockneten und davonwehten, wie auch Hoffnung, Unfug und aller unbegründeter Übermut.

Die Lebensphilosophie seiner Mutter schien darin zu bestehen, den Dingen auf den Grund zu gehen, auf den schlichten, schmucklosen, zumeist farblosen und konkreten Grund der Dinge, und von dort alle oberflächlichen Ideen wegzuschlagen, die ihre hart erkämpfte klare Sicht trüben könnten. Weil sie außerdem klug und geistreich war und ihr tiefer Zynismus von scharfer Logik gestützt wurde, erwarb sie sich in ihren späten Jahren den Ruf einer Weisen, einer Weisen allerdings, deren Rat Freunde oder Verwandte erst im Abspann einer Erfahrung suchen würden, wenn sie bereit waren, ihren Frieden mit der eigenen Enttäuschung zu machen oder jeden Funken Hoffnung auf eine unerwartete Wendung zum Besseren fahren zu lassen.

Als Holtzman 1964 starb, fand sie für das Haus auf Long Island einen ganzjährigen Mieter, weil das zu der Zeit das wirtschaftlich Sinnvolle war. (Womit sie zugleich allen süßen Erinnerungen an Sommerwochenenden, die sie dort mit ihrem Mann und den kleinen Enkelkindern verbracht hatte, den Garaus machte, weil – zack – der eine tot war und die anderen so rasch heranwuchsen, daß es solche Wochenenden sowieso nicht mehr lange geben würde, und falls doch – auf Kosten der regelmäßigen Einnahmen von einem ganzjährigen Mieter –, wären sie eigentlich bloß immer wieder das gleiche, nicht? Tage am Strand und Grillen im Garten, Spaziergänge durch den Ort, Marshmallows am Lagerfeuer und Brotkrusten am Ententeich, und mal ehrlich, wenn man es ganz genau betrachtete, wieviel Erinnerungen an angenehme Sommertage auf Long Island braucht ein Mensch? Ist genug nicht irgendwann wirklich genug?)

Da sie das Haus bald gar nicht mehr erwähnte, keimte bei meinen Eltern der Verdacht auf, sie habe es heimlich an ihren ganzjährigen Mieter verkauft und einen wesentlich praktischeren und profitableren Weg gefunden, das Geld zu horten, das über so lange Jahre in dem Haus festgelegt gewesen war. Damals waren wir dazu übergegangen, unsere Ferien in den Adirondacks zu verbringen, und hatten sogar aufgehört, uns ständig zu versichern, daß es in den Bergen doch viel schöner sei als an der See. Kinder eines gewissen Alters sind, denke ich, sehr empfänglich für Nostalgie, und die Sommertage mit der Mutter meines Vaters in dem Haus auf Long Island wurden ohne weiteres in die kurze, aber wachsende Liste der Dinge aufgenommen, die wir einmal getan hatten, nun aber nicht mehr taten.

Und so war ich einigermaßen erstaunt, als ich am Nachmittag nach ihrer Beerdigung im Jahre 1971 erfuhr, daß sie das Haus auf Long Island meinem Vater hinterlassen hatte. Ich hörte die Neuigkeit von meiner Mutter, als wir das Restaurant verließen, in dem der Leichenschmaus für sie stattgefunden hatte. Ich erinnere mich noch an das Gefühl habgierigen Triumphes in mir: ein Haus mit einem Stück Land, vollkommen unerwartet und weder erstrebt noch, was am befriedigendsten war, selbst verdient – der habgierige und selbstzufriedene Triumph eines faulen Erben.

Dagegen lag der Triumph meiner Mutter darin, daß die Erbschaft Teil eines ganzen Bündels von Änderungen war, die meine Großmutter in den Wochen vor ihrem Tod als Teil ihrer Bekehrung auf dem Sterbebett an ihrem Nachlaß vorgenommen hatte. Wie sich herausstellte, war das Haus auf Long Island das einzige, was mein Vater bekam. Der Rest vom Geld meiner Großmutter, eigentlich Holtzmans Geld, sollte an die Kirche gehen, mit der sie bis dahin nichts hatte anfangen können, an etliche Wohlfahrtsorganisationen, deren Bettelbriefe und Spendenaufrufe im Fernsehen sie immer als den besten Beweis für deren Veruntreuung von Geldern angeprangert hatte, und sogar an ihre gemischtrassigen früheren Nachbarn in Jamaica, die Kinder in Pflege nahmen – des Geldes wegen, wie sie immer behauptet hatte. Meine Mutter war katholisch genug, um sich, während sie mir das alles erzählte, ein Grinsen nicht zu verkneifen, so als wäre die Befriedigung, die ihr die Tatsache verschaffte, daß meine Großmutter Gott doch noch fürchten gelernt hatte, die erhebliche Geldsumme mehr als wert, die sie soeben verschenkt hatte. Geld, das sonst allein unserer Familie zugekommen wäre.

Meine Brüder und ich sahen die Sache natürlich anders. Wir sahen, wie sich die Gelder für unsere Collegegebühren in Luft auflösten. Wir sahen in ihrem Sinneswandel weniger eine Bekehrung auf dem Sterbebett als das Plazieren der Einsätze in ihrer letzten Stunde, den Versuch, sich vor Torschluß noch rasch (wie mein Bruder es nannte, der im Hauptfach Philosophie studierte) die Teilnahme an Pascals Wette zu sichern. Daß eine so klarsichtige Frau wie meine Großmutter ihrem Schöpfer nicht mit leeren Händen gegenübertreten würde, war klar. Andererseits, davon waren wir überzeugt, würde eine so klarsichtige Frau wie meine Großmutter auch wissen, daß es gut sein könnte, daß sie statt ihrem Schöpfer dem Nichts gegenübertreten würde, der Leere eines verausgabten Körpers und eines aufgebrauchten Geistes. Sie wollte einfach nur auf Nummer Sicher gehen und sich alle Möglichkeiten offenhalten.

Mein Vater behauptete, das sei ein Zeichen für das weiche, ja sogar romantische Herz, das sie immer schon gehabt und stets verborgen habe. Um diese These zu stützen, beschrieb er, wie sie in jenen letzten Tagen, nachdem sie ihre wohltäterischen Absichten bekanntgegeben hatte, eines Morgens, nachdem der Krankenhausseelsorger gegangen war, auch dies gesagt hatte: »Schickt man sie nicht in die Krankenhäuser, weil da irgend etwas in ihrer Vergangenheit nicht ganz sauber ist?« Immer noch ganz die alte. Doch dann wiederum hatte sie, als sie ihm sagte, er solle das Haus auf Long Island haben, hinzugefügt: »Sorg dafür, daß Billy dich dort besucht. Er hat das Haus schon zu lange gemieden.«

Ich wußte, zu Lebzeiten hatte sie Billy mehr oder weniger ignoriert, wenn auch nur mit dem gleichen Mangel an Engagement, mit dem sie uns alle ignoriert hatte. Und so kam es, daß mir mein Vater als Erklärung, vielleicht zum ersten Mal überhaupt und in stark verkürzter Form, die Geschichte von Billys kurzer Romanze erzählte, seiner Verlobung mit einem Mädchen, das er dort draußen gleich nach dem Krieg kennengelernt hatte. Einem Mädchen, das an Lungenentzündung gestorben war, bevor sie hatten heiraten können.

Damals war Billy für mich nur einer von zahllosen Cousins meines Vaters. Was ihn heraushob, war nicht so sehr sein Alkoholismus (mir schien, daß es unter ihnen mehr Alkoholiker als Republikaner oder sogar als Rothaarige gab), sondern vielmehr seine Frau, Maeve, die kaum eigene Verwandte hatte und sich deshalb immer hilfesuchend an meinen Vater wandte, wenn sie Probleme mit Billy hatte. Ich nehme an, daß ich eine gewisse Verbindung zog – oder daß so, wie mein Vater die Geschichte erzählte, stillschweigend von einer gewissen Verbindung ausgegangen wurde – zwischen jener Ewigkeiten zurückliegenden Enttäuschung und Billys fortbestehender Trunksucht. Aber wie ich schon sagte, gab es auf dieser Seite seiner Familie zu viele Alkoholiker, die, soweit man es beurteilen konnte, die Frauen ihrer Träume geheiratet hatten, als daß diese Verbindung zwingend gewesen wäre.

»Glaubst du, er hat das Haus gemieden?« hatte er seine Mutter gefragt, verblüfft eher darüber, daß diese Art von Unterhaltung zu diesem späten Zeitpunkt überhaupt stattfand, als durch irgendwelche Aufschlüsse über Billy, mit denen sie aufwarten mochte.

»Ich denke, du weißt, daß er das getan hat«, hatte sie gesagt. »Und ich bin sicher, du weißt auch warum.«

»Rache«, verriet uns mein Vater jetzt. »Sturheit.«

Damit er, wann immer er dorthin eingeladen wurde oder wann immer jemand dort gewesen war, sagen konnte: »Nein, da gehe ich nicht wieder hin«, und sie alle ohne weitere Worte an das erinnern konnte, was er erlitten, was er damals vor all diesen Jahren gefunden und verloren hatte. Den Namen des Mädchens brauchte er nie zu nennen. Wenn er eingeladen wurde, brauchte er nur die Hand zu heben und ein gnädiges Nein, nein zu flüstern, um sie alle daran zu erinnern.

»Sorg dafür, daß Billy mal wieder dorthin kommt«, sagte die Mutter meines Vaters. »Und daß er seine Frau mitbringt.«

»Meine Mutter fühlte mit ihm«, bemerkte er und wertete dies als weiteren Beweis dafür, daß der Schein bei ihr getrogen, daß sie unter dem kühlen Äußeren immer ein warmes Herz verborgen hatte. »Sie hat an Billy gedacht. An Billy und Maeve und jenen Sommer, den er vor all diesen Jahren im Haus auf Long Island verbracht hatte. Sie hat sich mit allen möglichen Dingen beschäftigt, von denen wir nie etwas wußten.«

Was er natürlich damals nicht sagte, war, daß auch sie getrogen worden war. Daß sie trotz ihrer lebenslangen Verachtung für Selbsttäuschung und Liebesromantik und das tränenreiche Schwelgen in Reminiszenzen ihr Leben mit der Erinnerung an Billys Sommeridylle auf Long Island und sein hübsches (so erzählte man sich jedenfalls), über alle Maßen geliebtes Mädchen beschlossen hatte, das gestorben war. Sie hatte noch in dem Moment nach einem Weg gesucht, ihm zu helfen, da sie darangegangen war, ihre eigene Seele in Sicherheit zu bringen.

Billy kehrte wirklich zurück zum Haus auf Long Island, und zwar im Sommer 1975. Es war Anfang Juli, und mein Vater und ich holten ihn am Bahnhof von East Hampton vom Zug ab. Ich ging damals aufs College und machte ein paar Tage Pause zwischen zwei Sommersemestern. Vielleicht weil ich den Abscheu meiner Großmutter vor allem geerbt hatte, was des Guten zuviel war, hatte ich beschlossen, das College in der kürzestmöglichen Zeit hinter mich zu bringen und in jedem Sommer und Winter auch während der Semesterferien Lehrveranstaltungen belegt. Ich wollte noch im Dezember meinen Abschluß machen, eineinhalb Jahre vor der Zeit.

Seit dem Tod meiner Großmutter hatte mein Vater jeden Sommer zwei Wochen im Haus auf Long Island verbracht und es dann für den Rest des Jahres an Mr. West zurückvermietet, den Mann, den er immer noch als »den Mieter meiner Mutter« bezeichnete. Die Abmachung ging dahin, daß mein Vater, wenn er sich in acht oder zehn Jahren pensionieren lassen würde, unser Haus in Rosedale verkaufen und auf Dauer dorthin ziehen würde. Der Witz dabei war, daß Mr. West dann zu seiner Frau und den drei Söhnen zurückkehren würde, die er vor einem Dutzend Jahren verlassen hatte.

Meine Mutter war im Frühjahr 1973 an Lungenkrebs gestorben. Von Zeit zu Zeit legte sich mir das Einsiedlerleben, das mein Vater seitdem führte, immer noch bleischwer auf die Seele, die Arme, die Schultern, den Magen. Aber immer wenn wir zusammen waren, sah ich auch, daß ihm dieses Leben im Grunde lag. Er hatte immer schon in erstaunlichem Maße die Fähigkeit besessen, sich anzupassen und zufrieden zu sein, ob allein mit der Zeitung oder am Tisch bei einem Essen mit vielen Freunden und Verwandten. Ich nehme an, daß seine Mutter ihn gelehrt hatte, vom Leben nicht viel zu erwarten, und so war es für ihn ein leichtes, in jedem Tag eine nicht enden wollende Parade unverhoffter Freuden zu sehen. Sie sagte es als Warnung vor allem Übermaß, mein Vater dagegen mit einer Art staunender Dankbarkeit: Genug des Guten war tatsächlich genug.

Ich nehme an, es macht wenig Sinn, den Versuch zu unternehmen, das Ausmaß und die Tiefe der Liebesgeschichte zwischen den eigenen Eltern zu ergründen. Oder zwischen anderer Leute Eltern. Ich kenne ein älteres Ehepaar, das seine erwachsenen Kinder so gründlich von dem Charme und der Dauer ihrer leidenschaftlichen Geschichte überzeugt hat – jung geheiratet, arm gewesen, durch den Krieg getrennt, wieder vereint als hart arbeitende und hingebungsvolle junge Eltern, liebevolle Partner beim Aufbau eines Geschäfts, geduldige Wächter über ihre Teenager, Geldgeber für deren Studium und schließlich (dies, während sie einander voll Stolz in die Augen schauen) dankbare, reiche und immer noch leidenschaftliche Ruheständler und Großeltern –, daß diese Kinder in ihrem eigenen Liebesleben nichts als Kummer und Enttäuschung erfahren haben und nun, selbst in den mittleren Jahren, voll Neid und Verzweiflung auf ihre alternden und immer noch selbstgefälligen Erzeuger blicken.

Meine Eltern führten, wie ich glauben muß, eine Ehe, die den typischen Verlauf vom frühen Verliebtsein über wirkliche Liebe bis zu einer ab und an von Ungeduld oder Zerwürfnissen geminderten, von wechselseitiger Abhängigkeit getragenen und dann und wann von zärtlichen Gefühlen und Humor geschürten Zuneigung nahm. Daß sie einander geliebt haben, darf, so nehme ich an, vorausgesetzt werden, obwohl ich ebenfalls annehme, daß es Monate oder gar Jahre gegeben hat, in denen ihre Liebe füreinander vielleicht vollständig vergangen war und sie ihr gemeinsames Leben nur aus Gewohnheit oder der Unfähigkeit, eine Alternative zu finden, weitergeführt haben.

Eine ganz ordentliche, eine typische Ehe für die Mitte des zwanzigsten Jahrhunderts, die im Todesjahr meiner Mutter auf einmal zu etwas anderem erblühte. Ich zögere, dieses Wort für eine Zeit zu verwenden, die so voller Schmerz war, doch ich denke, daß meine Eltern ihre Leidenschaft füreinander erst während der Krankheit meiner Mutter entdeckten. Die Zeit des Kennenlernens, ihre junge Liebe, die Jahre, als sie die Kinder großzogen, jeder ganz gewöhnliche Tag, den sie bis dahin zusammen verbracht hatten, dies alles reduzierte sich auf den langen Anlauf, den sie genommen hatten, um in diesem Moment abzuspringen. Um zu zweit und mit Anmut über den Abgrund zu segeln.

Leichter wurde es dadurch, daß beide an ein Weiterleben in seiner einfachsten Form glaubten – daß mein Vater noch in jenen letzten Tagen, scherzend zwar und doch ohne Ironie, zu ihr sagen konnte: »Du wirst öfter von mir hören, als dir lieb ist. Ich werde dich vierundzwanzig Stunden am Tag um dies und das und jenes bitten. *Herrgott*, wirst du sagen, schon wieder eines von Dennis' Gebeten.« Worauf meine Mutter mit vor Schmerz heiserer Stimme antwortete: »Der Herrgott könnte dir den Rat geben, ab und zu mal ins Kino zu gehen und deiner armen Frau ein bißchen Ruhe zu gönnen. Schließlich ist sie im Himmel.«

Es war ein Scherz, aber sie glaubten daran und sie glaubten auch, denke ich, daß ihre Liebe, ihre Treue zueinander, nicht länger mit Glück oder Zufall zu tun hatten, sondern zu einer ebenso unvermeidlichen und unwillkürlichen Bedingung ihrer Existenz geworden waren wie das Pulsieren ihres Blutes und das Aufnehmen von Sinneseindrücken. Sie demonstrierten, so fand ich, eine geradezu abartige Freude darüber, wie nahe sie einander in jenem Jahr waren, als mein Vater zum ersten und einzigen Mal in seinem Leben den Dutzenden von Freunden und Verwandten den Rücken zukehrte, die sich mittlerweile ebenso auf ihn verließen wie einst auf seinen Vater, und nur noch an sie dachte. (Und nicht einmal mehr Billys Anrufe entgegennahm. Bevor er zu Bett ging, legte er ein Kissen über das Telefon in unserem Flur im ersten Stock und sagte, ich solle auf keinen Fall drangehen, wenn es mitten in der Nacht klingelte.) Sie zeigten in ihrer Erwartung dessen, was kommen würde, eine absonderliche Selbstgefälligkeit. Es war klargeworden, daß sie einander bis zum letzten Atemzug meiner Mutter lieben würden – war das nicht von Anfang an das Ziel gewesen? Sie würden einander sogar über die Zeit ihres gemeinsamen Lebens hinaus lieben. Konnte es einen größeren Triumph geben?

Mit achtzehn war ich da nicht so sicher. Mit achtzehn wollte ich nur eine Mutter, die leibhaftig dabei war, wenn ich meinen Universitätsabschluß machen, heiraten und eigene Kinder bekommen würde. Die verhinderte, daß mein Vater den Rest seines Lebens allein verbringen und seine tote Frau täglich mit tausend Gebeten quälen würde.

Am Morgen von Billys Ankunft frühstückten mein Vater und ich wie immer draußen auf den Stufen vor dem Eingang. Damals achteten wir sorgfältig darauf, alles genauso wie immer zu machen. Anders war es, wenn ich ihn zu Hause besuchte, wenn er seine Arbeit hatte, zu der er gehen konnte, und ich mein Zimmer und meine

Freunde, wo es für beide von uns genügend Überbleibsel aus unserem Leben gab, wie es vor ihrem Tod gewesen war, um uns ein oder zwei Stunden überstehen zu lassen, ohne sie zu vermissen. Aber wenn wir hier draußen auf Long Island zusammen allein waren, führte das vor allem dazu, daß uns ihre Abwesenheit auffiel, und deshalb klammerten wir uns an die Routine (oder vielmehr ich klammerte mich an das, was ich für die Routine meines Vaters in den Zeiten hielt, wenn ich nicht da war), als wäre sie uns vorgeschrieben.

Jeden Morgen wachte er um sieben Uhr auf und machte Gymnastik, wie er sie in der Armee gelernt hatte, entweder in seinem Zimmer oder draußen auf der hinteren Veranda. Dann duschte er, zog sich an und ging in die Küche, das Frühstück vorzubereiten. Ich stand auf, sobald ich ihn das Wasser aufsetzen hörte. Wenn ich mit dem Duschen und Anziehen fertig war, hatte er die Schalen schon mit Corn-flakes gefüllt, den Saft frisch gepreßt, und das Tablett wartete darauf, nach draußen gebracht zu werden, wo wir uns, wenn es schön war, auf die Stufen vor dem Haus setzten, damit mein Haar in der Sonne trocknen konnte.

Viel machte das Grundstück nicht her, doch zu dieser Jahreszeit waren das Unkraut und Dornengestrüpp, die den Rasen vor dem Haus umsäumten, voll von wilden Möhren und Mädchenauge, und am Rand der kleinen Gartenfläche neben dem Haus stand das Geißblatt in üppiger Blüte. Gegenüber von uns, auf der anderen Seite unserer Straße lag ein unbebautes Feld. Auch dort ein Gewirr aus Unkraut und Wildblumen, und mitten darin die zerfallenden Betonfundamente eines Hauses, das niemals gebaut wurde. Dahinter dann ein paar Bäume, die Bucht, der blaue Himmel.

Zu meinen Füßen war das Gras so grün, wie es nur

werden sollte, und der sandige Boden hielt schon die Wärme der Sonne. Ich lehnte mich zurück gegen die Stufe und widerstand dem Impuls, einen Splitter abgeblätterter grüner Farbe von meinem Ellenbogen zu schnippen (mein Vater saß auf der Stufe über mir und beobachtete mich), legte den Kopf in den Nacken, um die Sonnenstrahlen mit meinem Gesicht einzufangen, und spürte dabei wie so oft die Hoffnung auf eine sonnendurchtränkte Verwandlung, die vielleicht gewissen jungen Männern auffallen würde, wenn ich in der nächsten Woche zum College zurückkehrte: gebräunte Haut, sonnengebleichte Strähnen im Haar, der Körper gestrafft durch das tägliche Schwimmen im Meer...

Bei dem Geräusch eines Wagens, der über den Kies unserer Einfahrt rollte, öffnete ich die Augen wieder. Er bog gerade nur soweit ein, daß seine hintere Stoßstange nicht mehr in die Straße hinausragte, und sogar die Art, wie der Motor erstarb und die Fahrertür geöffnet wurde, hatte etwas Zaghaftes. Mr. West stieg umständlich aus und kam auf uns zu, wobei er die ganze Zeit wie ein Mann aussah, der im nächsten Moment den Rückzug antreten wollte. Er war schlaksig, älter als mein Vater, wie ich dachte, doch muskulös und gut gebräunt. Dicht an seinem Bein hielt er eine Zigarette in der hohlen Hand, wodurch er noch vorsichtiger und verstohlener wirkte, als er näher kam. Ich hatte ihn seit meiner Kindheit nur zwei- oder dreimal zufällig getroffen, einmal unten in Montauk, wo er sein Boot liegen hatte, einmal in Amagansett auf der Straße, doch die Streichholzbriefchen, Zeitschriften und Andenken, die er jedes Jahr im Haus zurückließ, gaben mir das Gefühl, ihn besser zu kennen. Er war, wie mein Vater gerne sagte, ein Bonacker, ein richtiger Bonacker, womit mein Vater sagen wollte, daß Mr. West ein Hinterwäldler war.

Mein Vater wünschte Mr. West einen guten Morgen, noch ehe er vor uns stand, und als er die Finger an seine dunkle Kapitänsmütze legte und sich dafür entschuldigte, daß er uns beim Frühstück störte, rief mein Vater: »Aber nicht doch, das macht gar nichts.« Freundlich und jovial, thronte er mit Schale und Löffel in der Hand auf der obersten Stufe wie der alte Kaiser Barbarossa persönlich. »Was kann ich für Sie tun?«

Mr. West wies auf den hinteren Teil des Grundstücks, auf die schindelverschalte Garage, wo er jedes Jahr während der zwei Wochen Urlaub, die mein Vater hier verbrachte, seine Kleidung und die persönlichen Sachen unterbrachte. »Da wären ein paar Kleinigkeiten, die ich bräuchte«, sagte er höflich. »Wenn es Ihnen nichts ausmacht.« Und mein Vater schwenkte den Löffel. »Nein nein, natürlich nicht. Machen Sie nur. Sie brauchen nicht zu fragen. Den Schlüssel haben Sie?«

Mr. West nickte und hielt ihm seine ausgestreckte Hand entgegen, auf der ein Schlüsselring lag.

»Dann nur zu. Lassen Sie sich ruhig Zeit.« Ganz der wohlwollende Vermieter.

Als aber Mr. West über den Seitenstreifen ging, die breite Tür aufschloß und in seinen Sachen herumwühlte (wir hörten ihn pfeifen und vor sich hin grummeln), saß mein Vater stocksteif und angespannt da, rührte weder seinen Tee noch die Corn-flakes an und sagte kein Wort, mit einem Mal mehr Mieter als Hausherr. Immer noch gehörten für ihn Haus und Grundstück eher dem Mieter seiner Mutter als uns.

Und dann drang plötzlich ein Schwall lauter Musik aus dem Auto am Ende der Auffahrt, abrupt einsetzendes Pfeifen, Gesprächsfetzen, Rauschen, Geigen, Rockmusik. Mein Vater und ich sahen beide hinüber, aber ich weiß, daß ich ihn durch die Windschutzscheibe mit ihrem Spiel aus Sonnenlicht und Schatten zuerst sah: einen jungen Mann vorne auf dem Beifahrersitz, der sich zum Radio vorbeugte und einen Sender suchte. Er lehnte sich wieder zurück und streckte einen Arm durch das offene Wagenfenster, trommelte mit den Fingern auf das Dach. Doch dann hielt er inne und hob die Hand mit gespreizten Fingern, und ein geflochtenes Armband aus dunklem Leder rutschte über sein Handgelenk auf den Unterarm – eine Geste, die zuallererst dies zu sagen schien: keine böse Absicht. Ich hob die Hand zur gleichen Geste.

Und da war sie: unsere Begrüßung. Jene erste Ewigkeit, in der unsere zukünftigen Kinder die Ohren gespitzt haben mögen.

»Einer seiner Jungs«, sagte mein Vater. Cody oder John oder Matt, wie ich von den Namen wußte, die mit Bleistift hinten auf die Tür zur Speisekammer geschrieben waren. 1967 war Matt der Größte gewesen. »Er lebt bei seiner Frau.«

Mein Vater glaubte, Mr. West hätte seine Frau und die drei Söhne 1964 nicht verlassen, wenn nicht an dem Tag, als er aus dem Haus seiner Familie in Amagansett gestürmt war, meine Großmutter zur Stelle gewesen wäre und ein möbliertes Haus mit einer günstigen Jahresmiete angeboten hätte. Was er getan hätte, was er hätte tun sollen, behauptete mein Vater, sei folgendes: Er hätte aus dem Haus stürmen, zum nächsten Supermarkt fahren und sich einen Sechserpack Bier holen sollen, um es anschließend auf seinem Boot zu leeren, das damals in Three Mile Harbor im Trockendock lag. Dann hätte er da einschlafen und am nächsten Morgen nach Hause kriechen sollen, verkatert, voller Reue und durchgefroren bis auf die Knochen. Aber was dieses Szenario verhinderte, was das Leben von Mr. und

Mrs. West wie das ihrer drei Kinder für immer veränderte, war die Karteikarte, auf die meine Großmutter *Haus zu vermieten, ganzjährig, möbliert* geschrieben und die am Anzeigenbrett gleich neben dem Eingang gesteckt hatte, die Karteikarte, die sich Mr. West beim Verlassen des Geschäfts, den Sechserpack unterm Arm, heruntergerissen hatte, daß die Reißzwecken nur so flogen.

Das schlechte Gewissen, das meinen Vater bei dem Gedanken befiel, Mr. West in acht oder zehn Jahren zu kündigen, wenn er unser Haus in Rosedale verkaufen und ganz nach Long Island hinausziehen wollte, wurde durch seinen Glauben beruhigt, daß Mr. West, wenn es dazu kam, zu seiner Frau und den dann erwachsenen Kindern zurückkehren würde.

Der Mann kam mit einer Jacke und ein paar losen Papieren unter dem Arm aus der Garage. Er rief ein Dankeschön herüber, stieg in den Wagen und setzte langsam zurück. Sein Sohn schaute nur kurz aus dem Fenster, als sie zum zweiten Mal an uns vorbeifuhren.

Drinnen wuschen mein Vater und ich ab, wie jeden Tag, trockneten ab, räumten auf. Wir sprachen kurz darüber, was mit dem Wein und Bier im Kühlschrank, dem Scotch im Küchenschrank passieren sollte, bis mein Vater abwinkte und sagte: »Lassen wir alles, wie es ist. Es ist seine Sache, nicht unsere.« Doch dann fügte er noch hinzu, es könne nicht schaden, wenn auch wir die Finger davon ließen, bis Billy wieder weg sei.

Wie jeden Tag, fuhren wir zum A&P in East Hampton und kauften für das Abendessen ein: etwas zum Grillen draußen und etwas Süßes als Nachtisch. Dann, zwanzig Minuten zu früh, machten wir uns auf den Weg zum Bahnhof.

Es war einer jener Bilderbuchtage auf dem östlichen

Long Island. Jetzt, mitten in der Woche, döste der kleine Ort in der blitzsauberen Stille dahin, die sich in der Zeit zwischen Sonntagabend und Donnerstagnachmittag – dann setzte der Strom der Wochenendurlauber wieder ein – stets über ihn legte. Über das schöne Ozeanbadeblau des Himmels zogen makellos weiße Wattewölkchen, und die Geranien und Impatiens um das Bahnhofshäuschen standen in üppiger Blüte. In der Luft lag der süße Duft von Heu und Gras, dazu ein Hauch des salzigen Ozeans. Auf dem Bahnsteig beugte ich mich vor, schaute die Gleise entlang und sah den Punkt, wo sich inmitten dunkelgrüner Bäume die Erde krümmte und die zwei schwarzen Gleislinien miteinander verschmolzen: *Unendlichkeit*. Wie konnte jemandem, der die Abbildung dazu in Schulbüchern gesehen hatte, das Wort nicht in den Sinn kommen?

Eine Frau gesellte sich auf dem Bahnsteig zu uns, eine große Frau in einem dünnen Kleid mit einem Strauß Wildblumen, den sie in der Armbeuge hielt. Danach zwei junge Männer, sonnengebräunt und ohne Socken, die teuere Schattierungen von Hellgelb und Blaßrosa trugen. Dann drei Mädchen in weißer Tenniskleidung und Goldschmuck, noch ein Bild wie aus dem Schulbuch, doch diesmal hätte die Unterschrift *Debütantinnen in den Hamptons* gelautet.

Ich trug unter dem Knie abgeschnittene Jeans, Sandalen und ein T-Shirt von meinem College, mein Vater ein abgetragenes Polohemd aus Polyester und eine graue Anzughose aus Gabardine, dazu eine beige Baseballkappe mit Flecken auf Schirm und Schweißband, so daß das Bild von uns beiden vermutlich mit *Einheimische aus Queens* untertitelt worden wäre.

»Er wird feststellen, daß sich alles verändert hat.« Mein Vater sprach von Billy. »Nach dreißig Jahren.«

Und dann: »Teufel noch eins, hoffentlich ist er nüchtern.«

»Und wenn nicht?« fragte ich. »Wo er jetzt doch dieses Gelübde abgelegt hat, kommt er dann gleich in die Hölle?«

Mein Vater warf mir einen Blick zu und sah die Abtrünnige in mir. (Und sah dabei auch, wie ich vermute, das schiefe Lächeln seiner Mutter.) »Ich weiß nicht«, sagte er, um sich meinen Sarkasmus zu ersparen. Wir hatten es seit langem aufgegeben, über die Feinheiten unseres Glaubens zu streiten.

Wir spürten die Veränderung in der Luft, bevor wir zur Bestätigung aus der Ferne das Pfeifen des Zuges hörten. Mit einem Mal wurden alle auf dem Bahnsteig aufmerksam. Die hinten Stehenden traten vor, die an der Bahnsteigkante zurück. Wieder heulte die Pfeife auf, und dann war da die schwarze, alles verdunkelnde Lokomotive, das Kreischen der Bremsen, bis der Zug keuchend, wie es schien, und gewaltig groß vor uns zum Stehen kam und etwas eintrat, das man für Stille hätte halten können. Wir hörten die Stimme des Schaffners, sahen seine Gestalt, wie sie sich von Fenster zu Fenster fortbewegte. Ein weiterer Schaffner schwang sich aus dem mittleren Waggon und musterte den Bahnsteig vor und hinter sich, als wäre er in eine unsichere und feindselige Gegend geraten. Dann ließ er den Handlauf los, trat auf den Bahnsteig und wandte sich um, den Fahrgästen behilflich zu sein, die sich hinter ihm schon drängten.

Billy stieg seitwärts aus; zuerst kam seine schwarze Tasche, dann schwarze Schuhe und weiße Socken und der blaßblaue Seersucker-Anzug eines Südstaaten-Gentleman. Er lächelte und winkte uns zu, stellte dann seinen Koffer ab und sah uns entgegen.

Er war größer als mein Vater, stand aber leicht gebeugt. Er war sein Leben lang dünn gewesen, und das Schwere und Aufgedunsene, das Alter und Alkohol seinem Körper mitgegeben hatten, schien irgendwie irrelevant zu sein; er hielt sich immer noch wie ein dünner Mann. Noch immer würde man ihn als solchen beschreiben. Das dunkle, aus der Stirn zurückgekämmte Haar zeigte noch die Spuren seines nassen Kamms. Er trug eine randlose Brille, wie man sie früher nur bei Priestern und Nonnen sah, und seine blauen Augen waren fahlgrau, fast perlmuttfarben. Während er auf uns wartete, lächelte er dünn und legte, elegant wie ein Kardinal, die Hand leicht auf seinen roten Schlips. Doch dann streckte mein Vater die Hand aus und sagte: »Hey, Guugenheimer«, und im selben Moment brach ein durchtriebener Humor auf seinem Gesicht durch. Er grinste, sie grinsten beide, schüttelten sich die Hände, lachten sogar, obwohl keiner von beiden ein weiteres Wort gesagt hatte. Geplatzte Äderchen und Besenreiser färbten seine Wangen und die Nase hochrosa – Spuren seiner Ausschweifungen, sicher, die aber bei Billy auf schwer zu fassende Weise bezaubernd wirkten, fast als wären sie beabsichtigt, so wie ein Hauch von Rouge und Puder im schönen Gesicht eines Schauspielers.

»Wie war die Fahrt?« fragte mein Vater, immer noch lachend, als ahne er die Pointe in der Antwort schon.

»Liegt jetzt hinter mir«, sagte Billy grinsend.

Er nahm meine Hand – seine war kalt –, und ich gab ihm einen flüchtigen Kuß auf die Wange, die auch kalt war und noch nach Ivory Soap und Sensens Lakritz roch.

Als der Zug wieder anfuhr, winkte er drinnen jemandem zu – »der Sohn von Barney Callaghan«, teilte er meinem Vater mit. »Ist das die Möglichkeit? Schaffner auf der Long Island Railroad.« Er drehte sich um und zwinkerte mir zu. »Die Kinder«, sagte er, »übernehmen die Welt.« Er strahlte über das ganze Gesicht: kleine weiße Zähne, blaue Augen, rosarote Wangen und rote Lippen, Brillengläser, in denen sich aufblitzend das changierende Licht fing.

Am Wagen legten wir Billys Reisetasche in den Kofferraum (ein flüchtiger Blick auf den Gerätekasten meines Vaters mit der Angelrute und auf die sandbestäubte grüne Armeedecke).

Mein Vater schlug vor, im Restaurant auf der anderen Straßenseite gegenüber zu Mittag zu essen, und Billy warf einen Blick darauf und nickte, als ob es etwas wäre, an das er sich erinnerte. Zu dieser Stunde war die Straßenkreuzung fast leer, und in der plötzlichen Stille, die auf die Abfahrt jedes Zuges folgte, hatte das Sonnenlicht etwas von einer Vorahnung. Dodge City, zwölf Uhr mittags, unmittelbar vor dem Showdown.

»Alles ist wie früher«, sagte Billy, gerade als die mittägliche Stille erste Fransen an den Rändern zeigte: Irgendwo sprang eine Ampel um; Autos fuhren wieder in unsere Richtung.

»Nein, es hat sich verändert«, erwiderte mein Vater. »Es hat nichts Ländliches mehr, sondern ist eher wie ein beliebiger Vorort. Wir fahren ein bißchen herum, dann wirst du schon sehen.«

Drinnen im Restaurant war die Luft frostig kalt, es war dunkel, und obwohl fast alle Tische besetzt waren, lag ein Schweigen über dem Raum. Als ich mich setzte, erschauerte ich und rieb mir die bloßen Arme. Billy beugte sich zu mir herüber. »Ich werd dir sagen, was hier los ist«, flüsterte er und hob den Finger zum Vortrag. Seine Lippen waren auffallend glatt, die Augen rot unterlaufen, aber klar. »Alle, die hier sitzen, haben sich den ganzen Sommer über die Hitze beschwert, und jetzt bringen sie es nicht über sich, über die Kälte zu klagen.« In seinem Mundwinkel zuckte ein Lächeln, und er lehnte sich ein wenig zurück. Dann gab er dem Kellner ein Zeichen. »Meinen Sie, es wäre möglich, die Temperatur ein bißchen höher zu stellen?« bemerkte er sanft mit einem Hauch von Akzent in der Stimme, sicher ein Souvenir seiner Reise nach Irland.

»Wir sind gerade dabei«, antwortete der Kellner gereizt.

Er ging, und Billy schob seinen Stuhl zurück, stand auf und machte viel Aufhebens davon, sein Jackett auszuziehen und es mir mit einer galanten Geste um die Schultern zu legen, wobei er zu den Gästen ringsum, die den Blick zu ihm erhoben hatten, bemerkte: »Ein bißchen kühl hier, oder? Finden Sie nicht auch?« Und von jedem einzelnen Zustimmung erntete. Es war, als stiftete er eine Gemeinschaft. »Sieh mal an, Sie haben sich einen Pulli mitgenommen«, sagte er zu der älteren Dame gleich am Nebentisch. »Sind Sie aber schlau.« Das Jackett roch nach Old Spice und der Long Island Railroad. Erschauernd zog ich es über die Ellenbogen und fühlte dabei etwas Kleines und Eckiges in einer Tasche – ein Gebetbuch oder ein Flachmann.

Als der Kellner schließlich kam, die Bestellungen aufzunehmen, wußte Billy bereits, daß die alte Dame mit dem Pullover seit 1952 hier draußen lebte und für kein Geld der Welt im Winter nach Florida umziehen würde. Und daß ihre Begleiterin, die ihre Kindheit in Sag Harbor verbracht hatte, ganz ihrer Meinung war, obwohl sie selbst immer noch in Yonkers lebte.

»Tja, ich bin seit beinahe dreißig Jahren nicht mehr hier draußen gewesen«, erzählte er ihnen. So wie er es sagte, klang es fast, als wäre er als Kind ebenfalls hier zu

Hause gewesen. Die Frauen zeigten hinreichend viel Mitgefühl. Und ausreichend Unverständnis. »Sehen Sie, meine Frau fährt lieber zu den Rockaways, oder jedenfalls fuhr sie früher gern dahin, bevor sie sich veränderten«, fuhr er fort. »Sie mag Orte mit einer Strandpromenade. Und Sie wissen ja, wie das ist – ein Sommer vergeht und dann noch einer, und immer sagst du bloß: ›Nächstes Jahr wollen wir aber mal wieder dahin fahren.‹ Wenn Sie mich fragen, ist es der schönste Fleck auf der Welt, aber Sie kennen das ja, auf einmal sind's dreißig Jahre, obwohl es scheint, als wär's gestern gewesen.«

Während er redete, krempelte er die Ärmel hoch – die blasse Haut seiner Unterarme war körnig, die Spuren einer Schuppenflechte vom letzten Winter –, nahm einen Tintenfüller aus seiner Brusttasche und warf ein paar Zeilen auf die Ecke seines papiernen Platzsets, wobei er dennoch die ganze Zeit den Damen neben uns am Tisch seine ungeteilte Aufmerksamkeit zu schenken schien. Er faltete das Set einmal, dann noch einmal in Viertel, knickte an der Oberkante ein ordentliches Dreieck heraus, steckte es nach innen und schrieb eine Adresse auf die weiße Vorderseite – Pater sowieso, wie es aussah, Albany, New York. Dann fuhr er mit einem Finger in die Brusttasche seines Hemdes, holte eine einzelne Briefmarke heraus, leckte sie an und klebte sie in die Ecke. Den Umschlag legte er an den Rand unseres Tisches, als ob ein Kurier ihn jeden Moment abholen könnte.

»Ach ja, es hat sich hier draußen verändert«, erzählte ihm die Frau mit dem Pullover. »Es ist nicht mehr so, wie es in der Vierzigern war.«

»In meinen Träumen schon«, erwiderte Billy. »Ganz genau so.« Er zwinkerte ihnen zu, fuhr sich mit der Hand durchs Haar. »Andererseits bin ich ja auch noch derselbe.«

»Ach, sind wir das nicht alle?« sagten die Dame mit dem Pullover und ihre Freundin gleichzeitig.

Billy lächelte ihnen zu und wirkte fast dankbar dabei, so als könnte er sich nicht vorstellen, zwei angenehmere und einfühlsamere Frauen am Nebentisch zu haben. Er hob sein Glas Wasser. »Gott segne die Träume«, sagte er, und die Damen wiederholten seinen Trinkspruch. Wären Schuhe zu kaufen gewesen, er hätte ihnen vermutlich ein Dutzend Paar andrehen können.

Als der Kellner mit unseren Sandwiches kam, sah er einigermaßen konsterniert auf den leeren Tisch vor Billy und schob dann schnell das nicht gebrauchte Platzset auf unserem Tisch zu Billys Platz hinüber. Während des Briefeschreibens und der gleichzeitigen Unterhaltung mit den Damen hatte mein Vater die ganze Zeit zurückgelehnt dagesessen und gegrinst; er hatte seinem Cousin zugeschaut, wie der ganz er selbst war, und seine Freude an ihm gehabt – ein anderes Wort gab es nicht. Er hatte seine Freude an ihm gehabt. Zum ersten Mal bekam ich eine Ahnung davon, was für einen Preis mein Vater in all den Jahren meiner Kindheit gezahlt haben mußte, als Billy Hausverbot bei uns hatte, bis er sich wieder nüchtern zeigen konnte, ebenjenen Jahren, in denen wir mitten in der Nacht von der Stimme meines Vaters geweckt wurden, wenn er in den Hörer schrie: »Billy, du bringst dich um.« Oder, gedämpfter zwar, aber dennoch verzweifelter: »Sag mir einfach, wo du bist, Billy. Sag mir einfach nur, wo du bist.«

Ich berührte mit dem Ellenbogen den Gegenstand in Billys Jackett. War es ein Flachmann, dann war er leer. War es ein Gebetbuch, war es ziemlich dünn.

»Nun, wie geht's denn allen so?« fragte mein Vater und beugte sich vor zu seinem Sandwich.

Billy begann mit einer vertrauten Litanei: die Kinder

seiner Schwester Rosie (Holy Cross College und Katherine-Gibbs-Handelsschule für Mädchen, Queensborough Community College und die Telefongesellschaft) und die Kinder seiner Schwester Kate (Regis, Fordham, Notre Dame, Marymount, Chase Manhattan Bank) und seine Mutter, die mit achtzig vor dem Schlafengehen immer noch einen zur Brust nahm. Und wen er aus ihrem alten Viertel gesehen hatte und wen aus dem Büro und wer sie fürs nächste Wochenende nach Breezy Point eingeladen hatte und hast du schon gehört, Kates Mann ist jetzt der Finanzvorstand für den gesamten Konzern, und das heißt noch ein Anbau an ihr Haus in Rye, das schon jetzt allemal groß genug ist, weshalb er zu ihr gesagt hat: Warum nimmst du nicht einen Teil des Geldes und spendest es für die Armenspeisung, statt an einem Haus herumzubauen, das längst tipptopp ist? Nicht daß sie mit ihrem Leben glücklich ist oder je gewesen wäre, wenn ihr wißt, was ich meine. Sie sagte ihm, sie könne sehr wohl beides zugleich tun, für die Armen spenden und an ihrem Haus einen neuen Gästeflügel anbauen, was nur beweist, daß sie nicht nur nicht verstanden hat, worum es beim Spenden eigentlich geht, sondern mittlerweile genauso süchtig nach dem Geldausgeben ist wie ihr Mann nach dem Geldverdienen.

»Und wie war Irland?« fragte mein Vater.

»Kalt«, sagte Billy mit einem Kopfschütteln, als wäre das Wetter ein moralischer Fehler. »Und naß. Ein elendes Land, um mit dem Trinken aufzuhören.«

Mein Vater lächelte nachsichtig. »Aber du hast aufgehört.« Es war eine Feststellung, keine Frage.

»Ich habe mich verpflichtet«, nickte Billy. »Und am Tag nach dem Gelübde hab ich mir einen Wagen gemietet und bin runter ins County Wicklow gefahren. Nur ich allein. Nach Clonmel.«

»Und wie war das?« fragte mein Vater – ich muß sagen, er brachte es ganz beiläufig heraus.

Billy legte langsam sein Sandwich auf den Teller und lehnte sich zurück, die Finger an die Tischkante gelegt. »Eva hat dort eine Tankstelle«, sagte er. »Zusammen mit ihrem Mann. Sie hat vier Kinder.« Eine kleine Pause. »Die Eva.«

Mein Vater rührte mit einem langstieligen Löffel in seinem Eistee herum. Er nickte, nahm den Löffel bedächtig heraus und legte ihn auf den kleinen Untersetzer unter seinem Glas. Fuhr mit dem Finger über den Zitronenschnitz, der dort lag. »Das wußte ich«, sagte er.

Billy runzelte die Stirn und lächelte dünn. Seine Zähne waren vollkommen gleichmäßig und gerade. Ein künstliches Gebiß – wie ich mich erinnerte, hatte meine Mutter mir das einmal erzählt. Mit freundlicher Unterstützung von Uncle Sam. »Sie hat mir erzählt, daß du es wußtest«, sagte er.

Mein Vater spielte mit dem Löffel. Hätte ich an einem früheren Punkt der Unterhaltung gefragt, wer Billy Sheehy oder Marge Tierney waren oder Eddie Schmidt oder Tony D'Agostino, hätte ich möglicherweise an diesem Punkt Fragen nach Eva gestellt, nach ihrer Tankstelle und ihren vier Kindern. Doch in dem Waldorfsalat waren Walnüsse, auf die ich, wie ich fand, wirklich hätte verzichten können, und der Gedanke lag nahe, daß Eva jemand aus der Nachbarschaft war, aus dem Büro oder aus meines Großvaters weitverzweigter Hinterlassenschaft von Einwanderern und Einwandererkindern. Jemand, dem Billy Briefe aus gefalteten Platzsets schicken könnte.

»Ich wußte es wirklich«, bemerkte mein Vater. »Das muß ich leider sagen.«

Worauf Billy ein wenig Luft zwischen den Lippen entweichen ließ, den Kopf schüttelte und zu der kalten Decke über uns hinaufsah. Dann zwinkerte er mir zu. »Als du getauft wurdest«, sagte er, »fuhr uns dein Vater von eurem Haus zur Kirche. Deine Mutter, Friede ihrer Seele, blieb zu Hause – so war das damals, nicht?« – dies zu meinem Vater – »die Frauen verpaßten die Taufen ihrer eigenen Kinder und blieben zu Hause, um alles für die Feier vorbereiten zu können.«

»Eigentlich sollten sie als Wöchnerinnen noch gar nicht aufstehen«, sagte mein Vater und gestand dann ein: »Aber für gewöhnlich bereiteten sie die Feier vor.«

»Deshalb hielt deine Tante dich auf dem Arm«, fuhr Billy fort, »Louise, die Schwester deiner Mom, und sie und ich sind gleich reingegangen, zusammen mit den anderen, während dein Vater den Wagen geparkt hat. Du warst noch ganz neu in der Gemeinde, nicht, Dennis? In St. Clare, meine ich.«

Ich sah, wie mein Vater, der ahnte, was kommen würde, zu grinsen begann. »Wir hatten erst im Monat davor das Haus gekauft.«

Billy wandte sich mir wieder zu. »Nun, beim Parken muß er die Orientierung verloren haben, denn er brauchte länger, als wir gedacht hatten, und bevor wir uns versahen, standen wir schon alle am Taufbecken und warteten auf ihn. Da kam er auch schon, im Laufschritt, und als er uns mit dem Priester da stehen sieht, macht er einen kleinen Sprung auf uns zu – ich glaube, er dachte, daß wir ohne ihn anfangen wollten – und landet, patsch, mit dem Gesicht nach unten, genau vor unseren Füßen.«

Jetzt grinste mein Vater, blickte zu Boden und schüttelte den Kopf.

»Ich habe die Geschichte schon ...«, versuchte ich einzuwerfen, doch Billy fuhr fort.

»Tja, alles sagt erschrocken du großer Gott, und als der Priester sich zu ihm herabbeugt und ihm aufhelfen will, schaut dein Vater mit hochrotem Gesicht zu ihm auf und sagt: ›Ich bin so voll.‹«

»Vor Glück!« meldete sich jetzt mein Vater. »Ich wollte sagen, ich bin so voll von Glück, daß ich hätte überfließen können …«

Billy drohte ihm mit dem Zeigefinger. »Klar, aber was du gesagt hast und was alle gehört haben, war: ›Ich bin so voll.‹« Dies wieder zu mir, und seine Augen waren auf einmal tränennaß, obwohl in dem Moment nur mein Vater lachte. »Und gerade mal eine Woche später gehe ich in ein Diner oben am Linden Boulevard, und da sitzt dieser Priester, der dich getauft hat – wie hieß er noch gleich, Dennis, ein älterer Mann …?

Mein Vater schüttelte den Kopf, um zu zeigen, daß er sich nicht erinnern konnte. »Ich müßte es wissen«, sagte er. »Als die Taufe vorbei war, hat er mich ganz gewaltig vergattert.«

»Wie auch immer, jedenfalls sitzt er da in diesem Diner und dann steht er auf und kommt an meinen Tisch und fragt mich: ›Wie geht es Ihrem armen Bruder, diesem Unglücksraben?‹ – er dachte, wir wären Brüder – und ich sage zu ihm: ›Immer noch genauso voll, fürchte ich.‹« Und nun lachte auch Billy, ein tiefes, leises, doch unbezähmbares Lachen, und in seinen Augen glänzten die unvergossenen Tränen. »›Immer noch genauso voll‹, habe ich gesagt.« Er warf meinem Vater einen Blick zu. »Nicht direkt gelogen, könnte man sagen. Eher eine Sache der Auslegung.«

Mein Vater senkte wieder den Kopf, als wolle er einen Fehler eingestehen, doch als er aufsah, zeigte sein Lächeln, daß ein Schatten von ihm gewichen war. »In Ordnung«, sagte er, als sähe er seinen Irrtum ein. »In

Ordnung.« Als hätte er das Gefühl, ihm wäre gerade verziehen worden.

Wir nahmen ihn mit auf die übliche Palasttour vorbei an den großen Anwesen von East Hampton, und er schien sich von dem einzigen Sommer, den er damals nach dem Krieg hier verbracht hatte, an jedes einzelne von ihnen zu erinnern. Eines identifizierte er als den Landsitz der Appletons – er hatte seinerzeit eine Postkarte mit einem Foto davon gekauft. Mosler, Eastman, Bouvier. Sein Lieblingshaus stand über einem Kartoffelfeld unmittelbar am Saum des Strandes. »Wo ist Pudding Hill Lane?« fragte er, und mein Vater bog für ihn fast im Schrittempo in die schmale Straße ein. Einmal drehte sich Billy zu mir auf dem Rücksitz um und bemerkte: »Diese Kästen nannten sie ihre ›Häuschen im Grünen‹.« »Ja.« Ich nickte, als wäre die darin liegende Ironie immer noch von Interesse. Die Wagenfenster waren heruntergekurbelt, und Billy hielt sich mit einer Hand an der Dachkante fest. Die andere hatte er in die leere linke Tasche seines Jacketts gesteckt.

»Nun, schön ist es hier immer noch«, sagte er, als wir zum Dorf und dem kleinen Haus zurückfuhren. »Es hat sich doch nichts verändert.«

»Nur wir«, sagte mein Vater, aber Billy war schon dazu übergegangen, ein Gedicht aufzusagen, langsam und leise, wie jemand, der eine Melodie vor sich hin summt, und er ließ die Worte von der Brise davontragen, die durch das offene Fenster hereinstrich. »›Nun steh ich auf und gehe, nach Innisfree ich geh …‹« Mein Vater und Billys Freunde und Verwandten waren alle ein wenig stolz darauf, daß er den ganzen Krieg über einen Band mit Yeats-Gedichten bei sich getragen hatte. Nicht daß mein Vater oder die meisten der Familie die Gedichte selbst gelesen hätten; es war eher so, daß Billys Interesse daran sie von jeder Verpflichtung entband, eigenes Interesse zu zeigen. Als meine Generation von Cousins und Cousinen mit Gedichtbänden von Ginsberg, Ferlinghetti und Sylvia Plath aus dem College zurückkam, konnten unsere Eltern die Nase rümpfen: »Ach ja, klar, Lyrik. Billy Lynch liebt diesen irischen Dichter, Yeats (je nachdem nannten sie ihn Yates oder Yeets)« – und das mit einer stolzen Nonchalance, die anzudeuten schien, der Dichter sei der Freund eines Freundes. »›Dort werd ich Frieden spüren‹«, schloß Billy.

Im Haus schlüpfte ich schnell in meinen Badeanzug und machte mich auf den Weg zu meinem täglichen Verwandlungsschwimmen, vorbei an den beiden, die vor dem Haus auf den Stufen saßen und Wassergläser mit Limonade in den Händen hielten. *Time* lag auf meines Vaters Knie: ein Artikel über Nixon, den armen Kerl (wie sie sagten), den armen, in die Enge getriebenen Mann, der sich vollkommen in seine Lügen verstrickt hatte. Billy hatte Jackett und Schlips im Gästezimmer gelassen.

Bis zur Bucht waren es ungefähr eineinhalb Meilen; der Weg führte durch Straßen, die, wie mein Vater meinte, mehr und mehr nach Vorstadt aussahen. Jedesmal wenn wir diesen Weg zusammen gingen, wies er mich darauf hin, daß vor dreißig Jahren kaum ein Haus zwischen unserem und der Bucht gestanden hatte und die asphaltierte Straße damals größtenteils noch unbefestigt gewesen war. Im ersten Sommer nach ihrer Rückkehr aus Übersee hatten er und Billy sich von Mr. Holtzman die Sense geliehen und sie streckenweise selbst verbreitert.

Jetzt säumten hier ebenso viele Häuser und Autos die Straße, wie in Long Islands grüneren Vororten zu finden waren. Und obwohl die meisten der Häuser hier mit ihren angebauten Carports und den dekorativen Hummerkörben, mit den Marineflaggen und den Badmintonnetzen in sandigen, schattigen Hintergärten offensichtlich Sommerhäuser waren – Häuschen im weniger ironischen Sinn des Wortes –, gab es daneben eine ganze Zahl, die mit fahlgrauem Aluminium verkleidet waren, Häuser mit maßgefertigten Vorhängen hinter Erkerfenstern und mit richtigen Doppelgaragen, die genauso solide gebaut und vorstädtisch fade waren wie die in Rosedale oder um Franklin Square. Häuser, in denen rund ums Jahr gelebt wurde, in denen es pünktlich um sechs Uhr Abendessen mit Makkaroniauflauf gab und jeden Morgen die Hast und Hetze, um zur Arbeit zu kommen oder den Schulbus nicht zu verpassen. So weit das Auge reichte, wurde die Sommerromantik vom Alltag der Vorstädte eingeholt. Die Chancen für unsereins, zwei kostbare Wochen im Hochsommer an einem wildromantischen Ort am Meer zu verleben, eine Auszeit zu nehmen, wie Billy und mein Vater es nach dem Krieg genannt hatten, schwanden mehr und mehr dahin.

Als ich ein Auto hinter mir hörte, wich ich auf den staubigen Straßenrand aus, wie ich es mir angewöhnt hatte, seit ich diesen Weg nahm. Ich schoß dem Fahrer über die Schulter einen wütenden Blick zu, als ich die Wärme des Motors hinten an den Beinen spürte. Schließlich war es mein Leben, das mich da bedrängte, meine Zukunft, die mich zu überfahren drohte – wer würde da nicht böse blicken?

Ich ging noch langsamer, trat sogar auf die sandige Böschung der Straße, in das Gras und das hohe Unkraut. Schließlich drehte ich den Kopf zur Seite. Es war der Wagen von Mr. West, und Matthew oder Cody oder John saß am Steuer, lehnte sich quer über den Beifahrersitz und rief durch das offene Fenster, er könne mich ein Stück mitnehmen.

Er (Matthew, du) war in zwanzig Minuten mit einem Freund am Hummerkai verabredet. Die Erinnerung an eine erste Unterhaltung am selben sonnigen Strand, an dem Billy in jenen ersten Wochen nach seiner Rückkehr aus dem Krieg Eva kennengelernt hatte, blieb uns also erspart. Statt dessen saßen wir auf dem breiten Vordersitz des Wagens. Der Geruch von kaltem Zigarettenrauch und alten Joints mischte sich mit dem süßen Duft des Strandtuchs, das ich auf meinem Schoß hielt. Du warst braungebrannt und trugst das Lederarmband an deinem rechten Handgelenk, und das College (Stony Brook) lag gerade hinter dir. Du hattest für den ganzen Sommer auf einem Fischerboot für Charterfahrten angeheuert. Wolltest einmal selbst eines besitzen. Wolltest die Westküste sehen. Fuhrst nie in die Stadt, konntest sie nicht ausstehen. Konntest dir nicht vorstellen, an einem Ort wie Rosedale zu leben oder hoch im Norden, in Buffalo, aufs College zu gehen. Ein Bonacker warst du, ein richtiger Bonacker. Doch du hattest einen sarkastischen Zug um den Mund, und deine Augen waren dunkelbraun. Ich vermutete, dein Gesicht würde im Alter genauso werden wie das deines Vaters, ohne die verschüchterten Augenbrauen allerdings. Du zogst den Kopf ein, wenn du lachtest, wie jemand, der auf der Bühne steht und seinen Text verpatzt hat, wie jemand, der sich verbessern muß.

Wir einigten uns darauf, am Abend auszugehen. Auf dem Rückweg von der Bucht – ich war länger geblieben als sonst, meinem Attraktivitätskonto zuliebe, wie ich glaubte – fragte ich mich, ob mein Vater mir das übelnehmen würde. Was meine Mutter gesagt hätte, wußte ich: Für sie war eine Verabredung mit einem jungen Mann meine wichtigste gesellschaftliche Verpflichtung, hinter der alle anderen Ansprüche zurückzustehen hatten. Sogar in ihren letzten Tagen bestand sie darauf, daß ich ausging, wenn mich jemand einlud. »Nun geh«, hatte sie gesagt und die Stirn gerunzelt, als ob sie nicht glauben konnte, daß ich noch zögerte – als wollte sie sagen: Habe ich dir denn gar nichts beigebracht? Wenn sie nicht sprechen konnte, hob sie lediglich ihre Hand und winkte mich hinaus: *Geh*.

Jetzt saßen sie in Liegestühlen, mein Vater und Billy, draußen auf dem spärlichen Gras vor dem Haus. Als ich die Straße herunterkam, beugte sich mein Vater gerade vor, die Unterarme auf die Knie gestützt, und hörte ihm zu wie ein Priester, der sein Amt ernst nimmt. Auch Billy saß vorgebeugt da, hatte aber die Arme vor der Brust verschränkt und hielt den Rücken gerade. Beim ersten Geräusch meiner Sandale auf dem Kies blickten beide auf, schienen jedoch zu tief versunken zu sein – ins Gespräch? in die Vergangenheit? in Schuldzuweisungen? –, um mich wirklich wahrzunehmen oder zu erkennen, bevor ich fast neben ihnen stand. Oder immerhin nahe genug war, um zu sehen, daß mein Vater den Kopf schüttelte, ganz sachte, und etwas verweigerte, beharrlich verweigerte, das Billy ihm geben wollte. Und daß Billy, der sich so sorgsam aufrechthielt und selbst jetzt, da er sich umdrehte und mir zulächelte, langsam und leise sprach, bereits einiges getrunken hatte.

Von den (seien wir ehrlich) sechs oder sieben Grundformen der irischen Physiognomie zeigten sie zwei: Billy mit dem schmalen Gesicht, schwarzen Haar und den blaßblauen Augen hinter seinen randlosen Brillengläsern; Dennis mit breitknochigen Wangen, die immer gerötet waren, dunklen Augen und hellem Haar, das erst unter seinem Stahlhelm schütter geworden war. Wie er behauptete, hatte das irgendwo in Nordfrankreich angefangen. Der eine jeder Zoll ein Dichter oder Gelehrter, der andere ein junger Polizist oder Barkeeper, wie aus dem Bilderbuch. Der schöngeistige Priester und der leutselige Vikar.

Tatsächlich hatten sie jedoch beide vor dem Krieg die konzerneigene technische Schule von RCA besucht und später einen festen Arbeitsplatz bei Consolidated Edison aufgegeben, um sich freiwillig zu melden. Im Juli 1945 planten beide, im Herbst oder sobald das Haus auf Long Island fertig war, wieder bei dem Stromkonzern anzufangen, sobald sie bereit waren, diese Auszeit – so nannten sie es – zwischen ihrem Leben, wie es war, und dem wie immer gearteten Leben, das daraus werden sollte, zu beenden.

Ihre Aufgabe hatte darin bestanden, das Haus wieder bewohnbar zu machen, nachdem es fast zehn Jahre leergestanden hatte, Rohrleitungen und die Elektrik auf den neuesten Stand zu bringen und die Mäuse und Wespen zu vertreiben. Alles, was an Fußboden oder Decke, an Fenstern oder Türen reparaturbedürftig war oder ersetzt werden mußte, sollten sie ersetzen oder reparieren. Die Anweisung war von Holtzman, dem Schuhhändler, wie ein Nachgedanke beim Abendessen gekommen, als Dennis den zweiten Abend zu Hause war (obwohl es nicht sein Zuhause war, sondern das Haus des Schuhhändlers, auch wenn er am Eßtisch seiner Mutter saß). Holtzman stellte das Projekt vor, als sei es ihm soeben als geniale Eingebung durch den Kopf geschossen, und sagte sogar so etwas wie: »Hier, Jungs, ich hätte da eine Idee für euch ...«, obwohl Dennis wußte, daß in einem der Zimmer oben (das nicht seines war, obwohl dasselbe Bett darin stand, in dem er als Kind schon geschlafen hatte) in seinem Seesack der Brief von seiner Mutter steckte, die Liste mit ihren Gründen für eine zweite Heirat. An dem nervösen Blick, den Holtzman ihr zuwarf, erkannte er, daß das Projekt von Anfang an die Idee seiner Mutter gewesen war, auch wenn ihr Mann so tat, als wäre es seiner Eingebung zu verdanken.

Am Nachmittag nach ihrer Ankunft parkten sie den Wagen in der zerfurchten und zugewachsenen Einfahrt. In Hemdsärmeln und Armeestiefeln, mit einem Filzhut als Kopfbedeckung arbeiteten sie sich mit Sense und Heckenschere, beide von Holtzman entliehen, durch Unkraut und kniehohes Gras. Als Stadtmenschen machten sie ziemlich viel Aufhebens davon, erprobten die Kraft ihrer Arme, die Stärke der Sonne, ihre Willenskraft und ließen das hohe Gras und die Bienen, die Grashüpfer und surrenden Käfer nach allen Seiten stieben. Sie legten einen ordentlichen Pfad an, der über den sandigen Boden bis zu drei verwitterten Stufen vor der Eingangstür führte. Mit dem ersten Zug rissen sie die Fliegengittertür aus den Angeln. Holtzman hatte ihnen einen Schlüssel an einer Kette gegeben, die an einem Schuhlöffel aus Metall hing. Name und Adresse seines Geschäfts an der Jamaica Avenue waren darauf eingraviert. Wenn sie ein wenig herumhantieren mußten, dann nur wegen dieser sperrigen Schlüsselkette. Die Tür an sich ging ganz leicht auf, wie in einem Film oder einem Traum, als hätte es das Schloß gar nicht wirklich gegeben oder als wären die Angeln gut geölt gewesen. Das Haus war warm und roch muffig, und man konnte die tanzenden Stäubchen in dem Sonnenlicht, das durch das Küchenfenster einfiel, ebenso deutlich sehen wie die Spüle, den Herd und die durchgesessene graue Couch.

Nun nahmen die vagen Gedanken Gestalt an, die Dennis an jedem Ort, an dem er seit seiner Rückkehr aus Übersee gewesen war, gekommen waren, und er sagte zu Billy: »Das war immerzu hier.« Als wüßte Billy, was er damit meinte. Was er meinte, war: Dieses Haus hatte hier gestanden, einfach so, die ganze Zeit über, während er im Abenteuer und in der Langeweile des Krieges festgesteckt hatte. Es hatte hier gestanden, so wie es war (wie auch das Chrysler Building, das neue Zuhause seiner Mutter oder die Hochbahn über der Jamaica Avenue), während der ganzen Zeit und in jedem einzelnen Augenblick, den er weggewesen war.

»Seit den Zwanzigern, nehme ich an.« Billy begriff nicht.

»Immer und ewig«, sagte Dennis zu ihm.

Später aber begriff Billy, nachdem sie ein Restaurant in East Hampton gefunden und dort zu Abend gegessen hatten und danach in Holtzmans Wagen in der Gegend herumgefahren waren, weil beide noch nie hier gewesen waren und weil der Zauber des Dorfes ihnen das Gefühl gab, daß die hinausführenden Straßen noch mehr bieten müßten. Es war alles schon dagewesen. Die eleganten Bäume zu beiden Seiten der breiten Straßen, die weiten grünen Rasenflächen, die in der Dämmerung, noch während sie langsam an ihnen vorbeifuhren, ein tieferes Grün annahmen, so daß man sich fast glauben machen konnte, die Nacht werde über die Wurzeln aufgesogen, statt hoch oben über den Himmel heranzukriechen. Die Häuser – wann hatten sie je solche Häuser gesehen? Wie kam es, daß so etwas hier draußen stand und sie nichts davon gewußt hatten? Prachtvolle, verschnörkelte Paläste (›Häuschen im Grünen‹), weiß gestrichen oder mit Holzschindeln verkleidet, mit Pavillons in den Gärten und großen, bogenförmig geschwungenen, von Säulen gestützten Terrassen, mit Wandelgängen auf den Dächern und Mansardenzimmern unter den Giebeln, von denen aus man wahrscheinlich die silbernen Spitzen der Stadt erspähen konnte wie auch den schwarzen Rand der Welt weit draußen über dem Ozean.

Sie seufzten beim Anblick der verdunkelten Häuser, die noch nicht für die Saison geöffnet worden waren – »da ist noch nicht mal jemand« –, und flüsterten: »Sieh dir das an«, als sie an eines kamen, das wie ein Dampfer vom Bug bis zum Heck erleuchtet war. Was ihnen aber den Rest gab, was sie wirklich überwältigte, waren die Häuser mit Blick auf den Ozean, die als Vorder- oder Hintergarten einen üppig dunklen Teppich aus wunderschön kurzgehaltenem Rasen besaßen, während sich auf der anderen Seite herrliche, sanft rollende Dünen mit Seegras zum weißen Strand und zum Meer hinabzogen, so als stünden Vorder- und Rückseite auf verschiedenen Planeten.

»Da kannst du mich hinbringen, wenn ich tot bin«,

sagte Billy bei einem von ihnen – einem großen Haus auf einer weiten Rasenfläche vor einem sternbedeckten Himmel, der sogar in der fast vollständigen Dunkelheit das reflektierte Rauschen und Funkeln des Ozeans zu enthalten schien. »Setz mich dort oben auf der Terrasse mit ein paar Martinis und einem Teller Austern in einen Sessel, und ich werde da in Frieden ruhen bis ans Ende aller Tage. Amen.« Sie fuhren in der Dunkelheit heim, tauchten unter das dichte Blätterdach der Main Street und brausten wieder unter freiem Himmel zu den sandigeren und weniger vornehmen Gegenden von Springs und Three Mile Harbor hinaus. Unterwegs bogen sie ein paarmal falsch ab, und noch in der Einfahrt blieben sie ein paar Minuten lang sitzen und musterten das kleine Haus stumm, bevor sie beschlossen, daß es doch das richtige war.

Sie einigten sich darauf, in dieser Nacht im Wagen zu schlafen, da die Matratzen Stockflecken hatten und die Mäuse so schnell nicht zu vertreiben waren. Mit der Findigkeit von Soldaten verhängten sie die geöffneten Fenster, um möglichst viele Mücken fernzuhalten, mit Unterhemden, und befestigten sie an den Rändern mit Isolierband.

Eine halbe Stunde lang saßen sie da und rauchten, Dennis auf dem Vordersitz, Billy im Fond des Wagens. »Ich hatte keine Ahnung«, sagte Billy irgendwann, die Brille in der Hand, die Hand gegen die Stirn gestützt. »Ich hatte ja keine Ahnung, wie es hier draußen ist.« Das war es, was er morgen auf seine Postkarten schreiben würde, auf die Kunstprodukte, die er schuf. »Ist das nicht toll? Ich wußte gar nicht, daß es hier draußen solche Häuser gibt.«

»Doch, das ist schon was«, sagte Dennis. »Bridie war mal hier«, fügte er hinzu. »Sie war mit irgendwem draußen in Southampton. Sie sagte, es wäre wirklich etwas Besonderes.«

»Das ist es auch«, sagte Billy. Er zögerte. »Da fragt man sich beinahe, was es sonst noch alles gibt, das man nicht weiß.«

Dennis runzelte die Stirn und sagte dann schnell: »Eine ganze Menge«, und lachte dabei. Doch obwohl Billy so aussah, war er weder Dichter noch Gelehrter und konnte es nicht erklären: Was es da noch gab, worüber er noch nichts wußte, das so stark auf ihn wirken würde wie der kleine Ort an diesem Abend – das ihn im allerersten Augenblick der sinnlichen Wahrnehmung, des Sehens und Riechens und Schmeckens, innerlich so berühren würde, daß er von dem Moment an davon nicht genug bekommen und nie wieder ohne würde leben können.

Gegen Ende der ersten Woche hatten sie zu einer Routine gefunden und kannten sich auf den Straßen gut genug aus, um die Müllhalde und den Strand an der Bucht zu finden, die billigeren Restaurants und das Eisenwarengeschäft. Die schwerste Arbeit erledigten sie früh am Morgen und zogen sich dann vor Mittag ins Haus zurück, wo sie Kabel verlegten, Wände strichen und Decken verputzten. Gegen vier oder fünf, wenn sich das Sonnenlicht allmählich von Weiß nach Gelb wandelte, nahmen sie ihre Handtücher von der Wäscheleine, die sie zwischen zwei Bäumen hinter dem Haus gespannt hatten, und gingen die eineinhalb Meilen zur Bucht zu Fuß, die Handtücher wie Schals um den Hals gelegt. Mit Holtzmans Sense legten sie eine Abkürzung frei. Der Strand dort war an der Uferlinie steinig und mit Muscheln übersät, doch das Wasser war wärmer als der offene Ozean, und weil keiner von beiden besonders gut schwimmen konnte, war es eine willkommene

Gelegenheit für sie, einfach auf dem Wasser zu treiben, zu tauchen und mit den Zehen den Boden berühren zu können, wann immer sie wollten.

An manchen Abenden machten sie hinterher halt in einer Bar an der Straße nach Springs. Beim ersten und zweiten Mal tranken beide zuviel, aber nur Billy, vertieft in lange Gespräche mit dem Barkeeper und einem häßlichen alten Bonacker, der vom Krieg gar nicht genug bekommen konnte, trank auch beim dritten und vierten Mal über den Durst.

Zu jener Zeit wurde Billy bezaubernd und sentimental, wenn er getrunken hatte. Er sprach leise, die eine Hand in der Tasche und die andere um sein Glas gelegt, das er sich meistens ans Herz hielt. Aus Billys Augen sprach eine schier grenzenlose Zuneigung, zumindest aber das Angebot derartiger Zuneigung, eine schier grenzenlose Bereitschaft, jeden, mit dem er sich unterhielt, klug und geistreich zu finden und besser als die meisten. Dennis dagegen begann zu jener Zeit zu glauben, daß man die Eitelkeit eines Menschen messen könne, indem man einfach zusah, wie lange es dauerte, bis er sich bewußt wurde, daß Billy nicht einen seiner Person eigenen und lange verkannten Zauber bemerkt hatte, sondern diesen mit seinen großen Erwartungen herausgekitzelt oder ihn sich von vorn bis hinten schlichtweg eingebildet hatte.

Sie redeten über den Krieg: über die Typen in ihren Abteilungen – die aus dem Mittleren Westen waren immer die primitivsten, nicht wahr, muß irgendwas damit zu tun haben, daß sie auf den Farmen immer Tiere um sich haben –, über gute und schlechte Offiziere und den Morgen kurz vor ihrer Rückkehr, als ein Trupp von der ersten Schicht aus der Mannschaftsmesse kam und behauptete, es gebe Kuchen zum Frühstück. Wie sich herausstellte, war es nur Brot, frischgebackenes Brot. Die Hütte aus Teerpappe, die Dennis und zwei andere Jungs zusammengezimmert hatten und die wärmer war als die Zelte – das Pilsener Hilton. Was für ein Glück sie gehabt hatten, nicht in den Pazifik zu müssen. Ihre Jagd nach Souvenirs. General Patton und Ike Eisenhower und Roosevelt, der aalglatte alte Lügner. Kinder, die einen um Schokolade und Kaugummi anbettelten. Die französischen Mädchen, eine so schön wie die andere, und eine kam in die Zentrale Vermittlung in Metz, wo Billy gegen Ende eingesetzt war, und fragte, ob sie eine Nachricht an ihren Verlobten schicken könne, einen anderen GI, der in den Norden versetzt worden war. Sie wußte sogar seinen Codenamen, Vampir, woraufhin ein paar von den anderen Jungs laut loslachten. Ein dunkelhaariges Mädchen mit ganz großen dunklen Augen. Sie trug ein weißes Tuch um den Hals, wunderschön sah sie damit aus, so als trüge sie eine Kette mit Diamanten. Die Nachricht, die sie Billy weiterzuleiten bat, lautete schlicht: »Ich bin noch hier.«

Die Schultern und Arme und der Nacken verbrannten, bekamen Sommersprossen, pellten sich. Jeden Abend nach dem Essen machten sie mit Zahnstochern im Mund einen Spaziergang durch das Dorf oder fuhren an den großen Häusern in den umliegenden Straßen vorbei, nahmen die Veränderungen an ihnen wahr – wie sie im Regen aussahen, im klaren Licht der Abenddämmerung, wie gut sie sogar der drückenden Luft der heißeren Tage standhielten –, und wunderten sich immer wieder, immer noch, daß dieses Paradies hier lag, am anderen Ende der Insel, auf der sie ihr Leben verbracht hatten.

An einem Nachmittag im August, kurz vor der Kapitulation Japans, hatte sich auf dem breitesten Halbmond der Bucht eine Familie auf einer Decke ausgebreitet. Zumindest dachten sie, es sei eine Familie, als sie von der Straße herankamen. Doch während sie noch ihre Handtücher fallen ließen und sich hinabbeugten, um die Senkel ihrer nur locker geschnürten Stiefel zu lösen, die daruntergetragenen Strümpfe abzustreifen und aus den Hosen zu schlüpfen, die sie über ihren Badehosen trugen, änderte sich bereits ihre Einschätzung: sechs Kinder, das älteste höchstens neun, und zwei Frauen, eigentlich eher junge Mädchen, die nicht alt genug waren, um die Mütter von allen zu sein.

Auf dem Weg zum Wasser nickten sie den Mädchen und den Kindern einen Gruß zu, dann schwammen sie so formvollendet hinaus, wie sie konnten, und so weit, wie es ihr Mut zuließ. Draußen ließen sie sich unter dem verblassenden Himmel eine Zeitlang treiben, wobei sie flüchtige, verstohlene Blicke auf die Gruppe am Ufer warfen, vor allem auf die Mädchen. Die eine stand jetzt am Wasser, Schaufel und Eimer in der Hand, zwei von den Kleinen zu ihren Füßen. Die andere, die nur ein wenig rundlicher war, saß noch auf der Decke und trug eine altmodische Badekappe über ihrem lockigen Haar, die vom Wasser aus über diese Entfernung – für Billy zumindest, der seine Brille auf dem Strand in seiner Hosentasche zurückgelassen hatte – wie eine Aura aus königsblauem Licht wirkte.

Fünf der Kinder standen jetzt knietief im Wasser, tauchten die ausgebreiteten Hände ein, genau wie das eine Mädchen es ihnen vormachte, die Finger zu Seesternen gespreizt, und wuschen den Sand ab. Dann kam eines der Kinder aus dem Wasser, der größte der Jungen; er hielt dabei die Hände mit den abgespreizten Fingern hoch wie ein Chirurg, als könnte sich der Sand jeden Moment in die Luft erheben und sich wieder an sie heften, und rief: »Eva«, zur Decke hinüber, »Eva«, obwohl sich nicht sagen ließ, ob er das Mädchen mit der Badekappe meinte oder das sechste Kind, das neben ihr saß, weil in diesem Augenblick ein riesiger schwarzer Tourenwagen von der Straße abbog und anhielt. Urplötzlich wurden Eimer und Schaufeln und Muscheln, Picknickkörbe und Anziehsachen und Decken zusammengesucht – ein Wirbel an Aktivität, der ebenso abrupt in dem Moment abbrach, da alle Sachen aufgesammelt waren und die Gruppe in extremer Zeitlupe den Treck vom Strand zur Straße antrat –, und kurz darauf waren sie verschwunden.

Die beiden schwammen ein Stück auf den Strand zu, bis das Wasser flacher, die Entfernung zum Ufer angenehmer war, und wateten dann ganz aus dem Wasser. Sie griffen nach den Handtüchern und nutzten das Frottee so effizient, wie sie es in der Armee gelernt hatten, indem sie sich mit einem Ende Gesicht, Arme und Schultern abtrockneten, mit dem anderen Brust und Beine; dann setzten sie sich auf der trockenen Mitte in den Sand und rauchten eine Zigarette. Als sie fertig waren, wischten sie sich mit dem einen, dann mit dem anderen Strumpf den Sand von den Füßen und schlüpften für den Heimweg in Strümpfe und Stiefel.

Die Straße glühte, und Dennis hatte als Schutz gegen den jüngsten Sonnenbrand Hose und Handtuch über die Schultern drapiert. Beim Gehen konnte er fühlen, wie das Salz auf Armen und Beinen und auf seinem Gesicht antrocknete. Er sah zu, wie es zwischen den hellen Haaren auf der Wade seines Cousins einen Streifen bildete.

Sie waren beide noch jungfräulich. Vor dem Krieg schien jedes Mädchen, das sie kennenlernten, die Schulkameradin einer Cousine oder die Tochter der besten Freundin einer Tante zu sein, und wenn sie sich auch oft genug mehr gewünscht hatten, boten doch die beengten Wohnverhältnisse und das rigorose Anstandsdenken jener Zeit und ihrer Umgebung keine Gelegenheit für mehr als eine zufällige Berührung oder einen keuschen Kuß. Und als es später dann reichlich Gelegenheit gab, als sie in ihren Uniformen so gut aussahen und ihre Körper vollkommen durchtrainiert waren, blieben ihnen nur Wochen oder Tage bis zum Einschiffen, und der drohende Schatten ihres möglichen Todes ließ selbst das Begehren, so spät noch diese Art von Todsünde zu begehen, ebenso flüchtig und dumm erscheinen wie die wirre Sehnsucht, sich ohne wirklichen Anlaß von einer großen Höhe zu stürzen – dem Fallschirmsprung auf Coney Island zum Beispiel oder der Aussichtsplattform des Empire State Building – oder während der Grundausbildung bei einem scharfen Schießen den Kopf aus dem Schlamm zu heben, bloß weil man den Drang dazu verspürte.

Damals hatten sie Mädchenlippen wundgeküßt, hatten erfahren, wie lustvoll es war, eine Taille zu umfassen, mit der Hand an einem bestrumpften Bein hinaufzufahren oder den Herzschlag hinter einer Brust zu fühlen, aber die Patres vom Orden der Paulisten hatten sie schon im frühen Alter in die Finger bekommen, und sie hatten alles über Himmel und Hölle erfahren, lange bevor sie wußten, daß über dem Rand eines Damenstrumpfs nur nackte Haut war, und Jungs, die sie von Basketballspielen oder den Nachmittagen bei den Knights of Columbus kannten, auf der anderen Seite des Atlantiks ihr Leben verloren hatten. Selbst mitternachts in Manhattan, in Uniform und genauso betrunken wie die Mädchen auf ihrem Knie, sahen sie hinter der gewagten Musik, dem Gelächter und der verrauchten Luft noch ihr verkürztes Leben, die Nähe der Ewigkeit, und fuhren deshalb immer allein, torkelnd und lachend, gestützt von den helfenden Händen zahlloser lächelnder Fremder, mit der U-Bahn nach Hause, um ihren Rausch unter dem Dach ihrer Mutter auszuschlafen.

Am folgenden Nachmittag waren die beiden Mädchen und ihre sechs Schützlinge wieder da. Die Schlankere trug wie zuvor den dunkelblauen Badeanzug, der vorne schnurgerade über ihre Oberschenkel schnitt, hinten aber ein wenig nachgab und der anmutigen Linie ihres Pos folgte. Die andere steckte wieder unter einer Badekappe, einer hellgelben diesmal, und jetzt war es ein Heiligenschein, den Billy sah, als er mit zusammengekniffenen Augen über den Sand zu ihr hinüberblinzelte. An diesem Tag hatten sie einen Sonnenschirm dabei, grün mit gelben Streifen, und in seinem Schatten stand neben dem Lunchkorb auch ein Wäschekorb aus Weidengeflecht.

Die Kinder waren schon im Wasser, als die zwei eintrafen. Diesmal steckten die Jüngeren in roten und blauen Schwimmreifen; nachdem sich die beiden also von Stiefeln und Strümpfen und ihren Khakihosen befreit hatten, war es ein leichtes, den Damen noch einmal zuzunicken und dann, während sie an ihnen vorbei in die sanft plätschernden, weich auflaufenden Wellen gingen, zu den Kindern zu sagen: »Ist aber sehr naß heute, das Wasser, findet ihr nicht?«

Die Kinder schwiegen und starrten sie an.

Billy zwinkerte ihnen zu: »Gestern war es nicht ganz so naß, stimmt's?«

Die vier Kinder blickten sie unverwandt an, vier

Flachsköpfe mit blaugrünen Augen und einem brandroten Sonnenstreifen auf der Nase. »Nein«, sagte eines von ihnen, das größte der Mädchen. »Das kann nicht sein.«

»Aber sicher«, belehrte sie Billy. Er verrieb etwas Wasser zwischen Daumen und Zeigefinger, als befühlte er Stoff. »Und letzte Woche war es an einem Tag sogar fast trocken.«

»Man kam glatt ohne Handtuch aus«, sagte Dennis.

»Man brauchte sein Handtuch gar nicht«, stimmte Billy zu. »Ging für eine halbe Stunde rein und kam knochentrocken wieder raus.«

Das ältere Mädchen sah sie immer noch skeptisch an, doch die Jüngeren fingen an zu kichern, und das Lachen hüpfte ihnen hoch oben im Hals, ungefähr so wie sie in ihren Schwimmreifen auf und ab hüpften. »Nein«, sagten sie. »Das habt ihr bloß erfunden.«

»Es ist die reine Wahrheit«, bemerkte Dennis ungehalten, und dann zeigte Billy auf das kleinste der Mädchen, die lachte und sich dabei heftiger auf und ab bewegte als die anderen, weil sie nicht auf den Grund kam.

»Sieh dir die Kleine hier an«, sagte Billy. »Sie tanzt auf und ab wie eine Boje.«

Dennis nickte und machte eine ernste Miene. »Tatsächlich. Seltsam, vielleicht ist sie eine.«

Die Kleine sah ihre große Schwester an, und die Schwester sagte: »Nein.«

»Aber sie sieht aus wie eine Boje«, wiederholte Billy. »Wahrscheinlich gehört sie zu den anderen dort draußen.« Er zeigte hinaus auf die Bucht, auf die Kette von schwarzen Punkten am Horizont, und meinte: »Wir sollten sie wieder hinausbringen, zurück zu den anderen.«

Dennis schüttelte den Kopf. »Ich weiß nicht. Eine so kleine Boje hab ich noch nie gesehen. Wahrscheinlich ist sie doch keine richtige. Ich denke, wir lassen sie besser hier.«

»Also, ich glaube, sie ist eine Boje. Jedenfalls bringe ich sie jetzt hinaus zu ihren Geschwistern«, sagte Billy und näherte sich ihr langsam durch das nur ein paar Fuß tiefe Wasser.

Und die Kleine, die verunsichert war, es aber auch genoß, derart im Mittelpunkt zu stehen, kicherte, tanzte in ihrem Schwimmreifen auf und ab und überließ es den anderen dreien, laut loszuschreien: »Sie ist keine Boje, sie ist keine Boje. Mary, Mary!«

Die Aufregung hatte den gewünschten Effekt (gesegnet seien die Kinder): Die junge Frau im marineblauen Badeanzug schlenderte langsam auf das Wasser zu. Sie hatte ein Kleinkind auf der Hüfte und, da war Dennis sich sicher, den Ansatz eines Lächelns auf den Lippen, würde sie nur ihren scheu gesenkten Kopf heben.

Das tat sie, als sie dann im Wasser stand und mit der freien Hand sanft das pummelige Bein des Babys naß spritzte. »Hallo«, sagte sie und sah ihnen dabei gerade lang genug in die Augen, um zu zeigen, daß ihre grau waren, die Wimpern dunkel.

»Hallo«, erwiderten sie nacheinander so liebenswürdig und galant, wie sie es vermochten, während sie mit bloßem Oberkörper bis zu den Schenkeln im Wasser standen. Hätten sie Hüte getragen, sie hätten sie gezogen.

»Ist das Wasser nicht naß heute, Mary?« fragte das ältere Mädchen.

Mary tauchte weiter träge ihre Fingerspitzen ins Wasser und benetzte damit die Beine des Kindes. »Ja, nicht wahr?« sagte sie. Das arme Kind schaute mit einem Ausdruck nackter Angst hinaus auf die Bucht und klammerte sich dabei an ihre Schulter und den Träger des Badeanzugs, den es gerade so weit herunterzog, daß unterhalb der zarten Bräune ein wenig makellos weißes Fleisch sichtbar wurde. »Nasser als gestern, finde ich«, sagte sie.

So.

»Sie sind aus Irland«, stellte Dennis fest, und Billy fragte: »Woher dort?«, in der Hinterhand schon die Information haltend, daß sein Vater aus Cork und seine Mutter aus Donegal stammte.

Sie kam aus einem Ort in der Grafschaft Wicklow, war aber bereits vor Kriegsausbruch herübergekommen. Vor der Geburt von Jonathan schon, dem ältesten Jungen, der gerade ausgestreckt mit einem Apfel und einer Zeitschrift unter dem Sonnenschirm lag. Und natürlich mußte ihnen jetzt, da sie einen Blick hinüber zu Jonathan auf der Decke warfen, auch das andere Mädchen auffallen (obwohl Billy sie nur als ein Trugbild aus ineinanderlaufenden Farben wahrnahm: rosa Beine und ein dunkler Badeanzug, rosa Schultern und Arme und ein rosa Gesicht, dazu eine gelbe Kappe wie eine kleine Flamme – ein Trugbild, aus dem vielleicht nur kühne Hoffnung und eine ausgeprägte Phantasie eine Frau aus Fleisch und Blut formen konnten).

»Das ist Eva, meine Schwester«, sagte Mary. »Sie ist nur zu Besuch hier. Bald geht sie zurück.«

Die Familie, für die sie arbeiteten, hatte eine Wohnung auf der Park Avenue, ein Haus in East Hampton und, wie Dennis schloß, Geld wie Sand am Meer. Der Herr des Hauses hatte den Krieg in Washington verbracht, aber nicht so ausschließlich, daß mit den Kindern jemals Schluß gewesen wäre. Alle sechs waren in den letzten zehn Jahren zur Welt gekommen, und das siebte, das neueste, schlief gerade im Weidenkorb.

»Es war wirklich zuviel für mich«, sagte Mary. »Also hab ich gefragt, ob meine Schwester den Sommer über kommen könnte. Sie war bei einer Familie in Chicago gewesen. Im Herbst fährt sie wieder nach Hause.«

Billy kniff die Augen zusammen, nickte und durchpflügte das Wasser um seine Schenkel mit den Händen. Es hätte Treibsand sein können, so fest schien er im Moment darin zu stecken. Nicht daß Mary mit ihren grauen Augen und dem dunklen Haar, ihrer jungenhaften und direkten Art nicht hübsch genug gewesen wäre, doch hatte Dennis bereits den größeren Anteil an der Unterhaltung, und ihr schien das zu gefallen. Auch wollte er keinen Treueid schwören, bevor er beide Optionen sorgfältig erwogen hatte, und vielleicht weil sie immer noch ein verschwommener Fleck farbigen Lichts blieb, spürte er, daß das Mädchen auf der Decke die richtige für ihn war.

Doch wie dahin kommen? Wie konnte er sich dieser Unterhaltung hier entziehen (immerhin waren Dennis und er noch nicht einmal schwimmen gewesen) und über den Strand auf sie zugehen, bis er nahe genug an der Decke stand, auf der sie im Halbschatten des Sonnenschirms saß, um »Hallo, Eva« zu sagen?

Und dann fing das kleine Kind in dem Korb an zu schreien. Zuerst hielt er es für das Geschrei einer Möwe und blickte zum Himmel auf, aber dann sah er sie neben dem Korb knien und das Kind – noch ein verschwommener Fleck – auf den Arm nehmen, aufstehen, sich hin und her wiegen, auf und ab gehen. Die anderen Kinder beachteten das Schreien gar nicht, wie es zweifelsohne in einer Familie gar nicht anders ging, in der Jahr für Jahr ein neues Baby kam und sie wieder ein Stück weiter in Richtung Erwachsensein schubste. Aber auch Mary und Dennis beachteten es nicht und redeten gerade ganz für sich über gewisse Geldanleger, die Glück gehabt und mit dem Krieg nichts als Gewinn gemacht hatten.

Billy watete an ihnen vorbei durch das Wasser und über die Steine am Ufer. Geschwommen war er nicht, deshalb waren nur seine Badehose und die Beine naß, und auf dem Weg zu ihr schien es ihm, als würden sogar seine Hände trocken. Das Baby schrie jetzt wie am Spieß, schläfrig und überhitzt drückte es sich verzweifelt an ihre Schulter. Sie hielt seinen Kopf mit einer Hand umfaßt und ließ kleine, besänftigende Laute hören, doch sobald er nah genug war, um sie besser sehen zu können, wußte er, daß sie ihn die ganze Zeit über im Auge gehabt hatte. Der Junge mit der Zeitschrift drehte ihm seinen schlanken Rücken zu, wie es sich für den Sohn eines Magnaten gehörte.

Sie lächelte zaghaft. Eine Strähne ihrer lockigen Haare leuchtete über der Stirn tiefdunkelrot, und die gelbe Kappe, unter der sich der Rest versteckte, war ein wenig nach hinten verrutscht. Das gab ihr etwas Aufgelöstes, und was aus der Entfernung noch die täuschende Vorstellung einer Aura, eines Heiligenscheins geweckt hatte, wirkte aus der Nähe nur noch kindlich und bezaubernd. Ihre Augen waren braun, die Wangen glatt und breit, und weil ihre Zähne schief standen, war der Mund es auch. Sie war kleiner als ihre Schwester und tatsächlich rundlicher. Und die Schulter, die das arme Baby mit Speichel und Tränen näßte, war weißer als der Sand und übersät mit dunklen Schönheitsflecken, zart wie ferne Sterne.

»Darf ich ihn mal nehmen?« fragte Billy und streckte die Arme aus. Er stand am Rand der Decke, und der Sand färbte sich dunkel durch das Wasser, das von seiner Badehose tropfte.

»Wenn ich ihm nur seine Flasche holen könnte ...«,

sagte sie – auch ihr Akzent war voller, stärker als der ihrer Schwester, und ein Zittern schwang darin mit, etwas wie Panik, sicher eine Folge der Beharrlichkeit, mit der das Kind sein Elend beteuerte.

»Ich nehme ihn«, sagte er.

Wäre er weniger ungezwungen gewesen, wäre es so nicht gegangen. Auch nicht, wenn er berechnender gewesen wäre, wenn er, als sie ihm das schreiende Kind übergab, die Bewegung ihrer Brüste, den Umfang ihrer Taille, die Linie ihrer Beine und Schenkel bemerkt hätte, während sie sich rasch zum Lunchkorb wandte, um die Milchflasche zu suchen. Dann hätte sich der Kleine in seinen Armen versteift und um so lauter geschrien, und er hätte ihn ihr zurückgeben müssen und sich vielleicht sogar, verlegen und geschlagen, zum Wasser zurückziehen müssen, nachdem er durch seine Einmischung alles nur noch schlimmer gemacht hätte.

Doch das Kind lag leicht wie eine Feder in seinen Händen, so leicht, daß es ihm den Atem nahm. Es trug ein Baumwollkrepp-Spielhöschen mit Trägern, das seine winzigen Arme und Schultern freiließ, und diese bedeckte Billy mit seiner hohlen Hand, als er das Kind an seiner Brust barg. Der Körper war so süß und warm, als hätte die Hand Gottes ihn gerade geformt. Billy blies sanft über das flaumig-weiche Haar des Kindes und sagte, die Augen schließend: »Ist ja gut, kleiner Kerl. Ist ja gut.«

Das Kind war leichter als die sonnenwarme Luft. Das Wunder lag für ihn in der Vollkommenheit und Winzigkeit von Kopf und Rückgrat, Ohr und Hand. Das Wunder lag darin, daß das Kind sich in Billys Armen sofort beruhigte, seine Wange auf Billys Herz legte und einmal friedlich und tief aufseufzte, noch bevor das Mädchen sich mit der Milchflasche in der Hand von der Kühlbox ihm wieder zugewandt hatte.

»Nun sieh mal einer an«, sagte sie und zeigte ihr schiefes Lächeln, die blitzenden Augen. »Sie können wohl gut mit Kindern umgehen.«

Und er wußte von Anfang an (ihre Augen waren nicht eigentlich braun, vielmehr eine Art von Mahagoni, genau dieselbe Farbe wie ihr Haar), daß es nichts gab, was sie an einem Mann mehr bewunderte.

»Haben Sie viele Geschwister?«

Gab es einen besseren Anfang? Er hielt das Kind, und sie redeten, bis der nasse Sand unter seinen Füßen wieder trocken war. Als das Kind erwachte, gab sie ihm die Flasche, und er ließ sich mit dem Baby im Schatten des Sonnenschirms auf der Decke nieder und ließ es trinken, während die anderen Kinder zu ihnen herauf- und wieder hinunterliefen und Dennis und Mary, die mittlerweile am Rand des Wassers standen, redeten und redeten.

Wann verliebte er sich in sie? Wahrscheinlich war es am Tag zuvor gewesen, als er sie noch gar nicht richtig hatte sehen können. An jenem Nachmittag aber verliebte er sich in den Rest seines Lebens, und das war noch besser: in die Tage, die vor ihnen lagen, wenn er an diesen Strand kommen würde und das Kind in seinen Armen, die Kleinen, die naß und zitternd auf sie zuliefen, ihre Kinder sein würden und wenn ihm Evas Arme und Hals und ihre süßen Brüste ebenso vertraut sein würden wie sein eigener Körper. Es war da, dieses Leben, diese Zukunft. Es war schon immer dagewesen. Er hatte es nur einfach bis jetzt nicht gewußt, hatte sich noch bis vor einem Monat nicht vorstellen können, daß so etwas ihm gehören könnte – daß diese goldene Zukunft, dieser Garten Eden ein Teil ebenjenes Lebens gewesen war, das er die ganze Zeit schon gelebt hatte. War das nicht toll? Er hatte bis jetzt gar nicht gewußt, daß es ihn gab.

Am Nachmittag darauf trafen sie sich wieder und auch am Tag danach. Jeden Tag hörten Dennis und Billy ein wenig früher mit der Arbeit auf, und manchmal wurde es schon dunkel, wenn sie ihre Stiefel abends auf die Stufen vor die Eingangstür stellten.

Der Mister und die Missis – so nannten die Mädchen ihre Arbeitgeber – waren unter der Woche in Washington, und so war es für sie nicht weiter schwer, den Chauffeur erst für gegen sechs, dann für sieben Uhr zu bestellen. Die Kinder freuten sich darüber, daß sie so spät noch draußen sein durften, und über Abendessen am Strand mit den Bonbons, die ihnen Billy für hinterher mitbrachte.

Abends drehten die Jungs immer noch ihre gemächliche Runde vorbei an den vornehmen Häusern, nun allerdings mit gewachsenem Interesse und mit der konkreten Absicht herauszufinden, in welchem davon die Mädchen wohnten. Zwar hatten sie es an den ersten Nachmittagen mit sanften Fragen versucht (»Ihr wohnt doch nicht etwa in einem der Häuser am Strand, oder?«), doch erst durch direkte Nachforschungen erfuhren sie, welches Haus es genau war, und wurden noch am selben Abend belohnt, als sie durch die hohe Hecke, die das Haus für sie bisher uninteressant gemacht hatte, einen Blick auf Eva erhaschten, wie sie gerade barfuß quer über den Weg ging, der zum Eingang führte, und die Stufen hinauf zur Veranda nahm.

An einem Dienstag Ende August trafen sie die Mädchen drinnen im Haus. Es war neun Uhr abends. Der Mister und die Missis hatten den Mädchen erlaubt auszugehen, aber erst wenn die Kinder schliefen, und die Mädchen hatten gesagt, sie sollten hinten ans Haus kommen und an die Küchentür klopfen.

Im tiefen Blau der Dämmerung fuhren sie durch das

Dorf mit seinen nun schon vertrauten Straßen. Beide hatten geduscht, waren frisch rasiert und trugen die weißen Hemden, die sie am Morgen durchgewaschen und den ganzen Tag über in der Sonne hatten trocknen lassen, um sie dann eigenhändig mit einem uralten Proctor-Silex aus zweiter Hand auf einem Kissenbezug zu bügeln, den sie über einem Handtuch auf dem Küchentisch ausgebreitet hatten. Wie die Mädchen sie angewiesen hatten, bogen sie hinter der hohen Hecke ein, und das Knirschen der langsam rollenden Räder auf dem Kies der Einfahrt reichte aus, um sie in die gleiche gespannte Erwartung zu versetzen wie die Fanfare im Theater in dem Augenblick, bevor sich der Vorhang hob.

Sie parkten den Wagen, und das Zirpen der Zikaden und die Stille des Ozeans erfüllten die Luft zusammen mit dem Duft von Geißblatt und dem salzigen Geruch der See. Eine Reihe von Fenstern zog sich über die Rückseite des Hauses, jedes davon warm erleuchtet, und an dem Ende, wo sie standen, führten ein paar unauffällige Stufen von der Einfahrt zu einer im Dunkeln liegenden Tür.

Sie stiegen die Stufen hinauf, flüsterten: »Ist es hier?« und spähten vor dem Klopfen in eine kleine quadratische Diele. Ein Rechteck aus Licht, das durch die Gardine in der Tür zum Zimmer dahinter gedämpft wurde, beleuchtete sie schwach. Dort lagen die vertrauten Schaufeln und Schwimmreifen, standen die Eimer und der Lunchkorb. Sie hörten Marys Stimme, dann wurde die Tür zur Diele aufgezogen, und da war sie in einem hellen Kleid, öffnete die Außentür und ließ sie hinein.

»Wir brauchen noch eine Minute«, sagte sie. »Sie proben gerade den Aufstand.«

Sie folgten ihr in einen riesigen Raum, mindestens so groß wie die Wohnung, in der Dennis aufgewachsen war.

Eine Küche mit einem omnibusgroßen Tisch und einem Eisschrank, in dem eine ganze Liliputanerfamilie Platz gehabt hätte. Jetzt lag der Raum in weichem Licht ruhig da, doch war es nicht schwer, sich das Chaos vorzustellen, das noch vor ein oder zwei Stunden hier geherrscht haben mußte. Man sah es an den zwei immer noch leicht schräg stehenden hölzernen Hochstühlen am anderen Ende des Tisches, an den fünf leeren Milchflaschen, die ordentlich aufgereiht auf dem stählernen Ablaufbord standen, an den Kinderbüchern und Malstiften und Papierfliegern, die auf der Fensterbank am anderen Ende des Raumes verstreut lagen. Man roch es, denn es duftete nach Spülseife und Kaffee, und Spuren von Bratengeruch hingen noch in der Luft.

Eva saß am vorderen Ende des Tisches und hatte ihnen den Rücken zugewandt. Als sie eintraten, drehte sie sich um, und sie sahen die fünfjährige Sally auf ihrem Schoß. Auch Eva trug ein Kleid, mit kurzen Puffärmeln und rundem Ausschnitt, und nichts hätte schöner sein können als die Art, wie sie sich auf dem Stuhl umdrehte und über den Kopf der Kleinen lächelnd zu ihnen aufsah. Auf dem Tisch vor ihnen stand ein Teller mit einem Glas Milch und einem halb gegessenen Keks.

»Alle sind im Bett, nur die hier noch nicht«, sagte Mary.

»Ja, aber sie geht jetzt auch schlafen, nicht?« flüsterte Eva und beugte sich über sie, um ihr ins Gesicht sehen zu können. »Jetzt, wo die großen Jungs da sind.«

In ihrem dünnen Baumwollnachthemd und mit dem geflochtenen Zopf war sie ein spindeldürrer kleiner Engel. Eine Elfe. Und, wie Dennis dachte, zu klein, um ein so riesiges Haus zum Heim zu haben. Doch sie nickte und sagte ja, offensichtlich erschöpft, und setzte ihre Füße auf das vertraute Linoleum.

»›Drunten beim Weidengarten‹«, sagte Billy mit leichtem irischen Akzent, als Eva aufstand und die Hand der Kleinen nahm, »›bot mir mein Lieb den Gruß ...‹«

Die Kleine sah lächelnd zu ihm auf, als sie das Gedicht erkannte, das er schon früher am Strand für sie aufgesagt hatte. »›Glitt durch den Weidengarten mit kleinem weißen Fuß.‹« Er legte die Hand aufs Herz und deklamierte mit viel Gefühl. »›Sie hieß mich leicht zu lieben, wie's Blatt am Baum gedieh, doch ich war jung und töricht und dachte nicht wie sie.‹« Über den Kopf der Kleinen zwinkerte er Eva zu. »›Sie hieß mich leicht zu leben, wie's Gras am Ufer quoll, doch ich war jung und töricht – bin nun von Tränen voll ...‹«

»Sag den Herrn gute Nacht«, forderte Mary sie auf, und Sally flüsterte gute Nacht und winkte schüchtern zum Abschied.

»Gute Nacht, Kleines«, sagten beide und sahen dann zu, wie Eva sie durch einen dunklen Flur führte, der am hinteren Ende von dem Licht aus anderen Zimmern erleuchtet wurde, und dann über die Hintertreppe nach oben.

Wäre er ein Dichter oder Gelehrter gewesen, hätte Billy vielleicht davon gesprochen, wie doch in jedem Haus schlafende Kinder in entlegenen Zimmern die Atmosphäre versüßen. Er aber hob die Bemerkung für Eva allein auf, für den Tag, wenn die Kinder und das Haus ihre eigenen sein würden.

Weil es für ein Abendessen zu spät war, fuhren sie nach Southampton. Dennis erinnerte sich, daß Bridie eine Bar dort einmal erwähnt hatte; der Barkeeper war der Bruder eines Freundes aus Woodside. An diesem Abend aber stand ein Fremder hinter der Theke, wenn er auch durchaus freundlich war – noch ein GI, der das Glück gehabt hatte, den Krieg von einem Luftwaffenstützpunkt in England aus betrachten zu können. Dort hatte er Glenn Miller gesehen, kurz bevor er an Bord des Flugzeugs ging, mit dem er dann verschollen war. Und hatte ein Mädchen aus Cornwall geheiratet, die noch nicht bei ihm war, aber in den Briefen schon klagte, wie sehr sie ihr gottverdammtes England vermissen werde.

Mary und Eva schnalzten mit der Zunge. Das arme Mädchen.

Die Bar war kühl und dunkel; hier und dort schimmerte sie wie ein Juwel. Wie in einem Edelstein fing sich das Licht in ihren glattpolierten Oberflächen, auf dem Messing der Thekenstange, in dem durchgehenden Spiegel an einer Längsseite des Raumes und in den Gläsern und Flaschen über der schweren, gediegenen Theke an der Rückseite. Mit einem Paar an einem Tisch in der Ecke waren sie vier die einzigen Gäste, bis die Tür aufging und ein junger Mann eintrat, allein. Er setzte sich gegenüber von ihnen an das andere Ende der Bar, und weil der Barkeeper gerade mitten in einer komischen Geschichte über einen verrückt gewordenen Flieger und eine Bombe ohne Sprengkopf steckte, saß der Mann eine ganze Zeit lang da, ohne bedient zu werden, bis Dennis nach dem Ende der Geschichte auf ihn zeigte und nickte.

Der Barkeeper wischte sich eine Träne des Lachens aus dem Auge, warf sich das Thekentuch über die Schulter und wandte sich dem neuen Gast zu. Doch dann griff er genauso abrupt wieder nach dem Tuch und polierte bedächtig einen Teil der Theke, an dem niemand saß.

»Aber ich fand's schade, daß ich Paris nicht gesehen habe«, sagte er. »Das ist das einzige, was ich an diesem Krieg wirklich bedauere.« Er kam wieder zu ihnen herüber. »Wir hatten da diesen Burschen«, fuhr er fort. »Noch so ein Pilot.« Er wollte gerade die Ellenbogen auf die Theke stützen und zur nächsten Geschichte übergehen, als Dennis, der dachte, er sei entweder kurzsichtig oder faul, ihn noch einmal auf den Mann hinwies und sagte: »Da sitzt jemand und wartet schon länger.«

Ohne sich aufzurichten, sah der Barkeeper über die Schulter zu dem Mann hinüber, und der – er war nicht älter als sie – hob die Hand und deutete mit dem Zeigefinger an, daß er da war, so als säße er inmitten einer Menge anderer Gäste und nicht allein am anderen Ende eines fast menschenleeren Raumes.

Der Barkeeper wandte sich ihnen wieder zu. »Dieser Bursche, dieser Pilot, von dem ich rede, kam von Harvard, aber er war trotzdem ein netter Kerl, ganz normal. Und eines Morgens kommt er an und sagt zu mir ... «

Da unterbrach ihn Billy, dem langsam aus Mitgefühl für den Mann die Kehle trocken wurde (obwohl sein eigenes Glas zweimal und ziemlich großzügig aufgefüllt worden war): »Ich glaube, der Mann dort braucht einen Drink.«

Diesmal drehte der Barkeeper sich nicht um, sondern zog nur den Kopf ein und lächelte dünn – er war ein gutaussehender Bursche mit einem markanten Kinn und dichtem Haar –, um dann mit seiner Geschichte fortzufahren.

Die Mädchen wechselten einen Blick, in dem Überraschung wie auch Besorgnis lagen, und dann schaute Eva Billy auf eine Weise an, die ihm, so dachte er, eines Tages vertraut sein würde – sie suchte seinen Blick, damit er ihr die Sache erklärte. Während der Barkeeper weiter seine Geschichte erzählte, saß der Mann unbewegt da, die Hände vor sich auf der Theke übereinandergelegt. Und dann schwang er sich vom Barhocker, ohne auch nur mit einem Blick Ungeduld, Zorn oder Abscheu zu zeigen, höchstens mit einem einzigen tiefen Atemzug, einem resignierten Schulterzucken, und ging zur Tür, drückte sie auf und trat hinaus.

Offenbar hätte der Junge aus Harvard den Barkeeper nach der Befreiung als Hochzeitsgeschenk nach Paris geflogen, wenn er den Krieg überlebt hätte.

Er richtete sich wieder auf. »Die Runde geht auf mich.« Aber Dennis legte die Hand über sein Glas und zeigte auf den Platz, an dem der Mann gesessen hatte.

»Was ist er, ein Säufer?«

Der Barkeeper wandte sich beiläufig um, den Cocktailshaker in der Hand. Er schien gar nicht gemerkt zu haben, daß der Mann gegangen war, und es war ihm offensichtlich immer noch in aufreizendem Maße gleichgültig, daß er gerade einen Gast verloren hatte. Er schüttelte den Kopf, während er nach dem Rye für die Cocktails der Mädchen griff. »Juden werden hier nicht bedient«, sagte er genauso glatt, wie er die Drinks einschenkte und sie vor ihnen auf die Theke stellte.

Sie waren froh, als sie wieder draußen waren, und noch dankbarer dafür, in den Wagen des Schuhhändlers steigen und zu den düsteren, eleganten Straßen East Hamptons zurückfahren zu können. »Also, ich finde, das ist eine Schande«, sagte Mary, die vorne saß. »Großer Gott, wofür habt ihr Jungs überhaupt gekämpft? Hat er nicht gelesen, was mit den Lagern war? Worum ging es denn in dem ganzen Krieg – dieser arme Mann.«

Und die anderen drei schüttelten den Kopf, ja, der arme Mann, waren aber nicht gewillt, das Beschämende des Vorfalls, das schleichende, widerwärtige Gefühl einer trügerischen Hoffnung, einer falschen Verheißung, in die Idylle dieses wunderschönen Ortes eindringen zu lassen.

Billy beugte sich über Evas Schoß und zeigte aus ihrem Fenster. »Siehst du«, sagte er. »Das Haus da. So stelle ich mir den Himmel auf Erden vor.«

Sie parkten an dem Strand mit der Küstenwachstation, und die Mädchen setzten sich nebeneinander auf die Stoßstange, während die Jungs Treibholz suchten und ein kleines Feuer machten. Als sie sich um das Feuer scharten, wurde der Strand weit und finster, und obwohl der Rhythmus berechenbar war, erschreckte sie das dumpfe Schlagen des unsichtbaren Ozeans immer wieder aufs neue.

Beide legten den Arm um die Schulter ihres Mädchens, und dann nahm Dennis die schon schwächer leuchtende Taschenlampe auf und fragte Mary, ob sie mit ihm zum Ufer hinuntergehen wollte. Billy und Eva sahen dem hin und her pendelnden Lichtstrahl zu, der durch das Dunkel auf den Deich zuwanderte und dahinter verschwand.

Eva war aus ihren Schuhen geschlüpft und hatte die weißen Zehen zum Teil im Sand begraben. Die Knie hatte sie unter den Rock gezogen, sein Saum bedeckte ihre Knöchel. Als die beiden gegangen waren, beugte sie sich vor, weg aus seinem Arm, starrte auf das lodernde Holz und sagte: »Als ich noch ein Kind war, habe ich mir immer vorgestellt, ich wäre ganz klein und dort drinnen mitten im Feuer gefangen. Wie eine verlorene Seele.« Sie malte mit dem Finger einen imaginären Pfad in die Luft. »Ich sah mich immer an einem Scheit hochlaufen und an einem anderen wieder runter, um den Flammen zu entkommen.«

Sie wandte sich ihm zu, und der Feuerschein glomm auf ihrer Wange und den bloßen Armen. »Ich war sicher, ich würde in die Hölle kommen, und glaubte, das wäre eine gute Art, dafür zu üben – indem ich mir ausdachte, wie ich dort klarkommen würde, weißt du, wie ich dem Teufel eins auswischen könnte.«

Er lachte. Ihre Augen waren wunderbar. »Wieso hast du nicht geglaubt, daß du in den Himmel kommen würdest?«

Sie zog einen Winkel ihres schiefen Mundes herunter. »Glauben denn nicht alle Kinder, daß sie in die Hölle kommen?«

Er schüttelte den Kopf. »Alle Kinder glauben, sie würden einmal Heilige sein oder womöglich Märtyrer. Ich jedenfalls.«

»Na gut«, sagte sie und hob den Kopf, so daß er einen Moment dachte, sie spreche zu jemand anderem, Dennis und Mary vielleicht, die von ihrem Spaziergang zurückkamen, oder einem Dritten da draußen im Dunkeln. »Das ist es, was dich und mich unterscheidet.«

Sie zu küssen, war, als atme er die Essenz eines undefinierbaren, aber starken geistigen Getränks ein. Er mußte an seine Gedichte denken: als nähme er die Blume des Weines und nicht den ganzen Wein. Er wußte, daß es eigentlich ihr Whiskey und sein Gin waren, die sich mit dem Rauch vom Feuer und dem Seewasser in der Luft vermischten, das zu fein zerstäubt war, als daß sie es feucht auf ihrer Haut fühlen konnten, das aber einen zarten Schleier über ihr weiches Haar gelegt hatte – einen Schleier, den er zerriß, als er ihr, zu grob vielleicht, mit den Fingern durchs Haar fuhr. Doch er wußte auch, daß es noch etwas anderes war, etwas, das nicht aus seinen Bestandteilen destilliert werden konnte; das war der dunkle Geschmack des Verlangens. Eines Verlangens nach etwas allerdings, das er nicht benennen konnte – nach Glück, sicherlich, nach Sinn, nach Kindern –, nach einem Leben, das an sich, in sich, so süß sein sollte, wie es bestimmte Worte verhießen.

»Ich wünschte, du würdest meine Frau werden«, sagte er zu ihr und überraschte sich selbst damit, nicht weil er das Thema aufgebracht hatte, sondern weil er nicht gesagt hatte: »Ich möchte« und »du wirst«.

»Ach, Billy«, flüsterte sie und lachte, rückte seine Brille zurecht, um sie ihm dann, ein wenig schüchtern, ganz abzunehmen. »Ende September bin ich schon wieder zu Hause.«

Die Dunkelheit ringsum und selbst der Schein des Feuers waren weicher geworden – sogar der bedrohliche Trommelschlag des Ozeans klang nun schwächer. »Aber du kommst ja zurück«, sagte er.

Sie hielt die Brille zwischen sie, an ihr Herz. »Es kostet eine Menge Geld, hin- und herzufahren«, bemerkte sie.

»Dann bleib doch«, sagte er. »Kannst du nicht einfach hierbleiben?«

Sie schüttelte den Kopf: »Meine Eltern sind dort.«

»Aber deine Schwester ist hier.«

»Und drei Geschwister sind noch drüben.«

»Dann schreib ihnen, sie sollen herüberkommen. Und deine Eltern auch.«

»Na klar«, sagte sie und lachte.

»Ich meine es ernst. So hat es die Familie meines Vaters gemacht. Dennis' Vater ist als erster herübergekommen und hat dann seine sechs Brüder und die Schwester geholt und Gott weiß wie viele andere Verwandte auch noch.«

Sie hielt den Kopf jetzt tief gesenkt; mit einem Finger zeichnete sie seine Brille in ihrem Schoß nach. »Ich muß zurückgehen«, sagte sie. »Sie erwarten mich.«

Er konnte den Strich ihres Scheitels sehen, die Kopfhaut so weiß gegen das satte Dunkel. »Ich hole dich herüber«, sagte er zu ihr. »Darf ich das tun? Du fährst nach Hause, bleibst eine Weile dort, und sobald ich das

Geld gespart habe, hole ich dich. Ich hole dich hierher zurück. Darf ich das?«

Sie schüttelte fast unmerklich den Kopf und flüsterte: »Da ist noch meine Familie.«

»Die hole ich auch«, sagte er, und weil er sie leise auflachen hörte, vielleicht ihr Lächeln sah, fügte er ebenfalls lachend hinzu: »Ich hole sie alle her, deine Eltern und deine Schwestern und die Nachbarn von nebenan dazu, wenn du willst. Habt ihr einen Priester im Ort? Dann hole ich ihn. Einen Milchmann? Den auch.« Jetzt lachte sie laut. »Gibt es einen Bäcker, zu dem du gerne gehst? Irgendwelche Nonnen? Cousins und Cousinen? Wir holen sie alle herüber. Wir holen sie alle hierher.« Das war es, was sein Leben immer schon für ihn bereitgehalten hatte.

Lachend hob sie den Blick, und er sah ihre glänzenden Augen, die dunklen Brauen, die über ihnen fast ineinanderliefen und für ihn zumindest bewiesen, daß die Natur in ihrem übergroßen Beschützerinstinkt begriffen hatte, was für ein prachtvolles Augenpaar sie da geschaffen hatte. »Du hast wohl vor, gleich mehrere Banken zu überfallen, ja?«

»Klar.« Er nahm ihr Gesicht in seine Hände, doch selbst aus dieser Nähe konnte er nicht sagen, ob es der Schein des Feuers oder Tränen waren, die ihre Augen so glänzen ließen, oder ob es daran liegen mochte, daß er nicht sehr gut sehen konnte. Er zog sie an sich, doch diesmal war er vorsichtig. Vor ihnen lag die grenzenlose Dunkelheit und das gleichgültige Hämmern der See, und durch dieselbe Welt, die ihre leuchtende Zukunft barg, trieben Unglück und Enttäuschung, das widerwärtige Gefühl einer trügerischen Hoffnung und falschen Verheißung, vor denen allein Gottes Gnade sie zu verschonen vermochte.

Fünfzig Meter weiter zeigte die Taschenlampe in ihrem schwachen Licht einen Zollbreit vergilbter Gischt und rollte dann mit dem zurückströmenden Wasser ein paar Meter auf den Ozean zu. Die nächste Welle krachte mit solcher Wucht auf den Strand, daß es klang, als werde die große eiserne Tür der Verdammnis hinter ihm zugeschlagen. Doch Dennis zuckte kaum mit der Wimper.

Am Samstag würde er dem Priester von St. Philomena einiges zu beichten haben.

Zwei Wochen später kamen Holtzman und seine Mutter mit dem Zug heraus, um nachzusehen, wie die Jungs vorankamen. Vor allem wünschte der Schuhhändler eine ungefähre Vorstellung davon zu bekommen, wann sie in die Stadt und zu ihrer richtigen Arbeit zurückkehren würden. Auf seine Art war Holtzman ein großzügiger Mensch, der außerdem seine zierliche Frau anscheinend abgöttisch liebte, aber ein halbes Jahrhundert als Junggeselle hatte ihn nicht nur mehr als willig gemacht, sie zu verwöhnen, sondern ihn auch gelehrt, auf der Hut zu sein. Die Dankbarkeit einer Nation war gut und schön, doch sollte sie, ebenso wie die seine, nicht ausgenutzt werden, und man sollte von ihr nicht erwarten, daß sie über die erste Geste hinausreichen würde, sagte er am Bahnhof zu seiner Frau. Diese Geste habe er ihnen nicht versagt; sie hätten ihre Auszeit auf Long Island gehabt. Uncle Sam mochte den Veteranen ein Jahr lang Geld geben, er dagegen setze bei einem jungen Mann eher auf dessen finanzielle Unabhängigkeit.

Dennoch versetzte ihn der Anblick des renovierten Hauses in Hochstimmung. Billy gab den Führer auf dem Rundgang, und während er auf jede Verbesserung hinwies, die sie vorgenommen hatten, gratulierte Mr. Holtzman den beiden zu ihrem Geschick im Umgang mit Putz, Farbe und frischem Holz. Er klopfte sich mit Zeigefinger und Daumen ans Herz – eine Geste, die Dennis immer an jemanden erinnerte, der einen Automaten mit Münzen fütterte – und erzählte ihnen, wie er das Haus fünfzehn Jahre zuvor ganz spontan gekauft hatte, nachdem ihm auf den letzten Seiten der Zeitung eine Anzeige aufgefallen war. Damals hatte er, wie er sagte, keine Ahnung gehabt, was er damit anfangen sollte, er wußte nur, daß der Kaufpreis günstig war, unglaublich günstig: Die gleiche Summe dürfte die Frau, die ihm das Haus verkaufte – die Tochter des bankrott gegangenen Erbauers –, einst für ein neues Kleid bezahlt haben. Mehr als das. Er legte die Hand flach auf sein Herz. Er hatte nur eines gewußt, nämlich, daß er es sich nicht entgehen lassen durfte, genauso wie man sich zehn Cent auf dem Bürgersteig nicht entgehen ließ, auch wenn man ein ganzes Einmachglas voll zu Hause hatte. Genauso wie man nicht an einem Haufen Sperrmüll am Straßenrand vorbeiging, wenn man etwas sah, das unbeschädigt und brauchbar war, einen Tisch, einen Stuhl, ein dreibeiniges Telefontischchen. (Was, so dachte Dennis, das Ding im Flur des Hauses in Jamaica erklärte.) Sie warf das Haus weg; er nahm es mit.

Unterdessen spazierte Dennis' Mutter von einem kleinen Zimmer zum nächsten, als hätte sie nichts anderes erwartet als glattgespachtelte Wände, frische Farben und neue Installationen in dem kleinen Bad. »Wir müssen etwas wegen der Möbel hier unternehmen, wenn wir nächsten Sommer vermieten wollen«, sagte sie zu ihrem Mann, und Holtzman erwiderte: »Aber sicher«, und das in einem Ton, daß sogar Dennis – und er kannte den Mann kaum – klar wurde, daß er überhaupt nicht die Absicht hatte zu vermieten.

Sie fuhren zur Bucht hinaus, vorbei an dem gerade erst hochgezogenen Gebälk eines weiteren Bungalows. »Ich glaube, der Ort hier wird ziemlich beliebt werden«, sagte Billy zu ihm. »Bald wird hier auf Long Island die Bauwut ausbrechen, Mr. Holtzman. Glück für Sie, daß Sie einen Fuß in der Tür haben.« Und Holtzman nickte, sein Herz mit ein paar Münzen mehr fütternd. Er sah so selbstzufrieden aus, daß Dennis nicht anders konnte, als mit einem Blick in den Rückspiegel zu bemerken: »Glück hat zwei Seiten, nicht wahr? Da ist der Mann, der den Groschen aufhebt, und der andere, der ihn fallen läßt. Hab ich recht?

Aber Holtzman war kein Mensch, der sich in anderer Leute Leben hineinversetzte. »Ihr Jungs habt prima Arbeit geleistet«, wiederholte er sich, als wäre es das, ein Kompliment, was Dennis hatte hören wollen.

Am Strand beobachteten sie ihn, wie er unbeholfen über die Muscheln und Steine stakste, die das Wasser säumten, und sich dann kopfüber ins Meer stürzte. Ob es wohl in ganz Amerika noch einen GI gab, fragte sich Dennis, der aus dem Krieg heimgekehrt war, nur um feststellen zu müssen, daß seine Mutter einen fetten Deutschen geheiratet hatte?

Seine Mutter saß neben ihm auf der Decke, die er für sie ausgebreitet hatte, einer wollenen Felddecke, die er durch halb Europa geschleppt hatte. Sie sah ihrem Mann zu, einen Strohhut auf dem Kopf, die Augen hinter einer dunklen Brille verborgen, unergründlich.

Der Tag war schwül unter einer geschlossenen Wolkendecke. Mary und Eva hatten die Kinder auf ein Sommerfest der Feuerwehr mitgenommen; sie würden sie heute nicht sehen. Was vielleicht, so dachte er mittlerweile, auch nicht das Schlechteste war. Billy stand am unteren Ende der Decke, noch in Unterhemd, Hosen und Stiefeln, und starrte hinaus auf das Wasser. Er hatte Evas Namen kein einziges Mal ausgesprochen, seit sie seine Mutter und Holtzman vom Bahnhof abgeholt hatten, was entweder auf eine bemerkenswerte Selbstdisziplin hinwies oder auf Stunden um Stunden des Leidens wegen mangelnder Gelegenheit dazu. So oder so, dachte Dennis, war auch das nicht das Schlechteste.

Er hatte schon in jungen Jahren gelernt, bei dem, was er seiner Mutter brachte – seltsame Bilder, die er gemalt hatte, merkwürdige Träume, versponnene Pläne –, Vorsicht walten zu lassen. Nicht weil sie kein Interesse an ihm hatte (er war ihr einziges Kind, und sie auf ihre Weise eine hingebungsvolle Mutter), sondern weil er wußte, daß sie ihm in Minutenschnelle vor Augen führen konnte, daß das Bild unverständlich war, der Traum unsinnig und die Pläne maßlos oder unlogisch oder auf verhängnisvolle Weise nicht zu Ende gedacht. Wenn sie das tat, dann nicht aus Grausamkeit oder Blindheit oder aus irgendeiner Bosheit heraus, sondern vielmehr auf dieselbe sorgsame und liebevolle Art, mit der eine andere Mutter ihrem Kind sagen mochte, daß das Aspirin kein Lutschbonbon und die Wäschebleiche kein Früchtepunsch war.

Als er älter wurde, erkannte Dennis, daß er jedesmal, wenn sein Vater vom Küchentisch aufstand oder aus dem Zimmer ging, seine Mutter nur anzusehen brauchte, um zu wissen, daß die Geschichte, die ihr Mann ihnen gerade erzählt hatte, eine Lüge war, eine Übertreibung, daß sein Vater eine Geschichte probte oder wieder aufwärmte, die er jemand anderem erzählen wollte oder erzählt hatte – den Fahrgästen in seiner Straßenbahn, den Männern in der Kneipe oder irgendwem, der gerade in ihrer guten Stube untergebracht war. Dennis brauchte sie nur anzusehen und wußte, daß der Mann, den in New York so viele verehrten, nicht frei war von Fehlern, sondern schwierig, daß er zuviel vom Leben anderer Menschen in sich trug und zuwenig von ihrem Leben als Familie, von dem seiner Frau.

Was für einen Reim sich seine Mutter auf Billys blinde Verzückung machen würde, konnte er nur vermuten, aber sein Gefühl sagte ihm, daß diese unter ihrem unverwandten Blick fadenscheinig werden würde, eine kindische Illusion vielleicht sogar für Billy selbst. Er wußte, sie würde die Sache für ihn ins rechte Licht rücken, ihn daran erinnern, daß es Sommer war und er gerade erst aus dem Krieg zurück, daß dieses Mädchen, diese Eva, letztlich eine Fremde war, die ihre eigenen Pläne hatte und in ein paar Wochen in ihre Heimat zurückkehren würde. Und wirklich, wenn man es genau betrachtete: Mit fünfzig Dollar pro Woche von Con Ed (minus Zugfahrten und Kleidergeld und der Miete, die er seiner armen Mutter zahlen mußte), wie wahrscheinlich war es da, daß er sie in absehbarer Zeit würde herüberholen können? Seine Mutter, das wußte Dennis, würde Billy die Augen öffnen und die Dinge aufs rechte Maß zurückstutzen.

Aber natürlich war es mehr, als Billy ertragen konnte, Evas Namen zwei Stunden lang nicht über die Lippen zu bringen.

Er setzte sich bleischwer auf das untere Ende der Decke und löste langsam die Schnürsenkel seiner Stiefel. »Was sagten sie, wohin sie heute wollten?« fragte er Dennis über die Schulter. »Nach Montauk?«

Dennis blickte zu seiner Mutter hinüber, die den Kopf kaum merklich in ihre Richtung neigte.

»Zum Feuerwehrfest«, sagte er.

Billy nickte lächelnd. »Die Kinder werden begeistert

sein, meinst du nicht? Hoffen wir, Mary und Eva können mithalten.«

Nun wandte seine Mutter ihr Gesicht, die blinden Augen ihrer dunklen Gläser, ganz ihm zu. Die Liebe, dachte Dennis, hatte Billy weniger unhöflich als vielmehr raffiniert gemacht. Ihm war klar, daß die Taktlosigkeit dieser privat gewechselten Worte – die Verletzung jener Grundregel gesellschaftlichen Verkehrs, die jeder Schuljunge kannte: »Gibt es da etwas, das du vielleicht mit der ganzen Klasse teilen möchtest?« – Dennis keine Wahl lassen, ihn zwingen würde, eine Erklärung zu liefern.

»Ein paar Kinder, wir haben sie am Strand getroffen«, erzählte er ihr. »Sieben an der Zahl, wie die Orgelpfeifen. Jeden Nachmittag kommen sie mit ihren Kindermädchen hierher, damit sie ein bißchen in der Bucht herumpaddeln können. Sie haben ein Haus im Dorf, aber sie kommen gern hierher, weil eines der kleinen Mädchen … «

»Sally«, ergänzte Billy, der nicht widerstehen konnte. Er war in sie alle verliebt.

»Sally«, fuhr Dennis fort, »hat Angst vor den Wellen.«

Seine Mutter lächelte dünn hinter den dunklen Gläsern. Kerzengerade saß sie auf der Decke, das eine Knie umfassend. Ihre Haut war weiß wie Elfenbein, flaumig behaart und mit blassen Sommersprossen übersät. Im Schatten unter ihrem Hut hätte sie zwanzig sein können.

»Sie haben ein phantastisches Haus.« Endlich war die Gelegenheit da, und Billy setzte nach. »Fast schon ein Landsitz, und sie benutzen es nur im Sommer. Die Straße heißt Pudding Hill Lane. Hört sich an wie aus einem Kinderreim, findest du nicht? Sieben kleine Kinder in dem Haus an der Pudding Hill Lane.«

»Ihr wart schon da?« fragte seine Mutter nicht unfreundlich. Billy lief vom Hals bis zu den Haarwurzeln rot an – nein, von der Hüfte bis zu den Haarwurzeln, sogar sein weißes Unterhemd schien sich rosa zu färben. »Wir sind mal mit den Mädchen ausgegangen«, sagte er. »Mit den Kindermädchen. Was meinst du, Dennis, so zwei- oder dreimal?«

»Ungefähr, ja«, bestätigte Dennis und zog sich sein Unterhemd über den Kopf. »Kommst du mit schwimmen?« fragte er Billy und erstickte damit einen Satz im Keim, der mit den Worten begann: »Sie sind aus Irland ...« Billy hatte noch die Brille auf und sah daher so klar, daß ihm Dennis' Blick nicht entging.

»Na gut«, sagte er, widerwillig sein Hemd ausziehend, widerwillig jene wunderbare Tür schließend, die es ihm für einen Moment gestattet hatte, Eva zu sagen und Sally, Mary und Pudding Hill Lane ...

Während sie ins Wasser wateten, bemerkte Dennis leise: »Erzähl ihr nichts mehr von den Mädchen.«

Billy sah ihn aus kurzsichtigen Unschuldsaugen an. »Ist gut«, sagte er, und konnte dann nicht anders, als hinzuzufügen: »Schuld muß etwas Schreckliches sein.«

Dennis spürte den Vorwurf, doch er lachte. Schließlich war es Billys süße Romanze, die er hatte schützen wollen.

»Schuld ist herrlich«, erwiderte er mit einem Augenzwinkern. »Wenn man sie sich wirklich verdient hat.« Und dann sprang er kopfüber in das gleiche Salzwasser, in dem Holtzman sich treiben ließ, was, wenn man darüber nachdachte, ein interessantes Potpourri ergab.

Holtzmans Hemden bügelte seine Mutter immer als erste, unten im Keller des Hauses in Jamaica auf einem Bügelbrett, das sie einmal aufstellte – im April 1945 – und nie mehr wegnahm. Sie wusch ihre Hemden mit der Hand in dem Waschbecken dort unten im Keller und bügelte sie am Morgen danach. Holtzmans als erste, wie sie sagte, denn schließlich sei er ihr Mann, Eigentümer dieses geräumigen Hauses und der Geldgeber, der ihr schönes Leben finanzierte. Darauf die ihres Sohnes, weil das Bügeleisen dann heißer sei und sie damit die Kragen ordentlicher hinbekomme. Für seine Mutter war Treue, gleich ob gegen Blut oder Wasser, eine komplizierte Angelegenheit.

Die Routine, auf die sie in jenem Sommer verfielen, nachdem er und Billy von Long Island zurückgekehrt waren, war ein Balanceakt. Jeden Morgen stand sie in der Küche, wenn Dennis herunterkam, kochte ihm Kaffee und strich Butter auf seinen Toast, doch selbst aß sie nie etwas. Sie wartete immer auf Holtzman, lehnte an der Arbeitsplatte und beobachtete ihren Sohn, schätzte ihn ab: den Schnitt seines Anzugs und den Knoten in seinem Schlips, seine Zukunftschancen. Obwohl sie selbst in ihrem Leben bis dahin nur zweimal in Lohn und Brot gestanden hatte – zuerst in einer Bäckerei in

Brooklyn, später in der Poststelle der Gasgesellschaft –, verfügte sie in bezug auf das, was die Welt der Alltagsarbeit einem antun konnte, über eine sehr dezidierte und trotz ihres protestantischen Blutes nicht gerade hohe Meinung.

Zum einen hatte sie Einwände gegen die Monotonie der Neun–bis–fünf–Woche, gegen die Langeweile, die Stunden und Tage, von denen du irgendwann nur noch wolltest, daß sie vergingen, während du dich von einem Samstagmorgen zum nächsten durchhangeltest wie ein Affe im Zoo. Zum anderen gegen die Anonymität: Vergiß die Träume, die du in der Nacht zuvor geträumt hast, vergiß die hingebungsvollen Augen, deren Blick dich beim Frühstück umfangen, oder gar den Gram, der die ganze Nacht lang deine Seele gebeutelt hat, denn so wie sie es sah, wurdest du, was du wirklich warst, sobald du in die U-Bahn oder den Bus einstiegst oder dich in den Kriechstrom der Automobile einordnetest oder deinen Platz in der Drehtür gefunden hattest, im Lift, hinter dem Schreibtisch oder dem Schalter, an der Maschine – erst da wurdest du, genau betrachtet, was du eigentlich warst: einer von Abermillionen, nur einer mehr.

Als Junge hatte Dennis für jeden Gast, Kostgänger und Trinkkumpan, den sein Vater ihnen ins Haus brachte, Longfellows Gedicht »Der Dorfschmied« aufsagen müssen. Dann stand er mitten im Wohnzimmer oder, wenn man im Sommer wegen der Einwanderer und der Hitze in der Wohnung schier erstickt, von ihnen umringt auf dem Dach und deklamierte voller Gefühl: »Im Schatten des Kastanienbaums …«

Immer wenn er zu den Zeilen kam:

Am Morgen sieht er neue Pflichten nah'n,
Am Abend sind sie immer dann getan.
Begonnen eines, anderes vollbracht,
Hat er sich wohl verdient die Ruh' der Nacht.

füllten sich die Augen seines alten Vaters mit Tränen – eine ganze Strophe hinter den Tränen, die jedem anderen Iren im Raum in die Augen geschossen waren, als ihm klar wurde, daß die Frau des Hufschmieds nicht mehr lebte. Und wenn das Gedicht zu Ende war, dann waren es diese Zeilen, die ihn sein Vater wiederholen ließ.

Dennis brauchte seine Mutter nur anzusehen, um zu wissen, daß sie in den Worten keinen Zauber zu finden vermochte, daß sie nur Monotonie daraus hörte: einen langsamen Marsch auf ein unrühmliches Ende zu.

Tatsächlich war die Arbeit bei Consolidated Edison ein Geschenk von Bart Carroll und Onkel Jim an seinen sterbenden Vater gewesen. Die beiden hatten damals schon dort gearbeitet, 1937, als Dennis achtzehn war.

»Die größte Stadt der Welt wird immer Strom brauchen«, hatte sein Vater hochzufrieden gesagt, sein Gesicht schon ein Totenkopf im Licht der Krankenhausleuchten. Der Geruch von Äther war wie die Tür zum Tod. Die anderen um ihn gescharten Besucher – Brüder, Cousins, Freunde – hatten ihm beigepflichtet. »Dennis wird gut damit fahren«, hatten sie gesagt und ihm die Hand auf die Schulter gelegt oder auf den Rücken geklopft und ihn ein wenig weggedreht, damit er nicht sah, wie sein Vater unter der dünnen Decke die Knie anzog, damit er nicht sah, wie sein Vater, der das Leben geliebt hatte, sich wand, nun da er ihm von einem erbärmlichen Tod entrissen wurde.

»Jedes Versorgungsunternehmen wäre eine sichere

Sache«, sagten sie zu ihm und drehten ihn weg. »Aber besser als bei Edison kannst du es nicht treffen, Dennis. Da hast du Sicherheit, wenn du bei ihnen bleibst. Bleib bei der Gesellschaft, und dir wird's gutgehen.«

Zu Hause sagte seine Mutter: Cooper Union, City College oder das RCA-Institut, da gehörst du hin, wenn es Elektrizität ist, was dich interessiert. Und danach ein Kurs in freier Redetechnik. Das Militär, die Offiziersausbildung. Etwas anderes. Besseres.

Er hatte ihr den Gefallen getan, hatte, wenn er die Zeit dazu fand, die Abendschulkurse über sich ergehen lassen, war 1941 in die Armee eingetreten, und hatte sie dann mit der Erklärung vor den Kopf gestoßen, daß es letzten Endes nicht viel war, was er wollte. Daß er, wenn er es genau betrachtete, ganz glücklich war mit dem, was er hatte.

Nun da er und Billy von ihrer Auszeit auf Long Island zurückgekehrt waren, beobachtete sie ihn, wenn er sich morgens fertigmachte, um ins Büro zu gehen. Was sie betraf, würde er für immer gewöhnlich bleiben, hatte er doch die Uniform für immer ausgezogen und trug nun Anzüge, die in ihren Augen besser hätten geschnitten sein können (obwohl sein Hemd schön gebügelt war). Sie beobachtete ihn, wie er beim Frühstück saß, dann seinen Hut vor dem Spiegel in der Diele zurechtrückte, Aktentasche und Regenschirm nahm und aus dem Haus ging, um den Bus zu nehmen, der ihn zur U-Bahn fahren würde, die ihn zum Büro bringen würde, exakt so, wie er es, das wußte sie, die nächsten vierzig Jahre lang tun würde, und stets konnte sie ihre Enttäuschung nicht verbergen. Er las sie in ihrem Gesicht, wenn sie am Fenster stand und ihm nachblickte: ein lieber Sohn, ein treuer Angestellter wie sein Vater, einer von Abermillionen. Nur einer mehr.

Holtzman kam für gewöhnlich die Treppe herunter, wenn Dennis zur Tür hinausging, und er ließ sich immer Zeit damit, ihr guten Morgen zu sagen, seinen Hut aufzusetzen, den Mantel anzuziehen und somit sicherzugehen, daß Dennis gute drei oder vier Blocks Vorsprung hatte, bevor er selbst losging, um sich im Laden an der Ecke seine Morgenzeitung zu holen. Wenn der Bus Verspätung hatte, sah Dennis ihn dort, wie er fünf Cent in die Zigarrenkiste warf, in die Dennis gerade vorher seine Münze geworfen hatte. Beide steckten dann sofort die Nase in ihre Zeitung, konzentrierten sich auf die daumendicken Schlagzeilen und hielten einen Gesichtsausdruck völliger Überraschung (Ach, hallo, hatte dich gar nicht gesehen) für den Fall bereit, daß der andere grüßen sollte, was natürlich keiner von beiden jemals tat.

Wie Dennis wußte, hatte unterdessen daheim in der herrschaftlichen Villa seine Mutter die Eier aufgesetzt und einen Teller mit Weißbrotscheiben auf den Ofen gestellt. Wenn Holtzman zurückkam, spießte er die Scheiben einzeln auf eine lange Gabel und röstete sie über der offenen Flamme des Gasbrenners, bis sie perfekt gebräunt war. An Wochenenden tat er das auch für Dennis. Der dachte, das müsse der Fluch von Holtzmans langem Junggesellenleben gewesen sein: niemanden zu haben, dem er dieses Verfahren vorführen konnte.

(»Und da fragst du mich«, sagte mein Vater, »ob ich denke, daß Danny Lynch ein einsamer Mensch ist.«)

Jeden Morgen saßen seine Mutter und Holtzman übereck an dem alten Küchentisch, an dem Dennis früher seine Hausaufgaben gemacht hatte, an dem sein Vater einst gesessen, gesungen, Gedichte vorgetragen und seine Stirn auf das blanke Holz gelegt hatte, wenn die Nacht lang gewesen und die Sonne zu schnell aufgegangen war. Übereck sitzend, redeten Holtzman und seine Mutter über Geld, Investitionen, die sie getätigt hatten, Rechnungen, die noch nicht bezahlt waren, über den Gewinn aus dem Geschäft und die Großhandelspreise für Schuhe. Hin und wieder langte Holtzman unter den Tisch und tätschelte ihr Knie oder sie strich ihm beim Reden über die Hand, so daß jeder, der hinter den dicken Fensterscheiben der Küche stünde und sie beobachtete, annehmen müßte, sie hätten einander eine halbe Stunde lang über die kalt werdenden gekochten Eier hinweg Liebeserklärungen gemacht, statt ihren Besitz zu bilanzieren.

Sie war, soweit Dennis sehen konnte, für Holtzman ein nicht enden wollendes Wunder, diese kleine Frau, die so unerwartet in die späte Mitte seines Lebens getreten war. Sie schien in ihm die Verkörperung von gesundem Menschenverstand, praktischem Denken und ersehnter Entlastung sowie die vernünftigste Investition zu sehen, die sie je getätigt hatte.

Wenn sie gegessen hatten, nahm er die Zeitung und eine zweite Tasse Kaffee mit hinüber ins Wohnzimmer oder begab sich damit die Treppe hinauf in die Abgeschiedenheit des Badezimmers auf dem Flur, während sie abwusch und dann zum Wäschewaschen hinunter in den Keller ging. Es bereitete ihr immer eine immense Freude, daran zu denken, daß die Ehe ihr nicht nur ein Haus, sondern auch einen Keller eingebracht hatte. Einen Keller nur für sie allein. Sie empfand es als großen Luxus, sich nicht zwischen den Kinderwagen und Kisten und den erbärmlich häßlichen Lehnstühlen von einem Dutzend Nachbarn hindurchwinden zu müssen, sondern ungehindert von der Treppe zum Waschzuber, weiter zur Wäscheleine und von dort zum Bügelbrett zu gleiten – welches sie im April 1945 aufgestellt hatte, kaum daß sie eingezogen war, und nie mehr würde zusammenklappen müssen.

Natürlich war Holtzmans Keller nicht leer, doch was er enthielt, gehörte zumeist ihr: Kisten und Mottensäcke und Sofatischchen. Wie sie in den Briefen an Dennis nach Übersee geschrieben hatte, war Holtzman furchtbar anständig, was ihre Sachen anging, denn er bestand darauf, daß sie nicht auch noch auf ihre Möbel verzichten mußte, wenn sie es schon war, die ihre Wohnung (ihr Heim, hatte er es genannt) aufgab. Es war nicht schwierig gewesen, alles unterzubringen, denn sein Haus hatte dreimal so viele Zimmer wie die Wohnung, und er gestattete ihr großzügig, was überzählig war – seine Eßzimmer- und Küchenmöbel beispielsweise, eine Anzahl von Lampen, ein Bett – den Verwandten ihres verstorbenen Mannes zu überlassen. Da der Krieg dem Ende zuging, gab es unter den diversen Cousins und Cousinen reichlich Abnehmer, sogar unter denen, die noch keine eigene Wohnung gefunden hatten oder noch nicht einmal den Weg zum Traualtar. Zum Beispiel landeten Holtzmans alte Küchenstühle am Ende in Mary Lynchs Schlafzimmer in Astoria, wo sie bestimmt drei Jahre lang, vielleicht auch vier, zur Säule aufgetürmt in der Ecke standen: Ein Denkmal der Hoffnung, wie ihr Vater, Onkel Jim, immer sagte, bis Mary gerade noch rechtzeitig Jack Casey traf (sie ging schon auf die Dreißig zu), und die Stühle wieder zu Küchenstühlen wurden.

Für Dennis' Mutter brachten diese überflüssigen Möbelstücke nicht nur eine neue Rolle als Wohltäterin mit sich (wo sie doch so lange, eigentlich während ihrer gesamten ersten Ehe und auch weit davor schon, zu den Bittstellern gehört hatte), sondern sie konnte damit auch eine Schuld abtragen. Sie fühlte sich der Familie ihres ersten Mannes sehr verpflichtet, die sie während seiner Krankheit und in ihren Jahren als Witwe großzügig unterstützt hatte, besonders in der Zeit, nachdem Dennis zur Armee gegangen war. Und während all dieser Jahre konnte sie versuchen, was sie wollte, um etwas davon zurückzuzahlen oder doch wenigstens ihre kollektive Großzügigkeit etwas zu dämpfen, indem sie darauf bestand, daß ihre Witwenpension ausreichte und sie nicht viel brauchte zum Leben: Jedesmal hoben sie nur die Hand und antworteten mit einer langen und oft übertriebenen Geschichte darüber, was für Wunder an Selbstlosigkeit und Großmut »ihr Daniel« einst für sie vollbracht habe – Geschichten, die in den meisten Fällen in Tränen und einem »Gott hab ihn selig« oder »einen wie ihn gibt es nicht noch einmal« endeten, worauf es dann soweit kam, daß sie, Sheila Lynch, die verarmte Witwe mit dem Sohn im Felde, ihnen einen Tee kochte oder einen kleinen Schuß Vermouth eingoß, ihnen den Arm um die Schultern legte und flüsterte: »Ist ja gut.«

Das wenigstens hielt mein Vater seiner Mutter immer zugute: Nach der Heirat mit Holtzman ging sie zur Familie ihres ersten Mannes zu keinem Zeitpunkt auf Distanz. Egal wie gern sie es getan hätte.

Im Keller steckte sie das Bügeleisen ein und wartete ab, ob das Licht wieder flackern würde – es flackerte, sie würde Dennis bitten, sich darum zu kümmern. Am Waschbecken füllte sie die Flasche zum Wäschefeuchten auf, nahm die Hemden von der Leine und bügelte sie: die ihres Mannes zuerst und dann die ihres Sohnes.

Er war ohne Frage für den gesamten Clan der Heilige Vater gewesen, ihr Daniel. Vierundvierzig Jahre alt, als sie ihn traf, mit einem dunklen Haarschopf, der ihm tief in sein unscheinbares Gesicht hing. Ein Heiliger Vater für die ganze Welt, wenn die ihn nur gelassen hätte.

Es hieß, sie habe zu der Zeit in einer kleinen, miefigen Wohnung in der Nähe der Nostrand Avenue gewohnt, die ihrem Großonkel Robert und Tante Eileen, seiner verdrießlichen Frau, gehörte. Die beiden wollten sie dort nicht haben – sie hatte gesehen, wie sich der Mann auf die Unterlippe biß, als sie sich eine zweite Scheibe Toast nahm, und sich am Tisch festhielt, als könnte er jeden Moment aufspringen und ihr in den Arm fallen, wenn sie mehr als einen Spritzer Milch in ihren Haferbrei goß. Aber der einzige Sohn der beiden war als Kriegsfreiwilliger nach Europa gegangen, und die Nachricht von seinem leeren Zimmer hatte sich bis nach Washington Heights herumgesprochen, wo sie bei einer anderen Tante, einem anderen Onkel wohnte (beide jünger) und das Bett mit einem achtjährigen Cousin teilte – einem Jungen mit Armen und Beinen aus Blei und dem Geruch eines nassen Mantels.

Tante Eileen hatte sich dem Ansinnen widersetzt, daß eine Sechzehnjährige das Zimmer ihres Sohnes bewohnen sollte (um dann sein Kissen mit dem Duft ihres Haars zu tränken, ihre Unterwäsche überall zu verstreuen, in die Matratze zu bluten – sie dachte an alles, diese Frau), und gab erst nach, als Sheila geschworen hatte, sich im Zimmer ihres Sohnes niemals an-, aus- oder umzuziehen. Statt dessen wurde sie angewiesen, ihre Taschen in eine Ecke der Speisekammer zu stellen und sich dort umzukleiden, bevor ihr Onkel morgens aufgestanden und nachdem er abends zu Bett gegangen war. Dies tat sie bereitwillig, denn es war purer Luxus, das breite Federbett ihres Cousins für sich allein zu haben. Und daß sie schon fertig angezogen war, bereit für die Schule, wenn er gerade erst in die Küche schlurfte, mußte ihren Onkel auf eine Idee gebracht haben.

Sie war noch nicht lange dort, als er verkündete, er habe da etwas für sie gefunden, was sie tun könne, eine kleine Arbeit. Ein Ehepaar, das er kannte, Landsleute von ihm, hatte eine Bäckerei an der DeKalb Avenue, und weil die Frau Probleme mit dem Rücken hatte, konnten sie ein Mädchen gebrauchen, das früh am Morgen hereinkommen sollte, um die Brote und Kuchen auszulegen. Wieviel sie zahlen wollten, sagte er nicht, und sie verstand ohne zu fragen, daß alles, was sie verdiente, direkt in seine Tasche wandern würde. Wie ihr Onkel wußte, war es der letzte Wunsch ihrer sterbenden Eltern gewesen, daß sie weiter zur Schule gehen sollte, und er war es, der sie noch am selben Tage, als sie Washington Heights verließ, an der Berufsschule eingeschrieben hatte. Doch die Arbeit am Morgen war ein hübscher Ausgleich für die Kosten, die er durch sie hatte, und das unter Einhaltung jedweden Paktes, den er nur widerwillig mit den Toten geschlossen haben mochte.

Am Tag vor ihrem Arbeitsbeginn ging sie nach der Schule bei der Bäckerei vorbei. Nur die Frau des Bäckers war da, Mrs. Dixon, doch sie war rotbäckig und fröhlich, und als sie Sheila sah, rief sie: »Ach, was bist du nur für ein kleines Ding!«

Der erste Morgen begann wie im Märchen. Die Straßen waren naß und dunkel und spiegelten die Lichter der Stadt. Sicher, so früh am Morgen, zu nächtlicher Stunde noch, hatte das etwas Bedrohliches, doch auch etwas sehr Verheißungsvolles, Abenteuerliches. Als sie in den leeren Laden trat, war er warm und schummrig, erfüllt vom Duft des Brotes im Ofen.

Alles Licht kam von hinten, wo die Öfen standen, aber

es war hell genug, daß sie sehen konnte, und sie fand die Haube und den Kittel, die sie tragen sollte, ordentlich gefaltet auf dem Ladentisch vor. Sie dachte an die Wichtelmänner und den Schuster. Dann setzte sie die Haube auf und schlüpfte in den Kittel. Tags zuvor, als Mrs. Dixon ihn ihr gezeigt hatte, hatte er auf ihren Schuhen aufgestoßen und Falten geworfen. Jetzt war er gerade auf die richtige Länge gekürzt worden, und der Saum hing gute zwei Handbreit über ihren Knöcheln.

Noch zögerlich, doch bereit zu beginnen, wandte sie sich dem Licht zu, das aus dem hinteren Raum kam. Sie fühlte die Wärme des Backofens wie eine warme Hand auf ihrem Gesicht, und dann sah sie den Bäcker neben einem der Holztische auf einem Hocker sitzen. Seine Schuhe und die Hosenbeine unter der Schürze waren mit Mehl bestäubt; er ließ die Schultern hängen und hatte die Hand um ein Glas gelegt, das auf dem Tisch neben ihm stand. Ein Mann mit dunklem Haar, schwarzen Augenbrauen und einem breiten, geröteten Gesicht.

Unter diesen Brauen blickte er zu ihr auf, winkte dann mit seiner freien Hand und sagte nicht unfreundlich: »Na komm, komm doch herein. Ich werde schon nicht beißen.«

Sie trat ein. Der Holzboden wirkte weich, auch er war über und über mit Mehl bedeckt. Auf einem zweiten riesigen Tisch genau gegenüber vom großen, gußeisernen Ofen stand ein Weidenkorb voll kleiner, brauner Brotlaibe und ein Blech mit noch ungebackenen Scones.

»Meine Frau hat dir gezeigt, was zu tun ist?« fragte er.

Sie nickte: »Ja«, doch ihre Stimme klang klein und kraftlos.

Sie mußte sich auf die Zehenspitzen stellen, um den Korb richtig fassen zu können, und dann wäre sie fast gegen den Türrahmen gefallen, als sie ihn hinübertragen wollte und dabei seinen Blick spürte. Als sie zurückkam, war er aufgestanden und schob gerade das Blech mit den Teeküchlein in den Ofen; ein zweites Blech, goldbraun und duftend, kühlte auf dem großen Tisch aus. Er sah sie über die Schulter an, als er die Ofentür schloß. »Was bist du für ein winziges Ding«, sagte er gemütlich, freundlicher als zuvor.

Sie standen nahe beieinander in dem engen Raum zwischen Ofen und Tisch, und der leere Korb in ihren Händen schien den Raum noch enger zu machen. Auf einmal streckte er den Arm aus und zog mit einer bemehlten Hand an ihrem Ohrläppchen. »Ein klitzekleines Ding«, sagte er. Er war eigentlich nicht viel größer als sie, nur einen Kopf, doch seine Brust war breit und drückte jetzt gegen den Korb und ihren Arm. Er zupfte an einer Haarsträhne über ihrer Schläfe, stupste mit dem Finger gegen ihre Haube. Nun konnte sie den Alkohol in seinem Atem riechen, wußte aber damals noch nicht genug, um ihn als das zu erkennen, was er war.

»Eine kleines Püppchen im Puppenkleid«, sagte er und zog an dem Kragen ihres Kittels. Er tätschelte ihr Kinn. Sie grinste nur errötend. Er war alt genug, und sie war jung genug; sie glaubte, daß er mit ihr spielte, so wie man mit einem kleinen Kind spielt, daß er sie hübsch fand und ihr Freund sein wollte.

Er sagte ihr, sie solle den leeren Korb auf den Knettisch stellen. Sie war froh, wieder frei zu sein, frei von dieser räumlichen Enge, frei von seiner Aufmerksamkeit, und spürte, wie die Hitze allmählich aus ihrem Gesicht wich.

Er packte sie so schnell, daß sie einen Moment dachte, das Licht sei ausgegangen. Er hielt ihren Kopf in seiner Armbeuge fest, und sie war so erschrocken, daß er ihren offenen Mund mit seinem erwischte und sie das Klicken hörte, als ihre Vorderzähne aufeinanderstießen. Ein Kuß war es nicht, nur Zähne und nasser Knochen, und in dem Moment, bevor er sie losließ, konnte sie das leise Lachen tief in seiner Brust spüren. Immer noch lachend, wandte er sich seiner Arbeit zu, als wäre nichts passiert.

Vorne im Laden ließ sie die Hälfte der Scones fallen und mußte sie an ihrem neuen Kittel abwischen. Mit dem Ärmel rieb sie sich wieder und wieder über den Mund. Hinten in der Backstube hatte er zu singen begonnen: Zeilen aus Volksliedern und Wiegenliedern. Manche hatte ihr Vater früher gesungen: eine schöne Maid, über alles geliebt von einem jungen Burschen, der in den Krieg ziehen muß; ein Schiffskapitän vor seiner letzten Seefahrt, der seine Frau an der Gartenpforte küßt. Als sie mit dem leeren Blech zurückkam, sah er sie nur kurz über die Schulter an, und jetzt war sein Mund für den Gesang sanft gerundet. Er hatte eine schöne Stimme, weich und warm, obwohl die Worte ihm einige Mühe machten.

Als sie den Laden an jenem Morgen verließ, stand die Sonne am Himmel und die frisch gewaschene Straße roch nach dem kommenden Frühling. Die Welt war wieder mit Menschen belebt, die sie vielleicht mit der Zeit kennenlernen würde. Unterwegs traf sie ein pummeliges Mädchen aus ihrer Klasse, Alma, die sich sehr über die Tüte mit den warmen Scones freute. Mrs. Dixon hatte sie ihr aufgedrängt, als sie den Laden verließ. »Ich mag sie nicht«, sagte sie als Erklärung zu Alma. »Hab sie nie gemocht.«

Das folgende Jahr über lebte sie nicht so sehr in als vielmehr am Rande eines Alptraums, weil sie nie wußte, womit zu rechnen war. Tage konnten vergehen, ohne daß er sie anfaßte. Eines schönen Morgens dann glasierte er gerade fröhlich singend einen Kuchen, und auf einmal ging er ihr an die Gurgel. Oder, schlimmer noch, sie kam herein und fand ihn schon mürrisch vor, beinahe reglos, einsilbig auf seinem Hocker sitzend. War er so, behielt sie ihn ständig im Auge und vermied es nach Möglichkeit, ihm nahe zu kommen – sie nahm sogar die Bleche selbst aus dem Ofen, obwohl Mrs. Dixon es ihr ausdrücklich verboten hatte. Nur damit sie ihn nicht stören mußte. Manchmal ging es gut, und sie konnte um acht Uhr aus dem Laden schlüpfen wie ein Fisch, den man aus der Hand in den Fluß entläßt. Manchmal zog er seine schweren Augenbrauen hoch, sagte wieder und wieder ihren Namen – »Shiii-la, Shiii-la« – und wackelte dazu mit seinem großen Kopf, bis sie nahe genug herangekommen war, daß er ihr Handgelenk, ihren Rock oder einen Ärmel zu fassen bekam und mit seinen mörderischen gelben Zähnen nach ihren Brüsten schnappen konnte. Manchmal tauchte er einfach unvermittelt hinter ihr auf und griff ihr ins Haar. Dann preßte er sie gegen die Hintertür zur Gasse oder drückte sie gegen eine Wand.

(»Ein widerlicher Dreckskerl«, sagte sie, als sie die Geschichte erzählte. Das war in ihrer Küche in Woodside an dem vollgekrümelten Tisch, als Dennis und seine Mutter nur noch allein in der Wohnung lebten. Dennis hatte gerade seine Laufbahn bei Con Ed begonnen. Zum Glück, hatte sie gesagt, war der Mann ein Trinker, sonst … Wer weiß, wie weit er noch gegangen wäre. »Ein Mann kann nicht, weißt du«, hatte sie gesagt, »wenn er zuviel getrunken hat. Ich nehme an, dein Vater hat dir das nie erzählt.«)

Kindlich wie sie war, entwickelte sie nach und nach Rituale, mit denen sie sich zu schützen hoffte oder doch wenigstens vorhersagen zu können, wie der Morgen verlaufen würde. Wenn sie vom Wohnhaus ihres Onkels bis zur Bäckerei gelangen konnte, ohne den Blick zu heben, würde er sie an diesem Tag nicht anrühren. Wenn sie den Karren des Straßenfegers an der Ecke sah, würde er es tun.

Dann kam der Morgen, als sie Alma ihre Tüte mit den Leckereien gab und Alma sagte: »Die werden mir fehlen.«

Sie hatte in einem Bürogebäude in Manhattan Arbeit gefunden. Ihr Vater hatte sie ihr besorgt. Zum Ende der Woche hörte sie mit der Schule auf. Zwei Stunden später saß Sheila selbst vor dem Mann, den Alma ihr beschrieben hatte. Er war schon ziemlich kahl, trug einen Schnurrbart, Fliege und einen altmodischen Stehkragen und empfing sie in einer kleinen Bürozelle mit nur einem Fenster, das weit offenstand, um die frische Brise hereinzulassen. Zunächst sprach er ein wenig über den Krieg und den Patriotismus der amerikanischen Jugend und dann wollte er wissen, ob sie in Europa jemanden habe, der ihr lieb und teuer sei und ihr Bild bei sich trage.

Nein, sagte sie. Hätte sie sich nur ein wenig weiter im Stuhl zurückgelehnt, sie wäre aus dem Fenster gefallen.

Er gab ihr die Stelle, zweifellos weil er dachte, sie sei eine ernsthafte und solide junge Frau, die einmal als alte Jungfer enden würde. In die Bäckerei ging sie nicht wieder. Auch die Schule brach sie ab. Sie wußte, daß dies ihre Eltern hart getroffen hätte, die ganz verrückt nach Bildung gewesen waren. Aber seit sie beide vor sechs Jahren innerhalb von vier Monaten krank geworden und gestorben waren (wobei ihre Mutter sich mit dem Sterben längst nicht so viel Zeit gelassen hatte, weil sie, wie jemand gesagt hatte, es eilig gehabt hatte, zu ihm zu kommen), war ihr von ihnen sehr wenig Hilfe und noch weniger Trost zuteil geworden. Mit zwölf hatte sie sich zwei schwebende Engel vorgestellt, die ihr bis an ihr Lebensende den Weg weisen würden, doch seither hatte sie zu viele trostlose Nächte in Zimmern verbracht, wo sie weder willkommen war noch hingehörte, bei zu vielen Mahlzeiten mit am Tisch gesessen, bei denen jeder bittere Bissen und jeder Schluck gezählt und mißbilligt worden war. Sie hatte Mr. Dixons Schnapsfahne geschmeckt, und der scharfe Geruch seines Speichels hatte so lange auf ihren Wangen und Lippen gehaftet, daß sie ihn noch roch, wenn sie den Kopf senkte und die beiden bat, sie zu erlösen. Wären sie am Leben geblieben, dann hätten sie es sehr bedauert, sie so von der Schule abgehen zu sehen, das wußte sie, aber sie waren nicht mehr da, und das war das.

(»Das war das«, hatte sie, mitten in ihrem düsteren Märchen, in der kleinen Küche in Woodside gesagt. Noch etwas, das ihm sein gottesfürchtiger, geistergläubiger, heiligenverehrender Vater nicht erzählt hatte: Sie waren gestorben, und das war das.)

Ihrem Onkel mißfiel der Gedanke sehr, seinen Freund zu enttäuschen, aber er fand sich damit ab, weil sie ihr Gehalt an ihn weitergeben würde.

An einem Montagmorgen stieg sie zu Alma in die Bahn. Sie hatte das Gefühl, sich aus dem Vorhof der Hölle gerettet zu haben, und selbst wenn sich die Arbeit als öde erweisen sollte (was sie auch tat) und Alma, ohne die tägliche Backwarenbestechung, als treulos (was sie nicht tat), blieb dieses Fegefeuer in seiner Eintönigkeit gleichwohl ein Luxus.

An der Haltestelle vor dem Bezirksrathaus folgte sie den ausladenden Hüften ihrer Freundin die Trittstufen in die Straßenbahn hinauf. Da er von der großen Fläche aus schwarzem Gabardine verdeckt wurde, die Alma war, hörte sie zuerst seinen irischen Akzent, diese laute, lachende Stimme. Und dann sah sie, noch auf den Stufen stehend, zum ersten Mal sein schlichtes, fröhliches Gesicht.

Wenn sie aus dem Keller wieder nach oben stieg, hatte Holtzman das Fenster geöffnet und Kölnisch Wasser im Bad versprüht. Sie gab ihm dann sein gebügeltes Hemd und hängte das von Dennis in sein Zimmer. (Auch das ein Luxus, den ihr die Ehe eingebracht hatte: Wandschränke zum Verstauen von Sachen, begehbare Wandschränke.) Wenn Holtzman fertig angezogen war und bereit zu gehen, kam er noch einmal zu ihr und küßte sie zum Abschied. Stets trug er die Zeitung unter dem Arm und immer, so schien es, einen Schuhkarton. Täglich fand er neue Schuhe für sie in der passenden Größe (schließlich hatte er sie auf diese Weise gewonnen), und meistens hatte sie etwas an ihnen auszusetzen – wie mein Vater sagte, war sie als Ehefrau eine viel schwierigere Kundin, als sie es als Kundin je gewesen war.

Zu jener Zeit fuhr Holtzman mit dem Bus ins Geschäft, und kaum war er aus dem Haus, zog sie sich ein Hauskleid an, band sich ein Kopftuch um und putzte. Du mußt verstehen, was das Haus ihr bedeutete: einer Frau, die einen großen Teil ihrer Jugend als Gast in bereits überfüllten Haushalten verbracht hatte, wo sie auf Betträndern schlief und ihre Kleider in einer Kiste draußen in der Speisekammer oder im Flur aufbewahrte. Die ihre erste Ehe in Zwei- und Dreizimmerwohnungen verlebt hatte, die überdies dauernd als

Zwischenstation für eine endlose Reihe irischer Einwanderer ohne einen Cent in der Tasche dienten.

Er war ein Original. Das war das Wort, das die Fahrgäste in der Straßenbahn benutzten, wenn sie über ihn sprachen. Jedenfalls ging so die Geschichte: Die Männer (damals noch) mit Strohhut oder Melone, die Frauen in ihren dunklen Bürokostümen. Sie beugten sich von Sitz zu Sitz, lächelten über etwas, das er gesagt hatte, oder verkündeten es vielmehr laut: »Ist er nicht ein Original?«

»Sind das Gamaschen, die Sie da heute tragen, Mr. Ellsworth?« fragte er zum Beispiel den gebrechlichen alten Herrn, der gerade vorsichtig Platz genommen hatte. »Sind die aber schön! Also wissen Sie, wenn Sie in denen heute das Zeitliche segnen sollten, geht der Leichenbestatter morgen in ihnen tanzen.«

Worauf Mr. Ellsworth grinste und sagte: »Keine Sorge, Mr. Lynch, heute werd ich nicht sterben« – und die Fahrgäste rundherum erwartungsvoll lächelten, als ob sie zwei Komikern aus dem Varieté zuschauten –, »nicht bevor ich erfahren habe, was Paddy in Ashbury Park passiert ist.«

Und Daniel lüpfte seine Mütze, strich sich den dichten, dunklen Haarschopf zurück. »Herrjemine«, sagte er. »Das ist vielleicht eine Geschichte.«

Er war eine Legende, zumindest in diesem Teil von Brooklyn und zu dieser Tageszeit. Er redete ununterbrochen, deutete dabei auf einen Burschen auf dem Bürgersteig oder einen Polizisten, den er kannte, wies auf ein Gebäude, das zu einer anderen Geschichte gehörte. Irgendwann kam das Gespräch immer auf Paddy – und einmal war Paddy ein Bruder und ein andermal ein Cousin und dann wieder ein Onkel oder ein Freund. Paddy bei der Überfahrt und Paddy auf Ellis Island und Paddy, wie er einmal den falschen Zug nach Pittsburgh oder Vermont genommen hat.

»Paddy ist in Philadelphia. Mein Bruder hat ihm da Arbeit verschafft, er macht Frischkäse. Ausgerechnet Frischkäse. Er lebt bei Verwandten, die haben eine Katze so groß wie ein Koffer, und als Paddy am ersten Tag von der Fabrik nach Hause kommt, riecht er genau wie eine mannshohe Milchflasche ... «

Manche Fahrgäste warteten auf der Straße und ließen andere Straßenbahnen aus, um bei Daniel einsteigen zu können. Andere richteten die ganze Fahrt zur Arbeit so ein, daß sie mit ihm fahren konnten.

Sheila fing an, es genauso zu machen. Nicht weil sie Wert auf seine Geschichten gelegt hätte – zu viele von ihnen, sagte sie, waren entweder unmöglich oder absurd –, und auch nicht, weil er ihren Namen kannte oder sie jeden Tag mit einem seiner verschmitzten Dauerkalauer unterhielt (der alte Mr. Ellsworth hatte wieder eine Nacht überstanden; die asthmatische, immer schnaufende und pustende Mrs. Timoney mit dem lieben Gesicht wurde von der Polizei gesucht, und Saul, ein buckliger Bürojunge, war ein Oberst in der Armee und gerade erst von der Front zurückgekehrt; sogar die dicke Alma, die bei jedem Wetter einen Regenschirm dabei hatte, wurde für ihn zur Vorhersagerin verheerender Unwetter – »Wird es heute einen Wirbelsturm geben, Miss?« »Liegt vielleicht ein Taifun in der Luft?«). Sie wartete auf seine Straßenbahn, weil sie ihn zum Schweigen brachte.

Ihr Leben war zur langweiligen Routine geworden: Mit dem Morgengrauen aus dem Bett des Sohnes der Familie (und dabei stets mit Schaudern daran denken, was andere Morgengrauen mit sich gebracht hatten), sich rasch waschen und in der Enge der Speisekammer anziehen. Frühstück für sie und für Tante und Onkel, dann der Abwasch und der Weg zur Bahn. In der Poststelle war sie wie ein Pferd eingepfercht und wurde mit einem nicht enden wollenden Strom von Umschlägen und Päckchen überhäuft. Zwanzig Minuten Mittagspause, zehn für den Nachmittagskaffee … Eine von Abermillionen, nur eine mehr.

Ein- oder zweimal am Tag aber, wenn sie die richtige Straßenbahn erwischte, war sie eine Seltenheit, eine Sphinx. Eine, nach der man Ausschau hielt. Sie brachte ihn zum Schweigen.

Er, der für jeden ein paar Worte wußte, konnte nur stammeln und rot werden, wenn sie vorbeiging, konnte nichts sagen als: »Guten Tag, Miss«, und wenn sie ihm geradewegs in die Augen sah, noch nicht einmal das. Die anderen Fahrgäste sahen es, sogar Alma sah es, und die Überraschung, die das anfänglich hervorgerufen hatte, wich erst der Neugier und dann einer mitfühlenden Ehrfurcht. Er ist in sie verliebt, flüsterten sie, das kann nicht anders sein. Und von ihr bekam er nichts dafür, nicht einmal einen Gruß. In dem merkwürdigen Moment der Stille, der ihrem Zusteigen folgte, war sie es, auf die sich die Aufmerksamkeit aller richtete, nicht Daniel.

Und das war es, wovon sie nicht genug bekommen konnte – nach dem Leben, das sie geführt hatte. Wahrgenommen zu werden, aus der Masse hervorzustechen. Als eine erkannt zu werden, die anders war als alle anderen.

Es war ein Morgen mitten im Sommer, als sein Wagen hielt, er aber nicht zu sehen war. Die Leute wichen zurück. »Wo ist Daniel?« fragte einer, unschlüssig, ob er zusteigen oder warten sollte.

»Der hat dienstfrei«, sagte der fremde Mann.

Resigniert stiegen sie ein, und kaum hatten sie sich gesetzt, schwang sich Daniel in den Wagen. Er trug einen braunen Anzug und einen Strohhut mit grüngelb gestreiftem Band, was an ihm lächerlich wirkte. Er schwitzte und war außer Atem.

Die anderen Fahrgäste grüßten ihn wie einen zurückgekehrten Helden, er aber zog schüchtern den Kopf ein und nahm auf dem Sitz direkt hinter ihr Platz.

»Irgendwelche Wirbelstürme angesagt?« fragte er Alma, klang dabei jedoch unsagbar traurig, als hätte man ihn allen Humors und aller Entschlußkraft beraubt. Sie kicherte, preßte die Arme zusammen und wandte sich im Sitz zu ihm um. »Noch nicht«, sagte sie.

Seine braunen Augen waren auf Sheilas Nacken gerichtet.

»Ihr freier Tag heute, Daniel? Mal die Stadt unsicher machen?« fragte einer der Fahrgäste.

»So könnte man sagen.« Aber mehr würden sie nicht aus ihm herausbekommen. Nicht an diesem Tag.

»Unterwegs mit Paddy?« fragte eine Frau von der anderen Seite des Ganges.

»Nein«, sagte er leise. »Ich doch nicht.«

Als sie aufstand und aussteigen wollte, drehte sie sich zu ihm um – wie verloren er aussah in dem braunen Anzug, mit seinem guten Hut. Was immer er sich vorgenommen haben mochte, das sah sie, war jetzt unmöglich geworden. Die Luft war raus, so wie die Farbe aus seinem Gesicht gewichen war.

Am nächsten Tag war er wieder der Alte, errötete jedoch schon, bevor sie an ihm vorbeiging. Paddy, sein Cousin, würde bald heiraten, erzählte er. Der Glückliche. Noch dazu eine Rothaarige, eher klein, aber mit einem hübschen Gesicht. Nun hatte er allerdings ein Problem mit dem Ring – nicht der Hellste, unser Paddy –, also mit der Größe des Rings, und deshalb ist er mit einer Dichtungsscheibe und einem Schinkenknochen zum Juwelier gegangen …

Aller Augen richteten sich auf sie, während er redete. Sie sah nur hinaus auf die Straße: ein Mädchen, das anders war als alle anderen.

Im September wurden die Frauen im Büro gewarnt, sie müßten vielleicht bald für die zurückkehrenden Kriegsveteranen Platz machen. An einem Freitagabend im Oktober kam sie nach Hause und fand Mr. und Mrs. Dixon im Wohnzimmer vor, er im Anzug, das zurückgekämmte Haar wie angeklatscht, als wäre er auf Freiersfüßen, sie schwerer als zuvor, mit einem Mondgesicht, das breiter und tiefer als sonst über dem Kissen ihres Doppelkinns hing.

Als sie in ihr Zimmer ging, um den Hut abzulegen, sah sie, daß die Matratze abgezogen worden war und Kissen und Decken in einem Haufen auf der Fensterbank im offenen Fenster lagen.

Der Sohn war auf dem Weg nach Hause (auf Tante Eileens gelblichem Gesicht sah Freude aus wie eine Magenkrankheit), und sie würde sich eine neue Bleibe suchen müssen. Die Dixons hatten noch ein kleines Zimmer in ihrer Wohnung über dem Laden frei, das nicht genutzt würde – es sei winzig, sagte Mrs. Dixon, aber sauber und ordentlich –, und da nun ein Kind unterwegs sei (hierbei faßte sich Mrs. Dixon an ihre breite Taille), würden sie bald jemanden brauchen, der ganztägig aushelfen könnte. Also paßte alles bestens.

Beim Abendessen bewegte Mr. Dixon seine kleinen schwarzen Zähne und sagte: »Du ißt ja gar nichts.«

Und Onkel Robert lachte und meinte, sonst esse sie immer für zwei.

Am Montag in der Straßenbahn folgte sie Almas

wogendem Hinterteil die Stufen hinauf und sagte dann mit einem Engelslächeln: »Hallo, Daniel. Wie geht es Ihnen heute morgen?« Es wurde einen Moment still (da war sie sicher), und dann kam von irgendwo im Abteil dünner Applaus.

»Mir geht es gut, ich danke Ihnen, Miss«, antwortete Daniel. »Wunderschöner Tag heute, nicht wahr?«

»Ja«, sagte sie, obwohl es kalt war und nieselte. »Einfach wunderschön.« Als sie am alten Mr. Ellsworth in seinem Sitz vorbeiging, hätte sie schwören können, daß er eine Träne im Auge hatte. Doch noch nicht tot also.

Der Rest der Geschichte ging so, daß sie an ihrem zweiten Morgen als junge Braut aus dem Schlafzimmer trat und auf dem Fußboden im Wohnzimmer zwei schlafende Gestalten vorfand. Sie trugen verdreckte Anzugteile, die nicht zusammenpaßten, benutzten ihre verbeulten Ranzen als Kopfkissen und schliefen wie die Landstreicher, die Hände zwischen die Schenkel gesteckt. In der Luft lag ein warmer Geruch nach Hof und Scheune.

Erschrocken wich sie zurück und stieß gegen Daniel (»deinen Vater«, wie sie in der Küche in Woodside sagte, zu einer Zeit, da allein das Wort schon ausreichte, daß Dennis vor Trauer weh ums Herz wurde), der direkt hinter ihr stand. »Wer ist das?« fragte sie.

»Paddy«, lautete die Antwort.

Wie sie behauptete, hatte sie seither die Wohnung nicht mehr für sich gehabt, und zwar so lange nicht, bis Dennis nach Fort Dix eingezogen wurde.

Auch Daniels Aufmerksamkeit hatte sie nie wieder ganz für sich, erzählte mein Vater, noch nicht einmal, als er im Sterben lag und die Parade der Paddys, die auf seiner Station ein und aus gingen, die Schwestern allesamt so beeindruckte, daß eine von ihnen fragte: Ist er ein Politiker? – so sei es ihm jedenfalls berichtet worden.

Doch nun hatte sie dieses solide Haus, Backstein von oben bis unten, drei Schlafzimmer im ersten Stock, voll unterkellert und Meter um Meter Wandleisten, die abgestaubt, Fußböden, die gescheuert werden mußten. Eine winzige Garage hinter dem Haus, ein kleiner Garten mit einem Baum, eine Hecke vor dem Haus. Man könnte sagen, daß es der Einfluß ihres ordentlichen deutschen Mannes war, der sie von der mittelmäßigen Hausfrau aus Dennis' Kindheit und Jugend in den Putzteufel verwandelte, zu dem sie als Mrs. Holtzman mutierte; wahrscheinlicher war aber die Erklärung, daß das Putzen von Holtzmans Haus ihre Art war, ihr Land abzuschreiten, die Besitztümer zu zählen, mit den Händen durch ihren Haufen von Golddukaten zu fahren. Es gab eine lange Liste von Gründen, warum sie wieder geheiratet hatte, und nicht einer hatte irgend etwas mit Liebe zu tun. Aber mit ausreichend Platz, mit genug Wandleisten und einem Garten und genug freiem Raum, mit genügend Wärme im Winter und hinreichend vielen Fenstern, die man im Sommer öffnen konnte, um Durchzug zu haben, war die Liebe (wenn man es genau betrachtete) durchaus verzichtbar.

Jedenfalls für einige von uns.

Zu jener Zeit arbeitete Billy ebenfalls am Irving Place, und es war nicht ungewöhnlich für Dennis, ihm morgens über den Weg zu laufen, sei es in der U-Bahn oder auf der Straße. Hätte ein Fremder die beiden in jenen Tagen beobachtet, er hätte sie für Waffenbrüder gehalten, die lange voneinander getrennt gewesen waren, für entlassene GIs, vielleicht Geschwister, die sich seit vor der Invasion nicht mehr gesehen hatten. Dennis brauchte nur einen Lichtreflex von Billys Brille aufzufangen, schon schob er sich durch die stehenden Pendler in seinem Abteil und rief: »He, Bill!« Oder er hörte seinen eigenen Namen auf offener Straße, und wenn er sich umwandte, sah er Billy durch den Verkehr tanzen und auf ihn zukommen. »Wie geht's?« »Und bei dir, wie läuft's?« Händeschütteln, gegenseitige Klapse auf den Rücken mit noch ungelesenen Zeitungen. »Schön, dich zu sehen.«

Es brauchte einen Willensakt, sich jetzt vorzustellen, wie er damals gewesen war, alle Bilder beiseite zu schieben, die sich dazwischengedrängt hatten – auch den letzten kläglichen, verfärbten, erstarrten, geschwollenen Rest von seinem Gesicht, das Bild des toten Billy –, und ihn sich deutlich vor Augen zu rufen: Schlank und gut aussehend, wie er zu jener Zeit war, die Krempe seines Filzhuts über die blauen Augen gezogen, die randlose Brille, eine kleine Kerbe getrockneten Blutes auf seiner glattrasierten Wange, das Gesicht von der Kälte gerötet. In seinem Mantel noch ein leichter Geruch von der Kirche, aus der er gerade kam, und in seinem Atem noch der Wein von der Kommunion, wenn sie in dem gedrängt vollen U-Bahn-Abteil beieinander standen, sich Hand über Hand an derselben weißen Stange festhielten und fast schreiend Neuigkeiten austauschten oder ins Schweigen verfielen, während der Zug ratterte und kreischte und sie von den Füßen zu holen versuchte. Sie freuten sich so über die Gesellschaft des anderen, als hätten sie einander lange entbehren müssen.

(»So wie deine Brüder früher«, sagte mein Vater. Als Teenager und in ihren frühen Zwanzigern: Wenn ein paar Kumpel vorbeikamen, standen sie alle immer eine Zeitlang im Wohnzimmer herum, bevor sie weggingen, grinsten, stießen sich mit den Schultern an und lachten über alles und jedes, weil die Welt, die noch Augenblicke zuvor nichts als Ärger und Sorge für sie bereitzuhalten schien, mit einem Mal leicht und amüsant geworden war und ihnen gehörte, wenn sie nur wollten. »›Die Mädchen tun mir leid‹, habe ich dann immer zu deiner Mutter gesagt, wenn sie weg waren« – wenn das Kreischen der Reifen in der Einfahrt verklungen war und die Möbel, die gegen sie so klein gewirkt hatten, wieder aus den Ecken hervorkrochen. »›Die armen Mädchen tun mir leid‹«, während meine Eltern sich wieder ihren Zeitungen oder den Freitagabend-Shows im Fernsehen zuwandten und versuchten, den Geruch des Rasierwassers der Jungen in der Nase zu behalten, weil sie nicht tun konnten, was sie am liebsten getan hätten: draußen auf der Straße stehen und den Rücklichtern hinterhersehen. »›Die Mädchen‹, sagte deine Mutter immer, ›können sehr gut auf sich selber aufpassen.‹«)

Die täglichen Messen waren etwas Neues für Billy. Sie hingen zweifellos mit Eva zusammen, obwohl die Verwandten dachten, daß sie irgendwie mit dem Krieg zu tun hätten. Er wäre nicht der erste in der Nachbarschaft gewesen, der mit einem neuen Bedürfnis nach Religion zurückgekommen wäre, einem neuen Gefühl, daß nur die tägliche, förmliche Bitte um Gnade ihnen helfen konnte, den Rest ihres Lebens zu überstehen.

Aber worum Billy zu jener Zeit betete, war keine Gnade oder vielleicht eine Gnade anderer Art: die Gnade der Zeit. Er brauchte Zeit – Wochen, in denen er arbeiten und etwas von seinem Gehalt auf die Seite legen und ansparen konnte –, doch was er auch brauchte, war, daß die Zeit stehenblieb. Daß die Welt für eine Weile den Atem anhielt; daß alle Gefühle, alle Hoffnungen, alle Zukunftspläne für eine Weile aussetzten und so blieben, wie sie waren, und zwar überall in der Stadt. Daß wir alle unseren Vorsätzen treu blieben.

Die Kirche hätte mitgemacht: der gute Klang des vertrauten Lateins, dieselben Frauen jeden Morgen, die ihre Rosenkränze beteten, das rote Altarlicht und die Kerzen unter den Statuen der Heiligen Jungfrau und des heiligen Joseph. Alles das war beständig und treu.

Sogar der alte Pater Roche, der an Schlaflosigkeit litt und jeden Morgen die Sechsuhrmesse abhielt, weil er, wie Billy aus den eigenen Tagen als Meßdiener wußte, ab acht Uhr tief und fest in der Sakristei schlief. Auch er blieb, wie er war.

Und doch: Aus dem Zimmer seiner Schwester Kate hörte er zu jeder nachtschlafenden Stunde die gedämpft zornige Stimme ihres Mannes, und wenn Billy zur Messe ging, saß sie meistens auf der Couch im Wohnzimmer mit Danny, dem Baby auf dem Arm und weinte leise.

»Was hast du denn?« flüsterte Billy dann verlegen, ihretwegen peinlich berührt.

Und sie winkte immer ab: »Nichts, ich hab nichts, geh nur.«

Das arme Kind, fast zwei Jahre alt, aber wegen der Zugluft wie ein Neugeborenes eingewickelt, beobachtete sie mit großen Augen.

Auf dem Ablaufbord in der Küche stand als Schatten seines Vaters aus dessen Lebzeiten eine Flasche Gin und ein leeres Glas, das Gegengift seiner Mutter gegen die langen Nächte einer Witwe.

Nach der Messe hörte Billy auf dem Bahnsteig von Woodside inmitten der Fremden, die zum Zug drängten, zuweilen jemanden seinen Namen rufen und drehte sich um. Oder er erblickte auf dem Weg zum Büro einen Hut auf einem Kopf und über Schultern, an denen er Dennis erkannte. Wenn sie sich auf diese Weise trafen, gaben sie sich einen Klaps mit den Zeitungen und grinsten angesichts des alles andere als unwahrscheinlichen Zufalls über beide Ohren. »Wie geht's?« »Wie geht es Mary?« »Etwas von Eva gehört? Was macht sie?« »Eva geht's gut, hatte am Dienstag einen Brief von ihr.« Endlich, und zum ersten Mal am Tag, die Worte: »Eva geht's gut.« Sogar ihren Namen zu nennen, ihn gegen das Dröhnen der U-Bahn anzurufen, war ein Akt der Tapferkeit, eine Beteuerung seines Glaubens.

Das waren die Zeiten, als alle, die sie kannten, heirateten oder Kinder bekamen. Zeiten, in denen es nicht ungewöhnlich war, wenn der Hut zwei- oder dreimal am Tag die Runde im Büro machte und am Ringfinger des Mädchens, das Karte und Stift herumreichte, ein großer Diamant glitzerte.

»Ist sie für dich?« zog Dennis sie immer auf, bevor er unterschrieb. »Na, sag schon, wann ist es bei dir soweit?«

Sie war hübsch und blond mit rundem Gesicht und einem kleinen Mund. Ein großes weißes Lächeln mit einer Art Zugabe: das scharfe elektrische Klicken der platzenden Blasen ihres Kaugummis. Sie war mit ihrer Jugendliebe verlobt, den die Marine noch nicht entlassen hatte.

»Was willst du denn einen Matrosen heiraten?« fragte er sie, wenn er wieder einmal seinen Namen auf eine Karte setzte. »Wer wird denn unser Sonnenscheinchen sein, wenn du uns verläßt?«

Dann grinste sie (klick, klick) und beugte sich vor, um ihm Karte und Stift abzunehmen. »Ich will einen Matrosen heiraten«, sagte sie, »damit ich mit dreiundsechzig nicht immer noch das Sonnenscheinchen bin.«

Claire Donavan hieß sie. Aus Brooklyn, mit einem Umweg über Stenographie.

In jenem Herbst und den ganzen Winter und Frühling hindurch gingen sie in mehr Kirchen und Synagogen, als Dennis sich hätte träumen lassen – handgedruckten Karten oder hastig kopierten Anweisungen folgend, saßen sie in ihren guten Anzügen in der U-Bahn oder fuhren mit Danny oder Mike oder mit seiner Mutter und Holtzman in dem alten Auto hin. Oder sie zwängten sich mit einer Gruppe aus dem Büro in ein Taxi, und lachten mit pelzigem Mund über die letzte Nacht und all die Dinge, an die sie sich nicht mehr erinnern konnten. Stets lag der Geruch nach Pimentöl, Old Spice und Chanel in der Luft. Und ihre Kater brachen auf wie dunkles Eis im Licht der Herbstsonne oder unter einem belebenden Winterregen oder lösten sich in dem Triumph auf, St. Charles Borromeo in Brooklyn oder die Glaubenskirche der Vereinigten Methodisten in Hastings gefunden zu haben oder Beth El in Little Neck in Queens und noch zwanzig Minuten Zeit zu haben – genug für einen schnellen Kaffee.

Und dann hineinzugehen, dabei in den protestantischen Kirchen der Gewohnheit zu widerstehen, die Hand nach dem Weihwasserbecken auszustrecken (obwohl sie sich meistens trotzdem bekreuzigten, was die Platzanweiser in ihren schwarzen Fracks lächeln ließ: Wie konnte es auch anders sein – bei so einem Gesicht?) oder, in den Synagogen, die Jarmulkes aufzusetzen, verlegen zwar, aber das Spiel mitspielend (die Witze mit jiddischem Akzent kamen dann später) – und überall war der Zweck der Zeremonie, der Sinn ihrer feierlichen Versammlungen im besten Anzug und mit frischgeputzten Schuhen, ein und derselbe.

Für Billy waren sie eine Wohltat. Schon die Kirchen und Synagogen an sich stärkten ihn: Eingezwängt zwischen Wohnblocks oder Reihenhäusern oder umgeben von Bäumen und Parkplätzen, tauchten sie vor einem auf, wenn man aus der U-Bahn die Treppe heraufkam oder in eine Vorstadtstraße einbog, nachdem man vorher ein dutzendmal falsch abgebogen war, oder den Stadtplan um hundertachtzig Grad drehte, durch die Windschutzscheibe spähte und sagte: »Hier müßte es sein.« Die Vielzahl und Vielfalt der Gotteshäuser stärkten ihn. Das Gefühl, daß an jedem Ort bis hoch hinauf in die Bronx und hinunter nach Staten Island, ja sogar bis weit nach New Jersey hinein, das Bedürfnis zu glauben, die Sehnsucht nach dem, was beständig war und treu, diese heiligen Stätten hatte entstehen lassen. Diese Kathedralen und Gotteshäuser und diese angemieteten Altäre in gemieteten Sälen, vor denen Grace aus der Stenographieabteilung oder Jack vom Kundendienst stehen mochten, Peggy Lynch, Onkel Mikes hübsche Tochter, oder ihre Schwester Rosemary, die keine Schönheit war, Tommy aus der Nachbarschaft oder Cousin Ted (kerzengerade in seinem Cut, was aller Achtung wert war, wenn man bedachte, wie sinnlos betrunken er in der Nacht zuvor gewesen war). Vor dem Altar stehen und sagen: »Das wird bleiben, wie es ist.«

Sonntags fuhr Dennis am Abend nach Manhattan, um Mary zu treffen (wobei er die U-Bahn nahm, wenn er sich vorgenommen hatte, nicht mehr zu sündigen, Holtzmans Wagen, wenn der gerade gültige Beschluß ein letztes Mal erlaubte), und Billy, noch in der Anzughose und dem sauberen Hemd, das er zur Messe getragen hatte, schrieb an Eva. Seine Mutter – Gott helfe ihr, sie war eine miserable Köchin – hatte für gewöhnlich einen Braten im Ofen, der zäher und zäher wurde, und war dabei, aus Rosenkohl und grünen Bohnen die Farbe herauszukochen (dachte sie doch, Geschmack sei keine dem Gemüse innewohnende Eigenschaft, sondern werde erst nach langem Garköcheln erworben, indem man es in den Servierschüsseln in Butter und Salz schwenkte). Rosie und ihr Mann Mac waren bei seiner Mutter oder im Kino, Kate saß mit dem Baby unten bei Onkel Ted, damit ihr Mann lernen konnte.

»Liebe Eva«, schrieb er dann und hätte zweifellos die ganze Seite damit füllen können, so sehr liebte er es, ihren Namen zu wiederholen. »Hallo, Eva. Wie geht es Dir, Eva?«

Er erzählte, wie er seine Tage verbrachte, wählte seine Worte beim Schreiben, so gut er nur konnte, achtete aber, wie er sagte, auch darauf, sich nicht zu lange in Alltäglichem zu ergehen. Er war nicht so dumm, alles zu schreiben, was er fühlte. Doch er wußte auch, daß das Auflisten zu vieler alltäglicher Einzelheiten noch schlimmer wäre. Zu schreiben, was er fühlte, würde bedeuten, mit einem Satz tausend andere zu ersticken. Doch nur zu schreiben, was er getan hatte, wäre, als beschriebe er eine Stadt, deren Häuser die Sonne verdeckten.

Er mußte an das Mädchen in Metz gedacht haben – »ich bin noch hier« –, denn sicherlich war es das und nicht mehr, was er sagen wollte, wenn er Eva jeden Sonntag schrieb, während seine Mutter ihr Hochzeitsgeschirr aufdeckte und Mac und Rosemary hereinplatzten und Kate mit dem Baby zurückkam, um schüchtern an die Tür ihres eigenen Zimmers zu klopfen. Während irgendwo die Glocke einer fernen Kirche läutete und ein Bus Qualm auf den Boulevard spie und Mary, mit Dennis unterwegs zur Lexington Avenue und einer Gaststätte im Besitz eines Iren, den sein Vater herübergeholt hatte, beim Überqueren der Park Avenue seinen Arm nahm. Während das Wasser an den Strand schlug, der zu dem großen Haus auf dem Hügel führte, vor dem Billy und Eva eines Tages wieder stehen und es zusammen bestaunen würden (sein Himmel auf Erden), bevor sie dann zu ihrer Idylle in Holtzmans kleinem Haus zurückkehrten, einer Idylle, die beginnen würde, sobald nur das von ihm Woche für Woche beiseite gelegte Geld, das sich sogar in diesem Moment drüben bei der East-River-Sparkasse von selbst vermehrte, ausreichte, sie zurückzuholen.

Ein unerschütterlicher Glaube: Das wird bleiben, wie es ist. Ich bin noch hier.

Doch das Geld vermehrte sich nur langsam.

Schließlich waren da all diese Hochzeitspräsente zu kaufen, die Taufgeschenke für die Babys, die Polterabende und Sammlungen im Büro und das Geld für Taxen und Reinigung. Da war das Geld, das er Kate gab, wenn sie etwas brauchte, um sich wieder aufzurichten, nachdem das Baby in der Nacht nur geschrien und Peter, ihr gelehrter Gatte, sie nur angebrüllt hatte – weil er eine Prüfung am nächsten Tag hatte, noch so viel lernen mußte. Da war das Geld, das er seinem Cousin Ted geliehen hatte, als der seinen Wagen auf dem Boulevard von Queens zu Schrott gefahren hatte (damit seine frisch angetraute Frau nichts erfuhr), und das Geld für seine Mutter, als ihre Brücke gebrochen war. Da war die Sondersammlung zum fünfzigsten Jubiläum von Pater Roches Priesterweihe.

»Du bist noch mehr wie mein Vater, als er selbst es war«, bemerkte Dennis eines Abends, als sie bei Quinlan saßen und Billy in sein Bier weinte, weil er das Geld für die Schiffspassage bis zum Sommer nicht beisammen haben würde, egal, wie sehr er sich anstrengte.

»In einer Familie wie unserer«, sagte Billy, sein Glas ans Herz haltend, »hättest du nichts Netteres sagen können.«

Danny Lynch hob sein Glas. »Amen«, sagte er, wie immer der Hüter des heiligen Feuers.

Zu jener Zeit hatte Dennis seinen Bezirk auf der Lower East Side, zwischen Broadway und dem East River und von der Houston bis zur Canal Street. Ladenreihen voller jüdischer und chinesischer Händler, Straßen voller Penner. Wenn sie ihn kommen sahen, schoben sich die Penner aus Torbögen, erhoben sich vom Bordstein und sagten: »Wir gehen ja schon, Detective, wir gehen ja schon« – als müsse jeder Ire mit rundem Gesicht, Überzieher und Hut ein Polizist sein. Sie grüßten immer wie alte Soldaten oder zogen die Schultern hoch und duckten sich wie Leibeigene im Mittelalter, wie Männer, die mehr als einmal die Wucht des Gummiknüppels auf ihrem Rücken gespürt haben. »Wir gehen schon, Detective.« Dennis drohte ihnen dann mit der Faust und griff sich an den Mantel, als trüge er tatsächlich eine Waffe und hätte die Dienstmarke dabei. »Los, Jungs, bewegt euch. Seht zu, daß ihr Land gewinnt.« Trinker, Penner, Schnapsdrosseln. Was man in jenen Jahren dachte, wenn jemand Alkoholiker sagte.

Vier Stufen hinunter und hinein in einen schmuddeligen kleinen Laden, der in seiner Erinnerung schon vor dem Krieg geschlossen worden war. Keile aus zusammengedrückten Pappkartons hielten die Tür auf, nicht, um Luft hereinzulassen – es war ein kalter, grauer Tag –, sondern Licht, denn der Strom war noch abgestellt. Auf einer schmalen Ladentheke stapelten sich ohne erkennbare Ordnung Schachteln mit Hemden, und im Laden ließ ein weiteres Dutzend oder mehr große Behälter nur eine schmale Passage durch das Geschäft frei. Aus einem Faß quoll Stroh; es roch nach altem, feuchten Backstein und Kakerlakenpulver. Er klopfte auf die Theke und rief laut hallo, und aus dem hinteren Teil des Ladens tauchte ein Mann auf. Ein kleiner, schmächtiger Mann in einer für ihn viel zu großen Wolljacke und mit einer zu kleinen Pelzmütze auf dem Kopf. Er preßte seine bloßen Hände zusammen. Im grauen Licht des Ladens waren sie hellweiß; er rieb sie natürlich, weil es kalt war, doch zusammen mit seiner Hakennase und den hängenden Schultern gab er ein Bild ab, das Dennis denken ließ: »Shylock.«

»Edison«, sagte er vorsichtig. Er wußte, daß er es mit einem Burschen zu tun hatte, der nichts, was er sagte, für bare Münze nehmen würde. Der Mann ruckte wie eine Schildkröte mit dem Kopf, damit er ihn im Halbdunkel des Ladens besser betrachten konnte. »Sie sind der Edison-Mann?«

Dennis streckte die Hand aus, um sich vorzustellen, und sah, daß dem Mann die mittleren drei Finger an seiner rechten Hand und die ersten Fingerglieder der letzten drei an seiner linken fehlten. Er war ein polnischer Jude und erst seit kurzem in New York. Ein Schneider, sagte er, vor dem Krieg, und zuckte wie im Varieté mit den Schultern, ohne auf seine Finger zu deuten. Jetzt handelte er mit Damen- und Kinderbekleidung. Oder jedenfalls würde er das tun, sobald er Strom hatte.

Wie Dennis vorausgesagt hatte, wollte der Mann nichts von dem hören, was er zu sagen hatte, und Ende nächster Woche war ihm zu spät, so lange wollte er nicht warten. Er war kein alter Mann, nicht so alt, wie es zuerst den Anschein gehabt hatte, wirkte aber in seinem großen Mantel wie eingeschrumpft und hatte ein erbärmlich schlechtes künstliches Gebiß, das beim Sprechen verrutschte und an seinem Mundgeruch schuld war.

»Mr. Lynch«, sagte er – nun da er Dennis' Namen zu

fassen bekommen hatte, war er wie ein Hund mit einem Knochen –, »bedenken Sie, in welcher Lage ich bin.«

»Mr. Leibowitz«, erwiderte Dennis, »bedenken Sie den Zustand Ihrer Leitungen. Was ist, wenn Ihr Laden in Flammen aufgeht?«

Der Mann tat so, als füge er sich in sein Schicksal. Er schaute sich um, so als habe all seine Mühsal im Krieg, in den Lagern und während der langen Überfahrt dieses kalte, armselige Ende gefunden. Er schüttelte den Kopf, als sei ihm diese banale Enttäuschung, die ihm von diesem banalen, ernsthaften, breitgesichtigen Mann beigebracht wurde, nur allzu vertraut. Eine Enttäuschung von der gleichen Allgegenwart und Grausamkeit wie die berühmteren Beispiele des Bösen auf der Welt. Er zuckte die Achseln, wandte sich dann plötzlich um und nahm sachte Dennis' Hand, indem er sein Handgelenk mit Daumen und kleinem Finger seiner Linken umfaßte. Mit seiner Rechten bohrte er einen gefalteten Geldschein in Dennis' Hand.

»Alles, was in Ihrer Macht steht …«, sagte Mr. Leibowitz.

Dennis protestierte und versuchte, das Geld zurückzugeben, doch der Mann wandte sich ab, wedelte mit der verstümmelten Hand neben seinem Ohr herum, als verscheuchte er die Worte. Möglich, daß er etwas wie: »Schaden kann's nicht«, murmelte.

Der zusammengefaltete Schein steckte immer noch in seiner Hosentasche, als er zum Büro zurückkehrte. Im Fahrstuhl fuhr er mit Claire Donavan und drei anderen Mädchen hoch; alle kamen gerade von der Mittagspause, und ihre Pelzkragen rochen nach Parfüm und Zigarettenrauch. Die Lippen glänzten vom frisch aufgetragenen Lippenstift, und ihre gepuderten Wangen und Nasen waren wie mit feinstem Zucker bestäubt.

»Sie sagen ja gar nichts, Mr. Lynch«, sagte Claire Donavan an seinem Ohr, während sie dem Licht zusahen, das hinter den Zahlen für die einzelnen Stockwerke hochwanderte.

»Ich bete gerade um einen Stromausfall, Miss Donavan«, antwortete er, und nur seine Augen bewegten sich, als er sie ansah: ihr strahlendweißes Lächeln und das Kaugummi, das dahinter mit einem funkenprasselnden Knacken platzte. Pfefferminz, Zucker, der Fliederduft ihres Parfüms. Der Krieg lag nun lange genug hinter ihnen, und Brot war wieder Brot, nicht Kuchen. Er sehnte sich nach Kuchen.

Im zwölften Stock stieg Billy zu. »Dennis!« sagte er, und Dennis erwiderte: »Billy Boy!«, als hätte er den ganzen Vormittag nach ihm gesucht. Fast hätten sie einander die Hand gegeben. Aber die Augen der vier Frauen waren auf sie gerichtet, genauer gesagt auf Billy. Er war der einzige, der nicht Hut und Mantel trug, und irgendwie wirkte er dadurch in seinem grauen Anzug mit dem weißen Hemd und einfachen Schlips besser angezogen als sie, so wie ein Priester ganz in Schwarz mitten unter den bunten Hochzeitsgästen manchmal um so eleganter wirkt.

»Du bist unterwegs gewesen? Außendienst?« fragte Billy leise.

»Bis gerade eben«, sagte Dennis.

Als sie ihr Stockwerk erreichten, traten die Mädchen hinaus, doch Dennis zupfte Billy am Ärmel und hielt ihn zurück.

»Wer ist das?« hörten sie, bevor sich die Tür hinter den Mädchen schloß, und Claire Donavan antwortete: »Ein Cousin von ihm.«

Dennis griff in seine Hosentasche und zog den gefalteten Geldschein heraus. Zu seiner Überraschung sah er, daß es ein Zehner war. Er gab ihn Billy. »Hier, für deinen Für-immer-glücklich-Sparstrumpf.«

Verlegen besah sich Billy den Schein. »Wo hast du ihn her?«

Der Lift hielt an, und Dennis drückte auf den Knopf für ein höheres Stockwerk. Er erzählte es ihm und fügte an, er habe ihn eigentlich in den Opferstock für die Armen von St. Brigid stecken wollen, doch die Tür sei verschlossen gewesen. »Ich glaube, die Penner sind immer reingekommen und haben den Kommunionswein gestohlen.«

»Katholische Penner«, sagte Billy.

Dennis nickte. »Das sind die Schlimmsten. Also nimm ihn und steck ihn in deinen Sparstrumpf.«

Billy zögerte immer noch. Er sagte, Dennis solle ihn am Sonntag in den Klingelbeutel tun. Dennis erwiderte, bis Sonntag werde er ihn ausgegeben haben. Billy sagte: Dann gib ihn aus. Dennis erwiderte, er habe eine reiche Mutter, er brauche das Geld nicht. Schließlich drückte er Billy den Schein in die Hand, wie es Mr. Leibowitz bei ihm getan hatte. Er sagte, wenn die Zeit komme, wenn Eva zurück sei und sie es sich in ihrem kleinen Haus in East Hampton gemütlich gemacht hätten, könne Billy ja alle ihre Babysachen bei Mr. Leibowitz kaufen.

»Wird es je dazu kommen?« fragte Billy wehmütig, faltete jedoch gleichzeitig den Zehner zusammen und steckte ihn in die Tasche.

Dennis sagte: »Wüßte nicht, warum nicht.« Doch in Wahrheit wußte er es, noch undeutlich zwar und nur wie aus dem Augenwinkel. Wenn er an diese kaputten, zerlumpten Männer auf der Straße dachte, und Billy unter ihnen in einer fernen, unvorstellbaren Zukunft. Oder an Leibowitz mit seinen verstümmelten Händen.

Oder wenn er an die Versprechen dachte, die er selbst Mary in den Augenblicken gemacht hatte, in denen sie jedes Recht gehabt hatte, ihm zu glauben. In denen er, solange es akut gewesen war, selbst geglaubt hatte. Wo so viele andere Mächte in der Welt am Werk waren, brutale, hinterlistige, betrügerische, nicht zu bremsende Mächte – was konnte da törichter sein, als sein Leben auf ein flüchtiges Gefühl zu setzen, das genau betrachtet nicht mehr als eine Idee war, eine Phantasie, die ihren Höhepunkt in wenigen Augenblicken unbeholfener Nacktheit fand, ein paar Minuten tierischen Grunzens und Stoßens, in einem momentanen Ausblenden des Denkens und Gewissens?

Undeutlich und wie aus dem Augenwinkel sah er, was aus Billys schönem Traum, Billys Glauben werden würde. Aber mit dem eigenen romantischen Herzen (oder dem seines Vaters) sah er auch, daß seine Erfüllung für sie alle eine kleine Erlösung bedeuten würde.

Holtzmans Kopf schien riesig, wenn man sich dem Mann von hinten näherte, aus der schummrigen Ecke hinten in seinem Laden, und er, frisch vom Friseur zurück, über seine Bestandslisten gebeugt dasaß. Dann war die einzige Stelle, an der sich unterscheiden ließ, wo sein Hals aufhörte und der Kopf anfing, jene scheinbar willkürliche Grenze, an der aus dieser germanischen Säule roten und purpurnen Fleisches mit einmal ein Hauch winziger Haare sproß.

Der Lagerraum roch nach Schuhleder und Pappe sowie, als Dennis näher kam, nach eingelegten Dillgurken und Senf. Das Deckenlicht war auffallend schwach; die einzige Helligkeit kam von der einen Schwanenhalslampe auf seinem Schreibtisch. In einer Ecke des Tisches gerade außerhalb des Lichtkegels lag ein Sandwich in seinem Nest aus Pergamentpapier, und als Dennis sah, wie Holtzmans dicke Hand danach griff und es zum Mund führte, war er sich ganz sicher, daß der Mann ihn immer noch nicht gehört hatte, daß er, wenn er sich räusperte und Holtzmans Namen sagte oder noch ein paar Schritte auf ihn zuginge und ihn an der Schulter faßte, den alten Kraut ordentlich erschrecken könnte. Vielleicht würde ihm das den Pfropfen aus Schinken auf Roggenbrot mit Butter und Senf tief in die Speiseröhre treiben.

Also verharrte Dennis gerade so lange, daß er sehen konnte, wie Holtzman das Sandwich auf den Tisch zurücklegte, lange genug, um zu sehen, daß der Bissen gekaut und geschluckt wurde (er blätterte eine Seite der Liste um, seufzte und führte einen Finger zum Mund, um etwas aus seiner Backentasche zu entfernen). Lange genug auch, um noch einmal über sein Vorhaben nachzudenken und sich umzudrehen, wieder in den Zug zu steigen und zurück zur Arbeit zu fahren. Und Billys süße Romanze ihren eigenen Lauf nehmen zu lassen.

Aber der Weg zur Hölle ist mit guten Vorsätzen gepflastert, und so sagte Dennis: »Entschuldige bitte. Tut mir leid, wenn ich störe.«

Der Mann wandte ihm seinen großen Kopf zu wie ein alter Büffel, der einen über die Flanke mustert. Als er sah, daß es Dennis war, der hinter ihm stand, fuhr er im Stuhl zu ihm herum, wischte sich den Mund ab und machte Anstalten aufzustehen.

Dennis hob die Hand. »Bitte bleib sitzen«, sagte er, obwohl Holtzman schon stand, ihn schon begrüßte: »Dennis«, und dann sagte: »Ist alles in Ordnung?« – die feiste Hand am Herzen, dem Herzen, dem selbst der Mut zu der Frage fehlte: »Ist etwas mit deiner Mutter?«

In diesem Moment wußte Dennis, daß es die richtige Idee gewesen war, hierherzukommen, zu seinem Stiefvater.

Holtzman bot ihm den Metallstuhl neben seinem Schreibtisch an. »Bitte setz dich«, sagte er, nachdem Dennis ihm versichert hatte, daß es seiner Mutter gutgehe und er nur gekommen sei, ihn um einen Gefallen zu bitten. Selbst in dem schwachen Licht konnte Dennis sehen, wie kurz nacheinander zwei Gefühle über das Gesicht des Mannes glitten: zum einen Erleichterung darüber, daß es keine schlimme Nachricht war. Zum anderen der jähe Verdacht, daß Dennis ihn gleich um Geld angehen würde.

Was dieser natürlich auch tat, und zwar ohne lange um den heißen Brei herumzureden. Er sagte, er wolle fünfhundert Dollar leihen und sie Billy geben, damit der spätestens im Sommer sein Mädchen und ihre Mutter herüberholen, eine Wohnung für sie alle finden und endlich Ernst machen könne mit seinem Leben. Billy wäre gern bereit, sagte er, am Wochenende im Geschäft zu arbeiten, so daß das Geld nur ein Vorschuß auf das Gehalt und kein echtes Darlehen wäre, und Billy wie er würden zusehen, daß alles rechtzeitig und mit Zinsen zurückgezahlt würde.

Er sei sicher, sagte er, daß Billy, was er brauchte, irgendwann auch allein zusammenbekäme, ohne fremde Hilfe, aber das könne noch gut ein Jahr dauern. Und ein Jahr sei eine lange Wartezeit für ein junges Mädchen ganz allein auf der anderen Seite des Atlantiks.

»Du hast sie kennengelernt«, sagte Dennis. »Letzten Sommer draußen auf Long Island, vor St. Philomena.«

Holtzman nickte. »Ein hübsches Mädchen«, und Dennis meinte ihm schon anzusehen, wie er daraus ein Argument gegen ihn zimmerte: Hübsch zu sein war eine

Tugend. Sie würde warten, bis Billy das Geld selbst verdient hatte.

Dennis nickte. »Ganz hübsch, ja«, sagte er und konterte, was der andere gar nicht laut ausgesprochen hatte. »Aber für Billy ist sie der Mittelpunkt des Universums. Ich bin mir nicht sicher, ob er noch warten kann.«

Holtzman antwortete mit einem leichten Schulterzucken und berührte mit Daumen und Zeigefinger seine Brust. Dennis sah den sehnsüchtigen Blick, den er auf sein dickes Sandwich warf.

»Iß doch bitte«, sagte er. »Laß dich von mir nicht aufhalten.«

Holtzman griff gierig nach dem Sandwich und ließ dabei seinen Blick ebenso sehnsüchtig zum Blatt seiner Bestandsliste weiterwandern. Dennis begann sich zu fragen, ob er nicht besser zu seiner Mutter gegangen wäre. Aber er war sicher gewesen, bei Holtzman bessere Chancen zu haben; schließlich hatte der Mann ein allem Anschein nach behagliches und zufriedenes Junggesellenleben aufgegeben und sich mit einer Frau belastet, die keinen Cent, dafür aber einen erwachsenen Sohn mitbrachte. Er hatte ihnen das Haus in der Stadt, sein Heim, ebenso geöffnet wie das Häuschen auf Long Island; er hatte die eigenen Familienerbstücke in den Keller geschafft oder an ihre Verwandten verteilt, um Platz für ihre Billigmöbel aus zweiter Hand zu schaffen. Er hatte seine morgendliche Routine der neuen Situation angepaßt, sein Testament geändert, im Geschäft einen, wie er es nannte, »Familienrabatt« eingerichtet (was im Kern einen Nachlaß von 20 Prozent für jeden bedeutete, der sich als Teil von Daniel Lynchs weitverzweigter Hinterlassenschaft auswies), und eine Steigerung seiner Ausgaben für Lebensmittel um mindestens 50 Prozent hingenommen. Alles nur, weil eine kleine Frau auf der Suche nach Größe vier in sein Geschäft gekommen war. Alles nur, weil sie ihren bestrumpften Fuß in seine Hand gelegt hatte.

Laut Billys Mutter, die dabeigewesen war, hatte er reichlich Tränen vergossen, Tränen der Dankbarkeit, während er in dem düsteren Vorderzimmer der Pfarrei sein Ehegelöbnis sprach.

Holtzman nahm noch einen Bissen vom Sandwich, fuhr sich mit der Zunge über die Zähne, kaute, führte die Serviette an seine dünnen Lippen. Er hatte Dennis noch nie in die Augen sehen können. *Der Mann meiner Mutter*. Schließlich sagte er: »Ich bin kein reicher Mann.«

Dennis nickte und murmelte dabei wie ein Priester. Das sei ihm klar, sagte er.

»Ich schwimme nicht in Geld«, fuhr er fort. Auch das war Dennis klar. »Es ist schrecklich viel Geld«, fügte er hinzu, während Dennis weiter nickte. »Ich weiß nicht, ob ich eine solche Summe überhaupt auftreiben könnte.«

Dennis schürzte verständnisvoll die Lippen. Die Ironie derartiger Bemerkungen fand er immer wieder frappierend. Der Reichtum seines Vaters, der nur im übertragenen Sinne existierte, war immer stolz verkündet worden. Holtzmans vieles Geld dagegen, eine simple Tatsache, wurde unablässig geleugnet.

»Das Geschäft hat sich immer noch nicht von den Kriegsjahren erholt«, sagte dieser. »Alte Stammkunden sind zu mir gekommen und haben gesagt, daß sie wegen dem, was in Europa passiert ist, hier nicht mehr kaufen könnten. Leder war rationiert, weißt du. Ich mußte diese verdammten Kordschuhe losschlagen. Mein Umsatz ist stark zurückgegangen.«

Er besah sich das dicke Sandwich in seiner Hand, als überlegte er, ob es seiner Geschichte von den mageren

Jahren widersprach oder nicht, und biß dann trotzdem hinein.

»Dann könnte Billy doch ein Gewinn für dich sein«, sagte Dennis. Holtzman kaute. »Es könnte bei deiner Kundschaft Eindruck machen, wenn sie sähen, daß du einem Kriegsveteranen hilfst.«

Holtzman überlegte. Die Idee schien ihm zu gefallen, doch dann zuckte er mit den Schultern, damit Dennis nicht denken sollte, er sei im Vorteil.

»Er ist ein gutaussehender Bursche«, fuhr Dennis fort. »Spricht leise, die Leute mögen ihn. Frauen mögen ihn.«

Holtzman zuckte noch einmal die Achseln, als wollte er sagen, daß Dennis vom Schuhgeschäft nichts verstehe.

»Du könntest es als Investition betrachten statt als Kredit.«

»Es ist eine Menge Geld«, sagte Holtzman.

»Nicht mehr, als er wirklich braucht, denke ich.«

»Und wann würde er hier arbeiten? Nur am Samstag?«

»Hast du nicht samstags immer am meisten zu tun?«

Holtzman schüttelte den Kopf. »Er wird lange brauchen, wenn er fünfhundert Dollar nur mit Samstagen abarbeiten will.«

»Er wird auch Geld von seinem Gehalt bei Edison abzweigen«, sagte Dennis. »Und ich werde ihm dabei helfen.«

Holtzman legte das Sandwich auf den Tisch und wischte sich geziert die Fingerspitzen und dann den Mund ab. Wandte sich im Stuhl ein wenig von ihm ab, so daß Dennis erwartete, er werde ihm gleich sagen, daß er gehen könne. Doch dann blickte er auf seine Unterlagen und bemerkte, indem er seine Backen ausbeulte (diese Zunge): »Ich überlege, ob ich Donnerstag abends aufmache. Gimbel tut das schon.«

»Billy könnte donnerstags kommen«, sagte Dennis. »Er könnte locker um halb sechs hier sein.«

Holtzman saugte wieder Luft durch seine Zähne und wandte sich einem anderen Bestandsblatt vor ihm auf dem Schreibtisch zu. Offensichtlich war er immer stärker interessiert, während er zugleich wachsende Gleichgültigkeit heuchelte. Der Mann war bei weitem nicht so schlau, wie er glaubte. »Was weiß er über Schuhe?« fragte er.

Dennis lachte. »Was gibt es denn da zu wissen?« Sofort verbesserte er sich: »Smitty kann ihm bestimmt alles zeigen, was er wissen muß.«

Holtzman sah vom Tisch auf. »Ist er bereit, das alles zu tun?«

Dennis grinste. Er hatte Billy noch nichts von alledem gesagt. »Meinst du das ernst? Er kann es kaum erwarten anzufangen. Er ist verrückt nach diesem Mädchen. Er wartet schon bald ein Jahr. Er verzehrt sich nach ihr.«

Holtzman beugte sich wie beiläufig hinab und zog die unterste Schublade vom Schreibtisch auf. »Ich gebe ihm erst mal einen Dollar die Stunde. Donnerstags bis neun, samstags von neun bis sechs. Zwölf fünfzig die Woche. Fünfzig Dollar im Monat.« Er hob ein schweres Scheckbuch heraus, ließ es auf den Tisch fallen, schlug es auf. »Einmal im Monat wird er von seinem regulären Gehalt dazutun, was er erübrigen kann.«

»Wieviel Zinsen soll er zahlen?«

Holtzman schwenkte den Füller in der erhobenen Hand hin und her. »Das hier, das ist Familie«, sagte er. Und trieb dann doch noch einen Zins ein, indem er hinzufügte: »Ihr Jungs werdet nie zu Geld kommen, wenn ihr alles ausgebt, bevor ihr es verdient habt.« Er hätte zu einem Kind sprechen können.

Dennis fühlte die Wärme in seinen Wangen. »Dies ist ein Vorschuß. Billy wird das Geld abarbeiten.«

Holtzman hob den Kopf und setzte eine besserwisserische Miene auf – wenn je ein Blick nicht unter die Haut ging, dann dieser. »Doch zuerst einmal wird er es ausgeben«, sagte er.

Als Dennis ins Büro zurückkam, saß Billy an seinem Schreibtisch. Er legte ihm den Scheck hin. »Da, bittesehr«, sagte er und verstand zum ersten Mal, warum sein Vater sich in den Bankrott und seine Frau in die Entfremdung getrieben, warum er ihre winzige Wohnung mit entfernten Verwandten von jenseits des Teiches vollgestopft hatte: nur um diese Macht kennenzulernen, dieses überschwengliche Gefühl. Nur um das sagen zu können, was er an jenem Tag im Büro am Irving Place zu Billy sagte: »Da, bitte sehr.« Da hast du dein Leben.

So begeistert war er von sich und von Billys rührend errötender Dankbarkeit, daß er noch an jenem Tag beschloß, Mary zu heiraten, sobald Eva herübergekommen war. Zur Abwechslung würde er es diesmal bei der Beichte richtig machen, nämlich ja sagen und es auch so meinen, statt daraus in dem Moment eine neue Sünde werden zu lassen, da ihn der Priester hinter dem dunklen Gitterfenster fragte, ob er denn vorhabe, dieses junge Mädchen zu heiraten, das ihm da zu Willen sei. Er würde ihr an dem Tag den Verlobungsring anstecken, an dem Billy seine Eva heiratete. Eine Wohnung für sie beide suchen. Mit seinem Leben anfangen. Warum nicht? Er konnte es sich leisten, seine Mutter war reich. Warum nicht? Was man, genau betrachtet, auf lange Sicht wollte, war Brot. Wenn man es genau betrachtete, wollte man nicht ein Leben lang Kuchen. Und es würde ein wunderschöner Sommer werden.

Im April wies Billy Eva das Geld telegraphisch an und fragte sie in seinem nächsten Brief nach ihrer Schuhgröße und der ihrer jüngeren Schwestern, damit er im Geschäft etwas für sie aussuchen könne. Dies teilte sie ihm mit, indem sie ihrem letzten kurzen Brief an ihn ein gefaltetes Blatt Einwickelpapier vom Fleischer beilegte, auf dem die Umrisse ihres rechten Fußes sowie der rechten Füße ihrer drei jüngeren Geschwister nachgezogen waren. Sie schrieb, sie wisse, daß in den Staaten andere Schuhgrößen verwendet würden, deshalb habe sie gedacht, dies sei der beste Weg, sicherzugehen, daß sie auch paßten. Außerdem schrieb sie, dies würde ein kurzer Brief werden – sie wolle den Briefträger noch erwischen –, sie würde bald mehr von sich hören lassen. Sie schrieb, sie sei bis über beide Ohren mit Plänemachen beschäftigt.

Am Samstagvormittag breitete Billy im Schuhgeschäft das braune Papier auf dem Tresen aus, damit Smitty, Mr. Holtzmans Assistent, für jeden Fuß die Größe bestimmen konnte. Smitty riet zu Halbschuhen für die Schwestern, und bis Mittag hatte Billy ein Paar braunweißer Pumps mit halbhohen Absätzen für Eva ausgesucht. Ein solches Paar hatte er noch am Vormittag einer Frau verkauft, einer jungen Frau, die eigentlich nur gekommen war, um ihrem alten Vater ein Paar Wingtips anpassen zu lassen. In den Schuhen hatten selbst ihre dicken Fesseln elegant und sportlich ausgesehen.

Dasselbe Mädchen kam in jenem Sommer noch zweimal wieder, einmal mit ihrem Vater, das andere Mal mit einer sehr gesprächigen Freundin, und nur diese war es, die sich Schuhe kommen ließ, sie anprobierte und kaufte. Das war der Sommer, in dem Billy mit angehaltenem Atem jeden Abend die Post durchging, die seine Mutter auf der Anrichte liegen ließ, aber nichts fand, wie er ihnen drüben bei Quinlan erzählte, nicht ein Wort von Eva. Derselbe Sommer, in dem Dennis damit begonnen hatte, eine genaue Liste der einfachen Dinge zu führen, die ein Mädchen aus Brooklyn wußte, die aber einem Mädchen aus Irland erst erklärt werden mußten.

So zum Beispiel das Verbot für das Mädchen, den Mann anzurufen. An einem Sonntagnachmittag Ende September 1946 sagte Holtzman zu Dennis, da sei eine junge Dame am Apparat, und reichte den Hörer mit einem mißbilligenden Kopfschütteln an ihn weiter. Dennis setzte sich neben das dreibeinige Telefontischchen, das sich Holtzman aus dem Spermüllhaufen am Bordstein irgendeines fremden Hauses gesichert hatte. Eine Stunde später traf er sich mit Mary vor dem Dienstboteneingang ihres Hauses auf der Siebzigsten Straße, Ecke Park Avenue. Sollte sie ein Kind erwarten, dachte er, würde er sie natürlich sofort heiraten und sich sagen, das sei die Hand Gottes (mit seinem Vater als Ratgeber), die ihn in diese Richtung, in diese Zukunft zwinge. Eine Zukunft, von der er erst jetzt wußte, daß er sie nie wirklich gewollt hatte. Eine Zukunft, in der sein eigenes Pech die Kehrseite des Glücks war, das ein Matrose mit Claire Donavan hatte.

Aber was Mary ihm mitzuteilen hatte, betraf Eva und sonst niemanden.

Es war dieselbe Woche, in der Maeve bei dem Versuch, ihr Schicksal selbst in die Hand zu nehmen, das Geschäft allein betrat. Es war Donnerstagabend, kurz vor Einbruch der Dunkelheit, und Smitty war allein im Laden. Um ein wenig Konversation zu machen, erzählte er ihr, er sei nicht sicher, ob er seinen jungen Gehilfen verloren habe oder nicht. Mr. Holtzman hatte ihm am Morgen lediglich gesagt, Billy werde am Abend nicht kommen. »Wir müssen sehen, ob er am Samstagmorgen aufkreuzt«, sagte Smitty und ließ ihre Ferse los, damit sie den Fuß absetzen und ein bißchen mit den Zehen spielen, sich dabei über den Schoß vorbeugen, die neuen Schuhe betrachten und ihm schließlich (was keine Überraschung war) sagen konnte, daß sie vielleicht letztlich dann doch nicht so begeistert von ihnen sei.

Sanft ihren Knöchel umfassend, zog er ihr den neuen Schuh aus und legte ihn zurück in seine Schachtel. Um ihr weitere Peinlichkeiten zu ersparen (sie war bis unter die Haarwurzeln errötet), bot er nicht einmal an, ihr noch ein Paar zu zeigen. Während er ihr den braunweißen Pumps – einen mittlerweile reichlich abgelaufenen Sommerschuh – wieder anzog, sagte er nur, daß immer wieder neue Modelle hereinkämen. Sie sollte doch gern wieder vorbeischauen.

Er schob seinen Schemel beiseite und streckte die Hand aus, um ihr aufzuhelfen. Auf diese Weise verschaffte er ihr, als sie sich erhob, einen Augenblick königlicher Anmut – eine Gunst, die er jeder Kundin gewährte.

»Beehren Sie uns wieder«, sagte er sanft.

Er war ein adrett gekleideter kleiner Mann mit schütterem Haar und einem dunklen Schnurrbart. Sie war

Ende Zwanzig und trug einen braunen, dreiviertellangen Mantel aus Tweed, einen grauen Rock und Schuhe, die seit Labor Day in den Schrank gehörten. Ihr Haar hatte sie in weiche Locken gekämmt, die gerade eben ihre Schultern streiften, und ihr Lippenstift war so frisch, daß er eine Spur auf einem Schneidezahn hinterlassen hatte. Smitty verkaufte seit fünfundzwanzig Jahren Schuhe; zehn Jahre lang bei A&S, seit fünfzehn nun bei Holtzman. Er war verheiratet – eine Ehe ohne Kinder und in diesem Stadium des Spiels fast ohne Liebe –, aber er erinnerte sich noch gut genug, um zu wissen, was es sie gekostet haben mußte, ganz allein ins Geschäft zu kommen, ohne den alten Vater, der einen völlig in Anspruch nahm, oder die kesse Freundin, hinter der sie sich verstecken konnte. Später fragte er Dennis, ob er nicht auch meine, daß es typisch wäre für den Lauf der Welt: Daß nämlich ausgerechnet der Abend, an dem sie beschlossen hatte, das Risiko einzugehen, den Würfel zu werfen oder das Rad zu drehen und zu sehen, was wohl passieren würde, wenn sie ohne Begleitung (und, mit etwas Glück, ganz allein) mit Billy im Schuhgeschäft wäre, ebender Abend war, der erste bis dahin, an dem Billy nicht gekommen war.

Während er sie zur Tür begleitete, dachte Smitty daran, ihr zu erzählen, daß es ein Mädchen in Irland gab, das Billys Diamantring trug. Aber wer wollte einem anderen Menschen schon so eine Demütigung aufbürden? Außerdem war dafür sowieso keine Zeit, denn sobald sie die obligatorische Anprobe eines einzigen Paares hinter sich hatte und ihr klar wurde, daß Billy tatsächlich nicht im Geschäft war, schoß sie zur Tür hinaus. Vielleicht glaubte sie, die bei diesem fruchtlosen Besuch gesparte Zeit könne beim nächsten Mal addiert werden, denn dann würde sie ihn sicher nicht noch einmal verpassen, und sei es nur, weil das Gesetz der Serie dagegen sprach.

Gleich am nächsten Morgen, als Holtzman das Geschäft betrat, erfuhr Smitty den Grund für Billys Fehlen: Seine Verlobte in Irland war verschieden. Lungenentzündung. Es sah dem Mann ähnlich, daß er die Neuigkeit erst erwähnte, nachdem sie gewisse Folgen für den Gang der Geschäfte gezeitigt hatte. Holtzman, und wie es schien auch Billy, hatte es seit Montag oder Dienstag gewußt.

»Dann wird er nicht mehr wiederkommen. Warum sollte er weiter hier arbeiten?« sagte Smitty. »Jetzt, da er für keine Hochzeit mehr sparen muß.«

Aber Holtzman schüttelte den Kopf. »Er kommt wieder.« Er klopfte sich mit der flachen Hand aufs Herz, um einen Schluckauf loszuwerden; die Geste ließ es so aussehen, als beruhige er sich selbst, als wolle er sich versichern, daß es so war. Er mochte Billy und wußte, daß die Damen ihn auch mochten. Die Geschäfte gingen glänzend. »Er wollte nur gestern abend freihaben. Am Samstag wird er wieder hier sein. Er wird bleiben.«

Und bestätigte damit Smittys Vermutung, der Holtzman dabei beobachtet hatte, wie er sorgfältig Billys Stunden aufschrieb, aber nie eine Lohntüte von Hand zu Hand hatte gehen sehen: Billy arbeitete eine Schuld ab.

»Was für ein Schlag für ihn. Armer Kerl«, sagte Smitty.

Holtzman drehte die erhobene Hand hin und her, als gebe es mehrere Möglichkeiten, die Situation zu betrachten. »Das Leben geht weiter«, stellte er fest.

Wie versprochen, stand Billy an jenem Samstagmorgen wieder im Geschäft, blasser vielleicht, vielleicht ein wenig dünner. Mag sein, daß seine Augen erstmals etwas verquollen wirkten, daß ein Hauch von Alkohol auf seinem Atem lag. »Mein Beileid zu Ihrem Verlust«, sagte Smitty, und Billy ergriff seinen Arm gerade über dem Handgelenk und sagte: »Ich danke Ihnen, Mr. Smith. Ich wünschte nur, Sie hätten sie kennengelernt«, bevor seine Stimme brach. In Billys kurzer Berührung lag ein so totales Vertrauen, eine so vollkommene Hilflosigkeit, daß Smitty (der so etwas nur einmal zuvor gespürt hatte, als er einer blinden Frau auf der Treppe zur U-Bahn seinen Arm geliehen hatte) seine Hand sofort unter Billys Ellenbogen legte, als ob er ihm weitere Unterstützung anbieten wollte, und das obwohl er ihm kaum bis zur Schulter reichte. »Er war völlig am Ende«, sagte Smitty zu Dennis, als dieser das nächste Mal im Geschäft vorbeischaute. »Ich hab's immer gesagt: Die immer Witze machen, bei denen gehen die Dinge viel tiefer als bei uns anderen. Das habe ich immer schon gesagt.«

In den nächsten Monaten und Jahren trat Smitty immer einen Schritt zurück, wenn eine junge Frau das Geschäft betrat und Billy da war, weil er sicher war, daß früher oder später der Kummer vergehen würde (das mache schon der Drang zum Leben, sagte er und zwinkerte Dennis dabei zu, was für ihn die äußerste Andeutung war, daß er über Sex sprach) und eine der hereinkommenden jungen Frauen ihm ins Auge fallen würde.

Als Maeve irgendwann im Januar mit ihrem dahinschlurfenden alten Vater im Schlepptau wieder ins Geschäft kam, verzog sich Smitty ins Lager, bis Billy mit seinem Kunden fertig war, und als er in den Verkaufsraum lugte, sah er, daß Billy dem alten Mann einen Schuh ausgezogen hatte und versuchte, Maß bei ihm zu nehmen. Derweil grummelte der Mann unentwegt vor sich hin, und das Mädchen versuchte es mit gutem Zureden. Geduldig hob Billy den dicken Fuß des Mannes, setzte ihn auf das hölzerne Fußmaß und sah zu, wie er wieder herunterrutschte.

»Ein ziemliches Stück Arbeit, der Mann«, sagte Smitty, als Billy ins Lager kam, um sich Schuhe in der passenden Größe aus dem Regal zu holen.

»Man kann das Bier riechen«, sagte Billy zu ihm. »Er muß seine Corn-flakes mit einem ganzen Liter gegessen haben.«

Es kam zu einem Zwischenspiel mit dem Schuhanzieher: Der alte Mann drehte eine unbeholfene Runde durch den Laden mit dem silbernen Schuhlöffel noch im Schuh, an seiner Ferse, unter dem Hosenbein, und Billy setzte mit langen, gebückten Schritten hinter ihm her und versuchte, ihm das Ding wieder abzunehmen. Das Mädchen sah zu, den Ansatz eines Lächelns auf den Lippen. Billy fing ihren Blick auf und lächelte zurück. Ein Anfang.

Aber natürlich war es der alte Mann, mit dem er sich zuerst anfreundete, während Maeve wie eine Prinzessin aus dem Märchenbuch schicksalsergeben danebenstand und Billy entdeckte, daß die Familie des alten Mannes mütterlicherseits ebenfalls aus Mallow stammte und er selbst mehr als einmal in Brooklyn bei diesem geschichtenerzählenden irischen Schaffner, von dem alle Welt so schwärmte, in der Straßenbahn gesessen hatte – das war also Ihr Onkel? Sie hatten den Krieg, über den sie reden konnten, dann Baseball (die Yankees, die Brooklyn Dodgers). Die Radiopredigten von Bischof Sheen. Was für eine Belastung es für einen Mann seines Alters und mit seinen Magenproblemen bedeutete, von Mitternacht bis zur Sonntagsmesse zu fasten. Wen er alles über die Jahre kennengelernt hatte, der bei Con Ed gewesen war, wer wie Billy nebenbei noch woanders gearbeitet hatte, wer wie er selbst Cop bei der New Yorker Polizei gewesen war. »Als Maeve, mein Mädchen hier«, auf ihren gesenkten Kopf und das braune, gescheitelte Haar weisend, »acht Jahre alt war, ist ihre Mutter von uns gegangen« – und man kann sich das grenzenlose Mitgefühl in Billys blauen Augen vorstellen: grenzenlos und ungehemmt und, was am besten war, ungemindert durch das Zählen der inzwischen vergangenen Jahre. Vergangene Jahre, die alle, die der alte Mann sonst kannte, ihm wie einen mit Wasser verdünnten Whiskey darboten, wie eine Tasse lauwarmen Tee, als sei die Zeit, die seit ihrem Sterben vergangen war, eine Art Trost. Billy verstand natürlich, daß es keinen Trost gab, nicht wenn die Liebe, die man gefühlt hatte, leidenschaftlich gewesen war und echt.

Sie saßen beinahe Knie an Knie: Billy auf seinem Fußschemel, die Schachtel mit den neuen Schuhen auf dem Schoß, der alte Mann in dem abgewetzten Stuhl aus rotem Leder, die Hände auf dem kalten Stahl der Armlehnen und mit Tränen in den – stets feuchten und rotgeränderten – Augen. Er führte ein Taschentuch an die – stets geschwollene und kirschrote – Nase, während er die Geschichte vom Leben seiner Frau, von dem Affront ihres Todes und seiner ewigen Treue wiederholte und Billy mit aller Geduld, mit aller Zeit der Welt zuhörte. Aufmerksam wie ein lernbegieriger Lehrling, ein bewundernder Jünger, lauschte er, als würde er, wenn er denn schon damals Unterweisung überhaupt nötig hatte, in der Beständigkeit von Trauer unterwiesen.

Die zuschauende Maeve sah die Zukunft des Vaters mit diesem freundlichen und gefälligen jungen Mann voraus, bevor sie den Mut aufbrachte, sich ihre eigene mit ihm vorzustellen. Oder besser, sie begriff, da sie von Nonnen erzogen und die Leben der Heiligen ihr in Fleisch und Blut übergegangen waren (der stillen Heiligen des Typus Dienstmagd, die, sofern sie nicht die bessere Rolle gewählt hatten, geschäftig mit Speise und Trank und Geschirr hantierten und so davon befreit waren, jemals selbst einen Satz oder einen klaren Gedanken darüber zu formulieren, wie und warum sie ihren Herrn liebten), daß er nur über das Leben ihres Vaters, das einzige Leben, an dem sie teilzuhaben erwartet hatte, Anteil an ihrem Leben erlangen konnte.

Natürlich war Maeves Fall nicht ungewöhnlich. »Ungewöhnlich für deine Generation heute«, wie mein Vater sich ausdrückte, »aber nicht für unsere.« Das Mädchen, das als Kind schon an den verwitweten Vater gekettet wurde. Im Gespräch über Maeve hatte mein Vater einmal gesagt, daß zwar in den Witzen immer der Ire, der irische Junggeselle auftauche, der seiner lieben Mutter ewig treu ergeben bleibe, doch man solle sich die Bindung einer unverheirateten Irin an ihren alten Vater anschauen, wenn man wirklichen Fanatismus sehen wolle. Vermutlich war das genau das Bild, gegen das ich meinerseits in den Jahren nach dem Tod meiner Mutter ankämpfte, als ich auf das Canisius-College ging, statt zu Hause zu bleiben und mich an St. John's oder Queens oder Malloy einzuschreiben; als ich mir im Sommer stets nur kurze Pausen gönnte, um meinem Vater zu zeigen, daß ich ihm zum Trotz mein eigenes Leben führte, trotz des schweren Steins, der mir jedesmal gegen Herz Magen Brustkorb schlug, wenn ich an ihn dachte, wie allein er war, wie er allein aufwachte, ins Büro ging, einkaufte, sein Abendbrot aß. Wie er um vier Uhr morgens allein in sein Haus zurückkehrte, wenn er einen von Maeves Anrufen erhalten hatte und Billy vom Fußboden ins Bett oder aus seinem Auto ins Haus oder, wenn es sein mußte, ins Krankenhaus geschafft hatte. Selbst noch als ich Matt heiratete und wir nach Seattle zogen. Ein eigenes Leben wollten wir führen, sagten wir. Denn mittlerweile war Selbstaufopferung als Wahn erkannt worden und galt nicht mehr als eine Tugend. Der Trend ging zur Selbsterfahrung.

Maeve war erst acht, als ihre Mutter starb – mein Vater bekam die Geschichte in ihrer kleinen Küche zu hören, in der sie ihn mit zahllosen Tassen Tee und Kuchenstücken bewirtete (nachdem sie Billy ins Bett geschafft hatten), in den zahllosen Nächten, in denen sie ihn zu Hilfe gerufen hatte. Es hatte noch ein zweites Kind gegeben, eine ältere Schwester, die an Bleivergiftung gestorben war, als Maeve noch ganz klein war. Als Tochter eines Polizisten hatte Maeve schon früh ein Gefühl für die Labilität des Lebens bekommen, für das Risiko, das man schlicht dadurch einging, daß man die Wohnung verließ. Ihre Mutter in ihrer falschen Tapferkeit berührte den Rücken ihres Vaters oder den Saum seines Mantels, wenn er hinausging, und sparte sich das scharfe Einatmen und das Bekreuzigen für den Augenblick auf, da sie ihn auf die Straße hinaustreten sah. Das Schicksal konnte überall zuschlagen und tat es dann auch, und seitdem spürte Maeve das schwere Gewicht der Hand ihres gramgebeugten Vaters auf der Schulter. Er hätte sie bei weiblichen Verwandten abladen können, doch statt dessen gelang es ihm, seinen Revierdienst gegen Schreibtischarbeit einzutauschen, damit er für sie am Leben bleiben konnte. Die Nonnen an ihrer Schule waren nur zu gern bereit, das Kind für so viele Stunden am Tag bei sich zu behalten, wie es sein Dienstplan verlangte. Maeve sprach oft – oder sooft, wie sie überhaupt über etwas sprach – von den angenehmen Nachmittagen, die sie in dem kleinen Innenhof des Klosters neben der Schule verbracht hatte (Mauern mit wildem Wein, eine einzelne Eiche, die Statue des heiligen Franziskus über einem Vogelbecken aus Beton und eine zweite der Heiligen Jungfrau an der Stelle, wo sich der Baum verzweigte) oder in dem kaum genutzten Empfangszimmer, wo die Stille mit Händen greifbar war, eine schwelgerische Stille, die nur von den leisen Schritten der Schwestern unterbrochen wurde, wenn sie über den Flur oder die Treppe hinaufgingen oder hereinschauten, um ihr ein Glas Ginger Ale und einen kleinen Teller mit Vollkornkeksen zu bringen. Sie war allein mit den Eisblumen an den Fensterscheiben, den vor ihr auf dem schmalen, nach Zitronen duftenden Schreibtisch ausgebreiteten Hausaufgaben und ihrer Handschrift, rund und wunderschön in ihrer Vollkommenheit: ihre größte Eitelkeit.

Als sie ihren Abschluß an der Schule gemacht hatte, kam es für sie gar nicht in Frage, eine Arbeit zu suchen – die meisten ihrer Freundinnen beneideten sie darum, mußten sie sich doch mit Stenographie und Telefonschalttafeln herumschlagen und morgens um acht die U-Bahn erwischen. Auch dem Orden als Nonne beizutreten, stand nicht zur Debatte. Sie kaufte ein, hielt die Wohnung sauber und kochte ihm sein Essen. Lippenstift war etwas für die Wochenenden, für einen Film mit den Freundinnen, einen Samstagnachmittag in den Geschäften an der Jamaica Avenue. An den meisten Abenden trank ihr Vater, aber das war eines Mannes gutes Recht und, da die Frau unter der Erde lag, sein einziger Trost. Und wenn die Dinge außer Kontrolle gerieten – wenn er sie in seiner Trunkenheit anfuhr und verfluchte oder mit den Armen durch die Luft wedelte, als wären ihre Liebe und Zuwendung Spinnweben, mit denen sie ihn eingesponnen hatte –, waren da die Nonnen, zu denen sie gehen konnte, die sie immer ruhig anhörten und ihr zum Gebet rieten, aber auch dafür sorgten, daß der Pastor sich den Alten beim nächsten Mal vorknöpfte, wenn Meave mit ihm die Messe besuchte. Auch sie genoß also die Aufmerksamkeit von Männern: von ihrem Vater, wenn er sich zärtlich zeigte, und von den Priestern, wenn er ihr Probleme machte, von dem Fleischer und dem Mann vom Zeitungskiosk und sogar gelegentlich von ein paar Jungs, die sie noch von der Schule kannte, natürlich nicht von den bestaussehenden, sondern zumeist von den eher unansehnlichen Jungs, denen mit schlechter Haut und feuchten Händen, den wortkargen (was für beide einen langen Abend mit kurzen Fragen und kurzen Antworten bedeutete), die in Maeves unscheinbarem Äußeren und ihren schlechten Aussichten den eigenen Vorteil sahen. Billy fiel ihr zum ersten Mal auf, als er sich vorbeugte, um ein Paar neuer Schuhe in das Schaufenster von Holtzmans Geschäft auf der Jamaica Avenue zu stellen, und mit einer Hand über dem Herzen den Schlips festhielt. Er sah zu ihr auf und lächelte, doch sie wußte damals schon, daß er für jeden gelächelt hätte.

Den Vater ins Geschäft mitzunehmen, war ihre Art, Billy mit einem langen Blick ihr ganzes Leben zu zeigen. Die Freundin mitzubringen war ein Flirt mit der Verzweiflung – wenn er sich in ihre gesprächige Freundin verliebte, würde Maeve zumindest zeit ihres Lebens bekannt mit ihm sein. Allein hineinzugehen, war ein Traum, wie sich herausstellte jedoch der Traum eines anderen Mädchens. Sie war die Unscheinbare, die mit dem Vater, die ohne ihn Nonne geworden wäre. Sie war diejenige, die ihm nun, da sie sich für diese Rolle entschieden hatte, standhaft zur Seite stehen mußte, um zuzusehen, wie seine Zukunft gestaltet wurde und sich damit die ihre entschied.

Auch von denen, die an jenem Abend in Maeves Wohnzimmer versammelt waren, hätte sich das niemand wieder vor Augen rufen können, jedenfalls nicht genau: wie jung sie damals gewesen waren. Wieviel diese Dinge bedeutet hatten.

Mac, Rosemarys Mann, der einst genauso jung gewesen war (in der beengten Wohnung, im Kinderbett seiner jungen Braut), saß auf der Brokatcouch mit ihrem Schonbezug aus knirschendem Plastik, die Hemdsärmel hochgekrempelt, die Hosenbeine über den Knien ordentlich gerafft. Er hatte es sich zur Aufgabe gemacht, die Walnüsse in der Porzellanschüssel auf dem Couchtisch zu knacken und die Nußstückchen auf einer Papierserviette auszulegen. Wie ein Uhrmacher beugte er sich über seine Arbeit. Er war schon zum Feinkostladen an der Ecke gegangen und hatte mehr Brötchen geholt, später dann noch einmal eine Flasche Ginger Ale. Er war auf einen Stuhl geklettert, um eine Glühbirne in der Küche zu wechseln, und hatte den nassen Fußweg mit einem Besen aus Billys Garage gefegt, und jetzt knackte er Walnüsse, als müßte sein Angebot mit einer nicht nachlassenden Nachfrage Schritt halten, dabei war der kleine Haufen schon zu groß geworden für die Papierserviette.

Billys Schwester Rosemary pendelte zwischen Küche und Wohnzimmer hin und her, trat ab und zu an eines der Fenster zur Straße und sah in der Hoffnung hinaus, Besucher an der Haustür abfangen zu können – wie sie uns abgefangen hatte –, die klingeln oder klopfen und dadurch Maeve stören könnten. Bei Mac im Wohnzimmer saß noch ein zweites Ehepaar, Nachbarn aus dem Haus nebenan, und Kate war auch da, allerdings immer noch ohne ihren reichen Mann. Zwei von Maeves Freundinnen aus der Legion of Mary standen in der Küche.

Ein indisches Ehepaar von der anderen Straßenseite gegenüber brachte eine zugedeckte Schüssel vorbei, ließ sich aber nicht überreden zu bleiben. Zwei Kollegen von Edison mit ihren Frauen gingen gerade, als wir eintraten. Dan Lynch kam mit dem Bus und brachte eine Schachtel Kekse aus der Bäckerei. Den Anzug hatte er abgelegt, doch in seinem frisch gebügelten Sporthemd und den gedeckt karierten Hosen sah er nur noch geschniegelter aus. Auch er nahm im Wohnzimmer Platz und balancierte seine Tasse Tee und die Untertasse auf dem Knie.

An diesem Abend war das schmale Haus eine Galerie der Bilder aus Billys Leben – wie hätte man das nicht denken sollen? Vom Bordstein, wo wir den Wagen parkten, über die drei Backsteinstufen in den kühlen Flur, der dämmerig wie eine Kirche an Wohnzimmer und Treppe vorbei zur Küche und zum Hinterhof führte, wo Shortchange, Billys buntscheckige Promenadenmischung, losjaulte, sobald sie meines Vaters Stimme hörte.

Wie hätte mein Vater nicht daran denken sollen: an den Anblick von Billys Wagen, der schräg über Bordstein, Bürgersteig und Rasen geparkt worden war oder wie ein Fischschwanz in die Straße hinausragte, von der backsteinkantigen Wunde über Billys Auge, den hellen Sohlen seiner Schuhe, wenn er ausgestreckt im dämmerigen Flur lag, an den Anblick von Maeve, wie sie sich in ihrem rosa Chenille-Morgenrock über ihren Mann beugte: »Wenn du ihn einfach unter den Achseln fassen könntest, Dennis ...«

Wie konnte er umhin, an ihre aufreizende Ruhe in jenen Nächten zu denken, wenn sie in die Küche ging und den Kessel aufsetzte, nachdem sie es geschafft hatten, Billy ins Bett zu packen – den Betrunkenen die Treppe hinaufzuhieven und aus seinen Sachen zu pellen, die Wunden mit einem Wasserstoffsuperoxyd getränkten Wattebausch abzutupfen, die Schuhe mit einem feuchten Tuch sauberzuwischen und sie zum Trocknen auf die Stufen vor dem Haus zu stellen – als hätte sie nur eine ihrer Hausfrauenpflichten erledigt.

»Möchtest du ein kleines Stück Kuchen zum Tee, Dennis?«

(Wie konnte er umhin, an meine Mutter zu denken, wie sie in jenen Nächten, noch gesund, zu Hause tief und fest im Ehebett schlief, während er mit Maeve zusammensaß und über eine Lösung, eine Entziehungskur redete. Oder an all die Nächte in den letzten zehn Jahren, wenn er in unser Haus zurückkehrte, nachdem Maeve ihn gerufen hatte, und sich dort ganz allein wiederfand.)

Mein Vater hatte stets die Meinung vertreten, Maeve wäre mit dem Anschein von Nüchternheit genauso zufrieden gewesen wie mit einem Billy, der wirklich nüchtern blieb. Beziehungsweise, ersteres wäre ihr sogar lieber gewesen, weil eine echte und dauerhafte Abkehr vom Alkohol das Ende dieser verrückten Nächte und langen Tage bedeutet hätte, in denen sie auf ihn wartete und ihn pflegte, und womit hätte sie dann ihre Zeit ausfüllen sollen?

Wenn mein Vater sie abends anrief, sagte sie ihm über das Telefon, das in der kleinen Küche an der Wand hing, Dinge wie: »Ach, Billy ist schon zu Bett gegangen, Dennis. Der schläft jetzt sicher schon ...« Oder: »Er geht gerade mit Shortchange einmal um den Block«, worauf sie ein oder zwei Stunden oder gar die ganze Nacht verstreichen ließ, bevor sie ihn zurückrief und ihn bat, doch bitte zu kommen und Billy von der Straße oder vom Fußboden aufzulesen, und einmal auch, ihn von der Tür ihres Schlafzimmers wegzuschaffen, in dem sie sich vor ihm verbarrikadiert hatte.

Gelegentlich kam es vor, daß er in der Überzeugung auflegte, von ihr belogen worden zu sein (und es gerade meiner Mutter sagen wollte), und dann klingelte, kaum daß er den Hörer aus der Hand gelegt hatte, das Telefon, und er hörte Billys Stimme am anderen Ende, ein wenig atemlos, aber noch nüchtern: »Bin gerade eben reingekommen.« Hinter ihm das Klirren der Kette und das Klickklack von Pfoten auf dem Linoleum. »Ich will ihr nur schnell ihren Hundekuchen geben.«

Billy am Telefon, wie er in diesen Apparat hier sprach: Wie konnte er umhin, daran zu denken?

Wir waren erst seit ein paar Minuten im Haus, waren nur vom Bordstein durch den Flur in die Küche gegangen, als mein Vater nach der Hundeleine griff, die an einem Haken an der Hintertür hing, und sagte, er würde mit dem armen Tier spazierengehen.

Maeve war oben und ruhte sich aus. Rosemary und die beiden Frauen von der Legion of Mary betonten, sie habe darauf bestanden, daß niemand ihretwegen gehen solle – alle sollten bleiben, etwas trinken und aufessen, was da war. Sie habe beteuert, es tue ihr gut, Leute im

Haus zu haben, aber sie müsse mal eine halbe Stunde die Füße hochlegen und das Zimmer dunkel machen, damit sich ihre Augen ein bißchen ausruhen könnten. Vielleicht brauchte sie auch einen Moment für sich, um zu merken, wie sie sich nun fühlte, da die schwere Zeit der Prüfung endlich überstanden war.

An der Wand über dem kleinen Küchentisch, auf dem sich jetzt Kasserollen, Springformen mit Folienhauben und Kuchenschachteln aus der Bäckerei drängten, hingen drei rote Preßspanäpfel; durch einen bohrte sich ein grinsender Preßspanwurm: Überbleibsel von einer Werbeaktion zum Schulanfang in Holtzmans Schuhgeschäft.

Im Wohnzimmer schilderte Dan Lynch gerade eine andere Beerdigung: die Kirche rappelvoll, die Gänge auch, ebenso der Vorraum, sogar die Stufen hinunter zur Straße. Auch an jenem Tag hatte es geregnet, doch die Menge auf dem Friedhof stand so dicht, daß ihre Schirme ein undurchlässiges Dach bildeten. Und selbst wenn du nicht darunter Schutz gefunden hattest, standest du mit anderen Leuten so dicht an dicht, daß du nur oben auf dem Kopf und auf den Schultern naß wurdest. Und in dem Moment der Stille, als der Sarg ins Grab hinabgelassen wurde, fing aus der Menge heraus Billy Sheehys Vater spontan zu singen an: »Danny Boy«, was sonst. Er hatte einen wunderschönen Tenor, und zusammen mit den Regentropfen auf den vielen Schirmen klang es beinahe so, als würde eine Platte gespielt. Der Moment war so ergreifend, daß es allen fast den Rest gab. Und als er vorüber war, hatte Dan Lynch zu Dennis gesagt, der damals wie er noch ein Teenager gewesen war: »Das hätte deinem Vater gefallen.« Dennis aber zeigte hinüber zur anderen Straßenseite, auf eine kleinere Trauergemeinde, die sich gerade von einem anderen Grab löste. »Mein Vater würde sich wundern, warum wir sie nicht herübergebeten haben«, sagte er.

Draußen auf der Straße hatte ein Passant Dan Lynchs Mutter gefragt, ob sie da gerade einen Politiker zu Grabe getragen hätten – so viele Leute waren gekommen. »Meine Mutter sagte ja, und zwar einen von der besten Art, weil er sich nie um irgendein Amt beworben hätte. Er habe keinen Umweg gescheut, nur um einem die Hand zu schütteln und zu fragen, wie es geht. Er hätte sein letztes Hemd verschenkt, wenn jemand ihm gesagt hätte, daß er es brauchte, aber er war nie auf irgendein Amt aus, und deshalb war er ein Politiker der besten Art.« Er nickte und schloß mit den Worten: »Das hat sie gesagt. Ich werd's nie vergessen. Das war wirklich gut, fand ich.«

»In Wirklichkeit war er Straßenbahnschaffner«, bemerkte Kate zu dem Ehepaar von nebenan. »Drüben in Brooklyn.« Sie war wohlhabend genug, um auf diese Tatsache stolz zu sein – sie als Hinweis darauf zu verwenden, wie weit sie ihren Zweig der Familie vorangebracht hatte –, während das Ehepaar (ebenfalls irischer Abstammung, der Mann mit gesund gerötetem Gesicht, die Frau rundlich) durch rasches, zustimmendes Nicken und reichlich »Ahaas« zu verstehen gab, daß sie ihrerseits diesbezüglich vielleicht gelogen und mindestens behauptet hätten, er sei Aufseher bei der städtischen Verkehrsbehörde gewesen – daß sie seine Geschichte um eine Beförderung bereichert hätten, die ihm im Leben versagt geblieben war, denn wem hätte das schon geschadet?

»Er hat Sheila in seiner Straßenbahn kennengelernt«, sagte Kate, und dann, an das Paar von nebenan gewandt: »Die Mutter von Dennis, unsere Tante Sheila. Man erzählt sich, daß alle Fahrgäste im Wagen geklatscht haben, als sie ihn zum ersten Mal angesprochen hat.«

»Ich erinnere mich«, sagte Dan Lynch.

»Sie kann gerade mal siebzehn oder achtzehn gewesen sein, als sie ihn geheiratet hat«, bemerkte Kate.

»Und er war weit über vierzig«, fügte Rosemary hinzu.

Die beiden Damen von der Legion of Mary standen mittlerweile neben ihr in der geöffneten Eßzimmertür. »Damals hat es so etwas oft gegeben«, sagte die größere der beiden. Es schien einem Dispens gleichzukommen. »Daß die Mädchen so jung waren und die Männer im mittleren Alter.« Sie war grau im Gesicht und selbstbewußt. Sogar jetzt, da sie ungezwungen in dem breiten Türrahmen lehnte, schien sie bereit, das Kommando zu übernehmen.

Mac klopfte eine weitere aufgebrochene Walnußschale in seine dicke Hand aus. »Dann gibt es noch Hoffnung für dich, Danny Boy«, sagte er. »Kann sein, daß du eines Tages doch noch mit einem süßen jungen Ding am Arm auftauchst.«

Doch Danny Lynch wehrte mit erhobener Hand ab. »Der Zug ist längst abgefahren«, sagte er, lachte und wurde rot und griff dann schnell nach Tee- und Untertasse, die dabei waren, von seinem Knie zu rutschen.

Rosemary wandte sich von uns weg und dem Eßzimmer hinter ihr zu, in dem es dunkel geworden war. »Ich glaube, mein Michael will in deine Fußstapfen treten, Danny«, sagte sie und ging zu der Anrichte, wo die Waterford Karaffe inmitten der passenden Gläser fast von einem Dutzend gerahmter Fotos davor verdeckt wurde. »Erst neulich habe ich ihm gesagt, daß sein Vater und ich in zwei Jahren nach Florida ziehen.« Mit einem Bild in der Hand kam sie ins Wohnzimmer zurück. »Wenn er also warten will, bis er fünfzig ist, bevor er an

Kinder denkt, dann werden ihm zwei erstklassige Babysitter entgehen.«

Mac suchte in der blauen Porzellanschüssel nach der nächsten Walnuß. »Er sollte sich Zeit lassen«, sagte er mit einem Blick über seine Brille. »Das alles drängt doch nicht.«

»Er ist zweiunddreißig Jahre alt!« rief Rosemary. Es klang wie das Echo eines andauernden Streits. »Das kann man wohl kaum zu früh nennen.«

Ihr Mann drückte die Zangen des silbernen Nußknackers kräftig zusammen und wich ihrem Blick aus.

Sie wandte sich an die Damen von der Legion und gab ihnen das gerahmte Foto. »Das sind Onkel Dan und Tante Sheila«, bemerkte sie freundlich. »An ihrem Hochzeitstag.«

Die Damen betrachteten das Foto, nickten und gaben es dann Dan Lynch, damit der es an das Ehepaar von nebenan weiterreichen konnte. Auch er warf einen Blick darauf, obwohl den Verwandten meines Vaters das Foto so vertraut war wie ein Kruzifix oder das Herz-Jesu-Bild und wie diese ständig gezeigt wurde.

»Er war ein wunderbarer Mann«, sagte Dan Lynch und reichte das Bild weiter.

Dann folgte eine Stille, die peinlich zu werden drohte, während alle leise lächelnd zu Boden blickten. »Und wo hat sie ihren zweiten Mann kennengelernt?« fragte die Nachbarin leise in die Stille hinein.

Mac zwinkerte ihrem Mann zu. »Die Damen können gar nicht genug davon bekommen, stimmt's?« sagte er.

Und der Mann nickte lächelnd. »Liebesgeschichten«, sagte er, die Augen verdrehend.

Mac knackte die nächste Walnuß.

»Die sind nun einmal interessant«, wandte die Nachbarin ein, wobei sie, ebenfalls lächelnd, ihrem Mann leicht aufs Knie schlug.

»Über irgendwas muß man ja reden.« Rosemary lächelte nicht.

»Es war im Schuhgeschäft.« Kate sprach wie eine Erwachsene unter zankenden Jugendlichen. »In Jamaica, da wo Billy früher gearbeitet hat.«

»Ach so«, nickte die Frau. »An der Jamaica Avenue. Jetzt sitzt Baker dort drin. Nicht daß man da jetzt noch hingehen würde.«

»Nicht als Weißer jedenfalls«, ergänzte ihr Mann, und erntete dafür Zustimmung bei Mac.

»Sie hat ihn während des Krieges kennengelernt«, fuhr Kate fort, über jeden Anflug von Unterschichtborniertheit erhaben, »als sie in den Laden kam, weil sie Schuhe suchte.«

»Dort hat auch Maeve Billy kennengelernt«, ergänzte Rosemary.

»Das war ein ganz Gerissener«, sagte Dan Lynch zu den Männern im Raum. »Dieser Holtzman, meine ich.« Er zählte an den Fingern ab, als listete er Beschwerden auf: »Ein Deutscher, ihm gehörte das Geschäft, dann ein großes Backsteinhaus in Jamaica, noch eins draußen auf Long Island, ein drittes unten in Ford Lauderdale. Das Haus auf Long Island hat er während der Depression von einem Idioten gekauft, der gedacht hatte, Three Mile Harbor würde das nächste Coney Island werden. Holtzman hat es fast umsonst bekommen. Billy hat erzählt, er hätte es gleich mit dem bezahlt, was er in der Brieftasche dabei hatte. In der Einfahrt zum Haus. Den Vertrag hat er auf der Motorhaube seines Wagens unterschrieben. Ein ganz Gerissener.«

»Jetzt gehört es Dennis«, erklärte Rosemary. »Ein hübsches kleines Haus.«

»Dennis und Billy haben es damals wieder in Schuß gebracht«, erinnerte Kate sie alle. »Gleich nach dem Krieg.«

In Maeves Wohnzimmer, auf ihrer Brokatgarnitur, im warmen Licht ihrer Lampen würde niemand wagen, den Namen auszusprechen, auch wenn sie an ihn dachten: »Eva.« Obwohl Kate wenigstens erwähnen mußte, daß Billy nie mehr dorthin gefahren sei, in all den Jahren nicht. Nur ein einziges Mal nach seiner Rückkehr aus Irland, damals 1975. Sie hatte eine Postkarte von ihm bekommen.

»Maeve auch«, sagte Rosemary. Sie erzählte, Maeve habe oben auch eine Postkarte von dieser Reise in einer Ecke ihres Spiegels stecken. Ein Haus in East Hampton (*Trautes Heim, Glück allein*). Sie wandte sich dem Paar von nebenan zu. »Das Haus aus dem alten Lied«, sagte sie. Billy hatte etwas sehr Liebes auf die Rückseite geschrieben. An meine schöne Frau oder für mein wundervolles Mädchen. An die genauen Worte erinnerte sie sich nicht mehr – vielleicht waren es Worte aus einem seiner Gedichte –, aber Maeve hatte die Postkarte aufgehoben und sie ihr neulich noch gezeigt, am Dienstag, nachdem sie von Dennis gehört hatten, daß Billy gestorben war.

»Holtzman war auch einer von diesen alten Junggesellen«, unterbrach sie Kate. »Als Sheila ihn geheiratet hat, muß er fast sechzig gewesen sein. Und es war seine erste Ehe.«

»Soweit wir wissen jedenfalls.« Dan Lynch lächelte maliziös. »Billy hat einmal gesagt, es würde ihn nicht wundern, wenn Holtzman einen ganzen Harem von Frauen im Keller seines Hauses verscharrt hätte.«

»Nein«, versetzte Rosemary, mit den Tränen kämpfend, die ihr bei der Erinnerung an den letzten Dienstag in die Augen geschossen waren. »Billy mochte Mr. Holtzman. Er ist immer gut mit ihm klargekommen.«

»Dennis nicht«, sagte Kate.

Mac besah sich die drei letzten Walnüsse in der Schüssel. Im Lampenlicht sah man die blasse Kopfhaut unter seinem schütteren, grau werdenden Haar. »Holtzman hat ja nicht Billys Mutter geheiratet«, bemerkte er.

Sie hörten, wie die Hintertür zur Küche geöffnet wurde. Shortchange wuselte herein; dann hörten wir die Stimme meines Vaters: »Halt einen Moment still, mein Mädchen« und: »Braves Hundchen.« Das Klirren der Koppelleine. Laufendes Wasser in der Spüle und ein Hundenapf, der auf Linoleum gestellt wurde.

»Wie sind wir bloß auf den armen Mr. Holtzman gekommen?« fragte Kate, und Dan Lynch antwortete: »Ich sprach gerade von Onkel Daniel – wenn es je zwei grundverschiedenere Männer als die beiden gegeben hat.«

Wir hörten das Klappern der Keksdose, in der die Hundekuchen aufbewahrt wurden, und wieder meinen Vater, sein lautes: »Hier, mein Mädchen.«

»Na ja, sie haben beide Tante Sheila geheiratet«, sagte Rosemary, doch Dan Lynch winkte ab: eine Gemeinsamkeit ohne Bedeutung.

»Und im Himmel sind sie alle zusammen.« Kate lachte. »Das ist auch etwas.«

»Da wäre ich mir nicht so sicher«, murmelte Dan Lynch und zwinkerte mir zu. »Ihr wißt ja, was Jesus über die Chancen eines reichen Mannes gesagt hat, in den Himmel zu kommen.« Ich sah, wie er Kate einen Blick zuwarf, dem sie geschickt auswich, indem sie sich vorbeugte, ein Walnußstück nahm und es sich formvollendet auf die Zunge legte.

Rosemary wandte sich den beiden Frauen von der

Legion zu, die neben ihr saßen, und sagte: »Ich hab mich oft gefragt, wie das im Himmel geregelt wird, wenn jemand zweimal verheiratet war. Ich weiß, es klingt doof, aber man fragt sich schon – wer zuerst kommt, nicht?«

»Die erste Ehe ist die bindende«, sagte die hochgewachsene Dame mit der Gelassenheit der Expertin. Mac sagte: »Ha!« zu seiner Frau. »Siehst du, mich wirst du nicht mehr los«, gerade als Shortchange sich in der Hochstimmung nach dem Gassi gehen durch das Eßzimmer ins Wohnzimmer schlängelte, nichts als nasses kühles Fell und wedelnder Schwanz und eine schnaubende schwarze Schnauze. Den halben Hundekuchen noch in der Hand, kam mein Vater just in dem Augenblick hinter ihr herein, als in der anderen Tür, die zum dämmerigen Flur und zur Treppe führte, Maeve auftauchte. Sie trug einen hellen Morgenmantel in blassen Farben und war in Strümpfen. Sie hielt eine Hand an ihren Hals.

»Ach, Dennis«, sagte sie und blinzelte in seine Richtung, während der Hund eine schnelle Runde durch das Zimmer drehte und jeden begrüßte. Sie legte die Fingerspitzen auf die Lehne von Dan Lynchs Sessel. »Du bist's.«

Wegen der Aufregung, die der Hund mit hereingebracht hatte – die Nachbarin umklammerte die Armlehnen ihres Stuhls und hob die Füße an, als Shortchange ihre Knöchel beschnupperte (guter Hund, guter Hund), Mac hielt ihr eine Walnuß hin und Kate beugte sich hinunter und sagte mit spitzem Mund: »Hallo, meine Süße« –, schien es eine Minute zu dauern, bis wir verstanden, was Maeve sagte.

Sie sagte: »Ich dachte, es wäre Billy. Ich dachte, er käme gerade von einem Gang mit dem Hund zurück.«

Dan Lynch rappelte sich hoch, hantierte unbeholfen mit Tasse und Untertasse und stellte sie schließlich auf den Couchtisch mitten zwischen die Walnüsse, während er immer wieder sagte: »Setz dich, Maeve. Bitte, setz dich doch.«

Shortchange kam zu ihr herübergewackelt, als sie sich setzte, und Maeve strich leicht über das nasse Fell des Hundes. »Ich dachte, es wäre Billy«, sagte Maeve zu meinem Vater. »Du hast dich genauso angehört wie er.«

Mein Vater sah aus, als täte ihm der Satz körperlich weh. Er stand gerade jenseits der Schwelle zum Wohnzimmer in der offenen Tür, das Gesicht noch gerötet vom Spaziergang, auf den Schultern noch das undeutliche Muster der Regentropfen, in seinem Mantel noch ein Hauch vom grünen Frühling. »Es tut mir leid«, sagte er.

Maeve schüttelte den Kopf, und nun lag ihre Hand auf dem Herzen. »Ich dachte, es wäre Billy«, sagte sie zum dritten Mal. Der letzte Hauch von Lippenstift, den sie früher am Tag getragen hatte, war verschwunden, und ihr einfacher Morgenmantel war farblos: weiß und beige. Sie wirkte so schlicht wie ein leeres weißes Blatt.

Mit müden Augen sah sie sich im Zimmer um. »Ich wollte gerade aufstehen«, sagte sie. »Ich hatte noch kein Licht gemacht.« Dann stützte sie ihre Stirn auf die Finger und schlug die Augen nieder. »Ich dachte, Billy wäre hier unten, mit dem Hund.«

Neben mir schnalzte die Nachbarin mit der Zunge und sagte »Oooohhh«, und es klang wie das übertriebene Mitgefühl, das man einem Kind gegenüber zeigen mochte. Die Damen von der Legion of Mary legten die Hand auf den Mund. Und dann fing Maeve an zu weinen.

Damit war offensichtlich der Augenblick gekommen,

den unsere Anwesenheit hatte abwenden sollen. Der Augenblick, auf den wir gewartet, dem zu entgehen wir gehofft hatten, während wir ausharrten, um noch etwas zu trinken und alles aufzuessen, was da war. Doch nun war er gekommen, und wir waren einen Moment wie betäubt und wußten nicht, was wir tun sollten.

Maeve ließ den Kopf in ihre erhobene Hand sinken, die Finger jetzt gespreizt zwischen Stirn und Kinn (der schlichte Perlenring), und stieß einen langen, zittrigen Seufzer aus, der vielleicht helfen sollte, die Fassung zu wahren, ihr statt dessen aber im Hals steckenblieb und sich dort in ein schreckliches, ungebetenes Aufschluchzen verwandelte. »Ich dachte, er wäre hier«, sagte sie unter Tränen. »Ich dachte, er wäre genau hier, nur eine Treppe unter mir.«

Wir starrten sie ein paar Sekunden lang an, bis wir mit einem Mal – als wären wir alle in dem Intervall der Stille zwischen dem ersten Donnerschlag und den ersten schweren Regentropfen gefangen gewesen – aufsprangen und durcheinanderwuselten, so als ob wir Fenster schließen oder Wäsche von der Leine nehmen müßten.

Kate und Rosemary knieten sofort neben Maeves Stuhl; Kate legte ihr die Hand auf die Schulter, Rosemary tätschelte ihr Knie. Die zwei Damen von der Legion eilten zurück in die Küche, die eine, um Wasser aufzusetzen, die andere, um eine Schachtel Papiertücher zu holen. Mein Vater packte Shortchange am Halsband und schleifte sie aus dem Zimmer. Die Frau von nebenan stand auf, was für die übrigen Männer anscheinend das Signal war, sich in Richtung Küche zurückzuziehen, und zwar im selben Moment, als mein Vater durch das Eßzimmer zurückkam. Er blieb an der Anrichte stehen und goß aus der Waterford-Karaffe Sherry in ein Glas.

Das Kristallglas mit beiden Händen haltend, trat er zu ihr, doch Rosemary winkte ab. »Sie hat schon einiges intus«, flüsterte sie. Doch Kate streckte den Arm aus und nahm ihm das Glas aus der Hand.

»Ich dachte, er wäre hier unten, mit dem Hund«, sagte Maeve gerade. »Ich dachte, es wäre am Ende alles gar nicht passiert, es wäre ein Traum gewesen, und er stünde hier unten und wäre eben erst hereingekommen.« Ihre Stimme wurde brüchig, erstarb fast. »Ich dachte, ich gehe hinunter und setze das Wasser auf.«

Rosemary sagte: »Ist ja gut.« Ihr Ton war freundlich, gab jedoch zugleich zu verstehen, daß es jetzt genug war. »Ist ja gut.«

Ihre Schwester beugte sich mit dem Glas Sherry in der Hand vor. »Nimm einen kleinen Schluck, Maeve«, sagte sie.

Aber Maeve sah zu den beiden Schwestern auf, und ihr Blick ging von einer zur anderen. Vielleicht suchte sie nach einer Spur des Bruders in ihren Gesichtern, vielleicht hoffte sie auch nur auf Verständnis. Und dann suchten ihre Augen über beide hinweg meinen Vater. »Er ist nicht mehr«, sagte sie nur zu ihm. »Unser Billy ist tot.«

Mein Vater nickte. Seine Augen waren dunkel, und er preßte die Lippen so fest aufeinander, als hätte er die Nachricht eben noch einmal verkündet. »Ja.« Mehr sagte er nicht, denn noch während er sprach, legte Maeve die Finger auf ihre Lippen und flüsterte: »Mir wird schlecht.«

Rasch griff die Dame von nebenan nach der blauen Porzellanschüssel, leerte die restlichen Walnüsse aus und gab sie an Rosemary weiter, die sie unter Maeves flaumiges Kinn hielt. »Ist schon in Ordnung«, sagte sie zu ihr und bedachte ihre Schwester mit einem tödlichen

Blick: Es roch nach Sherry. »Ist ja schon in Ordnung, Liebes.«

»Armes Mädchen«, sagte die Nachbarin. Die größere der beiden Legionsdamen war mit den Papiertüchern zurückgekommen und zog jetzt eines nach dem anderen aus der Schachtel, als ob sie ein endloses Seil abspulte. Sie gab sie nacheinander an Kate weiter, die sie unter die Schüssel hielt oder in Maeves Schoß anhäufte.

Mein Vater trat diskret ein paar Schritte beiseite.

Aus der Küche wurde ein Aluminiumtopf gebracht, aber wie Rosemary sagte, hatte Maeve nichts als den Sherry im Magen – sie hatte seit Dienstag nicht einen Bissen zu sich genommen –, und so legte sich die Übelkeit schnell wieder. Als sie vorüber war, lehnte sich Maeve in ihrem Stuhl zurück, die Hände voller Papiertücher, das Gesicht und der Hals rot gefleckt, die Haut darunter aber leichenblaß. »Es tut mir so leid«, sagte sie mit geschlossenen Augen. »Ich schäme mich so.«

Begleitet von den gurrenden Mitleidsbezeugungen der anderen Frauen, überzeugten die beiden Schwestern sie, aufzustehen und nach oben zu gehen, sich das Gesicht zu waschen und sich umzuziehen, damit sie sich besser fühlte. Maeve nickte, entschuldigte sich, fand, so schien es, wieder zu sich. Kate nahm sie an der Hand.

Als die beiden nach oben verschwunden waren, gingen wir durch das Wohnzimmer, sammelten Walnußschalen auf und Teetassen ein, zogen Spitzendeckchen gerade und klopften Kissen aus. In der Küche konnten wir die Männer leise reden hören.

»Die Farbigen haben eine Redensart«, begann die kleinere der Damen von der Legion. »›Niemand wird heimgeholt, der nicht bereit ist zu gehen.‹«

»Sie hätte etwas essen sollen«, sagte die andere.

»Es ist gut für sie, daß sie weinen konnte«, sagte die Frau von nebenan zu uns. »Besser als alles zurückzuhalten. Und was war das für ein Schock für sie, als sie dachte, sie hätte ihn hereinkommen gehört, einfach so, wie immer.«

Die Kleinere zögerte mit der Antwort. Eine untersetzte Frau, hochbrüstig wie ein Zaunkönig. An einen Zaunkönig erinnerte auch der beige Pullover mit dem kastanien- und hellbraunen Rautenmuster vorne, die braune Stretchhose und die winzigen hellbraunen Schuhe. »Ich habe meinen Mann nach seinem Tod noch dreimal gesehen«, sagte sie leise. Sie hielt mit beiden Händen eine leere Teetasse mit Untertasse vor sich, so daß sie aussah wie eine Diva, die gerade eine Arie sang. »In meinen Träumen, meine ich. Beim ersten Mal hat er mir von dieser Redensart bei den Farbigen erzählt. Ich hatte sie nie zuvor gehört. Im zweiten Traum saß er in der Kirche direkt neben mir. Überall waren Blumen, und wir redeten davon, wie schön sie wären. An dem Tag vor seinem Begräbnis hatte es einen gewaltigen Schneesturm gegeben«, erklärte sie, sich mir zuwendend, »das ist lange her, 1978. Und wir konnten nicht allzu viele Blumen für die Kirche bekommen. Das hatte mir sehr zu schaffen gemacht, daß er nicht mehr Blumen gehabt hat. Doch der Traum hat mir meinen Seelenfrieden wiedergegeben.« Sie schwieg einen Augenblick. Etwas in ihrer Stimme drohte, auch sie werde gleich in Tränen ausbrechen. »Beim dritten Mal drückte er nur meine Hand und ging weg.« Sie holte tief Luft und beugte sich hinab, um eine zerknüllte Serviette aufzuheben. »Und das war alles. Ich habe es nie wieder geschafft, sein Gesicht im Traum zu sehen. Ich träume von ihm, aber er ist immer im anderen Zimmer oder kehrt mir den Rücken zu. Oder er ist gerade aus dem Haus gegangen oder wird im nächsten Moment wieder hereinkommen. Ich sehe ihn nie. Nur diese drei Träume am Anfang und danach nichts mehr.«

Während sie mit einem Tuch über den Couchtisch wischte, nickte die größere der Damen von der Legion und sagte feierlich und bestimmt: »Ich glaube, es sind immer drei.«

Rosemary stimmte ihr zu: »So sagt man.«

Jemand klopfte an die Haustür – ein dreifaches kurzes Pochen, das vom Tisch eines Geisterbeschwörers hätte kommen können –, und als mein Vater öffnete, hörten wir ihn leise sagen: »Monsignore.« Unter den Frauen im Zimmer machte ein einziger Blick die Runde. Man konnte spüren, wie das Thema gewechselt wurde. Rosemary beugte sich vor und knipste noch eine Lampe an.

Der Priester betrat das Wohnzimmer, gerade als die drei anderen Männer durch das Eßzimmer hereinkamen, um ihn zu begrüßen. Er schüttelte allen rundherum die Hand. Ein schwerfälliger Mann, dessen Haut wie frisch geschrubbt aussah; sein Hals schien genauso von dem weißen Hemdkragen eingequetscht zu sein wie seine Schultern und die breite Brust von dem schwarzen Jackett und der Chemisette. Sogar die glänzende Kopfhaut schien über seinem Schädel zu spannen. Und doch ging von ihm trotz allem ein Gefühl immenser Gelöstheit aus, als er allen rundherum die Hand schüttelte wie ein Politiker (obwohl er sich nie um ein Amt bewarb) und überall Augenkontakt suchte: Schön, Sie zu sehen. Warm und trocken umfaßte seine Hand die anderen. Die größere Dame von der Legion ging, ihm seinen Tee aufzubrühen, und ich wurde von meinem Vater nach oben geschickt, um Maeve Bescheid zu sagen.

Die Treppe war mit Teppichboden ausgelegt, grauer Velours, wie im Wohnzimmer. Ein schmiedeeisernes Geländer führte hinauf, bis auf die halbe Höhe zum Flur hin offen und dann an der Wand entlang. Auf dem Treppenabsatz stand ein runder Tisch mit einer blaßblauen Tischdecke und vielen Hummelfiguren; einigen liefen schwarze Venen über Beine und Schultern oder quer über den Hals, offensichtlich die Stellen, an denen sie zerbrochen und dann sorgsam gekittet worden waren. Über dem Tisch hing ein Porträt des Christuskindes in Öl, das für Nichteingeweihte wie das Bild eines schönen und dunkelhäutigen, noch nicht entwickelten Mädchens wirken mußte. An der Wand zwischen den beiden Schlafzimmern hingen der irische Segen und das Gebet des heiligen Franziskus, beide mit Kreuzstichen gestickt und gerahmt. Hinter der geschlossenen Badezimmertür am Ende der Treppe hörte ich Wasser laufen.

Ich warf einen Blick in Maeves Schlafzimmer. Auf der Bettkante saß Kate auf einer wunderschönen eisblauen Steppdecke; ein Abdruck zeigte an, wo Maeve gelegen haben mußte, bevor sie Billy hatte hereinkommen hören. Sie hielt eine lebensgroße Babypuppe auf dem Schoß und wiegte sie in den Armen.

»Der Monsignore ist da«, sagte ich, und Kate sah auf. »Gut.« Sie hielt die Puppe hoch, die einen weißen Häkelpulli, eine ebensolche Haube und ein langes, vergilbtes Taufkleid trug. An seinem Kragen steckte eine winzige blaue Medaille an einem Rest hellblauer Schleife. »Das Kleid hat Maeve gehört«, bemerkte sie. »Sie ist darin getauft worden.«

Sie wandte sich ab, um die Puppe dorthin zu legen, wo sie hingehörte, mitten auf das Bett zwischen die Kissen der beiden. »Hör dir das mal an«, sagte Kate, das

Kleid der Puppe ordnend. »Maeve hat mir gerade erzählt, daß Ted Lynch heute mittag beim Essen sich lang und breit über einen Nonnenorden ausgelassen hat, der Witwen aufnimmt. Er hat angeboten, ihr den Namen des Mutterklosters zu geben, wenn sie interessiert sei.« Kate verdrehte die Augen: blaue Augen, genau wie Billys. Unter der Last ihres teuren Lidschattens wirkten sie bemerkenswert beweglich. Ihr Mund war schmal und schief, ebenfalls wie Billys. »Ist das zu glauben?« fuhr sie fort. »Eine Stunde, nachdem eine Frau ihren Mann begraben hat, redet er davon, daß sie ins Kloster gehen soll. Kannst du dir das vorstellen? So eine Unverschämtheit.«

Ich schüttelte den Kopf. Es fiel mir nicht schwer, mir das vorzustellen. »Was hat Maeve dazu gesagt?« fragte ich.

Kate winkte ab. Ein Teil ihres Make-ups hatte sich in den Fältchen um die Augen festgesetzt und in den Linien, die ihren Mund einrahmten. »Ach, du kennst doch Maeve, sie hat ihm gesagt, sie würde darüber nachdenken.« Sie streckte den Arm aus und strich das Taufkleid über den winzigen Kinderschuhen der Puppe glatt. »Natürlich macht ihr die Vorstellung, ab jetzt allein zu sein, zu schaffen. Aber ich habe zu ihr gesagt: ›Ich bitte dich, seit wann ist denn Ted Lynch so ein fanatischer Katholik?‹« Sie blickte zur Tür und senkte ihre Stimme. »Das ist eines der Probleme mit diesen ehemaligen Alkoholikern«, sagte sie. »Irgendwas brauchen sie immer noch, dem sie fanatisch ergeben sind.«

Wieder griff sie nach der Puppe. Sie schien die Finger nicht von ihr lassen zu können. »Sie hätten Kinder haben sollen«, sagte sie unvermittelt. »Billy und Maeve – sie hatten Kinder beide so gern.«

Hinter ihr stand die Schranktür offen und gab den

Blick auf die leeren Arme und Schultern von Billys Hemden und Anzügen frei, auf seine Schuhe, die aufgereiht auf dem Boden standen. An den zwei Fenstern der gegenüberliegenden Wand hingen hellblaue Chintzvorhänge vor weißen Gardinen. Zwischen ihnen auf der Kommode stand ein Foto mit Maeve und Billy auf ihrem Weg zum Altar am Tage ihrer Hochzeit: Billy, wie er zur Seite blickte – anscheinend um jemanden in einer der Bankreihen zu begrüßen –, und Maeve mit gesenktem Kopf, ihr Lächeln fast völlig verbergend. Daneben stand ein zweites altmodisches Foto von einer hübschen jungen Frau in einem hochgeschlossenen Kleid mit Spitzenkragen, sicherlich Maeves Mutter, und ein drittes, ein gerahmter Schnappschuß (die Farben aus Prä-Kodacolorzeiten, alle mit leichtem Stich) von Maeves rothaarigem Vater, wie er erschreckt und unbeweglich in einem der Wohnzimmersessel saß. Billys Postkarte aus Long Island steckte links unten in der Ecke vom Spiegel – *trautes Heim, Glück allein*.

»Nicht daß es etwas daran geändert hätte, wie es schließlich mit ihm gekommen ist, aber für Maeve wäre es jetzt gut«, sagte Kate gerade. »Ein paar Kinder um sich zu haben.« Sie strich das Kleid der Puppe glatt, zupfte die Haube zurecht, wiegte sie in den Armen, in Gedanken offenbar halb woanders: eine alte Angewohnheit aus der Zeit der eigenen Mutterschaft. »Du fragst dich doch automatisch, was ihr jetzt noch bleibt.«

Wir hörten, wie sich am Ende des Flurs die Badezimmertür öffnete. »Ich muß gerade reden«, flüsterte Kate. Und dann legte sie die Puppe auf das Kissen zurück. Sie sagte, sie werde Maeve ausrichten, daß der Monsignore gekommen sei.

Unten im Wohnzimmer hatte der Priester alle soweit, daß sie leise lachten. Sie balancierten ihre Teetassen und

Untertassen auf den Knien. Auf dem Couchtisch stand jetzt ein Teller mit Dan Lynchs Keksen aus der Bäckerei und ein zweiter mit kleinen Schnittchen. Obwohl er in einer Ecke der Couch saß, die Beine locker übereinandergeschlagen, so daß der schwarze Stoff sich über seinen Schenkeln spannte, den Ellenbogen über die plastikbezogene Armlehne gelegt, war doch die Aufmerksamkeit aller im Raum auf den Priester gerichtet. Er hatte gerade von seinen Erinnerungen an Billy erzählt: Es war bei einem Treffen der örtlichen Bibelgesellschaft gewesen. Der Redner hatte sich so lange bei der Bedeutung des Passahfestes aufgehalten, daß Billy sich zum Priester herübergebeugt und ihm zugeflüstert hatte, die Keule vom Lamm Gottes mit etwas Minzsoße klinge in seinen Ohren gar nicht schlecht.

Als Maeve ein paar Minuten später die Treppe herunterkam – dahinter ihre Schwägerin wie eine Dienerin –, standen alle auf, als begrüßten sie Würdenträger. Maeve streckte dem Priester beide Hände entgegen, und der trat gelöst und selbstsicher auf sie zu, wie ein Fachmann oder ein Profi, wie der Schlagmann auf dem Weg zum Schlagmal oder der Chirurg unterwegs zum OP, wie ein renommierter Anwalt, der sich zu seinem Schlußplädoyer erhebt. Wir alle fühlten es, spürten die enorme Erleichterung darüber, daß wir endlich jemanden unter uns hatten, der wußte, was er tat.

Sie trug nun braune Hosen und einen weißen Pullover, beide allerdings teuer und nur eine Stufe weniger elegant als ihr Kostüm für die Trauerfeier. Vielleicht war sie noch nicht bereit, wieder zur Alltagskleidung überzugehen und damit Billys Tod weniger aus dem normalen Leben herausragen zu lassen.

»Wie geht es Ihnen, meine liebe Maeve?« sagte der Priester und nahm dabei wunderbar sanft und mitfühlend ihre Hände (in einer hielt sie noch ein Papiertuch), zeigte dabei ein Verständnis, das – man sah es an seiner körperlichen Gelöstheit, dem stillen, unverwandten Lächeln – noch vertieft wurde von seinem unerschütterlichen Glauben, der Tod sei nicht, was wir an diesem Abend in ihm sahen, ganz und gar nicht. Er entschuldigte sich dafür, daß er es am Vormittag nicht geschafft hatte, zur Beerdigung zu kommen: Er war ins Krankenhaus gerufen worden (zu einer anderen auferstehenden Seele, bedeutete er ihnen), hatte sie aber den ganzen Tag über in seine Gebete geschlossen. »Nun, wie geht es Ihnen?« fragte er, und wieder hielt sich Maeve ein Taschentuch an die Augen und weinte.

Diesmal rührte sich keiner von uns von der Stelle. Wir standen einfach nur da und sahen zu, wie er ihr den Arm um die Schulter legte und sie zur Couch führte, sich neben sie setzte und ihre beiden Hände mit seiner großen Hand bedeckte. Nach und nach nahmen wir alle Platz. Ich mußte denken, daß wir wie freiwillige Helfer bei einem Feuer waren, die geschlagen, naß und mit den leeren Eimern schlenkernd zusahen, wie der Feuerwehrhauptmann einen Brand löschte, den wir nur Minuten zuvor bloß benetzt hatten.

»Ich dachte, ich hätte ihn hereinkommen hören«, sagte sie. »Vorhin, früher am Abend.« Und er, Fachmann für diese Fragen, nickte, ließ sie reden und ihm erzählen, was sie gefühlt hatte, als sie in ihrer beider verdunkeltem Schlafzimmer gelegen hatte und ein bißchen weggedöst war, als sie gehört hatte, wie die Hintertür aufging und der Hund hereinkam und seine Stimme ertönte, und als sie dann aufgestanden und hinuntergegangen war, als ob ihr gemeinsames Leben einfach so weiterginge. Und später, als ihr klar wurde, daß er nicht mehr da war. »Er ist nicht mehr, Vater«, sagte sie. Dabei traf sie der Schrecken des Ganzen wie ein Schlag. Sein Leben war vorüber, ihres nicht.

Während sie sprach, nickte der Priester immer wieder. Alles in seinem Gesicht, in seiner ganzen Art verriet, daß er wußte: was sie sagte, sagen wollte, als nächstes sagen würde. So wie jetzt, das verriet ihr seine Art, hatte er schon so oft mit so vielen anderen Witwen gesessen.

Als er ihr endlich antwortete, lag in seinen Worten eine Autorität, die alle unsere Erfahrung mit Billy hinfällig machte, sogar die langjährige Erfahrung von Maeve, meinem Vater, seinen Schwestern. Er war wie ein Arzt, der einer wartenden Familie seinen Befund überbrachte und auf einmal besser über den Sterbenden Bescheid wußte als alle Angehörigen. Besser, so schien alles in der gütigen Art des Priesters zu sagen, weil nur er verstand, daß der Tod nichts von dem war, was er für uns und an diesem Abend zu sein schien.

»Es ist nicht vorüber, Maeve.« Er sagte es leise, zurechtweisend, jedoch sanft und voller Zuneigung. »Wir sind nicht allein und verlassen, Maeve«, fügte er hinzu. »Das wissen Sie.«

Sie neigte den Kopf. Ihre Tränen fielen jetzt frei in ihren Schoß, auf seinen Handrücken.

»Billys Leben geht in Christo weiter.«

Sie sagte noch einmal, den Kopf immer noch gesenkt: »Ich dachte, ich hätte ihn hereinkommen gehört.«

Der Priester nickte höflich. »Ich verstehe«, sagte er.

»Ich dachte, er wäre hier«, wiederholte sie.

Er schürzte die Lippen, um den rechten Moment abzupassen, wie es schien. »Es war ein weiterer Schock für Sie«, sagte er. »Denken Sie aber an die Freude, die er heute gefunden hat, Maeve«, fuhr er leise und lächelnd fort. »Der alte Schwerenöter. Denken Sie an seinen Seelenfrieden. Er ist zur letzten Ruhe eingegangen, Maeve«, sagte er, »und in der Hoffnung der Wiederauferstehung. Die Verheißung, von den Toten wiederaufzuerstehen, wenn die Zeit erfüllt sein wird. Denken Sie daran, Maeve, wenn Sie können.«

Maeve hob den Kopf, nicht aber den Blick. Man konnte an der sturen Linie ihres Kinns sehen, daß sie für Billy in diesem Augenblick nicht ein Leben im übertragenen Sinne, sondern eines im Sinne des Wortes wollte, seine buchstäbliche Anwesenheit. Daß er mit dem Hund hereinkam, während sie döste, die Keksdose öffnete, in der sie die Hundekuchen aufbewahrten, die Leine auf den Haken an der Hintertür hängte. Sie wollte, daß ihr gemeinsames Leben einfach weiterging, und sei es so, wie es gewesen war. Sie wollte dieselbe buchstäbliche Anwesenheit, von der die Dame von der Legion of Mary zuvor gesprochen hatte, die buchstäbliche Anwesenheit, und sei es in einem Traum, die den tatsächlichen Klang seiner Stimme in ihrem Ohr (»die Farbigen haben eine Redensart ...«) ebenso beinhaltete wie seine tatsächliche Präsenz an ihrer Seite, wenn er die Blumen bewunderte und ihr die innere Ruhe wiedergab. Sie wollte den wirklichen Druck seiner Hand an ihrer spüren.

»Es ist schrecklich, Vater«, sagte Maeve leise mit erhobenem Kinn und gesenktem Blick, »wenn man so lange durchs Leben gegangen ist, nur um dann festzustellen, daß nichts, was man durchgemacht hat, irgend etwas nützt.«

Ein Seufzer schien sich den Frauen im Raum entringen zu wollen. Der Priester hob die Hand, als wollte er sie zum Schweigen bringen.

»Nein, jetzt hören Sie mir mal zu«, sagte er geduldig. »Ich bitte Sie.« Er wartete, bis sie den Blick hob und ihr

Ausdruck ihm, uns allen, zeigte, daß sie nicht zu überzeugen war. »Wir alle, Maeve, könnten uns heute abend sagen, wir hätten nicht genug getan. Auch mir kam dieser Gedanke, als Dennis mich neulich anrief und sagte, daß Billy von uns gegangen war und wie sie ihn gefunden hatten. Ich dachte, gütiger Gott, was hätte ich tun können? Wir alle könnten heute sagen, wenn wir ihn geliebt haben, dann war es eine armselige Liebe, denn sonst hätte sein Leben nicht ein solches Ende genommen. Aber Sie wissen doch, Maeve: Wenn ich das zu Ihnen sagen würde, Maeve, wenn ich sagte, ich hätte an ihm versagt, oder wenn Dennis das sagte oder Pater Jim oder Danny, Rose oder Kate oder wenn es irgendeiner von Billys Freunden sagte, dann wären Sie die erste, die uns sagen würde, daß das nicht wahr ist. Und Sie würden es ernst meinen. Und Sie hätten recht. Billy ist einer Krankheit erlegen, die wir nicht rechtzeitig heilen konnten. Es war kein Versagen unserer Gefühle, sondern ein Triumph der Krankheit. Genau das ist es, was Sie jedem von uns sagen würden, und das ist es auch, was Sie für sich glauben müssen. Natürlich hat es etwas genützt. Alles was Sie für Billy gefühlt, alles was Sie für ihn getan haben, hat eine Bedeutung gehabt, egal wie es nun gekommen ist.« Er neigte den Kopf etwas, um ihren gesenkten Blick aufzufangen. »Was das angeht, erzähle ich Ihnen keine Märchen, Maeve«, setzte er hinzu. »Ich denke mir das nicht aus.« Er nahm ihre beiden Hände in seine und hob sie ein wenig an. »Sie müssen das glauben.«

Sie erwiderte seinen Blick nicht. »Ja, das muß ich wohl«, antwortete sie.

Rosemary stand neben ihrem Mann in der Tür; ihre Schultern berührten sich beinahe, ihre Gesichter waren beide angespannt, als würden sie gerade getadelt. Kate saß in dem Sessel neben der Nachbarin, hielt den Kopf gesenkt und musterte ihre lackierten Fingernägel und den Diamantring, den sie zum Hochzeitstag bekommen hatte. Der Mann der Nachbarin hatte seine Hand auf ihre Schulter gelegt und bewunderte den Mann ebenso wie die beiden Damen von der Legion, bewunderte ihn bei der Verrichtung seines guten Werks, während Dan Lynch in seinen Taschen herumsuchte, um dann ein großes Taschentuch herauszuholen und sich die Augen damit zu trocknen. Er faltete das Tuch nach einem komplizierten und ausgeklügelten System wieder zusammen, das es auf die Größe einer Spielkarte verkleinerte, und trocknete sich dann noch einmal die Augen damit. Ich wandte mich um, warf einen Blick auf meinen Vater, der genau hinter mir stand, und sah in seinem Gesicht eine Spur von demselben Ausdruck, den er an diesem Tag im Auto gezeigt hatte: jene alte Verärgerung, die mit der Zeit beinahe belanglos geworden war. Oder vielleicht ein Kummer, der mittlerweile fast verheilt war. Entweder das Fast-Triumphieren des Glaubens oder die beinahe befreiende Erlösung von ihm. Er sah zu mir hinunter und nickte, als sollte ich aufpassen, was der Monsignore zu sagen hatte, als ob seine Erfahrung oder sein Alter es ihm erlaubten, sich abzukoppeln, ich aber zuhören solle.

Bevor Maeve ein weiteres Wort sagen konnte, bat der Priester uns alle unvermittelt, mit ihm einen Rosenkranz zu beten, denn (natürlich) verstand er, daß irgendwann nichts Neues mehr zu sagen war, daß die Monotonie der Gebete, der gedämpfte Ton der flehentlichen und durch ihre betäubende Wiederholung fast wortlosen Bitten, an diesem Abend das einzige Antidot gegen Maeves Hoffnungslosigkeit war. Rosemary wollte schon niederknien, doch er sagte ihr freundlich, er habe nicht vor zu knien und es wäre ihm wesentlich lieber, wenn sie sich einfach einen Stuhl nähme. Man holte Stühle aus dem Eßzimmer, und es bildete sich so etwas wie ein Kreis, wobei es allerdings nicht die Art von katholischem Zirkel war, bei dem irgendwer darauf käme, die Hand des Nachbarn zu halten.

Im Frühjahr 1950 kam Billy zum ersten Mal sonntags zum Abendessen. Die Einladung ging von dem alten Mann aus, und Maeve ließ, nervös wie sie war, in der Küche die ganze Schüssel mit dem gedünsteten Spinat fallen, gerade als sie am Eßzimmertisch Platz nehmen wollten. Sie löffelte alles zurück in die Servierschüssel – was blieb ihr auch anderes übrig, wenn es sonst nur Salzkartoffeln mit Steckrübenpüree gegeben hätte? – und kämpfte dabei die ganze Zeit mit dem Hund (sein Name war Lucky; ihr Vater hätte auf einen Hund im Haus nie verzichtet: ein Mischlingsterrier, immer im Weg und verrückt nach Butter), ohne jedoch in der Lage zu sein, die flinke Zunge des Tieres von Löffel, Schüssel und sogar dem Spinat selbst fernzuhalten.

Sie stellte die Schüssel mit dem immer noch dampfenden Spinat auf den Tisch, sah zu, wie Billy und ihr Vater davon nahmen und verlor kein Wort darüber, bis Jahre, wirklich Jahre vergangen waren, und sie, als sie Billy einmal zu seinem Abendessen eine Schüssel gekochten Spinat servierte, auf einmal lachen mußte und beichtete und auch Billy zum Lachen brachte. Eines Tages beim Essen vor nicht allzu langer Zeit. Billy war nüchtern, weil es noch mitten am Tag war (am Sonntag hatten sie ihr Dinner immer gern schon am Nachmittag, um drei oder vier Uhr, gegessen und dann gegen sieben nur noch ein Sandwich oder dergleichen), und frisch rasiert, weil er am Vormittag mit ihr zur Messe gegangen war, und obwohl er erst vor ein oder zwei Wochen aus dem Veteranenkrankenhaus entlassen worden war und ein verblassender gelber Fleck auf seiner Stirn unübersehbar auf den Sturz hinwies, der ihn diesmal dahin gebracht hatte; obwohl sein Gesicht mit den Jahren fleischiger geworden war, besonders um die Augen und am Kinn, und seine Haut erste Stellen an Hüfte und Handgelenken aufwies, an denen sie sich schuppte und pellte; obwohl sie sich zu jener Zeit mehr anschwiegen als miteinander zu reden und es damals schon tausendundeinen Augenblick gab, den sie nie vergessen, Momente, über die sie niemals sprechen würde: Dinge, die er zu ihr gesagt, schreckliche Dinge, die er getan hatte, Zustände, in denen sie ihn gesehen hatte (ohne sein Gebiß, zusammenhangloses Zeug stammelnd, halbnackt, blutbeschmiert, besudelt, Rotz und Wasser heulend), von denen zu erzählen sie sich nicht einmal vorstellen konnte, weil es sie umbringen würde, diese Dinge in Worte zu fassen – wie zum Beispiel damals (sie wird es nur dieses eine Mal sagen), kurz bevor er 1972 zu den AA zurückging – vielleicht war es genau der Anlaß gewesen, der ihn dazu brachte, wieder zu den Treffen zu gehen –, als sie mitten in der Nacht in die Küche hinunterging und ihn fragte, ob er nicht ins Bett kommen wollte, weil sie sah, daß er bald die Besinnung verlieren würde, und hoffte, er würde vorher noch allein die Treppe hoch kommen. Sie beugte sich am Tisch zu ihm hinab und sagte *Billy* in sein Ohr (sie wußte genug, um ihn nicht mit Samthandschuhen anzufassen, immerhin das), *Billy* (lauter), und als er sich nicht rührte, wandte sie sich von ihm ab und ging ein paar Schritte auf die Treppe zu. In der Diele sagte sie wie im Selbstgespräch: »Dennis wird heute nämlich nicht kommen. Er hat schon genug Sorgen wegen Claire, Billy, er wird nicht kommen, selbst wenn du ihn anrufst. Sogar Dennis hat allmählich genug von dir. Sogar Dennis hat seine eigenen Sorgen.« Und bevor sie wußte, wie ihr geschah, hatte er sie an der Kehle gepackt. Er war so viel größer als sie und mittlerweile auch schon so schwer geworden. Das Gesicht ohne die Brille – nun, es hätte ein Wildfremder sein können, der in ihr Haus eingebrochen war. »Billy, du bringst mich noch um«, hatte sie gesagt und an seiner Hand gezerrt. Und dann lag er weinend ihr zu Füßen. Und dann lag er bewußtlos am Boden, und sie mußte das Ehepaar von nebenan zu Hilfe holen, weil Dennis derzeit seine eigenen Sorgen hatte.

Aus dem Wohnzimmer rieselte das tiefe Lachen der Männer herüber, doch die Frauen in der Küche schwiegen.

Obwohl sie, sagte Maeve leise, an jenem Nachmittag, einem Sonntag vor gar nicht langer Zeit, über die Geschichte mit dem verschütteten Spinat so sehr gelacht hatten, daß sie für einen Augenblick lang wieder sah (Ach ihr wißt, wie das ist), wie attraktiv er war. Sein gutes Aussehen wieder wahrnahm, das sie von Anfang an so zu ihm hingezogen hatte. Sie erinnerte sich wieder, was es mit ihr, mit ihren Nerven, mit ihrem klopfenden Herzen gemacht hatte, Billy Lynch, den Jungen aus dem Schulgeschäft, leibhaftig an ihrem Tisch sitzen zu haben, damals an jenem ersten Abend, als ihr Vater ihn zum Essen eingeladen hatte.

»Er war ein gutaussehender Mann«, sagte Bridie aus der Nachbarschaft still.

Während vor den Fenstern von Maeves Küche in Bayside der Tag verblaßte, Monsignore seinen nächsten Besuch machte und die Frauen eifrig dabei waren, aus den vorhandenen und sehr verschiedenen Kasserollen und Kuchen ein hübsches kleines Büfett zusammenzustellen, beugte sich Maeve über ihre Tasse schwachen Tee ohne Milch und erzählte ihnen lächelnd mit ihrer leisen und geduldigen Stimme, daß er sie erst, als er ihre Wohnung an jenem Abend verließ, als er schon im Mantel und mit dem Hut in der Hand vor der Tür stand, gefragt hatte, ob sie am Samstag mit ihm ins Kino gehen würde. Natürlich hatte sie ja gesagt und dabei die ganze Zeit gedacht – ihr wißt, wie das ist –, was soll ich anziehen? Sie hatte ihr bestes Stück schon an jenem Abend getragen, ein graues Wollkleid mit einem Einsatz aus schwarzem Samt im Rock.

Als sie ins Wohnzimmer zurückkam, war ihr Vater in seinem Sessel bereits eingeschlafen, und er war es auch, dem sie das leichte Schwanken in Billys Gang zur Last legte, das ihr auffiel, als er an jenem Abend aus ihrer Tür trat und den Flur entlang zur Treppe ging – ihm und seinem irischen Whiskey, den er für besondere Gelegenheiten aufhob (als da wären, Besuche von »Landsleuten wie Ihnen«) ... So daß sie niemanden hatte, dem sie es hätte erzählen können, weil sie wußte, wenn sie es tat, während sie ihm Schuhe und Hose auszog und ihn wie einen nassen Sack ins Bett packte, konnte sie ebensogut mit der Wand reden. Also platzte sie am nächsten Morgen fast, so sehr drängte es sie, ihm die Neuigkeit zu berichten. Als sie ihm aber endlich erzählte, Billy Lynch habe sie für Samstagabend ins Kino eingeladen, rümpfte ihr Vater nur die Nase, rührte in seinem Kaffee herum und sagte: »Sicher denkt er, das wäre er uns schuldig.« Billy sei schon einmal verlobt gewesen, fuhr er fort: Vor ein paar Jährchen erst, weißt du, mit einem irischen Mädchen, das dann gestorben ist.

Rosemary drehte sich vom Herd zu uns um und sagte über die Schulter: »Ach, sind Männer nicht grausam?«

Bridie dagegen, die mit ihrem berühmten Rührkuchen praktisch zum Ende des Rosenkranzes eingetroffen war, lächelte Maeve freundlich zu. »Dein Vater hat es sicher nicht böse gemeint.«

Maeve schien geneigt, die Frage offenzulassen. Sie habe daran gedacht, sich für den Samstag etwas Neues zu kaufen, meinte sie, aber nach der Bemerkung ihres Vaters habe sie sich gesagt: Wozu der Aufwand? Irgendein alter Rock und Pullover täten es wahrscheinlich auch. Sie sahen sich *Alles über Eva* an und aßen dann noch etwas bei Horn & Hardart. Am Tag danach zündete sie vor der Sonntagsmesse eine Kerze an, aber viel Hoffnung hatte sie nicht. Und doch – die Macht des Gebets –, als sie ein oder zwei Wochen später im Geschäft war, lud er sie abermals ein. Und dann lud ihn ihr Vater erneut zum Essen ein, und bald sahen sie sich mehr oder weniger regelmäßig. Daß sie und Billy ein Paar waren, wußte sie aber erst dann mit Sicherheit, als sie eines Abends bei Dennis und Claire zum Essen eingeladen waren. Die beiden waren erst seit etwa einem Jahr verheiratet und lebten in einer netten kleinen Wohnung am Prospect Park. Ihr erstes Kind (»dein Bruder Danny«) war ein paar Monate alt, und Billy hielt den schlafenden Säugling das ganze Essen über an seiner Brust, so daß er mit einer Hand essen mußte, sie bitten mußte, sich herüberzubeugen und ihm sein Steak zu schneiden, was sie natürlich tat, wobei sie spürte, wie sein Blick auf ihr ruhte. Danach mußte selbst ihr Vater zugeben, daß, irisches Mädchen hin oder her, zwischen ihnen mehr war als nur Verpflichtung.

»Weil ein Schuh fehlte«, sagte die kleine Dame von der Legion leise. Alle wandten sich ihr zu. »Wie geht es noch?« Sie legte die Hand auf das Rautenmuster auf ihrer Brust. »Weil ein Schuh fehlte, ging der Stallknecht verloren, weil ein Stallknecht fehlte, ging das Pferd verloren, weil ein Pferd fehlte, ging der Reiter verloren, weil ein Reiter fehlte … Wie geht's weiter?«

Einen Moment lang herrschte verwirrtes Schweigen.

»Weil ein Reiter fehlte«, sprang die hilfsbereite Bridie ein, »ging die Schlacht verloren …«

Wir anderen runzelten immer noch verständnislos die Stirn.

»Ich meine, für Maeve«, sagte die kleine Dame schließlich. Sie hielt uns eine offene Hand entgegen, und während wir alle mehr oder weniger überzeugt waren, sie könne kaum meinen, daß für Maeve die Schlacht und das Königreich verlorenging – obwohl man es durchaus behaupten könnte –, hatte niemand von uns begriffen, worauf sie wirklich hinauswollte. »Für Maeve war es genau umgekehrt«, erklärte sie. »Weil ein Schuh fehlte, wurde ein Verehrer gefunden …«

Das Lachen kam kurz und abrupt: Krümel, die man aus dem Geschirrtuch schüttelte. »Ach so, jetzt verstehe ich«, sagte jemand. »Ja, das stimmt.«

Lächelnd, nickend, begreifend (das ist gut für sie, diese Art von Unterhaltung – man konnte sehen, wie alle Frauen das dachten –, das ist genau das, was sie braucht), legte Maeve die Finger an ihre Tasse mit dem nun sicher kalten Tee, beugte sich vor und sagte: »Ich werd euch erzählen, was ich getan habe.«

Wir alle lächelten ihr zu.

»Ich habe einen Schuh von meinem Vater in den Müllschlucker geworfen.« Ihre Wangen hatten wieder etwas Farbe bekommen, oder vielleicht kehrte die Farbe auch gerade beim Sprechen erst zurück. »Und zwar nicht einmal, sondern zweimal. Ob ihr es glaubt oder nicht. Ich habe gesagt: ›Also, Dad, ich weiß nicht, was mit dem zweiten Schuh von deinem guten Paar passiert ist, aber wir sollten am Samstag zu Holtzman gehen, sonst hast du keine guten Schuhe für die Messe am Sonntag.‹«

»Warum das, um alles in der Welt?« fragte Kate. Sie war gerade aus dem Eßzimmer gekommen, wo sie das Tafelsilber aufgedeckt hatte.

»Nur damit sie da reingehen konnte«, rief Bridie. »Damit sie einen Vorwand hatte, in das Geschäft zu gehen.«

Maeve nickte. »Nur um Billy zu sehen.« Erneut trieb ihr ein Anfall von Rührseligkeit kurz die Tränen in die Augen – es war wie der Schatten einer kleinen Wolke, der über die Erde zog –, doch der war schnell verflogen. »Ich habe es einmal ganz früh gemacht, bevor Billy und ich mehr als ein paar Worte gewechselt hatten, und dann noch einmal nach unserem ersten Rendezvous, weil es schon ein paar Monate her war, seit der arme Dad mit nur einem Schuh nach Hause gekommen war – was bei ihm wirklich oft genug vorkam –, und ich ein wenig ungeduldig wurde. Also habe ich noch einen in den Müllschlucker geworfen, und hast du nicht gesehen, als wir am Nachmittag von Holtzman zurückkamen, stand da Dads Schuh unten im Foyer auf dem Treppengeländer. Der Hausmeister muß ihn gefunden haben. Er war noch ziemlich neu, deshalb hat er wohl gedacht, er wäre aus Versehen in den Müll geraten, und hat ihn dahin gestellt, damit sein Besitzer ihn mitnimmt. Ich war sicher, mein Vater würde auf der Stelle kehrtmachen und das neue Paar zu Billy zurückbringen, doch als ich sagte: ›Dad, dein Schuh!‹, sah er mich an und sagte ganz aufgebracht: ›Ist nicht meiner.‹ Er würdigte ihn nicht mal eines Blickes – marschierte einfach die Treppe hoch, als hätte er ihn gar nicht gesehen, und weigerte sich, irgend etwas zuzugeben. Da war er nun wiederauferstanden, und er wollte nichts damit zu tun haben. Der Schuh stand eine gute Woche oder länger da und verschwand dann für immer.«

Mittlerweile kicherten alle Frauen leise vor sich hin, sahen die Szene vor sich, dachten, wie glänzend doch Maeves Augen geworden waren, als sie die Geschichte erzählt hatte, und alles ohne einen Tropfen Sherry im Blut.

Das tat ihr gut. Gute Erinnerungen. Und auch wenn sie dem Schicksal hier und da nachgeholfen hatte, war es doch letztlich ein Glück für Billy gewesen, oder, daß sie im Schuhgeschäft erschienen war und so verrückt nach ihm, so selbstverständlich bereit war, ihm ihr Herz zu schenken, daß es bestimmt eine Entschädigung für das war, was er verloren hatte, für das irische Mädchen. Man sah es Kate und Rosemary an, wie sie das dachten und damit endlich die Antwort hatten: Maeve hatte die ganze Zeit von dem irischen Mädchen gewußt und Billy trotzdem ihr Herz geschenkt. Was hatte auf der Postkarte gestanden? Meiner wundervollen Frau?

»Aber war das nicht schrecklich von mir?« fragte sie uns. »Seine Schuhe einfach so wegzuwerfen?«

»Du warst eben entschlossen«, sagte die Nachbarin. »Was tun wir nicht alles, wenn wir jung sind«, sagte Rosemary kopfschüttelnd.

»Wenn wir verliebt sind«, ergänzte die größere Dame von der Legion, obwohl es selbst für mich einen zu großen Sprung bedeutete, mir diese hagere alte Frau mit ihrer frömmelnden Rechthaberei als verliebtes Mädchen vorzustellen.

»Ich habe Ted Lynch davon erzählt«, fuhr Maeve fort,

»damals vor Jahren schon, als er meinte, das Beste, was ich für Billy tun könnte, wäre, ihn zu verlassen. Ich hab ihm erzählt, wie ich diese Schuhe weggeworfen habe. Ich wollte, daß er begreift, was ich auf mich genommen habe, um ihn zu bekommen.«

Die Frauen nickten alle. Mit einer solchen Entschlossenheit erwies sich doch sogar ein unscheinbares Mädchen als ausreichende Entschädigung für die schöne Eva. Auf einmal sagte Bridie, die gerade Papierservietten zusammenfaltete, leise, tja, da wir schon mal beim Geschichtenerzählen wären, würde sie auch eine erzählen: Ach, was war sie in Billy Lynch verschossen, als sie noch jung war. Wie viele Stunden hatte sie am Fenster verbracht und darauf gewartet, daß er vorbeiging. Sogar noch zu der Zeit, als sie mit Tim Schmidt ausging, ja sogar noch später, hätte sie jedem den Laufpaß gegeben, um mit Billy Lynch zusammenzusein. »Außer Jim natürlich.« Jim war ihr Ehemann.

»O Bridie«, sagte Rosemary, mit einem gehäkelten Topflappen wedelnd, »erzähl uns etwas, das wir noch nicht wissen.«

»Wirklich?« wunderte sich Bridie leise. »Du willst mich aufziehen, nicht?« Aber Kate hatte den Deckel von der Kasserolle gehoben, die das indische Paar vorbeigebracht hatte, roch daran und runzelte die Stirn, als wollte sie sagen, nicht so schlecht wie befürchtet. Sie hielt sie der großgewachsenen Dame von der Legion unter die Nase. »Sollen wir das ein bißchen aufwärmen?« fragte sie, und die Dame inspizierte den Inhalt auf dieselbe Weise. »Klar«, antwortete sie.

»Es ist so etwas wie Huhn mit Reis«, sagte Kate zu Maeve und ließ auch sie daran riechen. »Ich hatte schon Angst, es wäre etwas Scharfgewürztes.«

»O nein«, sagte Maeve. »Lili kann wunderbar kochen.«

Sie wandte sich der Nachbarin zu. »Sehr nette Leute sind das, nicht?« Und die Frau stimmte zu. »Ich habe wunderbare Nachbarn«, sagte Maeve zu uns allen. »Da habe ich Glück gehabt.«

Einen Augenblick lang erntete sie stumme Zustimmung, und dann streckte die Dame von nebenan, die neben ihr an dem kleinen Küchentisch genau unter den Preßspanäpfeln saß, den Arm aus und streichelte Maeves Hand. Maeve legte ihre Hand über die der anderen Frau.

»Montagabend«, begann Maeve, verbesserte sich sofort: »Nein, es war schon Dienstagmorgen, da habe ich Dorothy angerufen und sie hergebeten. Wann war das? Ein oder zwei Uhr morgens?«

»Es war ungefähr zwanzig nach zwei«, sagte Dorothy leise.

»Ich wußte es nicht«, fuhr Maeve fort. »Ich hatte nicht schlafen können. Draußen war es sehr windig. Der Wechsel zum Frühlingswetter, sagte Dorothy. Aber der Wind zerrte an den Fenstern. Sonst bin ich meistens eingenickt, wenn ich darauf wartete, daß Billy heimkam. Sonst habe ich meist einen Rosenkranz gebetet und bin dann eingenickt, aber in dieser Nacht nicht. Gegen zwei Uhr habe ich dann Dorothy angerufen. Meine Hände zitterten, ehrlich, wie Espenlaub zitterten sie, und ich habe sie gefragt, ob sie sich einen Mantel überziehen und zu mir herüberkommen könnte.«

»Sie war völlig außer sich am Telefon«, sagte Dorothy zu uns. »Außer sich vor Angst.«

»Und als du hereinkamst, hast du gesagt, du hättest auch Angst. Stimmt doch, oder?«

Dorothy nickte. »Ja, nur von dem kurzen Weg von Tür zu Tür«, bestätigte sie. »Da lag etwas Unheimliches in der Nacht. Der Wind und dann diese laue Luft.«

»Sicher lag es auch an der Uhrzeit.« Kate war offenbar um Vernunft bemüht.

»Es war alles zusammen«, sagte Dorothy.

»Wir saßen hier am Tisch bis wann? ... bis gegen sieben?«

»Bis John anrief.«

»Bis ihr Mann anrief, das war gegen sieben. Und dann hab ich sie hinüber zu ihrem Haus begleitet. Da regnete es schon, nicht, Dorothy? Erst dieser Wind und dann trotzdem grauer Himmel. Natürlich war Billy nicht nach Hause gekommen. John bot mir an herumzutelefonieren, bot sogar an, den Vormittag freizunehmen und ein bißchen durch das Viertel zu fahren, aber ich wollte nicht, daß er sich solche Mühe macht. Es war ja nicht das erste Mal, daß es passiert war. Daß Billy über Nacht nicht nach Hause gekommen war.«

»Du hast gesagt, du würdest die Polizei benachrichtigen«, sagte Dorothy, und an uns gewandt: »Sie mußte John versprechen, daß sie zumindest das tun würde. Und daß sie Dennis anrufen würde. John sagte: ›Hör mal, Maeve, Billy ist ein schwerkranker Mann‹. Er hat ihr angeboten, für sie beim Veteranenkrankenhaus anzurufen und zu fragen, ob er dort eingeliefert worden war. ›Er ist ein schwerkranker Mann‹, sagte John.«

»Ich sagte, ich würde anrufen. Ich wollte es auch. Aber als ich ins Haus zurückkam, habe ich erst ein paar andere Dinge erledigt. Ich habe ein kurzes Bad genommen und ein paar Sachen durchgewaschen.«

»Billys bestes Hemd«, sagte Dorothy.

Maeve nickte. »Billys bestes weißes Hemd, ja.«

»Als sie mir erzählte, sie hätte sein bestes weißes Hemd gewaschen«, sagte Dorothy zu uns, »wußte ich, daß sie es wußte. Sie wußte, daß er von uns gegangen war. Sie hat es die ganze Nacht über gewußt.«

»Und dann rief das Krankenhaus an«, fuhr Maeve fort. »Gegen neun ungefähr. Und ich habe Dennis bei Edison angerufen und gefragt, ob er da hingehen könnte. Weil er nämlich nicht eingeliefert worden war. Man hatte ihn auf der Straße gefunden, deshalb mußte jemand kommen und ihn identifizieren.« Sie sah mich an. »Dein armer Vater mußte das tun.«

Kate sagte: »Der Tisch ist gedeckt«, und wir gingen ins Eßzimmer hinüber, wo die Männer schon warteten. Sofort forderten zwei, drei Frauen Maeve auf, doch etwas zu essen. Vielleicht etwas von dem schönen Huhn mit Reis, ist nicht zu scharf gewürzt. Vielleicht etwas von dem kalten Braten. In dem hell erleuchteten Eßzimmer folgten sie ihr um den spitzendeckenbedeckten Tisch herum. Und jetzt etwas Handfestes, sagten sie, etwas, das auch leicht verdaulich ist. Bridies Rührkuchen natürlich. Ein Pfund Butter, so wie es sich gehört. Genau betrachtet waren die guten, alten Zutaten immer noch die besten, weil du in den alten Zeiten wirklich Gewicht auf die Waage bringen mußtest, wenn du überleben wolltest – vor allem die Frauen. Die Pionierfrauen in den Planwagen zum Beispiel oder unsere eigenen Mütter bei der Überfahrt nach Amerika, obwohl, unsere Mutter nicht gerade kräftig gebaut war und ist dreiundachtzig geworden, und Dennis' Mutter war auch nur ein Strich in der Landschaft, genau wie Onkel Teds Frau, Tante M. J. – anscheinend hatten die Lynch-Männer eine Schwäche für kleinere Frauen – und Rosemarys Tochter Jill mit ihrer Wespentaille und auch du (ich), aber ich sehe ja auch, was für kleine Portionen du auf deinen Teller tust, bekommt dir gut, wenn man dich anschaut, wer würde denn meinen, daß du zwei Kinder auf die Welt gebracht hast, du mußt etwas für deinen Körper tun, wie Kate, du solltest mal sehen, was für

Geräte sie im Keller stehen hat, alles von Jack La Lanne, und dein Mann ist also zu Hause mit den Kleinen? Wird ihm guttun, soll ruhig mal sehen, wie das ist, den ganzen Tag die Kinder am Hals, stimmt's? Männer verstehen das nie, bis du sie bittest, die Kleinen mal zu übernehmen, und dann sagen sie: Na ja, die Kinder sind nur bei mir so, aber so wie sie sich bei dir benehmen, muß es viel einfacher sein. Ist doch so, oder nicht? In Wirklichkeit denken sie: Das kannst du doch unmöglich Tag für Tag aushalten, oder? Aber es ist lieb von dir, daß du gekommen bist. Kevin und Daniel waren gestern abend zum Leichenschmaus hier, aber die Mädchen leben beide oben in Neuengland, weißt du – beide sind Anwälte, hab ich dir das schon erzählt? Hast du die Blumen gesehen, die sie geschickt haben? Sie mochten Billy gern, alle beide. Glaub mir, dein Vater weiß das zu würdigen, daß du hier bei ihm bist. Er und Billy standen sich so nahe, eigentlich waren sie wie Brüder – sie hatten ja beide keinen Bruder. Und daß dann Dennis zum Krankenhaus fahren mußte, um Billy zu identifizieren, unter diesen Umständen … Wäre dein Vater nicht gewesen, was hätte Maeve in all den Jahren getan, wenn sie Hilfe brauchte? In dieser Hinsicht war er genau wie sein eigener Vater, wie Onkel Daniel. Immer da für jeden, der ihn brauchte – wie hattest du ihn noch genannt, Dan? Einen Politiker? Nun, da bin ich mir nicht so sicher, aber für meine Eltern hat er alles getan, als sie damals gerade herübergekommen sind. Ich würde sagen, er war ein Heiliger, und das sage ich nicht einfach so dahin. Kein gutaussehender Mann, dein Vater hatte Glück, daß er nach seiner Mutter und ihrer Seite der Familie kommt, aber die Güte in Person. Einem wie ihm bin ich nie wieder begegnet, nicht mal annähernd. Man könnte meinen, er wäre nur deshalb auf die Welt gekommen, um uns anderen zur Seite zu stehen, um uns das Leben leichter zu machen – und ist es nicht genau das, was einen Heiligen ausmacht? Wenn ich an ihn denke, sehe ich immer lachende Leute vor mir, und ich war sechzehn, als er gestorben ist. Wo er auch hinging, er brachte die Leute zum Lachen, irgendwie war er wie Billy, finde ich. Billy ohne dessen Probleme. Dein armer Vater verliert den eigenen Vater mit achtzehn und seine Mutter und die eigene Frau kurz hintereinander und jetzt auch noch Billy. Ich bin sicher, er ist froh, daß du gekommen bist. Und morgen fährst du mit ihm zum Haus hinaus? Das ist gut. Dein Mann wird schon klarkommen, mach dir um den keine Sorgen. Alle jungen Mütter denken, ihre Kinder könnten ohne sie nicht überleben, oder? Du nicht auch? Du wirst es noch früh genug erleben. Ehe du dich´s versiehst, sind sie alle erwachsen und aus dem Haus, hab ich nicht recht? Sieh uns an: Bridie, Rose, Dorothy, Kate, wie viele Kinder alle zusammen? Fünfzehn, großer Gott, nein sechzehn, sechzehn Kinder insgesamt, und davon wohnt keines mehr zu Hause, stimmt's? Gott sei Dank, aber siehst du, was ich meine, siehst du, wie schnell es geht? Doch Kate wird heute nacht nicht noch zurückfahren. Hat keinen Sinn, daß sie die weite Strecke nach Rye im Dunkeln fährt. Soll sie lieber Maeve Gesellschaft leisten, schließlich ist es die erste Nacht und alles. Wie sieht's draußen aus? Kannst du was erkennen? Regnet schon seit Dienstag, nicht? Regen am Tag einer Beerdigung soll ja bedeuten, daß die Seele gleich in den Himmel fährt. Hat jemand den Hund hereingeholt? Wir sollten bald gehen, damit Maeve ein bißchen zur Ruhe kommen kann. Hat sie denn einen Happen gegessen? Hat sie irgendwas gegessen? Na, jedenfalls hat sie wieder Farbe bekommen. Es war bloß dieser Sherry auf nüchternen

Magen. Und auch die Erschöpfung, das arme Mädchen. Sie wird wieder auf den Damm kommen. Zeit heilt alle Wunden, und es war ein langes Leiden. In mancher Hinsicht wird es eine Erleichterung für sie sein. Gott vergib mir, wenn ich das sage, aber sie wird jetzt ein wenig Frieden finden.

Während Rosemary und die Damen von der Legion die Küche aufräumten, nahm Dorothy Maeves Hände in ihre und bat sie, bitte nicht zu vergessen, daß sie gleich nebenan sei, sie und John, und zwar zu jeder Tages- und Nachtzeit, genau wie immer. »Ich danke dir«, sagte Maeve leise, »danke, meine Liebe«, doch das auf eine Weise, die anzudeuten schien, daß auch sie sich bewußt war, wie selten sie nun noch mitten in der Nacht Hilfe und Unterstützung benötigen würde.

»Selbst wenn es nur ein böser Traum ist«, sagte Dorothy.

Sie sah zu ihrem Mann hinüber. »Selbst wenn es nur ein komisches Geräusch ist oder du mal eben was aus dem Laden brauchst. Magentabletten oder dergleichen. Ruf einfach an. Egal, was es ist.« Sie sah wieder zu ihrem Mann hinüber. »Selbst wenn du einfach nur einsam bist«, sagte sie und brach in Tränen aus – die, so schien es, ebenso ihr selbst und den möglichen, ja wahrscheinlichen langen Nächten ihres eigenen Witwendaseins galten wie denen von Maeve. Der stämmige Ehemann, den sie sich gerade ins Grab gedacht hatte, faßte sie sanft am Ellenbogen und sagte: »Ist ja gut, Mom«, und Dorothy fand in ihrer Tasche ein zerknülltes Taschentuch und fuhr sich damit über das Gesicht. »Ich hatte mir geschworen, das würde mir nicht passieren«, stöhnte sie.

Maeve aber lächelte nachsichtig. Sie sah erschöpft aus. Über ihren Wangenknochen, am Halsansatz, schien die

Haut dünner geworden zu sein, und doch war es, als hätte sie auch eine andere Quelle der Stärke oder Sammlung gefunden, einen letzten Born innerer Kraft, mit deren Hilfe sie auch die letzten Förmlichkeiten des Tages überstehen würde. »Ist schon gut«, sagte sie. Für einen kurzen Moment nahm sie die Frau in die Arme. »Ist schon gut«, sagte sie noch einmal, als sie sich voneinander lösten.

»Er war ein großartiger Mensch«, sagte Dorothy durch den Schleier ihrer Tränen. »Ohne den Alkohol. Nüchtern war er eine Seele von Mensch, Maeve. Einer der besten. Wenn man mit ihm redete, war das, als würde ein Dichter sprechen, nicht, John? Selbst wenn er trank, lohnte es sich, ihm zuzuhören. Auf seine Art war er ein kluger Mann. Ein sensibler Mann, Maeve, wenn man darüber nachdenkt. Vielleicht zu sensibel für diese Welt, wenn du weißt, was ich meine. Ein so feinfühliger Mann wie er ... Der Herr hat ihn so gemacht, wie er war. Niemand war schuld daran, wie er wurde. Du hattest deine guten Jahre mit ihm, und das ist es doch, was zählt, nicht? Denk daran, was du uns heute abend erzählt hast, die Geschichte mit dem Spinat. Und die mit den Schuhen, die du weggeworfen hast. Denk an solche Dinge.«

Ihr Mann schob sie sachte aus dem Zimmer und nickte dabei jedem zum Abschied zu, an dem er vorbeiging. »Maeve ist müde«, sagte er zu seiner Frau. »Sie braucht jetzt Ruhe.«

»Er war ein so liebenswerter Mann«, sagte Dorothy noch, schon halb im Flur. »Wenn das mit dem Trinken nicht gewesen wäre ... Jammerschade, daß er damit angefangen hat.«

Als sie gegangen waren, kamen die Damen von der Legion aus der Küche, trockneten sich dabei die Hände an Geschirrtüchern ab und schlüpften dann in ihre

Mäntel. Sie sagten Maeve, was an Essen noch in der Küche war. Morgen früh würden sie wiederkommen, sagten sie, und kaum waren sie aus der Tür (ein geschäftiger Abgang unter Regenhauben aus Plastik und kurzen Regenjacken aus Segeltuch, wobei sie ihr Alter nur dadurch verrieten, daß sie die drei regennassen Stufen seitwärts nahmen), wandte Mac sich an uns alle und fragte: »Hat denn keine von diesen frommen Frauen einen eigenen Mann im eigenen Heim?«

Dan Lynch sagte: »Offenbar nicht.«

Bridie bemerkte: »Ah, ich aber«, hängte ihre Handtasche über ihren vollen, sommersprossigen Arm und nahm ihren Mantel von der Sitzbank in der Diele, wo sich die Luft allmählich mit dem Geruch der feuchten Nacht und dem Duft der Parfümspuren in den Kopftüchern und Übergangsjacken der Frauen füllte. »Und meine Hilfe, die sich um ihn kümmert, wird mehr Geld haben wollen, weil ich ihr gesagt habe, ich würde nur ein Stündchen bleiben.« Sie sah auf die Uhr. »Und jetzt sind es drei geworden.«

»Wie geht es Jim?« fragte Mac in ernstem Ton. Bridie winkte ab, als wolle sie ihm zeigen, daß derartige Feierlichkeit überflüssig sei. »Es geht ihm ganz gut, danke«, sagte sie. »Er erkennt mich nicht immer, das ist dann hart für mich. Aber solange ich ihn im Hause haben kann und er glücklich ist, könnte es schlimmer sein. Er lebt mehr oder weniger in seiner eigenen kleinen Welt.« Sie zuckte die Achseln. »Manchmal beneide ich ihn.« Sie beugte sich vor, gab Maeve und danach Rosemary und Kate einen Kuß. »Gott segne dich«, sagte sie zu jeder von ihnen und wandte sich dann uns allen zu: »Ich werde keine Rede halten. Das war Billys Stärke. Das Schlimmste wird sein, jeden Tag zum Briefkasten zu gehen, ohne die Hoffnung zu haben, ein paar Zeilen von ihm zu finden.« Dem stimmten alle mit einem Kopfnicken, einem tiefen Atemzug zu, als hätten sie das noch nicht bedacht, hätten es aber längst tun sollen und wüßten nun, daß dieses Gefühl früher oder später auch auf sie zukomme. Bridie küßte mich und meinen Vater und Mac und, mit einem »dich auch, Danny«, Dan Lynch.

»Und du willst wirklich allein fahren?« Mein Vater hatte ihr die Hand auf den Rücken gelegt.

»Keine Sorge.« Sie schüttelte den Ring mit den vielen Schlüsseln. »Ich habe meine Sirene und das Tränengas dabei. Bin für alles gewappnet. Außerdem ist es noch gar nicht so spät.« Mein Vater meinte, er würde sie wenigstens noch zum Auto bringen.

»Sie ist unglaublich«, verkündete Rosemary, als Bridie gegangen war, und meinte damit offensichtlich etwas anderes.

»Sie hat ihr eigenes Kreuz zu tragen gehabt«, sagte Kate, ihre Schwester beschwichtigend. »Die Tochter mit ihren Drogen und Jim mit seinem Alzheimer. Und dann die Kinder, die sie verloren hat.«

»Und Tim Schmidt im Krieg«, sagte Rosemary.

»Sie ist ein Wunder«, bemerkte Maeve, und Kate faßte sie an die Schulter und sagte: »Du auch, meine Liebe.«

Maeve lachte kurz auf. »Ein Wunder an was?« Es wirkte, als wäre kein Knochen mehr in ihren Schultern.

»Ein Wunder an Durchhaltevermögen«, sagte Kate.

»An Geduld«, fügte Rosemary hinzu. »Und Treue.«

Maeve lächelte und senkte den Kopf. Es war nicht zu übersehen, daß es ihr gefiel, zumindest das anerkannt und gewürdigt zu finden: ihr Durchhalten, ihre Geduld, ihr langes Leiden. Dieselbe Entschlossenheit, die sie einst die guten Schuhe ihres Vaters in den Müllschlucker werfen ließ, hatte aus ihr ein Wunder gemacht, ein Wunder darin, Billys Frau zu sein.

Als Maeve sich dann selbst von uns verabschiedete, blieb sie mit der Hand am schmucklosen Holzgeländer stehen und sagte zu meinem Vater: »Dir danke ich besonders, Dennis. Ich weiß, wie schwer es für dich gewesen ist.« (Neben ihm lächelte Dan Lynch mitfühlend; sein tränenreiches »Was ist mit mir?« hob er sich für ein andermal auf, vielleicht für den kommenden Abend bei Quinlan mit seinen Busenfreunden und einem Drink in der Hand.) Mein Vater nickte. »Ruf an, wenn du mich brauchst«, sagte er und wiederholte damit Dorothys Fehler, indem er wie sie vergaß, daß es mit den nächtlichen Dramen vorbei war.

Einen Moment lang spürte ich die vertraute Last: Ich fragte mich, wie viel einsamer meines Vaters Nächte von nun an wohl sein würden, wenn sie nicht mehr von Krisen unterbrochen wurden.

Immer noch ihr zu Diensten, folgten Billys Schwestern ihr die Treppe hoch, und ein paar Minuten später kam Rosemary wieder herunter, um den Mantel anzuziehen und ihren Mann aufzulesen. Als Kate in Strümpfen herunterkam, weil sie hinter uns zuschließen wollte, folgten wir Mac und Rosemary hinaus. Gekränkt durch Maeves letzte Bemerkung, schlug Dan Lynch den Kragen seiner Jacke hoch und machte sich durch den leichten Regen im gelblichen Schein der Straßenlampen auf den Weg zur Bushaltestelle, in der einen Hand die Plastiktüte mit den Resten, die Rosemary ihm aufgedrängt hatte: genug für ein oder zwei Abendessen. Doch mein Vater rief ihn zurück, und es klang beinahe ungeduldig, als er sagte, daß er ihn natürlich nach Hause fahren würde. Was er denn gedacht hätte?

Im Wagen strich Dan den Kragen herunter und fand rasch seine gute Laune wieder, indem er uns fragte: War der Monsignore nicht toll? War er nicht unglaublich?

Die Verkörperung von allem, was am Priestertum gut sei. Er sei ja sicher, daß es eine Menge großartiger Rabbis und Pastoren gebe, aber ein Priester, ein guter Priester, habe einfach etwas, das die nicht bieten könnten. Eine Heiligkeit. Eine Nähe zu Gott. »Spürt ihr das nicht, sobald er zur Tür hereinkommt?« Mein Vater bejahte das. Dan drehte sich im Sitz zu mir um, so daß er mich sehen konnte. Auch ich bejahte es.

Er war es zufrieden und sagte: »Es ist ein Leben auf einer anderen Ebene, versteht ihr. Ein Leben nur für Gott und niemanden sonst.« Er schwieg einen Augenblick, doch es lag etwas Falsches in dieser Pause, etwas Theatralisches. Offenbar war alles, was er sagen wollte, in seinem Kopf bereits gründlich vorgeformt, vielleicht auswendig gelernt worden: eine Rede, die er bereits bis ins letzte Detail ausgearbeitet hatte, für die ihm bis jetzt bloß noch das Publikum gefehlt hatte. »Denkt mal darüber nach«, fuhr er fort. »Ein Rabbi oder ein Pastor schließt seine Kirche oder Synagoge nach dem Gottesdienst zu und geht nach Hause, zu Frau und Kindern. Er bezahlt seine Rechnungen« – hierbei trommelte er mit dem Zeigefinger auf das Armaturenbrett des Wagens, im Rhythmus eines imaginären Tages –, »er geht einkaufen, spielt ein bißchen Baseball mit seinem Sohn, nicht wahr? Was soll ihn von allen anderen Menschen unterscheiden, die irgendwelche anderen Jobs machen? Aber ein Priester kann seinen Kragen ablegen und eine Runde Golf spielen gehen, er kann sich ein Baseballspiel anschauen und wird doch immer anders sein. Seht ihr, es ist ein geweihtes Leben, nicht nur ein geweihter Beruf. Ich meine, nehmen wir zum Beispiel den Papst – sogar Nichtkatholiken finden es aufregend, ihm zu begegnen, nicht wahr? Sie wissen, daß er etwas Besonderes ist. Etwas Heiliges.« Er schüttelte den Kopf. »Jetzt reden sie von Veränderungen, aber ich hoffe, die werden sich nie durchsetzen. Es wäre ein Fehler. Wir würden das verlieren, Dennis. Die Kirche würde genau das verlieren, wodurch ihre Priester eine Stufe über den anderen stehen.«

Ich fragte mich, ob er das Zölibat meinte.

»Du hast recht«, sagte mein Vater, »absolut recht.«

»Ich will nicht behaupten, daß es kein Opfer wäre.« Ich vermutete das Gegenteil. »Es ist ein enormes Opfer. Vor ein paar Jahren hatten wir in unserer Gemeinde einen jungen Burschen frisch aus dem Priesterseminar. Einen netteren Kerl kann man sich kaum vorstellen, aber er hat es nicht lange gemacht. Er hat es nicht ausgehalten. Irgendwann ist er hingegangen und hat sich eine Frau gesucht. Ich weiß also, daß es ein Opfer ist. Aber wenn man es abschafft, werden die Priester genau wie der Rest von uns. Wartet nur ab. Da kann man dann genausogut beim Friseur beichten gehen.«

Mein Vater nickte, lächelte und dachte dabei ohne Zweifel, ebenso wie ich, an Dan Lynchs eigenes Ledigsein.

»Ganz richtig«, bemerkte er.

»Du kannst nicht beide Augen auf den Himmel gerichtet haben, wenn du eine Frau hast und eine Hypothek auf dem Haus und die Kinder neue Schuhe brauchen. Das ist doch nur logisch.«

»Du hast recht«, sagte mein Vater. »Ich konnte es nicht.«

»Das ist doch nur logisch«, sagte Dan Lynch noch einmal. Und dann drehte er sich ein wenig meinem Vater zu und dämpfte die Stimme, ein bißchen nur, nicht soviel, daß ich ihn nicht mehr verstehen konnte, aber genug, um damit vielleicht anzudeuten, daß er in gemischter Gesellschaft war. »Aber ich sage dir, ich könnte die Wände hochgehen, wenn ich höre, wie die Leute darüber reden. Es macht mir schwer zu schaffen. Weißt du, heutzutage kannst du alles aufgeben, du kannst aufhören, alle möglichen Sachen zu essen, weil du gesund bleiben willst, verstehst du, Salz oder Eier, oder vielleicht opferst du deinen Schlaf, damit du um sechs Uhr morgens joggen gehen kannst. Du kannst dich von deiner alten Frau scheiden lassen und dir eine neue holen oder dein Leben zu Hause aufgeben, damit du wie Henry Kissinger in der Weltgeschichte herumreisen kannst – na klar, gib auf, was du willst, und es ist völlig in Ordnung und genau das Richtige. Aber laß nur mal das Gespräch auf katholische Priester kommen, und alles grinst hinter vorgehaltener Hand und kichert. Alle sind sie darauf aus, etwas Abartiges daraus zu machen. Ein Mann taucht so tief in seinen Glauben ein, daß der bis in die Fasern seines Lebens eindringt und sie verändert, verstehst du, was ich sagen will, Dennis: bis in die Fasern seines Lebens, und diese Gesellschaft kann das nicht ertragen. Sie wollen etwas Schlechtes darin sehen. Als eine nette Geschichte ist unser Herrgott okay, für Weihnachten und Ostern, als Gesprächsthema am Sonntagmorgen. Doch wenn du es dir zu Herzen nimmst – wenn du dir Gott zu Herzen nimmst, wenn du soweit bist, daß dein Glaube dein ganzes Leben verändert –, dann o ho ho« – er schüttelte die offene Hand über dem Armaturenbrett – »geht das zu weit. Dann müssen alle ständig nach dem Dreck am Stecken suchen, nicht nach der Herrlichkeit. Sie sagen: Es ist unnatürlich, das aufzugeben, ein Mann kann doch *das* nicht aufgeben, doch nicht für etwas, das im Grunde bloß eine nette Geschichte ist.«

»Über den Papst sagt das niemand«, bemerkte mein Vater, um ihn weiter anzustacheln, wie ich dachte.

»Nein, nicht über den Papst«, sagte Dan Lynch, todernst wie immer. »Zumindest nicht in den Zeitungen. Da sind sie vorsichtig. Schließlich ist er ja eine Berühmtheit. Und ein kerngesunder Mann. Er fährt Ski, weißt du.«

»Ja«, sagte mein Vater, »ich weiß.«

»Aber sie sind nur allzu schnell bereit, es über jeden gewöhnlichen Priester zu sagen, nicht wahr? Sie spüren die Heiligkeit, aber sie können sie nicht begreifen, also fällt ihnen als erstes ein, sie ein bißchen durcheinanderzubringen, Dreck draufzuwerfen, ein wenig Sand auf das Feuer zu schütten. Klar, es ist eine gewaltige Erleichterung für uns andere, ein Riesentrost, wenn wir herausfinden, daß keiner auch nur einen Deut besser ist als wir, stimmt's? Wenn ein Mann wie der Monsignore einen Raum betritt, fühlt sich eben manch einer bedroht.«

»Sicher«, sagte mein Vater mit einem Anflug von Ermüdung in der Stimme. Er hatte genug von Dan Lynch, das merkte ich ihm an.

Da er das spürte, ohne es jedoch wirklich übelzunehmen, verschränkte Dan Lynch die Arme vor der Brust und ließ sich tiefer in seinen Sitz sinken. Er wandte sich zum Fenster und blickte hinaus auf die nassen dunklen Straßen im gelblichen Licht der Phosphorlampen. An der Art, wie er sich wieder meinem Vater zuwandte und dann innehielt und ihn anblickte, konnte man sehen, daß ihm der Gedanke ein paar Sekunden gekommen war, bevor er ihn aussprach. »Billy hatte etwas von so einer Aura an sich, findest du nicht?« fragte er leise. »Etwas von dieser Heiligkeit, wenn er einen Raum betrat. Meinst du nicht auch?«

»Irgendwie schon«, sagte mein Vater, und dann: »Na, sieh mal an.« Direkt vor Dans Haus war ein Platz frei.

»Das nenne ich Glück«, bemerkte er und parkte ein.

Dan Lynch langte hinunter nach seiner Plastiktüte. Einen Moment lang wirkte er nervös, weil er den Türöffner nicht finden konnte, und dann, weil ihm der Sicherheitsgurt Schwierigkeiten machte, doch als er schließlich zum Abschied bereit war, zögerte er und sagte dann seufzend: »Heute ist die schlimmste Nacht für Maeve, nicht wahr? Die erste Nacht nach Billys Beerdigung.« Er wandte sich zum Fenster. »Da kann es ruhig regnen.« Rechts von uns wirkte das Haus, in dem er wohnte – im Stil Vorkriegs-Queens, sechs Stockwerke, dunkler Backstein, Flachdach, ohne überdachten Eingang oder irgendeine sonstige Verzierung –, so hoffnungslos verloren wie eine Strafanstalt.

Dan Lynch räusperte sich. »Würdet ihr noch auf einen Schlummertrunk mit hochkommen?« fragte er. Ohne zu zögern, stellte mein Vater den Motor ab und griff hinter seinem Sitz nach dem Stangenschloß für das Lenkrad.

»Du hast doch nichts dagegen?« flüsterte er mir zu, während wir Dan Lynch über den Bürgersteig und den kahlen Pfad zum Haus hinauf folgten. »Nein«, erwiderte ich, ganz die Tochter meines Vaters, und blieb neben ihm stehen, während wir zusahen, wie Dan Lynch seinen Schlüssel hervorholte und die Tür zu dem Haus aufschloß, in dem er wohnte.

In meinem irischen Namensbuch«, sagte Dan Lynch, »bedeutet Maeve ›die Berauschende‹.«

Mein Vater nickte. »Wie ironisch«, bemerkte er.

»Und Eva«, fuhr Dan fort, »Eva ist schlicht die erste Frau.«

Wieder nickte mein Vater, bedächtig, ein wenig schmallippig, als habe Dan Lynch ein gutes Argument gebracht. Und wie als Antwort auf ein gutes Argument sagte mein Vater: »Da siehst du's.«

Beide nippten an ihren Drinks – zwei Fingerbreit Scotch in Whiskeygläsern mit reichlich Eis. Dan hatte drei davon gemacht, doch als er sie brachte und mein Vater den ersten an mich weiterreichte, schien er verblüfft. Mag sein, daß es die Überraschung eines alternden Junggesellen war, der nicht dachte, daß eine Frau – vor allem eine, die er noch als Kind gekannt hatte – etwas Stärkeres als Sherry annehmen würde (»Hättest du lieber ein Ginger Ale?« hatte er gefragt), aber ich wurde das Gefühl nicht los, daß das Glas für jemand anderen bestimmt gewesen war. Für Billy vielleicht. Daß ich Billys Drink trank.

Dan Lynchs Wohnzimmer war nur schwach erleuchtet, so schwach, daß die beiden regennassen Doppelfenster hell wirkten. Die Möbel waren uralt: ein Schreibtisch mit Lederauflage, auf dem er unsere Drinks eingeschenkt hatte, Sessel mit Klauenfüßen, ein breites Sofa. Einige der Stücke stammten noch von seiner Mutter, sagte er. Ein fadenscheiniger Orientteppich. Zwischen den gekrümmten Beinen der Tische zu beiden Enden des Sofas ordentliche Stapel von *National Geographic, Time* und *U.S. News and World Report*; die Tische selbst überhäuft mit Büchern zur Geschichte und Biographien, die meisten aus der Stadtbibliothek von Queens: *Winston Churchill und der Wüstenfuchs, Der Krieg im Pazifik, Die Invasion in der Normandie, Kampf um Guadalcanal, Die Enola Gay, Franklin Delano Roosevelt* und *Truman*. Ein Rattanständer, vollgestopft mit fein säuberlich gefalteten Zeitungen von mindestens zwei Wochen. Die *Daily News* von heute wie auch eine Ausgabe vom *St. Anthony Messenger* – mit einer Titelgeschichte über das Zölibat und den Priesterstand – lagen zwischen uns auf dem Couchtisch.

Besonders beim Eintreten hing der Geruch nach Rasierwasser und der Seife, die er benutzt hatte (er mußte zwischen dem Leichenschmaus und dem Besuch bei Maeve geduscht haben), noch in der Luft, doch wich er jetzt, da wir saßen, diversen anderen Gerüchen – Curry, Zwiebeln, Knoblauch – vom späten Abendessen eines ausländischen Nachbarn.

»Nicht daß man so was zuviel Bedeutung beimessen sollte«, fuhr Dan fort, der anscheinend auf einmal glaubte, mein Vater und ich könnten genau das tun. »Das ist mir nur heute eingefallen, als Kate den Namen dieses Mädchens wieder erwähnt hat: Eva, wie die Frau von Adam. Und als ich nach Haus kam, habe ich Maeves Namen nachgeschlagen.«

Erneut nickte mein Vater und zuckte dazu leicht mit den Schultern, als wollte er sagen, auch er wäre da vorsichtig. Er würde nicht zuviel Bedeutung hineinlesen.

»Es ist nur so«, sagte Dan Lynch, »daß du dir an so einem Tag mit einem Mal alles genau anschaust. Sozusagen in einem neuen Licht. Weil du versuchst, so etwas wie Sinn in alldem zu finden.«

»Das ist wahr«, sagte mein Vater.

Einen Moment lang saßen beide Männer schweigend da, vorsichtig, wie es schien, ihre Worte wägend. Keiner von beiden wollte den Anschein erwecken, er versuche, etwas Tiefsinniges zu sagen – das war selbstverständlich dem Priester vorbehalten –, und beide hatten die gleiche Angst davor, sentimental zu werden. Und doch mußte, in einer Nacht wie dieser, irgend etwas gesagt werden. Da war das Prasseln des Regens – wie Fingerspitzen, die gegen die Fensterscheiben trommelten. Der Whiskey war mild, aber nicht ohne Biß. Mit jedem Schluck zog schleiergleich eine Wärme über die Wangen, während die Augen feucht wurden. Als vermittelte sich gleichsam eine Sichtweise. Vielleicht genau das, was Billy so verlockend gefunden hätte, wäre dieser Drink seiner gewesen.

Nicht, daß man so was zuviel Bedeutung beimessen sollte.

»Ich hab sie nie kennengelernt«, begann Dan. »Das irische Mädchen. Sie war längst wieder weg, als ich entlassen wurde. Für mich war sie immer nur eine Geschichte. Mit dir und Billy damals im Sommer draußen auf Long Island, während ich immer noch im Pazifik bei lebendigem Leib gefressen wurde. Trotz der angeblich insektensicheren Kampfanzüge.« Er lächelte. »Was waren das für Zeiten.« Und wandte sich mir zu: »Diese Atombomben haben einer Menge GIs das Leben gerettet, weißt du. Sicher, viele Japaner sind dabei draufgegangen. Auch jede Menge unschuldige Menschen. Aber laß dir von den Linken nichts vormachen – keiner von denen ist je auf der Suche nach Japsen durch den Dschungel geschlichen. Aber wir, wir haben regelrecht nach ihnen geschnüffelt. Um vielleicht Zigarettenrauch zu riechen oder, na ja, Fäkalien. Dann wußtest du, daß sie da waren. Sehen konntest du nichts, nur den verfluchten Dschungel. Die Bomben haben unzählige GIs davor bewahrt, in den Dschungelwäldern zu krepieren, weißt du. Diese Bomben haben dafür gesorgt, daß eine Menge junger Burschen heil nach Hause gekommen ist.«

Ich nickte und erinnerte mich, daß auch Dan Lynch einmal als großer Briefschreiber bekannt gewesen war, obwohl seine Briefe immer an die Herausgeber von *Time* und *Newsweek* und die Vorstandsvorsitzenden der großen Fernsehsender gerichtet waren. Ich erinnerte mich, daß er besonders wachsam war, was Verleumdungen von irischen Amerikanern anging, und daß er einmal von Danny Kaye ein persönlich unterzeichnetes Entschuldigungsschreiben erhalten hatte, nachdem der im Fernsehen einen Sketch über einen betrunkenen irischen Kobold gebracht hatte. Die irisch-amerikanische Antidiffamierungsliga als Einmannshow, hatte meine Großmutter Dan Lynch genannt, damals draußen auf Long Island in jenem letzten Sommer, als er für einen Tag herausgekommen war und den Brief mitgebracht hatte. Die übrigen Iren, so hatte sie gesagt, hören eine abfällige Bemerkung über ihre Volksgruppe, und statt beleidigt zu sein, fühlen sie sich schuldig, weil sie glauben, daß sie zutrifft. Tritt einen Juden in New York, hatte sie gesagt, und einer in Tel Aviv sagt »autsch«. Aber tritt einen Iren, irgendwo, und die anderen sagen keinen Ton, sondern halten die Hände vor den Hintern, weil sie denken, sie hätten den Tritt eher verdient. Hatte Danny Lynch nicht schließlich (wenn man die Sache genau betrachtete) den Brief, in dem Danny Kaye einräumte, daß nicht alle Iren Trinker waren, mit zu Quinlan genommen? Hatte er ihn nicht auf der Theke ausgebreitet?

Dan setzte sich im Sessel zurecht, schlug die Beine andersherum übereinander. »Aber ich weiß noch, wie ich Maeve kennengelernt habe«, fuhr er fort. »Ich weiß noch, wie Billy sie zum ersten Mal zu Quinlan mitbrachte. Es war an einem Sonntagnachmittag. Sie waren bei einem dieser Tanztees gewesen, die es damals drüben bei den Knights of Columbus gab. Das muß in den frühen Fünfzigern gewesen sein. Es schüttete wie aus Eimern, und jede Menge Leute von dem Tanztee kamen in die Bar.«

Ich nippte an Billys Drink. Noch eine verregnete Nacht in Queens also: Die Regentropfen funkeln silbern und schwarz in der Luft, schwärzen den Bürgersteig und die graue Straße und lassen den rauchigen, schmutzigen Geruch nach nassem Asphalt und nassem Stahl aufsteigen; die Neonlichter an den diversen kleinen Läden, an dem Drugstore und dem chinesischen Restaurant und an Quinlans Bar wirken in der Dunkelheit des Nachmittags heller als sonst, romantisch gar, und in dem düsteren Licht sind die Straßen unter und in der Umgebung der Hochbahn wie eine Stadt für sich, statt wie bloße Ablaufkanäle für Manhattans Überschuß, als die sie mir immer erschienen waren. Billy und Maeve hasten die Straße entlang, immer noch jünger aussehend, als irgend jemand sie in Erinnerung behalten wird.

»Ich weiß noch, ich sah Billy, wie er mit diesem Mädchen vor sich auf die Theke zusteuerte, und mein erster Gedanke war, daß er sie gerade draußen auf der

Straße oder noch in der Tür zum ersten Mal getroffen hatte. Ich dachte, sie wäre vielleicht fremd hier, suchte ein Telefon, und er wollte ihr nur helfen. Man war einfach nicht daran gewöhnt, Billy mit einem Mädchen zu sehen. Es dauerte ein paar Minuten, bis mir klar wurde, daß er tatsächlich mit ihr tanzen gegangen war, sie zu Hause abgeholt hatte und daß die Orchidee, die sie am Kleid trug, von ihm war. Es war bestimmt dämlich von mir, aber es kam wirklich überraschend für mich. Man war es zu jener Zeit einfach nicht gewohnt. Nicht bei Billy. Man war sich ziemlich sicher, daß er einer von den Jungs war, die ledig bleiben würden.«

Genauso sicher, wie sich Billy zu der Zeit, fünf oder sechs Jahre nach seinem Sommer auf Long Island, gewesen sein mußte. Und doch war da Maeves sehr realer Ellbogen in seiner offenen Hand und gab dem geringsten Druck von ihm nach. Darf ich dir meinen Cousin vorstellen? Hier stand ein anderes Mädchen und sagte etwas in sein Ohr – sie wolle nur ein Ginger Ale, vielen Dank –, und ihr Atem mischte sich mit dem Duft der Gewächshausorchidee auf ihrer Schulter, die er ihr mitgebracht hatte. Im neuen Licht des gutgefüllten Barraums mußte ihr Gesicht matt aussehen, er mußte ihre flaumige Blässe, die farblosen blauen Augen wahrnehmen. Danke, Billy – vielleicht ein leichtes Zittern, als sie ihr Glas hob und an die Lippen setzte, ein Zittern der Befangenheit, als sie den Blick hob und ihn über den Rand ansah.

Dan Lynch beugte sich ein wenig vor, beide Hände um das Whiskeyglas gelegt. »Sie war keine Schönheit, nicht? Maeve, meine ich. Ein unscheinbares Mädchen. Damals ging ich mit Carol Wilson, wißt ihr, Butch Wilsons Schwester. Du erinnerst dich an sie?«

Mein Vater erinnerte sich. Das war eine Schönheit.

Dan rümpfte ein wenig die Nase. Ihr Mund war ein bißchen zu breit. Und ein großes Licht vor dem Herrn war sie auch nicht gerade. Er warf mir einen Blick zu, als wollte er sagen, daß es da noch eine Geschichte zu erzählen gäbe, wenn er hier mit meinen Vater allein wäre. Ich vermutete, es wäre eine Geschichte geworden, die mein Vater schon kannte.

»Aber ein anständiger Kerl schien Maeve zu sein«, sagte Dan Lynch. »Daß sie verrückt war nach Billy, war unschwer zu erkennen. Ich weiß nicht, was Billy zu dem Zeitpunkt von ihr hielt, aber sie war auf jeden Fall hin und weg.«

In der Bar, wo das Publikum, genau wie die anderen Paare beim nachmittäglichen Tanztee, allmählich jünger wurde als sie beide, stieß er mit ihr an. Die Zeit verging. Langsam gab es unter seinen Verwandten und Freunden mehr Taufen als Hochzeiten; die seit dem Krieg geborenen Kinder, Nichten und Neffen und Cousins zweiten Grades, kamen jetzt in den Kindergarten, in die Schule, verblüfften ihn mit ihrem Gewicht, ihrer Sprache, ihren aufblühenden Leben. Er stieß mit ihr an, nippte an seinem Whiskey und fühlte den wäßrigen Schleier, der sich über seine Augen legte. Was mochte er von Maeve gehalten haben – nach dem irischen Mädchen, nachdem jene andere Zukunft, die hellste, die denkbar war, ihm in der Hand zerbrochen war? Hier war Sicherheit, hier war Entschädigung, hier war ein anderes Leben, eines, das die ganze Zeit auf ihn gewartet hatte, selbst damals schon, als er damit beschäftigt gewesen war, sich sein Leben mit Eva auszumalen. »Mit blassem Gesicht, mattem Haar und stillen Händen« – die Zeilen hätte er bei Yeats gefunden. »Eine schöne Freundin hatte ich / Und träumte, alte Begierden verschwänden / In der Liebe letztendlich –«

»Als sie endlich beschlossen zu heiraten, war das noch eine Überraschung für mich, das muß ich sagen. Ich hätte nie gedacht, daß die Dinge so weit gediehen waren. Billy hat mit keinem Wort erwähnt, daß er ans Heiraten dachte. Aber ich glaube, er war zu der Zeit vielleicht abergläubisch geworden. Ich glaube, er scheute davor zurück, anderen von seinen Plänen zu erzählen. Nach dem, was passiert war ...«

»Könnte sein«, meinte mein Vater.

Dan Lynch nickte und sagte: »Ich bin sicher, so war es.«

Oder spürte er, wenn er sich zu ihrem blassen Gesicht hinunterbeugte, in dem der Lippenstift von den trockenen Lippen fast verschwunden war, wie hier der Wille zu leben oder sich fortzupflanzen oder einfach nur der Wille, mit einem anderen vereint zu sein, aufs neue und ganz ungebeten in ihm aufstieg? Wie sich die vertraute Sehnsucht nach Frieden, nach Sinn, nach einem wie immer gearteten Glück regte, diesmal angesichts dieser sanften Frau. Da war sie wieder, die alte Sehnsucht, und lockte ihn weiterzugehen, Pläne zu machen, zu heiraten – und schwächte seinen Entschluß. Den Entschluß, seinen ursprünglichen Absichten treu zu bleiben.

»Billy sagte nur zu mir: ›Würdest du mein Trauzeuge sein?‹ Und ich antworte: ›Klar. Wer ist die Braut?‹« Dan Lynch lachte bei der Erinnerung. »Ich nehme an, er hätte dich gefragt, wenn Claire nicht in anderen Umständen gewesen wäre.«

Er sagte es mit gespielter Unschuld und schien sich dann zu freuen, als mein Vater meinte: »Das glaube ich nicht. Du warst der richtige Mann dafür.«

Dan nickte zustimmend. »Er hat mir den Ring gezeigt: nur eine einfache Perle, kein Diamant wie letztes Mal, was wieder sein Aberglauben war, wie ich vermute.« Er schaute in seinen Drink und zeigte dabei ein Doppelkinn. »Ich weiß noch, wie sie ihren alten Herrn stützte, als sie in der Kirche den Gang herunterkam.«

Mein Vater nickte lächelnd, zum Zeichen, daß auch er sich erinnerte.

»Für Billy hat sie dasselbe getan, als die Zeit gekommen war. Hat ihn gestützt, wenn er sich nicht mehr alleine halten konnte.«

»Darin war sie gut«, sagte mein Vater.

Dan Lynch dachte einen Moment lang nach. Eine kleine Bö nahm ein paar Regentropfen und warf sie gegen das Glas, wie ein hartnäckiger Verehrer Kieselsteine werfen mochte. »Ich war es, der Billy gewarnt hat, nicht zu den beiden in die Wohnung zu ziehen«, fuhr Dan leise fort. »Nachdem er und Maeve geheiratet hatten. Ich wußte, er hatte ein bißchen Geld gespart, durch die Arbeit bei Holtzman und so. Ich sagte: Kauf dir doch dein eigenes Haus und bring Maeve mit ihrem alten Herrn da unter, sonst wirst du immer ein Besucher bei ihnen bleiben. Wir saßen hinten an diesen kleinen Tischen, die Quinlan eine Zeitlang da aufgestellt hatte, die mit den kleinen Lampen mit den angekokelten Schirmen. Billy meinte, Quinlan hätte den ganzen Satz zusammen mit der neuen Bedienung irgendwo gebraucht aus einem Feuerschaden erstanden. June, so hieß sie, die Kellnerin. Ich bin ein paarmal mit ihr ausgegangen. Sie kam mir wirklich schon ein bißchen angebrannt vor.« Er blickte meinen Vater mit hochgezogenen Augenbrauen an, schüttelte erneut den Kopf: noch eine Geschichte, die für eine gemischte Gesellschaft nicht geeignet war. »Ich sagte zu Billy: Sieh es doch so, daß dir das irische Mädchen auf diese Weise etwas zurückgeben kann. Ihretwegen hast du die Arbeit bei

Holtzman angenommen, nun nutze das Geld, das du da verdient hast, für den Anfang mit Maeve. Ich weiß nicht, vielleicht war es falsch von mir, sie zu erwähnen. Das irische Mädchen, meine ich. Billy selbst hat das nie getan.« Er zuckte die Achseln. »Doch das ist es, was ich gesagt habe. Und Billy hat meinen Rat befolgt. Damals jedenfalls hat er meinen Rat befolgt.«

Holtzmans Geld diente also noch einmal als Anzahlung, diesmal für das Haus in Bayside. Ein schmales Haus aus fahlgelbem Backstein in einer Straße, die noch ein Dutzend andere seiner Art säumten, ein kleines Haus mit drei hohen Backsteinstufen, einem schmiedeeisernen Geländer und einer langen weißen Einfahrt, die in einen kleinen Garten mündete. Sie gaben Maeves altem Vater oben im ersten Stock sein eigenes Zimmer und stellten dort dasselbe Bett, dieselbe Kommode und denselben Nachttisch hinein, die er einst für seine junge Braut angeschafft hatte. Auch der alte schwarze Polizeifunkempfänger stand wieder auf der kleinen Spitzendecke, die den Nachttisch bedeckte, und grummelte und keifte die meiste Zeit über, die Maeve jeden Tag damit verbrachte, sauberzumachen und einzukaufen und mit den Nachbarn zu schwatzen, während Billy fünf Tage in der Woche bei Con Ed war und an den Donnerstagabenden sowie samstags bei Holtzman, wo er sogar in den zwei Wochen seines Sommerurlaubs arbeitete, weil er ohnehin nicht mehr hinausfahren wollte.

(»Komm doch mit Maeve einfach mal für ein Wochenende heraus«, pflegte Dennis zu sagen, wenn sie sich auf der Straße trafen, in der Lobby oder im Aufzug bei Edison, wenn Billy und Maeve zum Essen kamen oder Dennis und Claire zu sich eingeladen hatten. »Kommt mitten in der Woche«, bot Dennis ihnen an,

»nimm ein paar Tage von deinem Jahresurlaub. In den ersten zwei Juliwochen werden wir mit den Kindern dasein – kommt doch zu uns heraus, du und Maeve. Bringt ihren alten Herrn mit, wir werden schon Platz für ihn finden.«

Billy aber sagte stets nein und schüttelte den Kopf. »Vielen Dank, Dennis, aber nein«, sagte er dann leise. »Da will ich nicht mehr hin.« Überflüssig zu fragen, warum nicht.)

Dan Lynch sagte: »Soweit ich sehen konnte, war das wirkliche Haar in der Suppe ihr alter Herr. Er war schlicht und einfach ein Trinker. Und Billy hatte immer soviel Mitgefühl für ihn, und zwar von Anfang an, weil er doch seine Frau und ein Kind verloren hatte und das alles. Billy fand, das war Grund genug für den Mann, zur Flasche zu greifen. Grund genug dafür, daß niemand ihm seinen Whiskey verweigern durfte, auch wenn es ihn umbrachte.« Und an mich gerichtet: »Man sah Maeves altem Herrn auf den ersten Blick an, daß das Zeug ihn umbrachte.« Und an meinen Vater: »Weißt du noch, wie er aussah, in diesen alten Hausschuhen mit seiner fleckigen Haut? Diese Nase. Ab nachmittags um vier war er sternhagelvoll.« Er schüttelte den Kopf, erschauerte kurz. »Tag für Tag mußte Maeve sich um ihn kümmern. Nicht die beste Gesellschaft für ein frischverheiratetes Paar.«

Und doch konnte Maeves Alltag mit ihrem Vater in dem Haus in Bayside nicht viel anders gewesen sein als vor Billy in der Wohnung, da doch der Tag damals wie später in so großem Maße um den Hund kreiste: Ihr Vater kam morgens in die Küche, um den Hund hinauszulassen, hievte sich später aus dem Wohnzimmersessel und zwängte sich für den ersten Spaziergang des Tages mit ihm in die Kleider, gab dem Tier sein Leckerchen und stellte Zeitung und Bierdose beiseite, damit er Trixie oder Teddy oder Joker ausgiebig am Bauch kratzen oder untersuchen konnte, woran der Hund bei sich herumkratzte. Füllte um fünf Uhr den Napf mit Hundefutter und schnitt Hühnerleber und andere Innereien klein, um sie darüberzustreuen, während Maeve nach oben ging und sich für Billys Rückkehr ein anderes Kleid anzog und die Haare kämmte.

Wenn sie dann wieder herunterkam, saß der alte Mann in seinem Lehnstuhl im Wohnzimmer, und zu seinen Füßen leckte sich das Tier die Lefzen. Er sah zu ihr auf, bemerkte die Veränderung, den Lippenstift, den Hauch von Rouge. Sicherlich liebte er seine Tochter. Sicherlich hätte er, wäre er gefragt worden, gesagt, daß er sie glücklich wissen wollte. Doch er hatte auch selbst ein lebhaftes Interesse daran, an die Unwandelbarkeit von ersten Gefühlen, an die Beständigkeit von Versprechen an Verstorbene zu glauben. Gewiß hatte er mit sich zu kämpfen, bevor er (nicht gerade ein Vorbild an Selbstdisziplin) die Frage stellte: »Erwähnt Billy eigentlich jemals das andere Mädchen, das Mädchen aus Irland?« oder: »Wußtest du, daß sie rotes Haar hatte?«

Bei dem Blick in den Spiegel des kleinen Badezimmers mochte Maeve wohl manches Mal gedacht haben: Wozu die Mühe?

Bis sieben hatte ihr alter Herr häufig schon einen Sechserpack leergemacht oder sich mit mehr als einem Glas Scotch gestärkt, und Billy war vielleicht nach der Arbeit kurz bei Quinlan eingekehrt oder hatte in einem Lokal in Manhattan zu Mittag gegessen, aber trotzdem gab es, jedenfalls zu Anfang noch, allabendlich das Ritual der Cocktailstunde, bevor Maeve die Koteletts, die Schnitzel oder den Auflauf servierte, und die drei hoben die Gläser: Prost, zum Wohl, bevor sie Platz nahmen –

im Winter in der Küche, im Sommer am spitzengedeckten Eßzimmertisch. Der Drink trug sie einem weiteren Ende eines weiteren Tages entgegen, und Billy bestritt die Unterhaltung fast allein, weil er derjenige war, der draußen in der Welt gewesen war, gearbeitet und Anekdoten oder Witze gesammelt hatte und in den dunklen und funkelnden Bars, wo er seiner Muße frönte, alten Freunden über den Weg gelaufen war. Hätte man Maeve und ihrem Vater dabei zugesehen, wie sie ihm zusahen, hätte man nur schwer sagen können, was ihnen am meisten Vergnügen bereitete: Billy selbst, der seinen ganzen Charme nur auf die beiden konzentrierte, oder ihre Befriedigung darüber, daß einer von ihnen es geschafft hatte, dem anderen dieses unterhaltsame Schauspiel zu bescheren. Hätte man Billy zugesehen, wie er am Kopf der Tafel vor seiner kleinen Familie saß, ununterbrochen redete und sie zum Lachen brachte, man hätte es schwer gehabt, die Enttäuschung zu ahnen, die tief in seinem Herzen nicht weichen wollte – die Enttäuschung und die Ungläubigkeit darüber, daß die Treue, die er einer ungekannten Zukunft geschworen hatte, so einfach und mühelos verraten worden sein sollte. »Eines Tages sah sie in mein Herz / Und sah dein Bild in seinen Wänden. / Sie verließ mich voll Schmerz.«

Um zehn Uhr gingen die Männer spazieren – der Alte mit einer Dose Bier oder auch zweien in den weiten Taschen seines Mantels, begleitet von Billy, der frischen Luft wegen, der dann, wenn die Beine des alten Mannes nicht mehr wollten, allein weiterging, eine kalte Dose Bier in der hohlen Hand verborgen.

Wenn sie zusammen durch das Viertel gingen, konnten Billy und sein Schwiegervater kaum Interesse für die Lichter hinter den Fenstern anderer Wohnzimmer aufgebracht haben, für den Klang anderer Stimmen, das

Geschrei eines Streits, das Schluchzen eines Kindes, weil sich ihre Gespräche bald nur noch um die Vergangenheit drehten: eine Zeit im Leben des alten Mannes, als er noch ein robuster, rothaariger junger Polizist gewesen war, der Vater von zwei kleinen Mädchen, zu einer Zeit, da die Stadt noch das war, was sie einst gewesen, und die Frau seines Lebens die Welt noch nicht verlassen hatte. Billy steuerte seine eigenen Erinnerungen an das bei, was einst gewesen, nun aber nicht mehr war. Billy fühlte mit ihm und sagte das auch.

Der körperliche Verfall ihres Vaters, die Durchblutungsstörungen, das Wasser in den Beinen, die Stürze mit den dazugehörigen Gehirnerschütterungen und Verrenkungen, die eingefallene Lunge, die geplatzten Äderchen mußten Maeves Bedarf an Sorgen mehr als gedeckt haben; sie konsultierte mittlerweile Ärzte, wie sie früher zu den Nonnen gegangen war, die dann den Priester ansprachen; jetzt mußten die Ärzte schimpfen und ihn ermahnen wie dereinst der Priester. Mit seinem roten Haar und der hellen Haut trug Maeves Vater die Zeichen seiner Ausschweifungen deutlich, ja demonstrativ, genau so, wie mein Vater gerade zu Dan Lynch sagte, wie er ja auch sein Herz auf der Zunge trug.

Billy aber nannte ihn Mr. Kehoe und nahm es auf sich, ihn Nacht für Nacht die Treppe hoch und in sein Bett zu schaffen. Maeve hörte ihnen dann von ihrem gemeinsamen Schlafzimmer mit den Farbdrucken der Heiligen Mutter Gottes und der steifgliedrigen Babypuppe aus zu, dieser Puppe, die entweder ein Zeichen für ihr hartnäckiges Festhalten am Kindsein darstellte oder ein Trostpflaster für ihre Unfähigkeit, Kinder zu bekommen, ein beruhigender Blick in die Vergangenheit oder eine Entschädigung für das, was die Zukunft ihr vorenthielt. Vor ihr auf der Kommode stand das Hochzeitsfoto, das nur Minuten, nachdem sie sich gegenseitig die Treue gelobt hatten, entstanden war: Das wird so bleiben, wie es ist. Und während sie noch lauschte, ging Billy wieder nach unten, um sich noch einen einzuschenken, nahm den Telefonhörer von der Wand oder nahm, während Maeve immer noch lauschte, seine Autoschlüssel und ging zur Tür hinaus.

Das Trinken – drüben bei Quinlan an der Bar, auf den Spaziergängen mit ihrem Vater, unten in der Küche, wenn sie zu Bett gegangen war – mußte für sie ebenso ein Teil von Billys Persönlichkeit geworden sein wie sein langsames Lächeln, die Unmenge von Verwandten und Freunden, die Briefe und Postkarten, die unter seiner Hand scheinbar aus dem Nichts auftauchten, aus seinen Fingern flossen wie ein fast unwillkürlicher Taschenspielertrick. So war Billy eben: dieses Bedürfnis, in Verbindung zu bleiben, weiter zu reden, seinen Namen gerufen zu hören, wenn er die gutgefüllte Bar betrat, auf die Schulter geklopft zu werden, Schön dich zu sehen, setz dich doch. Der Drink, die Wärme auf den Wangen, ein wäßriger Schleier, der alles nur deutlicher hervortreten ließ: das Schimmern der Theke, die Lichter im Spiegel, das Funkeln einer Flasche, silberbehaubt, bernsteingefüllt, wenn sie unter den Reihen um Reihen von glänzenden silberhaubigen Flaschen herausgegriffen wurde und der Barkeeper nachschenkte. Der bezeichnende Nachgeschmack hinten in seiner Kehle, der nur bedeuten konnte, daß dem ersten Drink ein weiterer folgen mußte, während das Gespräch und das Gelächter eine Wendung nach der anderen nahmen, eine Spirale, die hinabführte, nicht in das Herz seiner Einsamkeit – denn sie würde er nicht mehr erwähnen, nun da er ein verheirateter Mann war; so loyal war er immerhin –, sondern in die Welt, in der es diese Einsamkeit gab, eine Welt, in der Veränderung und Grausamkeit, Trennung und Verlust, Mitleid und Trauer sich gegen das Vergessen oder Verzeihen behaupteten, eine Welt, die so gesehen wurde, wie sie gesehen werden sollte, durch einen Schleier von Tränen, ob man Onkel Daniels Leben oder Bridies Probleme unter die Lupe nahm oder die Einsamkeit seiner Mutter und den Kummer seines Schwiegervaters, ob man sich enttäuschter Hoffnung und allzu früh Verstorbenen widmete (im Laufe der Jahre: ein junger Präsident, die kleinen Söhne von Cousins oder Cousinen oder von Nachbarn und Freunden, kleine Kinder, die gleich hier nebenan in Kew Gardens in ihren Bettchen gestorben waren). Eine Welt, in der man über Liebe sprechen konnte (was noch schwieriger war), indem man eine Hand auf die Schulter legte, einen neuen Drink auf die Theke stellte, gut dich zu sehen, durch die aufsteigenden Tränen, echt jetzt, ach Billy, es ist immer gut, dich zu sehen. Dunkel war diese Welt, funkelnd, durchsetzt mit Augenblicken, in denen das, was er hörte, roch, und sah, was er hinten in seiner Kehle schmeckte, ihn für einen Moment, und sei er noch so kurz, in eine Sommernacht vor langer Zeit zurückversetzte, als er jung war und das Leben eine einzige Verheißung, und als sie da war, der er sich zuwenden, die er mit den Augen trinken konnte. Und dies war auch die Welt, in der sein Glauben ihm begegnet und Wirklichkeit geworden war, nicht länger als bloße Verheißung oder Möglichkeit, sondern als etwas Unausweichliches und Wahres. Genau wie ihn die über die Stadt verstreuten Kathedralen, Kirchen und Synagogen einst ins Staunen versetzt und gestärkt hatten, erinnerten ihn jetzt die diversen Bars, bei denen er nach dem Mittagessen, nach der Arbeit, zwischen Kundenbesuchen für Con Ed und an den meisten Abenden vorbeischaute, wenn sich der Tag dem Ende zuneigte, daran, daß das, wonach er suchte, wonach er sich sehnte, allgemeingültig und von Bestand war. Quinlans Bar war die beste, sicher, doch jede Bar, die er betrat, bot dasselbe vertraute Licht, denselben Geruch, die gleiche Gesellschaft, dieselben Gespräche. Und in allen wurde die Kraft seines Glaubens und seiner Kirche – eine Kraft, die er nüchtern nur kurz aufscheinen sah, vielleicht für eine Sekunde oder zwei nach der Kommunion, wenn er mit gesenktem Kopf niederkniete, oder für jenen kurzen Moment, wenn er den schweren Vorhang zur Seite schob und in den dunklen Beichtstuhl trat oder wenn bei der Segnung die ersten duftenden Weihrauchwolken emporstiegen –, klar und beständig und so vollständig wahr wie die lebhaft erinnerte Vergangenheit oder die noch nicht geschaute, jedoch unausweichliche Zukunft. Eine wahre Erlösung – das war eines seiner Lieblingsworte, wenn er ein paar intus hatte, eines seiner Lieblingsthemen, wie Dan Lynch und mein Vater übereinstimmend feststellten –, eine Erlösung, die nicht nur eine hübsche, um einen guten Menschen gewachsene Geschichte war, sondern eine Tatsache, die bis in die tiefsten Fasern des Tages oder des Augenblicks eindrang und sie veränderte. Wenn Billy betrunken war und die Augen zum Himmel hob, war dort der Himmel. (Dan Lynch hatte ihn selbst in Billys Augen gesehen, wie er noch einmal sagte, vor vielen Jahren, am 15. August, an Mariä Himmelfahrt, als sie es gerade noch zur Messe geschafft hatten.) Der Himmel war da, und er war zutiefst notwendig wie vernünftig: die einzig mögliche Versöhnung mit dem Leben, das er tagsüber führen mußte, mit der einst empfundenen Gewißheit eines höheren Sinns im Leben selbst. Die einzige Erlösung, die einzige Entschädigung für die Enttäuschung,

Grausamkeit und Pein, mit denen die Lebenden sich quälten, für die Liebe selbst, denn wenn er seine Augen zum Himmel erhob, dann war dort der Himmel und Eva darin.

Während sie auf ihn wartete, betete Maeve einen Rosenkranz und dachte an den Song von Bing Crosby, wobei sie statt der Schafe die Dinge zählte, mit denen sie gesegnet war: Geld war kein Problem und das Haus mit Garten mehr, als sie sich je erträumt hatte; er hatte noch nie einen Arbeitstag versäumt, weder bei Holtzman noch bei Con Ed, und selbst wenn er tief ins Glas geschaut hatte, hob er nie die Hand gegen sie (jedenfalls galt das über viele Jahre); er wurde kaum einmal laut, und wenn sie ausgingen, reichte er ihr stets seinen Arm. Er war gut zu ihrem Vater. Er sah gut aus. Und auch wenn es spät wurde und er es nicht mehr allein die Treppe hochschaffte, auch wenn sie Dennis anrufen mußte, damit der ihr half, ihn vom Rasen vor dem Haus oder vom Fußboden aufzulesen, kam er doch immer jede Nacht irgendwann heim, wobei er es – als wäre es so geplant – stets fertigbrachte, so lange bei Bewußtsein zu bleiben, bis er den Wagen zumindest in der Nähe der Einfahrt oder des Bordsteins zum Stehen gebracht hatte.

Sie konnte seine Beine fassen, wenn Dennis ihn nur unter den Achseln nahm. Sie konnte sich zwischen seine Knie stellen, seine Unterschenkel fest in ihre Armbeuge geklemmt, mit den Hüften alles das an Gewicht tragen, was ihre Unterarme nicht halten konnten, und ihn so die Treppe hinaufbugsieren. Am heikelsten war dabei der Absatz, und mehr als einmal war der kleine runde Tisch mit den Hummelfiguren umgestürzt (worauf mein Vater, wenn er die Treppe wieder hinunterging, regelmäßig grummelte: »Könntest du nicht einen anderen Platz dafür finden, Maeve?« und meiner Mutter am nächsten Morgen, wie es Dan Lynch jetzt berichtete, von »ihren verdammten Figürchen« erzählte). Wenn sie ihn dann endlich im Bett hatte, atmete sie schwer, und ihre Waden waren grün und blau, wo seine Fersen sie erwischt hatten, ihre Arme kraftlos und rotgerieben von dem rauhen Gabardine seiner Hosenbeine. Sie zogen ihn dann gemeinsam aus, so gut sie konnten, wobei Maeve die Geschicktere war, hatte sie doch schon so lange für ihren alten Vater sorgen müssen. Dennis vermutete manchmal, daß Billys entschiedene Bewußtlosigkeit willentlich, ja sogar geplant herbeigeführt war: eine Tür, die er gesucht hatte, durch die er gegangen war, um sie fest hinter sich zuzuziehen.

Sein Körper blieb schlank mit denselben langen schlanken Beinen, derselben unbehaarten Brust und blassen Haut, die kreidebleich war bis auf die rohen Stellen mit der Schuppenflechte und die fast theatralisch roten Backen, so daß er in dem Moment, bevor Maeve die Decke über ihn schlug, wie ein gebrochener Märtyrer aussah, ein gemarterter Heiliger auf dem Weg in den Himmel. Der leibhaftige Billy Lynch hier unter ihrem eigenen Dach.

Anschließend ging sie ruhig nach unten und setzte das Wasser auf. Ein kleines Stück Kuchen dazu, Dennis? Der sich mit ihr unten in der kleinen Küche bis spät in die Nacht hinsetzte, um ihr Gesellschaft zu leisten, mit ihr über Therapien zu reden (AA, eine Entzugsklinik, eine Pille, von der er gelesen hatte, daß sie es unmöglich machte, Alkohol bei sich zu behalten) und sich von der heißen Flüssigkeit den Schmerz in der Kehle lindern zu lassen, der ihm sagte, daß Billy genau wie ihr alter Vater entschlossen war, vor ihnen zu sterben. Und daß Maeve entschlossen war, sich an jedes noch so traurige Leben zu klammern, solange Billy ein Teil davon war. Der Anschein von Nüchternheit allein war gut genug für sie. Gut genug.

»Von Anfang an«, fuhr Dan Lynch fort, »hat Billy nicht an diesen AA-Kram geglaubt, nicht einmal für den alten Mann. Er hielt nichts davon, aufzustehen und zu bekennen, daß jeder von ihnen, jeder Trinker, genauso ist wie alle anderen. Er hielt auch nichts von diesen Versuchen, die Leute kaltzustellen, damit sie aufhörten. ›Billy muß ganz unten angekommen sein, bevor er aufhört‹, hat Ted Lynch zu mir gesagt.« Er schüttelte den Kopf. »Herrje«, sagte er leise, »was für eine nette Einstellung. Seht euch dagegen an, was Billy getan hat: Billy hat mit dem alten Mann zusammengesessen, hat ihm seine Drinks eingeschenkt und sich seine Leidensgeschichte angehört, weil er wußte, daß es das war, was der alte Mann brauchte. Er hat Mitgefühl gezeigt.« Dan hielt inne und starrte mit zusammengekniffenen Augen in seinen Whiskey. »Ich wünschte nur, wir wären so klug gewesen, für Billy das gleiche zu tun«, sagte er. »Vielleicht wäre er dann nicht auf offener Straße verreckt, so wie jetzt.«

Mein Vater entgegnete: »Er ist nicht auf der Straße verreckt. Billy ist im Krankenhaus gestorben.«

»Dann ist er eben auf der Straße gefunden worden«, sagte Dan Lynch, doch es war klar, daß es immer, wenn er die Geschichte in Zukunft erzählen sollte, beim Tod auf der Straße bleiben würde. »Auf der Straße hat man ihn gefunden, wie einen Penner, statt daß er im eigenen Bett gestorben wäre, wie Maeves Vater, weil Billy so klug war, ihm seinen Whiskey zu Hause zu geben und ihn reden zu lassen.« Dan schaute in seinen Drink. »Eines sag ich dir, Dennis: Ich sitze heute abend hier und fühle mich schuldig. Ich denke, wir hätten für Billy das gleiche tun sollen. Wir hätten diese ganzen Versuche vergessen sollen, ihn mit irgendwelchen Tricks nüchtern zu halten, ihn zum Aufhören zwingen zu wollen. Du, wie du ihm gesagt hast, er könne dich nicht besuchen, um die Kinder zu sehen, und ich, wie ich Quinlan überredet habe, ihn nicht mehr zu bedienen. Herrgott, war das eine Demütigung für den armen Kerl. Und dann Ted, wie er ihm seine Kumpel von den AA auf den Hals gehetzt hat wie die SA. Kein Trinker ist so schlimm wie ein ehemaliger Trinker, hat Billy gesagt. Sicher, er hat es als Witz gemeint, aber sie haben ihn mit ihrem hastigen Gequalme und dem gläsernen Blick von all dem Kaffee, den sie bei diesen Treffen in sich hineingekippt haben, verrückt gemacht. Regelrecht verfolgt haben sie ihn. Und dieser Pater Jim – der doch selber ein Alkoholproblem hatte –, der ihn nach Irland geschleift hat. Und seine Schwestern mit ihren warnend erhobenen Zeigefingern, im Chor mit ihren beiden Männern, und das obwohl du mir nicht erzählen kannst, Peter Sullivan säße nicht im selben Boot. Und Maeve mit ihren Novenen für ihn. Was haben wir uns dabei gedacht?« Er sah zu meinem Vater auf. »Wir hätten ihn hier hinsetzen« – er deutete auf den leeren Platz neben sich auf der Couch –, »ihm seinen Whiskey einschenken und ihn reden lassen sollen. Er trug einen Schmerz in sich, den nur Alkohol lindern konnte. Wie kamen wir dazu, ihm vorschreiben zu wollen, daß er mit dem Trinken aufhören und mit dem Schmerz leben sollte?«

Mein Vater streckte seine offene Hand aus, eine Geste, aus der für mich die zeitlebens typischste Erfahrung mit ihm sprach: sein steter Appell an die Vernunft. »Das ist es nicht, Dan, was wir ihm gesagt haben.«

»Im Grunde schon«, erwiderte Dan. Ein Dickkopf.

»Nein, das stimmt nicht«, sagte mein Vater. »Er hätte

noch zwanzig Jahre leben können, wenn wir ihn zum Aufhören hätten bewegen können.«

»Vielleicht hätte er das gar nicht gewollt«, versetzte Dan Lynch.

Wieder schwiegen sie, blickten jeweils in die entgegengesetzte Ecke des Raumes, wägten wieder ab, was sie sagen wollten. Ich spürte, beide wußten, daß dies eine Auseinandersetzung war, die keiner von ihnen fortsetzen oder gar gewinnen konnte. Dan Lynch würde letztlich nicht beweisen wollen, daß sie stets (zum Nachschenken bereit) neben Billy hätten stehen sollen, während er sich zu Tode soff. Mein Vater würde nicht hören wollen, wie Dan Lynch zugab, daß Billy – ihr Billy mit seinen Briefen und Witzen, seiner Treue und dem gebrochenen Herzen – nach Schema F von seinem Elend hätte erlöst werden können, indem man einfach eine Formel auf ihn angewandt hätte, die für jeden gelten sollte. Ich ließ die Eiswürfel in Billys Drink kreisen. Lassen wir dem Mann wenigstens das.

Dan Lynch sagte: »Weißt du, Billy hat sie nie wieder erwähnt, nachdem er Maeve geheiratet hatte.« Er zog eine Augenbraue hoch. »Jedenfalls nicht mir gegenüber. An all den Abenden, an denen wir uns getroffen und einen oder zwei zusammen getrunken haben, bevor es schlimm mit ihm wurde, weißt du, hat er nie ein Wort über dieses Mädchen gesagt. Und das, obwohl er ständig über sie geredet hat, bevor er Maeve kennenlernte.«

Aber mein Vater nippte an seinem Drink, ohne ihm beizupflichten.

Dan Lynch setzte sich abrupt auf. »Seine Schwestern haben mich heute gefragt, ob Maeve von ihr wußte, von dem irischen Mädchen? Ich habe gesagt, sicher wüßte ich das auch nicht.« Er schien ein wenig verlegen, als ob er sich nur ungern von seiner Autorität in diesen Fragen trennte – schließlich war er der Trauzeuge gewesen. »Ich hab gesagt, etwas wird sie schon gewußt haben.«

Mein Vater zuckte mit den Schultern. »Ihr alter Herr hat Maeve von ihr erzählt. Billy hatte ihm ganz am Anfang davon erzählt.«

»Viel?« fragte Dan, immer noch mit einer hochgezogenen Augenbraue. Mit dem schräggelegten kahlen Kopf und dem breiten Whiskeyglas in seiner Faust sah er aus wie ein Preisboxer in einem Comic.

»Soviel es da zu wissen gab, nehme ich an«, antwortete mein Vater.

»Das wird sie nicht gern gehört haben.«

Mein Vater lächelte. »Vergiß nicht, daß Claire auch schon einmal verlobt gewesen war. Mit einem dieser Burschen, die vielleicht nicht nach Hause gekommen wären, wenn wir die Bombe nicht geworfen hätten. Ich kann nicht behaupten, es hätte einen von uns je gestört.«

»Aber Billy hat sich nicht von dem Mädchen getrennt. Sie ist ihm genommen worden«, sagte Dan. »Das müßte für eine Frau doch einen großen Unterschied machen.«

Achselzuckend hob mein Vater sein Glas. Einen Moment fragte ich mich, ob er sagen würde: Eva ist gar nicht gestorben. Ob er das Licht in Dan Lynchs kleiner Wohnung aufdrehen und alles in Ironie tauchen würde: Es war eine Lüge, sonst nichts. Wenn du nach Sinn suchst, Dan, wirst du ihn hier nicht finden. Statt dessen sagte er: »Dan, das ist doch ein alter Hut. Billy hat Maeve Tag für Tag genug Stoff zum Nachdenken geliefert. Sie brauchte nicht so weit zurückzugehen, wenn sie etwas finden wollte, worüber sie sich den Kopf zerbrechen konnte.«

Wieder schwiegen sie, und ihre Gläser waren fast leer. Ich nahm einen Schluck von meinem Whiskey und lauschte dem Regen, einer Sirene von irgendwo weit weg, ein paar lauten Worten in Spanisch und Farsi unten auf der Straße. Die beiden Männer schauten in ihre Drinks, ignorierten alles um sie herum und konzentrierten sich, so schien mir – konzentrierten sich darauf, etwas herbeizubeschwören, von dem sie beide wußten, daß es ein flüchtiger Momenteindruck sein würde, etwas, von dem sie nur einen kurzen Blick würden erhaschen können, wenn sie es überhaupt zu sehen bekamen. Ein Gefühl von Sinnhaftigkeit. Oder eine Version der Geschichte, die einen Sinn ahnen ließ.

»Waren sie glücklich?« fragte Dan schließlich. »Billy und Maeve, meinst du, sie waren glücklich? Sind sie sich jemals nahe gewesen?« Dabei sah er keinem von uns in die Augen, so als wäre ihm die Frage peinlich.

»Sie hat ihn ertragen«, sagte mein Vater, wissend, daß das keine Antwort war.

»Es war ihre Entscheidung«, sagte Dan Lynch. Nun hob er den Kopf. »Sie hat ihn gewählt, und soweit ich sehen kann, war er genau der Richtige für sie. Die zweite Ausgabe ihres alten Herrn. Jemand, den sie steuern konnte, stützen mußte. Ein Alkoholiker mit einem Schatten auf seinem Herzen. Wie ich es sehe, ein Alkoholiker wegen des Schattens auf seinem Herzen.« Er schüttelte den Kopf, kniff die Augen zusammen, starrte in das Halbdunkel des Raumes. »Ich will ihr natürlich ihre Tränen lassen, aber ich frage mich schon, ob sie gewußt hätte, was sie mit einem Mann anfangen soll, der nicht trinkt – mit der ganzen Macht der Gefühle eines maßvollen Mannes, der nie eine andere geliebt hatte.«

Jetzt war mein Vater an der Reihe, den Blick zu senken. »Wer weiß das schon?« sagte er.

»Ich glaube, nein.« Mit einem entschiedenen Nicken lehnte Dan Lynch sich zurück. »Ich glaube nicht, daß sie damit klargekommen wäre, Dennis. Ich glaube nicht, daß Maeve in ihm jemanden gehabt hätte, der sich so leicht steuern ließ, wenn dieses Mädchen nicht zuerst gewesen wäre, diese Eva. Nach ihrem Tod war er nur noch ein halber Mensch, und es kann sein, daß es genau das war, was ihn für Maeve goldrichtig machte. Sicher«, er hob die Hand, die auf seinem Schenkel gelegen hatte, und ließ sie wieder fallen, »sicher, sie hat ihn all die Jahre ertragen, doch in anderer Hinsicht hat Billy sehr wenig von ihr verlangt. Ich bin sicher, daß er sehr wenig von ihr verlangt hat.« Er schoß mir einen schnellen Blick zu, anscheinend in dem Versuch, sich zu erinnern, ob ich achtundzwanzig war oder zwölf. »Sie hatten keine Kinder«, sagte er dann. Er brachte es fast unhörbar heraus, als ob die Tatsache ein Geheimnis gewesen wäre. »Und Billy liebte Kinder.«

Mein Vater schüttelte ungeduldig den Kopf. Er wirkte verärgert. Mag sein, daß es seine natürliche Abneigung dagegen war, über irgend etwas mit Dan Lynch vollkommen einer Meinung zu sein. Mag sein, daß er nur widerwillig dazu bereit war, die Möglichkeit in Betracht zu ziehen, daß die Lüge, die er Billy vor all diesen Jahren erzählt hatte, nicht nur die Ursache von dreißig Jahren sinnlosen Kummers gewesen war, sondern genau das, was Billys Leben mit Maeve möglich – und fruchtlos – gemacht hatte.

»Billy hat zuviel gewollt«, sagte mein Vater endlich. Er beugte sich vor, um sein Glas auf dem Couchtisch abzustellen, auf der Ausgabe des *St. Anthony Messenger*. Das war sowohl seine Art, die Unterhaltung für beendet zu erklären, als auch ein Zeichen, daß er bald gehen wollte. »Er hatte merkwürdige Ansichten über die Welt, Danny, das weißt du doch. Darüber, wie es in der Welt zugehen sollte. Bei den meisten anderen Leuten hättest du sie nicht hingenommen. Du hättest gesagt: ›Also wirklich, ich bitte dich.‹«

Er stand auf. Auch ich stand auf, Billys Drink noch in der Hand. Seine Stimme verriet, daß er mit seiner Geduld am Ende war. Sie sagte: »Betrachten wir die Sache doch einmal ganz genau.

Maeve hat denselben Fehler gemacht wie wir alle, Dan. Sie hat ihn nicht nur erduldet, sie hat auch gehofft, er würde mit all seinen verqueren Vorstellungen recht haben. Sie hat gehofft, die Welt würde sich irgendwie als genau so erweisen, wie sie seiner Ansicht nach war. Sie hat gehofft, er würde am Ende irgendwie recht behalten mit seinem ewigen Festhalten an der Vergangenheit. Mit seiner Treue zu den Toten. Auch wenn das bedeutete, daß sie kein eigenes Leben haben würde.« Er wischte mit der offenen Hand durch die Luft.

»Billy brauchte niemanden, der ihm die Drinks einschenkte, er brauchte jemanden, der ihm hätte klarmachen können, daß man das Leben nicht mit Poesie verwechseln darf. Und auch nicht mit Gebeten. Jemanden, der ihm das sagte und ihn davon überzeugte. Und dazu waren wir alle nicht in der Lage, Danny, weil jeder von uns dachte, solange Billy das glaubte, solange er sich an den Glauben daran klammerte, könnte es vielleicht doch noch wahr sein. Herrgott noch mal, Danny«, sagte er und brach dann ab. In der darauffolgenden Stille war ich sicher, daß er sagen würde: *Es war eine Lüge.* Es war eine Lüge, und Billy hat es gewußt.

Dan Lynch saß in seinem Sessel, das leere Glas auf seinem karierten Knie, um sich seine Stapel von Büchern und Zeitungen und die Möbelstücke, die noch seiner Mutter gehört hatten. Er sah meinen Vater mit geschlossenem Mund an und warf ihm einen erstaunten, vielleicht auch ein wenig gekränkten Blick zu, in dem freilich auch bereits die Vergebung für den Ausbruch lag, weil es, wißt ihr (würde er ihnen später in Quinlans Bar erzählen), hart für Dennis gewesen war, Billy identifizieren zu müssen und alles, und es insgesamt eine schwere Woche gewesen war.

Mein Vater würde Dan Lynch nicht die Wahrheit sagen. Ich erkannte schon mit einem Blick von einem zum anderen, daß er Dan Lynch niemals die Wahrheit sagen würde. Denn schließlich war das noch eine süße Romanze, die es zu erhalten galt.

»Herrgott«, sagte mein Vater noch einmal, diesmal aber leise und mit der alten, verblassenden Verärgerung im Gesicht. »Manchmal ist Schweigen Gold. Weißt du, was ich meine?«

Dan nickte, sichtlich enttäuscht, daß ihm das Gespräch so plötzlich unter den Füßen weggezogen worden war (ich hatte den Eindruck, daß er am liebsten die ganze Nacht hindurch geredet hätte), doch bereits im Begriff, meinem Vater zu vergeben.

»Sicher«, sagte er. »Für heute wollen wir die Sache auf sich beruhen lassen. Billy wird schon ganz heiße Ohren haben.«

Mein Vater lächelte. »Tot, aber nicht vergessen«, sagte er.

Er hatte das Büro in Flushing mitten am Vormittag verlassen und war durch den Regen zum Veteranenkrankenhaus gefahren, wo das Mädchen an der Information gesagt hatte: »Gern geschehen, Officer«, nachdem sie ihm den Weg zum Leichenschauhaus beschrieben hatte. »Einen schönen Tag noch, Detective«, hatte sie ihm hinterhergerufen, als er ging (und der Schrecken endlich vorüber war). Sie habe dabei gelächelt, sagte er, etwas spitz allerdings. Eine junge Frau, Hispanoamerikanerin, vielleicht aus Puerto Rico. Sicher hatte sie einen Freund, der auf Rikers Island einsaß.

An jenem Vormittag hatte der Regen Maeves Viertel völlig durchtränkt, und die Dachziegel und Schindeln waren bestimmt ein paar Grade dunkler als bei trockenem Wetter. Silberne Pfützen standen in jedem Schlagloch. Vor dem bröckelnden Bordstein strömte ein kleinerer Fluß. Zwischen den Doppelfenstern hingen hier und da Osterhasen aus Pappe und Ostereier und zeigten so an, wo Kinder wohnten oder zu Besuch kamen. Dorothy, die Frau von nebenan, war schon herübergekommen; Maeve telefonierte gerade, und eines von Billys weißen Hemden war schon durchgewaschen und hing tropfend in der Küche an einem Bügel über der

Spüle. Sie hatte bereits die Nummer des Leichenbestatters notiert, ebenso die des Pfarrhauses. Sie hatte genug Nächte gehabt, nahm er an, in denen sie für den Fall, daß das Schlimmste eintreten sollte, jeden Schritt durchgehen konnte, so daß es jetzt, da es dazu gekommen war, für Maeve zur selbstverständlichen Routine geworden war.

»Sie hat es gewußt«, flüsterte Dorothy, als ob es dazu bei Billys Zustand hellseherischer Fähigkeiten bedurft hätte.

An Maeves Küchentisch sitzend, erstellte Dennis auf der Rückseite eines leeren Fensterumschlags eine Liste der Freunde und Verwandten, die er selbst anrufen würde, und schrieb sie dann noch einmal ab, damit Maeve wissen würde, um wen sie sich nicht mehr kümmern mußte. Er rief vom Apparat in der Küche Kate und Rosemary an, danach ein halbes Dutzend Lynchs. Er brachte Billys besten blauen Anzug in die Reinigung an der Ecke. Und dann war anscheinend fürs erste nichts mehr zu tun, als zur Arbeit zurückzufahren.

Eigentlich war Billy an Schock gestorben, nicht an Leberzirrhose, obwohl die Zirrhose durchaus weit fortgeschritten war. Wie Dennis es verstand, rührte der Schock daher, daß sein Magen sich mit Blut gefüllt hatte. Man hatte ihn in Flushing gefunden, wo er ein paar Meter abseits der Main Street auf der Straße zusammengebrochen war. Er war aus einer schäbigen Schnapsbude gekommen, und als sie ihn fanden, hielt er die Autoschlüssel in der Hand – *immer noch*, obwohl seine Brieftasche verschwunden war. Ein Streifenwagen hatte ihn gefunden (wir gehen schon, Officer), noch nicht tot, doch schon im Sterben. Drei Stunden nach seiner Einlieferung in die Notfallambulanz war er tot; eine der Krankenschwestern erkannte ihn schließlich wieder und wußte seinen Namen. Das ist nicht Billy – Dennis' erster Gedanke, als er ihn sah. Ein Farbiger, Gott sei Dank.

Als er von Maeves Haus wegfuhr, genehmigte er sich einen kurzen Schlenker zu Bridies Haus, das fast auf dem Weg lag. Oben auf der schmalen Stufe am Eingang stehend, sah er, wie sich der Vorhang am Türfenster bewegte, und mußte schreien, um durch das Holz der Haustür gehört zu werden. Bridie war einkaufen gegangen – es war die Frau, die manchmal auf Jim aufpaßte, und sie hatte strikte Anweisungen, niemanden hereinzulassen. Er sagte, sie solle Bridie ausrichten, daß er sie später anrufen würde, denn er wollte nicht draußen im Regen stehen und die Nachricht schreiend verkünden. Aber als er dann anrief, konnte Bridie bereits sagen: »Ach Dennis, ich hab es schon gehört. Ich habe Maeve angerufen. Mein Gefühl sagte mir, daß du deshalb vorbeigekommen warst.« Während er in Wahrheit vor allem deshalb vorbeigefahren war, um den Schock auf Bridies Gesicht zu sehen, die Ungläubigkeit, wenn er ihr sagte, daß Billy gestorben war. Während er über Billy gebeugt in dem kalten Raum gestanden hatte (und sich der fette Farbige, den sie ihm gezeigt hatten, ziemlich bald – durch die vertraute Linie des Haaransatzes, die Form eines Ohres, die glatten Lippen – in Billy verwandelte), hatte er gespürt, wie sich seine Hände zu Fäusten ballten, hatte sich zu dem jungen Mann umgewandt, der dort Aufsicht hatte, und zornig gesagt: »Schreit das nicht zum Himmel?« Aber was konnte der arme Mann schon antworten? Sicher sah er diese Dinge jeden Tag, die leeren Hüllen von Leben aller Art, die hinausgekarrt und weggebracht wurden. Einzelheiten – wie er hieß, wie er gestorben war, daß die Schuppenflechte, die sein bloßes Bein bestäubte, Dennis an getrocknetes Meersalz erinnerte, das er einstmals vor langen Jahren an der gleichen

Stelle bemerkt hatte – waren nun ohne Bedeutung und kaum noch von Interesse. Was konnte der arme Mann sagen? Dennis war in der Hoffnung zu Bridies Haus gefahren, in ihren Augen die Bestätigung, den von keiner Vorahnung gemilderten Schock darüber zu sehen, daß es Billy war, von dem sie sprachen, Billy, der auf der Straße zusammengebrochen war (man konnte den Abdruck des Bürgersteigs auf seiner dunklen Wange erkennen: eine dieser schottergesprenkelten Abschürfungen, die Dennis zuletzt auf den Knien seiner Kinder gesehen hatte), dessen Leben auf diese Weise ein Ende gefunden hatte. Billy Lynch, Guugenheimer. Unser Billy, der auf diese schreckliche und widersinnige Weise von uns gegangen war.

Dennis mußte noch bei St. Alban vorbeischauen, einer Baptistenkirche mit einer ganzen Kette von Adjektiven vor dem Namen: Erste Äthiopische Afro-asiatische soundso soundso Pfingstkirche – sie war so exklusiv, daß man unwillkürlich damit rechnete, die Tür zur Kapelle sei nicht größer als ein Nadelöhr. Der Pastor war einer von der intellektuellen Sorte: ein großer, gutaussehender Schwarzer von Anfang Dreißig. Er war so von sich und seiner Berufung eingenommen, daß seine Augen unentwegt einen Punkt eine Handbreit über Dennis' Kopf fixierten, während er den eigenen Kopf beim Sprechen immer ein Stück einzog, als ob Rassismus ein Geruch wäre, den Dennis verströmte. (Als ob der Mann gar nicht auf die Idee käme, daß die meisten von Dennis' Kunden Farbige waren, und das nun seit Jahren schon, seit er sich von Irving Place in das Büro in Queens hatte versetzen lassen.) Und Dennis, um die Wahrheit zu sagen, die ganze Zeit über damit beschäftigt war, sich genüßlich an eine von Billys Geschichten zu erinnern: Wie der mit der Schwester seiner Mutter, die gerade frisch vom Schiff war, eine Straße in New York entlanggging und ihnen ein Farbiger entgegenkam und dann, zehn Minuten später, noch einer, der sehr zügig ausschritt. Billys Tante drehte sich über die Schulter nach dem zweiten Mann um, als der vorüberging, und beugte sich dann zu Billy (der damals noch ein kleiner Junge war) hinunter und sagte: »Der muß aber viel schneller gehen, wenn er seinen Freund noch einholen will.«

Der Pastor wollte für den Kindergarten eine eigene Leitung gelegt haben und die Stromstärke in der Sakristei (hieß die so bei denen?) sowie im Chorraum unter dem Dach hochfahren, damit sie eine neue Lautsprecheranlage mit Verstärkern und einem Synthesizer anschließen konnten. Die erste Sache eilte nicht, doch die zweite sollte »optimalerweise« bis Anfang Mai fertig sein, weil dann irgendein Jubiläum begangen werden sollte. Dennis sagte seinen üblichen Spruch auf – Wir werden unser Bestes tun – und warf ein weiteres wohl plaziertes »Reverend« in das Gespräch, um zu zeigen, daß er den Mann, seine akademischen Grade und seine wertvolle Arbeit respektierte, und das obwohl er selbst weiß war, ein richtiger Christ (das heißt, römisch-katholisch) und alt genug, um der Vater dieses Pastors zu sein.

Er war überrascht, als der Mann ihn bis zu der Tür der kleinen Kirche begleitete. Vielleicht, so dachte er, hatte er ihn mit seiner berechnenden Unterwürfigkeit für sich gewonnen. Es schüttete immer noch wie aus Eimern. Immer noch war der graue Tag derselbe, an dem Billy Lynch gestorben war. Dennis setzte seinen Hut auf, wandte sich dem Pastor zu, um sich zu verabschieden, und spürte im selben Moment die spitze Ecke eines sauber gefalteten Geldscheins in seiner Handfläche. »Die erste Maiwoche«, sagte der Pastor. »Sie müssen es unbedingt schaffen.« Jetzt senkte er endlich den Blick und sah Dennis aus dunklen Augen an. Er lächelte, aber nicht freundlich, sondern eher so, als ob er (wenn man sich das vorstellen kann) in Dennis' seichte Seele geschaut und jedes »verdammter Nigger« gehört hätte, das ihm je entfahren war – über der Zeitung, am Steuer seines Wagens –, als ob der Mann wußte, in wie engen Bahnen, wie gewöhnlich und nutzlos sein Leben, das Leben von Billy, das Leben von allen seinesgleichen verlief. Es war das überlegene Lächeln eines Mannes, den wahres Leiden und berechtigte Wut geadelt hatten. Jemand, dessen Schmerz etwas bedeutete. Dessen Liebe Leben rettete. Dennis nickte. Er merkte, daß er nach einem Witz suchte, den er erzählen konnte, als würde ein Witz beweisen, daß er mehr war als die Summe der Dinge, die der Mann so sicher über ihn zu wissen glaubte. »Sterben müssen wir, sonst nichts«, sagte er. Aber der blöde Hund hatte sich schon abgewandt.

Dennis stand neben seinem Wagen auf dem Bürgersteig und faltete den Schein auf. Ein Zehner. Für dich, Billy. Und damit ließ er ihn für irgendein Kind, das ihn finden würde, auf den Bürgersteig fallen.

Die Sache ist die, sagte er (wir waren auf dem Weg nach Hause, durch die Dunkelheit, durch den jetzt stark und stetig fallenden Regen): Damals in den Sechzigern, als es so gut wie sicher war, daß er zum Abteilungsleiter befördert werden würde, fand sich ein zwanzig Jahre alter Brief in seiner Personalakte. Er stammte von einem Mr. Jacob R. Leibowitz – Jake, von dem er mittlerweile schon vier Babyausstattungen und an die zwanzig Schlafanzüge mit Füßchen, gute wollene Sonntagsmäntel und mindestens ein halbes Dutzend Blusen (für deine Mutter zum Geburtstag) gekauft hatte. In dem Brief stand, daß drei Wochen zuvor Geld zwischen dem Absender und einem »gewissen jungen Mann in Ihren Diensten«, einem gewissen Mr. Lynch, den Besitzer gewechselt habe, und zwar im Einvernehmen darüber, daß als ein Ergebnis erwähnter Zahlung die Stromversorgung binnen kurzem sichergestellt werden würde, und doch sei er erst seit diesem Vormittag wieder an das Netz angeschlossen.

Dennis vermutete, daß er damals deshalb nicht zur Rechenschaft gezogen worden war, weil er zu jener Zeit viele Freunde in der Personalabteilung gehabt hatte – Mary Casey arbeitete dort und sein Cousin Mal, der Sohn von Onkel Jim –, daß man aber angesichts einer anstehenden Beförderung an höherer Stelle noch einmal genau hinsah, den Brief fand, den Jake 1946 geschrieben hatte, und ihn daraufhin überging.

»Diesmal werden wir Sie nicht berücksichtigen«, sagten sie bedauernd, doch er hatte kaum Zweifel, daß die Ablehnung endgültig war.

An jenem Abend nahm er wie üblich die U-Bahn nach Hause, stieg am Lefferts Boulevard, wo er wie immer geparkt hatte, in seinen Wagen und fuhr den Rest des Weges hinaus nach Rosedale. Die Kinder drängten sich wie üblich in der Küche, ihre Mutter stand am Herd und briet Fisch, und der Hund war allen im Wege. Hausaufgaben und Baden und Beten, dazu der kleine Klaps mit dem Handrücken für das eine oder andere Kind, und dann die Abendzeitung und eine Zigarette, bevor er die Standuhr für einen weiteren Tag aufzog. Claire sagte: »Ach, ärgere dich nicht«, aber er hätte sowohl das zusätzliche Geld als auch den Auftrieb für sein Ego gebrauchen können, und an die Collegebühren für vier Kinder mußte man auch denken. Ganz abgesehen von dem Schatten, den der Brief auf seinen guten Namen und seine Ehrlichkeit warf, und dem möglichen Knick in der Freundschaft zu Jake, dem man letzten Endes wirklich keinen Vorwurf machen konnte, denn er hatte den Brief geschrieben, als er Dennis noch gar nicht kannte und ihm der bittere Geschmack von allem, was er während des Kriegs durchgemacht hatte, noch auf der Zunge lag.

»Wieviel war es?« fragte Claire.

»Zehn Dollar«, erwiderte Dennis.

»Der Geizhals.« Claire wendete es ins Witzige. »Er hätte dir ruhig zwanzig geben können.«

Und dann klingelte das Telefon mitten in seine Träume hinein, um zwei oder drei Uhr morgens, zur allerunchristlichsten Zeit. Claire machte noch nicht einmal die Augen auf. Er stolperte in den Flur hinaus, wo das Telefon stand und das einzige Licht von den Lampen kam, die nachts immer gedämpft in den beiden Kinderzimmern brannten. Billys schwerzüngige Stimme setzte scheinbar mitten im Satz ein, zweifellos weil Dennis selbst noch nicht wach genug gewesen war, um die ersten paar Worte mitzubekommen, und doch konnte er sich in der Dunkelheit und zu dieser Stunde, um zwei oder drei Uhr morgens, des Eindrucks nicht erwehren, daß sein Cousin die ganze Zeit schon gesprochen habe, den ganzen Tag und die ganze Nacht hindurch: ein steter Strom von Worten, der als Unterströmung jeden Augenblick ihrer Existenz begleitete.

Er habe gerade nachgedacht, sagte Billy. Über das Leben, daß sie nicht gehabt hatte. Über alles, was ihr vorenthalten worden war.

Dennis horchte zuerst nach irgendeinem Geräusch im Hintergrund, nach einem Anzeichen dafür, von wo aus er anrief. Nichts als Stille.

Nächte in den Armen ihres Mannes, Kinder, der Wechsel der Jahreszeiten und die Veränderungen, die melancholischen wie die anderen, die mit dem Alter kamen und damit, daß man auf eine Spanne von vielen Jahren zurückblicken konnte.

»Wo bist du, Billy?« fragte Dennis.

Billy sagte, es beschäftige ihn, was für ein kurzes Leben sie gehabt habe. Damals hatte ihnen diese Kürze nicht auffallen können, weil sie selbst so jung waren, jetzt aber, da sie älter wurden, wurde es einem doch so deutlich, daß ihr nur eine Handvoll Jahre geschenkt worden waren, eigentlich nur der Bruchteil eines Lebens. War es nicht merkwürdig, daß die Grausamkeit, die darin lag, die Ungerechtigkeit, nun, da sie selbst älter wurden, immer deutlicher hervortrete, immer klarer zu sehen sei?

»Bist du zu Hause?« fragte Dennis.

Billy sagte ja, doch Dennis war sich erst dann sicher, daß das auch stimmte, als er hörte, wie der Hund in der Küche herumtapste, sich am Hals kratzte und das Kettenhalsband klirren ließ. Trixie mußte das damals gewesen sein.

»Und wo ist der alte Herr?« fragte Dennis weiter.

»Im Bett«, kam Billys ungeduldige Antwort. Sinnlos besoffen, dachte Dennis.

Daß er sie verloren habe, sei eine Sache, so Billy weiter. Er habe schon lange aufgehört, sich dafür leid zu tun. Er hatte doch ein volles Leben leben dürfen, oder nicht? Ein verheirateter Mann mit einem eigenen Haus, zwei Jobs und Freunden im Überfluß. Sein Leben war weitergegangen, nicht wahr? Aber er dachte ja gar nicht an sich. Heute nacht denke er nur an sie, an alles, um das man sie betrogen hatte.

»Geh ins Bett, Billy«, sagte Dennis.

Heute sei ihm aufgegangen, wie grausam das alles war. Ein so junges Mädchen, die Kindheit gerade hinter sich, das ganze Leben – Ehe, Mutterschaft – noch vor sich. War sie auf die Welt gekommen, nur um diese paar Jahre zu leben und dann zu sterben? War alles, was sie gefühlt und gedacht hatte, für ihren Schöpfer so bar jeder Bedeutung? Was konnte das für einen Sinn haben? Es gab keinen Sinn.

»Mach jetzt die Flasche zu, Billy«, sagte Dennis. »Geh nach oben zu deiner Frau.«

Schweigen am anderen Ende. Dennis war mit diesen Telefongesprächen hinreichend vertraut, um zu wissen, was es bedeutete. Billy hatte entweder bloß den Hörer hingelegt, um sich nachzuschenken, oder er war bewußtlos geworden oder er hatte, wenn er schon jenseits von Gut und Böse war, einfach vergessen, was er sagen wollte. Es konnte auch sein, daß er die Verbindung unterbrochen hatte. Dennis wartete, hörte das gedämpfte Ticken der Uhr, sah im Halbdunkel die vertraute Linie von Claires Hüfte und Schulter unter der dunklen Decke, spürte mitten in der Nacht den Atem seiner Kinder auf der warmen, stickigen Luft des kleinen Hauses. In seinem Magen zog sich etwas zusammen: dieselben Magenverstimmungen, die ihn seit dem frühen Morgen geplagt hatten, als man ihn hereingerufen hatte, um ihm mitzuteilen, daß man da einen Brief in seiner Personalakte gefunden habe. Er sei zwar vor langer Zeit geschrieben, stelle aber immer noch ein Problem dar …

»Wir dürfen das nicht einfach hinnehmen.« Billy klang heiser.

»Geh ins Bett, Billy.«

»Diese ganze Ungerechtigkeit«, sagte Billy. »All das, worum sie betrogen worden ist.«

Dennis hörte das Klicken, mit dem Billys Glas gegen die Sprechmuschel stieß, und sein schweres Schlucken. Fast konnte er den Alkohol in seinem Atem riechen.

»Wir können uns nicht mundtot machen lassen, nur weil wir selbst lange gelebt haben. Wir müssen uns vor Augen führen, was sie nie gehabt hat.«

»Ich werde dieses Gespräch jetzt beenden, Billy«, sagte Dennis geduldig, obwohl er genau wußte, daß er nur aufzulegen brauchte, und Billy würde sofort eine neue Nummer wählen, Dannys oder Teds oder die von einem seiner Priester, und auch sie die ganze Nacht wach halten. »Wir müssen beide morgen bei der Arbeit sein, Billy, nur das brauchst du dir vor Augen zu führen. Du wirst bei der Arbeit erwartet. Wenn du jetzt die Flasche nicht zumachst und ins Bett gehst, wird dir morgen früh hundeelend sein.«

»Der Tod ist etwas Schreckliches«, sagte Billy.

»Der Tod kommt zu allen von uns«, erwiderte Dennis. »Aber sieben Uhr morgens kommt früher.«

»Unser Heiland wußte das«, fuhr Billy fort. »Christus wußte, daß er schrecklich ist. Warum hätte er sonst sein eigenes Blut vergossen, wenn der Tod nicht schrecklich wäre?«

Noch eine Pause, noch ein Schluck Whiskey. »Weißt du, was die Kreuzigung zu einer Farce macht? Weißt du, was ihr jeden Sinn nimmt? Wenn jemand behauptet, der Tod wäre bloß etwas ganz Gewöhnliches, ein normaler Teil des Lebens. Er kommt, du machst deinen Frieden damit, du gehst weiter. Jeder, der das behauptet, sagt damit, daß die Fleischwerdung Unseres Herrn fruchtlos geblieben ist.«

Wieder hörte Dennis das Klicken des Glases. »Ich mache jetzt Schluß«, sagte er.

»Wozu brauchen wir die Erlösung?« fragte ihn Billy.

»Wozu, wenn der Tod keinen Schrecken hat? Wenn wir unseren Frieden mit ihm gemacht haben? Wozu brauchen wir einen Himmel oder eine Hölle? Wenn uns der Tod, wenn uns seine Ungerechtigkeit keine Angst macht, dann brauchen wir Himmel und Hölle gar nicht, oder? Dann können sie genausogut eine Lüge sein.«

Wenn Dennis je die Gelegenheit gehabt und die Neigung verspürt hatte zu sagen: »Billy, es war eine Lüge«, dann in diesem Moment. Aber es war drei Uhr morgens, und sein gestörter Magen kratzte mit Sodbrennen hinten im Hals. Und am Morgen mußte er zur Arbeit, mußte an den gewohnten Schreibtisch und zur gewohnten Routine zurückkehren, während das Großmaul McCauley mit seinem leuchtend karottenroten Haar in die Geschäftsführung aufstieg und der einzige Funken von bescheidenem Ehrgeiz, der jemals in ihm geglommen hatte, erlosch. Frau Haus Kinder, das würde von nun an das einzige Maß seines Erfolgs sein.

»Deshalb werde ich nicht mehr nach Long Island kommen«, sagte Billy. Seine Stimme hatte etwas von ihrer erbitterten Eindringlichkeit verloren: Sogar betrunken wie er war, wußte er, daß er sich da auf gefährlichem Terrain bewegte.

»Herrgott«, flüsterte Dennis, um Billy zu zeigen, daß auch er es wußte.

»Ich werde mich von der Schönheit nicht einlullen lassen«, verkündete Billy. »Wenigstens das kann ich für sie tun.«

»Geh ins Bett, Billy«, sagte Dennis.

Wieder schwieg dieser. »Ist es noch so wie früher dort, Dennis?« fragte er dann, einen Anflug von Nostalgie in der Stimme. »Holtzmans Haus? East Hampton? Three Mile Harbor?«

»Alles noch so wie früher.«

»Bist du diesen Sommer wieder draußen?«

»Wer weiß? Sie redet davon, es zu vermieten.«

»Ich fahre da nicht mehr hin«, sagte Billy.

»Keiner von uns wird hinfahren, wenn sie es vermietet.«

»Ich werde es nicht wiedersehen.«

»Sie findet, es ist rausgeworfenes Geld, das Haus das ganze Jahr lang leerstehen zu lassen. Jetzt wo Holtzman tot ist.«

»Wenigstens das werde ich für sie tun, Dennis: Ich werde wegbleiben. Sie ist nie wieder dahin zurückgekehrt, und ich werde es auch nicht tun.«

Dennis sagte nichts, er versuchte mit seinem Schweigen, so gut er konnte, das Ende seiner Geduld zu signalisieren. »Mach jetzt die Flasche zu, Billy«, sagte er leise. »Du wirst selber bald tot sein, wenn du so weiter trinkst.«

Als Antwort hörte er ein längeres Schweigen, noch einen tiefen Schluck und dann: »Schlafen die Kinder, Dennis?«

»Natürlich«, sagte Dennis.

»Gott segne sie. Halten dich ganz schön auf Trab, was?«

Resigniert und mittlerweile hellwach sank Dennis in den Stuhl neben dem alten Telefontisch und zog dabei an den Hosenbeinen seines Pyjamas, als wollte er eine Bügelfalte erhalten. Er blickte hinüber in das Zimmer seiner Söhne und sah Schatten auf dem Boden verstreut, Sportschuhe und Kleidung, Bücher und Spielzeug. »An manchen Tagen schon«, sagte er. Er streckte die Beine aus, kreuzte die bloßen Knöchel, schob sich die freie Hand unter den Ellenbogen, machte es sich bequem.

»Keine Knochenbrüche diese Woche?« Billy lachte leise in sich hinein.

»Diese Woche nicht«, sagte Dennis.

»Gott segne sie«, sagte Billy noch einmal.

Wieder trat eine lange Pause ein. Wieder schenkte er sich nach. Dennis überlegte, ob er ihm etwas Lustiges erzählen sollte, das eines der Kinder gesagt hatte, als Billy mit schwererer Zunge wieder anfing. »Es ist ein Pakt mit dem Teufel«, sagte er. »Unseren Frieden damit zu machen. Unser Heiland vergießt seinen letzten Blutstropfen am Kreuz, um uns zu zeigen, daß der Tod schrecklich ist, eine schreckliche Ungerechtigkeit, und wir sagen uns die ganze Zeit, es ist doch gar nicht so schlimm. Man kommt drüber hinweg. Man gewöhnt sich daran. Das Leben ist schön, obwohl eine junge Frau stirbt und ihre Kinder ungeboren bleiben. Das Leben ist trotzdem lebenswert. Was schön ist, bleibt schön. Das Leben geht seinen normalen Gang, ganz egal, wer stirbt.«

»Das tut es auch«, sagte Dennis müde, obwohl ihm an diesem Tag, zu dieser Stunde aufging, daß auch das in seinen Augen eine Lüge war.

»Was war das?« Billy war nun schon weit weg.

»Ich sagte, das tut es auch«, sagte Dennis noch einmal, lauter jetzt. Claire bewegte sich im Schlaf und zog sich mit einer schattigen Hand die Decke über die Schulter. »Das Leben geht weiter, Billy«, sagte er.

Billy flüsterte: »Ich lasse das nicht zu.«

»Wir werden dabei kaum gefragt«, sagte Dennis, doch Billy hatte schon aufgelegt.

Er blieb noch ein paar Minuten in dem dunklen Flur sitzen, und ein kalter Luftzug wehte über seine bloßen Füße. Er fragte sich, ob Maeve in ein oder zwei Stunden anrufen würde. Ob er einschlafen konnte, wenn er jetzt zurück ins Bett ging. Er dachte an seinen Vater, den ersten und (zu jener Zeit) wichtigsten der Menschen, die er geliebt hatte und die gestorben waren. Der bloße Gedanke an ihn war ein Gebet für den Mann, der sich seinen Platz im Himmel sicherlich verdient hatte, und sei es nur kraft der Schmeicheleien, mit denen er Gott und jedes Detail seiner Schöpfung während der gut sechzig Jahre seines Lebens überhäuft hatte. Oder, sollte Gott so etwas verlangen, kraft der schrecklichen Schmerzen, die er am Ende zu ertragen hatte. Oder auch nur als Entschädigung dafür, daß er für all die Liebe, mit der er zeit seines Lebens Freunde und Verwandte überschüttet hatte, niemals (seien wir ehrlich) in ausreichendem Maße zurückgeliebt worden war. Jedenfalls nicht von dem einen Wesen, von dem er vor allem geliebt werden wollte.

Er dachte an seinen Vater, wie so oft zu jener Zeit, da sein Vater der erste und wichtigste der Menschen war, die er vermißte, und schon der Gedanke an ihn war eine Art Gebet (eines, mit dem er sagte: Ich bin müde, Dad, müde und mutlos, ich habe meinen Sinn für Freude völlig verloren). Obwohl es ihm, um die Wahrheit zu sagen, in jener Nacht, in jener einsamen Stunde aufging, daß sein Vater ihm im Tod nicht gegenwärtiger, daß er keinen Deut wirklicher oder lebensnäher für ihn war als Eva für Billy in ihrem Weiterleben jenseits des großen Teiches, wo sie in Clonmel an der Straße zum Kloster Autos volltankte.

Wer kann diese Dinge schon ergründen, sagte er sich, und doch war das vielleicht der erste Vorbote des verheerenden Schlages, der ihn in den Wochen und Monaten nach dem Tod meiner Mutter treffen, ja zu Boden strecken sollte: Billys dreißig Jahre der Gebete an die falsche Adresse. Billys hartnäckig bewahrter Glauben, der sein Leben verändert hatte. Seine eigene Lüge.

Für einen Geburtstag meiner Mutter wickelte mein Vater eine Schachtel mit fünfzig verschiedenen Streichholzbriefchen in Geschenkpapier und schrieb auf die Karte: Damit das Feuer zwischen uns niemals erlischt. An jenem Abend, inmitten der Überreste der viel zu süßen Torte mit ihrer kunstvollen Zuckergußglasur und der bereits ausgepackten Festtagsbluse aus Jakes Geschäft, wurde dieses Geschenk, wenn ich mich recht erinnere, zum Auslöser für eine Diskussion darüber, wer von ihnen wieder heiraten würde, sollte dem anderen irgend etwas »zustoßen«. Was diesen speziellen Geburtstag vermutlich in eine Zeit zurückversetzte, zu der die Idee, daß dem anderen etwas »zustieß«, eine so fernliegende Möglichkeit war, daß die Spekulation darüber harmlos, ja sogar vergnüglich war, eine Art Koketterie. Eine Zeit, da fünfzig Streichholzbriefchen mit fünfzig Schachteln Zigaretten als Geburtstagsgeschenk nichts von einem bösen Omen hatten.

Schüchtern entwarf meine Mutter eine Liste. Da war der junge Witwer am anderen Ende der Straße und der Sohn vom Besitzer des Feinkostladens, wo sie oft einkaufte – ein junger, gutaussehender Italiener, sagte sie, vielleicht fünfundzwanzig. Da war der Mann, bei dem sie Fahrstunden genommen hatte, als sie gerade nach

Rosedale hinausgezogen waren: Er war zwar verheiratet, glaubte sie, aber sie könnte trotzdem mal bei ihm vorbeischauen. Oder bei Bob O'Brien, ihrer alten Flamme, dem ehemaligen Verlobten, den mein Vater ausgebootet hatte, als er noch in der Marine war und im Pazifik aufräumen mußte. Und bei Bobs Bruder Ken, der schon immer in sie verschossen gewesen war und, soweit sie wußte, nie geheiratet hatte. Sie habe erst angefangen, sagte sie und grinste, die Zigarette neben dem Ohr, vor sich ihren Teller mit dem dicken, süßen Zuckerguß. Die Möglichkeiten seien unbegrenzt. Sie habe noch etwas von ihrem alten Charme.

»Soll ich weitermachen?« fragte sie, und mein Vater senkte lachend den Kopf. »Nein«, sagte er. »Laß gut sein.«

»Und was würdest du tun?« fragte sie ihn. »Die Mary aus Irland aufsuchen?«

Mein Vater schüttelte den Kopf. Wobei wir ihn, wenn meine Mutter für viel zuviel Geld bei Gertz oder A&S eingekauft oder den Nachtisch vergessen hatte, oder wenn sie eine Bemerkung von ihm mit einer Handbewegung abgetan hatte, oft genug hatten sagen hören: Ich hätte meine irische Mary heiraten sollen.

»Für mich würde es keine andere geben«, sagte er ernst. »Ich könnte nicht wieder heiraten. Du könntest es und du solltest es auch. Aber für mich würde es keine andere geben.«

In dem Bogen, den ein nicht weiter bemerkenswertes Leben beschreibt, ein Leben, dessen Triumphe klein und persönlich, dessen Prüfungen durchaus gewöhnlich sind und so maßvoll in ihrem Schmerz wie in der Art seiner Bewältigung, erfordert ein Ausschließlichkeitsanspruch in der Liebe sowohl eine bestimmte Form von Mut als auch eine gute Dosis Selbsttäuschung. Mary aus Irland, Evas Schwester, hätte nur zu gern meines Vaters

Ring getragen, vermute ich, wenn Eva sich nicht dafür entschieden hätte, in Irland zu bleiben und Tom zu heiraten. Der erste Verlobte meiner Mutter hätte sie mit Kußhand genommen, wäre er nicht von der Marine zu lange in Übersee festgehalten worden, so daß mein Vater ihm um ein ganzes Jahr zuvorgekommen war. An jenem Tag auf Long Island hätte Cody oder John neben deinem Vater sitzen können. Oder: Ich hätte schon wieder weg sein können. Diejenigen unter uns, die in der Liebe einen Anspruch auf Ausschließlichkeit erheben, tun das mit dem Mut des Lügners: Es gibt hundert Gelegenheiten, Tausende über die Jahre, bei denen sich ein Gefühl der Falschheit einschleichen kann, wo alles, was wir für unausweichlich halten, willkürlich wird und sich unsere gemeinsame Geschichte als eine bloße Mischung aus Gelegenheit und Zufall erweist. Nichts Einmaliges, nichts Unersetzliches, nur das aus den Umständen geborene Zusammentreffen von einem von Abermillionen mit einem anderen.

In den Wochen und Monaten nach dem Tod meiner Mutter sprach mein Vater immer weniger von ihr, erwähnte schließlich nicht einmal mehr ihren Namen und zog immer ein wenig den Kopf ein, wenn jemand anderes das tat. Meine Brüder und ich bemerkten das und ließen ihn einfach gewähren, ohne daß wir untereinander darüber gesprochen hätten. Wir alle hatten seine Reaktion am offenen Grab gesehen, als die Schwester meiner Mutter, die ganze Bücher über solche Sachen las und in der Kirche laut betete (mit geschlossenen Augen, die Arme zum Altar ausgestreckt), sich an ihn lehnte und sagte: »Du kannst ruhig weinen, Dennis. Auch große Jungs weinen.« Er hatte mit einem kleinen Lächeln über ihren Kopf hinweggeblickt, und in seinem Gesicht hatte der gequälte, duldsame Ausdruck der frühen Christen gestanden, die darauf warteten, daß die Römer das Feuer zu ihren Füßen entzündeten. Ohne je darüber zu reden, kamen meine Brüder und ich überein, daß wir unseren Vater weder mit guten Ratschlägen und Mitgefühl quälen würden, noch mit wohlgemeinten Mahnungen, er solle uns doch sagen, was in ihm vorgehe. Wir würden ihn gewähren lassen. Er konnte nicht über sie sprechen – in Ordnung. Er konnte keine Messe ohne sie durchhalten – dann eben nicht.

Ich ging damals in meinem letzten Jahr auf die Mary Louis Academy. Als meine Mutter zum letzten Mal im Krankenhaus lag, fuhr mich mein Vater morgens oft hin. Vorher schauten wir kurz bei ihr vorbei, und dann setzte er mich an der Schule ab, bevor er zu Con Ed weiterfuhr, wo er ein, zwei Stunden Arbeit einschob – nur um sich blicken zu lassen – und dann wieder zum Krankenhaus zurückfuhr. Auch als sie gestorben war, fuhr er mich weiter zur Schule, was für mich sehr bequem und für ihn nur ein kleiner Umweg war. Er mochte die Morgenshow im Radio mit einem Gespann aus Vater und Sohn; der Vater machte seit den Vorkriegsjahren Radio, und der Sohn wurde offensichtlich darauf vorbereitet, die Sendung alleine zu übernehmen, wenn die Zeit gekommen war. Die beiden erzählten uralte Kalauer und verlasen zwischen den Verkehrsmeldungen, dem neuesten Wetterbericht und eingängigen Popballaden kuriose Nachrichten, und ihre milden, harmlosen Sticheleien gaben uns Grund genug, während der Fahrt kaum miteinander zu sprechen.

Wenn ich dann ausstieg, schlug ich die Tür zu und beugte mich zum Fenster hinab, um ihm zum Abschied zuzuwinken. Er deutete einen militärischen Gruß an und fuhr dann weiter, wobei sein Gesicht im Profil, wie ich es mit einem Blick in letzter Sekunde erhaschte, angespannt und entschlossen wirkte. Er beugte sich vor, als biete er dem Tag die Stirn, gehe dem entgegen, was zu tun war, und den Menschen, denen er sich zuwenden mußte, jetzt da meine Mutter tot war und es mit der leidenschaftlichen Zuwendung aus und vorbei war, die während ihres Sterbens im letzten Jahr so ausschließlich ihr gegolten hatte. Er sei damals unfähig gewesen, so sagte er mir am Abend nach Billys Beerdigung, als wir noch ein paar Minuten in dem Wohnzimmer unseres Hauses in Rosedale standen, bevor er oben in dem Zimmer zu Bett ging, das einmal ihrer beider Schlafzimmer gewesen war, und ich mich in das, welches früher meines gewesen war, zurückzog: vollkommen unfähig, sich selbst davon zu überzeugen, daß seine Zuwendung während des letzten Jahres, die von beiden empfundene Nähe, die Gewißheit, daß sie mit der Beharrlichkeit ihrer Liebe etwas erreicht hatten, das ausschließlich ihnen gehörte und etwas Erlösendes hatte – daß all dies nicht bloß wieder so ein frommer Selbstbetrug war, ein bloßes Gedankengebäude, an das man genau betrachtet ebensowenig glauben konnte wie an die Spontaneität eines Liebesliedes in einem Broadway-Musical, das vermeintlich von Herzen kommende Flehen in einem abgedroschenen Kirchenlied oder den Bezug, den Billys Gedichte über Leben und Tod und Liebe und Elend dazu hatten, wie wir von einem Tag zum andern lebten.

Er habe sich damals, in jenen Tagen und Monaten nach ihrem Tod, schlicht nicht davon überzeugen können, sagte er, daß der Himmel mehr als nur ein frommer Selbstbetrug war, dazu bestimmt, unser eigenes Gefühl der Torheit zu mildern, unsere Schmerzen zu lindern. Trotz seiner Jahre als eifriger Katholik, trotz der Bekehrung seiner Mutter auf dem Sterbebett, trotz der

Versprechen, die er und meine Mutter sich gegeben hatten, habe er im Tod nicht länger etwas anderes als das Nichts sehen können, das auf einen ausgezehrten Körper und eine aufgebrauchte Seele wartete. Nicht einen bloßen Augenblick, über den du von Liebe getragen hinwegsegelst, sondern den Abgrund, auf den du als Teil der Menge unausweichlich zustolperst. Strecke, wenn du willst, die Hand aus und stütze jemanden auf dem Weg, umgib dich, wenn du willst, mit Menschen, die dich lieben, die dir etwas schuldig sind, deren Leben du verändert hast, doch erwarte nicht, daß es irgend etwas ausrichtet. Es wird nichts ausrichten; am Ende wird jeder von euch fallen, einer nach dem anderen.

»Und jetzt?« fragte ich ihn. Wir standen beide, statt zu sitzen, denn wir spürten, daß an diesem Tag genug geredet worden war. »Denkst du immer noch so?« Und spürten gleichzeitig, daß wir uns jenem peinlichen Tiefsinn näherten, den Dan und er so gefürchtet hatten, jenem Punkt, an dem zuviel gesagt worden war. Aber wir staunten auch – ähnlich wie mein Vater vermutlich einst gestaunt hatte, als seine Mutter zu ihm sagte, er solle Billy dazu bringen, hinauszukommen, denn er habe das Haus schon allzulange gemieden –, staunten darüber, daß es so spät im Spiel noch zu so einem Gespräch kam. Einem Gespräch, wie mir einfiel, ausgelöst von Billys Leben, ganz ähnlich wie sein Leben damals der Auslöser für meinen Vater und seine sterbende Mutter gewesen war.

Die Augen meines Vaters waren von einem tiefen Braun. Er lächelte schwach und schüttelte den Kopf. »O nein«, sagte er. »Jetzt nicht mehr.«

Wie einsam sie mir alle an jenem Abend erschienen, die Verwandten und Freunde meines Vaters. Alle waren sie einsame Seelen, trotz Gatten und Kindern und Cousins und Freunden. Ihre Hoffnungen, ihre Vereinigung und Vermehrung, ihr Kontakthalten und In-Verbindung-Bleiben, waren am Ende nutzlos, weil es sie alles nicht an der Erkenntnis hindern konnte, daß am Ende nichts, was sie fühlten, etwas ausgerichtet hatte.

»Ich hatte nur für einen Moment den Glauben verloren«, sagte er. »Das kommt vor. Nicht weiter ungewöhnlich, heißt es.« Und dann wandte er sich ab, um an dem Abend des Tages, an dem Billy Lynch in sein Grab gelegt worden war, die Treppe hinaufzusteigen. »Jetzt glaube ich wieder«, sagte er mit dem Rücken zu mir. »Alles.«

Natürlich ließ sich unmöglich sagen, ob er log.

Also mietete sich Billy einen Wagen und fuhr hinunter, um sie zu sehen. Das Gelübde hatte er abgelegt, und den letzten Drink hatte er auf dem Flug nach Shannon mit Pater Ryan genommen. (Pater Jim hatte die winzige Flasche gehoben, mit den Lippen geschmatzt und zu Billy gesagt: »Lieber Gott, wenn hier nicht der Einäugige den Blinden führt.« Und damit sozusagen die Tonart für ihre Reise angegeben, deren ernstes Anliegen – wie Pater Jim damit auf seine Art sagte – ihnen ja nicht die gute Laune verderben mußte.) Der Wagen war auf den Namen des Priesters angemietet, und ihm gehörte auch der Führerschein, den Billy bei sich führte, weil man ihm wieder einmal die Fahrerlaubnis entzogen hatte. Deshalb hieß es im Büro der Mietwagenfirma Pater dies und Pater das, trotz des Eherings, den er nicht erst abgenommen hatte, den er gar nicht abstreifen konnte, wenn er es wollte, so aufgeschwollen, wie seine Hände waren. Dann eben ein Priester mit Frau.

Schließlich sollte man, wie Dan Lynch sagen würde, solchen Dingen nicht zuviel Bedeutung beimessen.

Genau wie Kate vermutete, hatte er vorgehabt, ihr Grab zu besuchen. Er sah die Grabstelle vor sich: Gras und ein Granitstein mit ihrem Namen und den Zahlen, von denen die letzte nicht bloß das Ende ihres Lebens markierte, sondern auch das Ende seiner Jugend und jener herrlichen, erstaunlichen Möglichkeiten, die einst in ihm gesteckt hatten. Er sah sich mit bleichen, wie immer zitternden Fingern die eingemeißelten Zahlen und Worte nachziehen. Er dachte an »Danny Boy« (schließlich war er in Irland, und die Wolken hingen tief über den Feldern, an denen er vorbeifuhr, und warfen ihre Schatten auf die grünen melancholischen Hügel ringsum), er summte es sogar beim Fahren – »Dann kommst du an den Ort, wo ich begraben / Dort kniest du nieder, sagst ein Ave nur für mich« –, was ihn wiederum an Onkel Daniel denken ließ und an Billy Sheehys Vater, wie er an dessen Grab spontan das Lied angestimmt hatte. Ein Augenblick, der sie alle hätte umbringen können, so schmerzhaft war er und zugleich so schön. In seinem Gebet würde er sagen, daß auch er nie wieder zum Haus auf Long Island zurückgekehrt war und auch in Zukunft nie hinfahren wollte, so groß waren seine Anteilnahme und seine Empörung. Die Zeit hatte seinen Gefühlen nichts anhaben können.

Doch zuerst, so dachte er, würde er ihre Familie besuchen. Die Mutter oder den Vater, wenn sie noch lebten, ganz sicher Mary oder eine der drei jüngeren Schwestern, die sich zweifellos an ihn erinnern würden: der junge Mann, der Verlobte ihrer Schwester, der ihnen die amerikanischen Schuhe geschickt hatte. Natürlich wußte er ihre Adresse auswendig, hatte er sie doch, auch seitdem Eva entschlafen war, jedes Jahr zwei- oder dreimal zu Papier gebracht, wenn er ihnen zu Weihnachten und Ende September eine Karte geschickt hatte, ein paar Zeilen nur, in denen stand, daß er an sie alle denke, Eva nicht vergessen habe, Mary die herzlichsten Grüße sende. Niemals mehr als ein paar Zeilen, so daß er nie erwähnen mußte, daß er geheiratet, ein Haus gekauft, weitergemacht hatte mit seinem Leben. Wobei er niemals wirklich mit einer Antwort ihrer Eltern gerechnet hatte und nur kurz gekränkt gewesen war, daß Mary ihm nicht geschrieben hatte. Aber dieser Teil der Geschichte hing, wie er wußte, mit Dennis zusammen, mit ihren Gefühlen für ihn, denn auch wenn sie nach Evas Tod sofort nach Hause gefahren war, hatte sie nicht damit rechnen können, daß ein anderes Mädchen – Claire Donavan – so bald sein Herz erobern würde. Sie mußte schlicht das Gefühl haben, sitzengelassen worden zu sein.

Während er die schmalen Straßen zwischen Dublin und Clonmel auf der falschen Seite entlangfuhr – ausgedörrt, zittrig und von der Kälte und Feuchtigkeit bis auf die Knochen durchgefroren, obwohl die winzige Heizung auf höchster Stufe stand –, wußte er, daß er zuerst zu ihrer Familie gehen und ihnen irgendwann erzählen mußte, daß er in Amerika eine Frau und ein Haus hatte, auch wenn er ihnen über all die Jahre immer wieder geschrieben hatte, er trage immer noch Eva in seinem Herzen, in seinen Gedanken und in seinem Gedächtnis. Daß er sich eine Frau genommen und ein Haus gekauft hatte und nun schon seit vielen Jahren fast ohne Unterbrechung an denselben zwei Stellen gearbeitet hatte wie damals schon – wobei er sich die eine ursprünglich nur besorgt hatte, um Eva wieder zu sich zu holen.

Keine Kinder, würde er sagen, wenn sie fragten. Ein kleines Problem mit dem Trinken.

Clonmel war größer, als er es sich vorgestellt hatte, und, wie so viele dieser irischen Städte, nicht annähernd so idyllisch. Vielleicht hätte er den Gedanken aufregend oder tröstlich finden können, daß dieser Ort ihr einst sehr vertraut gewesen war, daß sie einst durch diese Straßen spaziert war, als Kind, als junge Frau, an dem Tag, bevor sie sich damals auf den Weg nach Chicago zu ihrer ersten Anstellung gemacht hatte – der Anfang ihrer Reise zu ihm –, und an dem Tag, als sie aus New York zurückgekehrt war und seinen Diamantring am Finger trug. Doch er war nicht so dumm zu denken, daß diese Stadt so war, wie sie damals kurz vor dem Krieg und unmittelbar danach auf sie gewirkt haben mußte. Zum Beispiel kam er an einem Imbiß vorbei, der wie ein Kentucky Fried Chicken aussah. Über dem Ort lag eine Atmosphäre schäbigen Wandels zur Moderne, die wenig mit der rückständigen und verschlafenen kleinen Stadt zu tun hatte, die sie ihm einst geschildert hatte. Er spürte, daß ihr Geist hier ebenso fremd gewesen wäre, wie er es war.

Und doch war es sicher die Ahnung davon, daß ihr Geist hier wohnte, die sein Herz in der Brust laut schlagen ließ, als er seiner Karte zufolge sein Ziel fast erreicht hatte und kurz vor der Innenstadt an einer Tankstelle hielt. Er parkte an der Seite, wo er die Zapfsäulen nicht blockierte, und zwängte sich aus dem kleinen Fiesta, um nach dem Weg zu fragen. Der Tankwart, ein Mann ungefähr in seinem Alter, trug die unvermeidliche irische Schiebermütze und einen dreckigen Blaumann. Billy und Pater Jim hatten schon darüber gewitzelt, daß in Irland jede Wegbeschreibung mit den Worten begann: »Fahren Sie weiter bis zur Kirche …«, und zweifellos waren das die Worte, die er erwartete (wie üblich in schwerem, fast unverständlichem irischen Akzent dahingenuschelt), als er ihn nach dem Weg zum Haus der Kavanaughs in der Boylston Road fragte. Doch statt dessen kniff der Mann ein Auge zu und fragte: »Ein Vetter aus Amerika?« Für Billy klang es wie der Anfang eines Aussagesatzes, der von einem Fragezeichen jäh abgeschnitten wurde.

»Wie bitte?« antwortete er höflich.

Der Mann schob seine Schirmmütze zurück und zeigte ein zerfurchtes Gesicht, in dem der Schmutz in den Falten die Furchen noch tiefer zog. Schlechte Zähne und Gesichtszüge, die einmal anziehend gewesen sein mochten. »Sind Sie ein Vetter aus Amerika?« fragte er.

Billy sagte nein, er sei nur ein alter Freund.

Der Mann musterte ihn von oben bis unten, flüchtig und nicht unfreundlich, und blickte dann an ihm vorbei auf einen Wagen, der gerade vorfuhr. Der Fahrer hupte und rief: »Tommy!«, und der Mann bat Billy, doch gleich hier in das kleine Café zu gehen, hinter der Theke stehe seine Frau und die würde ihm gern eine kleine Karte zeichnen. Weit sei es nicht.

Aber hinter der Theke war niemand, nur an einem Tisch in der Ecke saß eine einzelne Frau und steckte die Nase in die Zeitung, vor sich eine blauweiße Tasse, zu ihren Füßen eine weiße Plastiktüte mit den Einkäufen. Der Raum war klein, er wirkte, als wäre er für einen anderen Zweck bestimmt gewesen – möglicherweise hatten hier Scheibenwischer und Motorölkanister verkauft werden sollen oder er war als Wartezimmer für die Werkstatt nebenan geplant gewesen. Vor jedem der hohen, schmalen Fenster hingen selbstgenähte Vorhänge aus blauweißem Baumwollstoff. Die Wände waren aus Stuckimitat, vielleicht damit der Raum nach irischer Bauernkate aussah, doch dann war da der bläßliche Linoleumfußboden und die beigebraune Resopalschicht auf Tischen und Theke. Auf jedem Tisch stand eine weiße Milchglasvase mit einer Plastikrose und einem Plastikfarn, und neben der Kasse eine Vase aus Waterfordkristall mit richtigen Blumen, die zwar lang und spillerig wie Unkraut, aber dennoch ganz hübsch waren. Insgesamt hatte der Raum etwas Unechtes und Überhastetes an sich – und das dachte er nicht später in der Rückschau, sondern spürte es sofort –, so als hätte man ihn schnell umgestaltet, um seinen wahren Zweck zu verbergen. Als hätte die Frau, die da, vertieft in die *Irish Times*, beiläufig ihre Tasse hob, noch vor ein paar Sekunden am Fenster gestanden und nach ihm Ausschau gehalten.

Er sagte: »Entschuldigen Sie bitte ...«, und die Frau ließ sofort die Zeitung sinken, als fürchtete sie, unhöflich gewesen zu sein. Irisches Gesicht Nummer vier: spitzes Kinn, rote Backen, lange gerade Nase und zu viele Zähne. Ein bißchen wie Helen O'Mara zu Hause. Eines von Onkel Daniels Liedchen fiel ihm ein, das mit den Worten endete: »Also sagt' ich Mrs. Clemmon aus der Grafschaft Tyrone, Sie wären, Madam, eine beßre Zitron', als eine süß duftende Rose.«

»Der Herr draußen sagte mir, ich sollte hier drinnen fragen, wie ich zur Boylston Road komme«, sagte er zu ihr. »Zum Haus der Kavanaughs. Er sagte, ich sollte seine Frau fragen.«

»Warten Sie, ich hole sie Ihnen.« Die Frau stand auf und lächelte gerade so breit, daß ein eindrucksvoller Überbiß zu sehen war. »Sind Sie ein Vetter aus Amerika?« fragte sie über die Schulter, als sie hinter den Tresen ging.

»Nein«, antwortete er, »obwohl ich langsam denke, ich sollte einer sein.«

Sie lachte, als verstehe sie, was er meinte. »Na ja, die Kavanaughs haben immerhin drei, von den Mädchen, die in die Staaten gegangen sind. Deshalb hab ich gefragt. Warten Sie, ich hole Eva für Sie.«

Sie verschwand durch eine Tür hinter der Theke. Er

konnte einen kleinen weißen Emailleherd erkennen, darauf einen großen Edelstahlkessel; ein Geschirrtuch hing am Griff der Ofentür. Ein Regalbrett mit ein paar Schachteln Vollkornkeksen und einigen Dosen Earl Grey. Ein weißes Emaillespülbecken. Er hörte sie wieder Eva sagen, dann eine Tür öffnen, vielleicht die Hintertür, und, nun schon lauter, gegen den Wind zur Tür hinaus rufen: »Eva!«

Bevor die Frau zurückkam, hielt er es einen Augenblick lang für puren Zufall. Er dachte, es sei eine Art Zeichen von ihr, ein merkwürdiges Zusammentreffen von Geschehen und Schicksal – nein, nichts so Ausgefeiltes wie ihr Gesicht in einem Spiegel oder ihre wirkliche Stimme im Schlaf in seinem Ohr (die Art von Zeichen, die er sich vorgestellt, auf die er so verzweifelt gehofft hatte, damals in jenen ersten paar Monaten und Jahren nach ihrem Tod), aber doch ein Zeichen und ein sanfter Trost: hier gehalten zu haben, hier hineingeschickt worden zu sein, die einzige Person im Raum gefragt zu haben, die dann ging, die Ehefrau zu holen, deren Name, wie es sich ergab, auch Eva war. Ausgerechnet an diesem Tag, an diesem Ort, ihren Namen gerufen zu hören – es war ein Zeichen, das besagte: Du hattest recht damit, hierherzukommen. Ich bin immer noch bei dir.

Und dann kam die Frau wieder herein und hinter ihr, das Gesicht nur kurz hinter einem Strauß Wildblumen verborgen, kam Eva.

Man hätte die Sekunden an einer Hand abzählen können, die beide brauchten, um sich wiederzuerkennen. Später, als sie bei einer Tasse Tee saßen, sagte Eva, für sie sei es die Krümmung seiner Schultern gewesen und, natürlich, diese blauen Augen. Für Billy (der, seien wir ehrlich, eine weitere Strecke zurückzulegen, dreißig

Jahre verzerrter Erinnerungen zu überbrücken hatte) war es nichts Bestimmtes, ganz sicher nichts in ihrem Äußeren, jedenfalls zuerst nicht, weil sie so viel schwerer geworden war und der blasse Ton ihrer gefärbten Haare nicht mehr zum Mahagonibraun ihrer Augen paßte. Ihm ging nach dem ersten ungläubigen Staunen einfach auf, daß es Eva war, die da vor ihm stand.

O ja, es gab viele Knoten zu entwirren. Zuerst streckte er ihr die Hand entgegen, während die hausbackene Frau immer noch grinsend zwischen ihnen stand. Streckte die Hand aus und sagte: »Billy Lynch«, und Eva trocknete sich die Hände wie ein Bauernmädchen aus Brigadoon an der Schürze ab und sagte: »Billy Lynch, ich wußte, daß du es bist.« Nur die Röte auf ihren Wangen, vom Wind draußen noch, ging auch drinnen nicht weg. Sie stellte ihm ihre Freundin vor: Bessie Gordon, und nannte Billy den Jungen aus New York – als wäre er eine Bühnenfigur aus einem Programmheft.

»Ach ja, sicher«, sagte Bessie, als ob sie mit der gesamten Besetzung des Stückes vertraut wäre. Sie nickte: »Die Schuhe.« Und mit der Handlung ebenfalls. »Und alle diesen kleinen Briefe und Karten. Ich hab immer gesagt, ich bewundere Ihre Ausdauer.« Sie gab ihrer Freundin einen Stoß. »Und sie war so verschreckt, daß sie nie zurückgeschrieben hat. Dabei hab ich ihr immer gesagt, wie unmöglich es ist, daß sie nicht antwortet.«

Eva errötete noch tiefer und dunkler, bis an die Haarwurzeln. »Ach, Bessie weiß immer reichlich guten Rat«, lachte sie auf ihre alte Art. »Demnächst richte ich ihr auf dem Markt einen Stand ein.«

Sie bot ihm eine Tasse Tee an und huschte hinter den Tresen, um sie zu holen. Sie meinte, sie könne ihm dazu ein paar schöne Scones bringen, ein Schinkenbrötchen oder Käse mit ein paar Kräckern, und als Billy nichts von alledem wollte, nahm sie einen kleinen Schokoriegel von dem Stapel neben der Kasse und legte ihn unauffällig auf seine Untertasse. Bessie trug die Tasse für ihn zu ihrem eigenen Tisch hinüber, während Eva einer Gruppe von Bauarbeitern Tee einschenkte, die gerade hereingekommen war und den Geruch nach Schmutz, Teer und frischer feuchter Luft verbreitete. Eva kannte jeden einzelnen mit Namen. Zwei Mütter folgten ihnen auf den Fersen, die eine mit einem Kleinkind auf der Hüfte – auch die beiden kannte sie. Und dann drei ältere Damen; eine trug eine Segeltuchtasche mit einem Kaktus darauf und den Worten *Flagstaff, Arizona*.

»Zur Teezeit wird's hier immer voll«, bemerkte Bessie. »Sicher gibt das Eva die Zeit, sich zu sammeln, bevor sie mit Ihnen reden muß. Sie hat ein schlechtes Gewissen, wissen Sie. Sie schleppt es schon seit Jahren mit sich herum.« Sie sah Billy an, um sicherzugehen, daß er verstanden hatte. Augen grau wie Abwaschwasser, die Haut um ihre Nase großporig und voller Narben von alter Akne. »Wegen des Geldes. Wir kennen alle die Geschichte mit dem Geld, das Sie ihr geschickt haben, damit sie in die Staaten zurückgehen konnte. Wie oft hat sie geschworen, sie würde es wieder zurückzahlen, doch dann kam die nächste Ölkrise, oder Tom wurde arbeitslos oder eines der Kinder. Und dann hat sie beschlossen, den Laden hier aufzuziehen.« Sie schwieg einen Moment und betrachtete ihn. Es war deutlich zu sehen, daß ihr Tag eine wunderbare Wendung genommen hatte. »Aber das mit dem Geld hat ihr zu schaffen gemacht«, fuhr sie fort, sich zu ihm vorbeugend. »Wir haben es alle gewußt. Daß Sie ihrer Familie Jahr für Jahr geschrieben haben, hat es nur schlimmer gemacht. Ihr Dad meinte immer, Sie würden ihren Kredit anmahnen.« Mit knochigen Fingern fuhr sie am Rand ihrer Tasse mit dem kaltgewordenen Tee entlang. »Ehrlich, Sie brauchen bloß ein Wort sagen und sie zahlt es ihnen heute noch zurück, direkt aus der Kasse.«

»An das Geld habe ich nie gedacht«, sagte Billy. Er beobachtete Eva, wie sie sich – auf die Sechzig zugehend, mit den mütterlichen Hüften und Brüsten einer gesetzten Frau – über den Tresen lehnte und den kleinen Pummel am Kinn knuffte. »Sie kann das Geld gerne behalten.«

Bessie Gordon zog den Kopf zurück und musterte ihn. Er bemerkte den Ehering an ihrem Finger; wer hätte das gedacht, eine so häßliche Frau – für jedes Töpfchen fand sich ein Deckelchen, wie seine Mutter immer gesagt hatte. Sie schloß den Mund über ihren bunt durcheinanderstehenden Zähnen und verzog ihn dann zu einer Art Lächeln, das wohlwollend, ja sogar freundlich war. Dies war das Gesicht, das sich ein Ehemann aus allen Gesichtern seines Lebens erwählt hatte, um darin Trost zu suchen. »Irgendwie hatte ich mir das schon gedacht«, sagte sie. »Genau so hab ich Sie mir immer vorgestellt.«

Irgendwo läutete eine kleine Glocke, ein Klang wie Elfenflügel in weiter Ferne, dingdingding, den er nach und nach als das Geräusch erkannte, mit dem die Plastikrose gegen das Milchglas der Vase schlug, die beide durch das Zittern seiner Hand auf dem Tisch bewegt wurden. Auch Bessie sah es und biß sich auf die Lippe. Zweifellos erkannte sie auch die Ursache und würde diese – ein Alkoholproblem – in die Geschichte um Eva Kavanaughs Jungen aus New York einfügen.

Er ballte die Hand zur Faust, öffnete sie wieder. Sie war bleich und so geschwollen, daß Maeves Ring drückte. »Ein leichter Fall von Parkinson«, sagte er zu ihr, weil er das Zittern nicht abstellen konnte.

Sie nickte. »Das tut mir leid.« Und fügte dann hinzu: »Meine Mutter hatte das auch.« So daß Billy sich fragen mußte, wer hier wem etwas vormachte.

Als Eva endlich mit einer Tasse für sich und einer Kanne zum Nachschenken an den Tisch kam, bot Bessie ihr an, für eine Weile an den Tresen zu gehen, damit sie ungestört reden könnten. Sie gab ihm ihre eiskalte Hand. »Hat mich sehr gefreut, Sie kennenzulernen, Mr. Lynch«, sagte sie und warf Eva einen Blick zu, den Billy so las, als hieße er: Dieser Mann ist besser als du denkst.

»Bist du auf Urlaub hier?« fragte Eva leichthin. Sie schien sich für diese Frage entschieden zu haben, während sie ihren Kunden den Tee einschenkte.

Er sagte ja.

»Mit deiner Familie?«

Er sagte, er sei mit ein paar Priestern hier. Es sei eine Art Kur.

»Wie schön«, sagte sie. Ihr Haar war zu einem Honigblond aufgehellt, es paßte nicht mehr zu ihren dunklen Augen, obwohl die so geblieben waren wie früher. Ihre Haut war rauh und faltig, die Mundwinkel wiesen jetzt nach unten, und sie hatte ein Doppelkinn. Für ihn war sie von den Toten auferstanden, das war das eine, doch andererseits sah er sich dem Irrglauben eines halben Lebens gegenüber. Er erzählte ihr, daß er verheiratet war, ein Haus hatte, immer noch bei Con Ed war und im Schuhgeschäft weiter gearbeitet hatte, bis Mr. Holtzman kurz vor seinem Tod 1964 den Laden verkauft hatte.

Sie hatte vier Kinder, alle schon erwachsen, zwei bereits mit eigenen Kindern. Eine Tochter war mit ihrem amerikanischen Mann in die Staaten gegangen, nach Boston, ein Sohn arbeitete in London bei der BBC. Zwei wohnten hier und halfen in der Tankstelle mit aus.

Nicht nur daran, daß sie lebte, mußte er sich gewöhnen, sondern auch daran, daß sie ein Leben gehabt, wie sie ihr Leben gelebt hatte.

Auf einmal beugte sie sich vor. Was sie getan habe, sei schrecklich, sagte sie. Es ihrer Schwester zu überlassen, ihm zu erzählen, daß sie Tom heiraten würde, ihm sein Geld nicht zurückzuschicken. Sie konnte sich vorstellen, was er von ihr denken mußte. Sie konnte sich nicht vorstellen, was damals in sie gefahren war. »Was mußt du nur von mir denken?« wiederholte sie und schlug die Augen nieder, so daß sie ihn dabei ertappte, wie er versuchte, die Tasse ruhig zu halten, wie er Tee auf die Untertasse verschüttete, der das rote Einwickelpapier des Schokoriegels dunkel färbte. Er setzte die Tasse ab, legte die Hände in den Schoß. Wußte, daß er irgendwo anhalten würde, sobald er hier fort war, um seinen Durst zu löschen. »Es ist lange her«, sagte er.

Sie sagte, sie würde ihm hier und jetzt einen Scheck ausschreiben, wenn er sie ließe. Sie würde das wirklich gerne tun, es liege ihr schon so lange auf der Seele.

Aber er sagte nein, nein. Wenn er zuerst an einem Pub vorbeikam, dann sei's drum. Wenigstens eine Cola konnte er sich genehmigen.

Sie hielt den Kopf gesenkt. Sie trug das Haar nicht mehr sauber gescheitelt. »Billy, es tut mir leid«, sagte sie. »Das wollte ich dir schon lange sagen. Es war gemein von mir. Aber ich hatte Angst, es würde nie was werden. Ich dachte, Tom würde mit dem Geschäft nie auf einen grünen Zweig kommen und wir würden auf ewig bei den Eltern wohnen. Du weißt, wie das ist, wenn man jung ist – man hat Angst, das eigene Leben würde nie beginnen. Dann hab ich dein Geld in die Hand gekriegt und bin ein bißchen durchgedreht.«

»Dennis hat mir gesagt, du wärst gestorben.« Leicht

kam das heraus. Es war jetzt alles Teil einer Geschichte, und als Geschichte war es nichts, was sie beide wirklich erlebt hatten. Außerdem vermutete er dahinter auch irgendwo einen guten Witz, wenn er die Geschichte ein wenig drehte und wendete, den richtigen Blickwinkel für sie fand. Er sah sich schon in Quinlans Bar, das Glas an seinem Herzen, und Danny Lynch, rot im Gesicht und mit diesen zuckenden Schultern, wie immer, wenn man ihn richtig in Fahrt brachte.

Eva nickte. »Wir hatten uns das schon gedacht, wegen deiner Briefe. Mary hat gemeint, er hätte gesagt, daß er das vielleicht sagen wollte.«

Auch Billy nickte. »Ach ja?« Er lächelte schwach. Noch einen Versuch mit der Tasse konnte er nicht riskieren, obwohl sich seine Kehle wie ausgedörrt anfühlte. »Wie diese Szene aus *Romeo und Julia*, nicht?« Einen Kurzen würde er sich vielleicht gönnen, einen einzigen nur, um sich für die Fahrt nach Shannon zu rüsten. Weil der Schwur, den er abgelegt hatte, auch Teil einer Geschichte war, wenn man es genau betrachtete. Nichts war unverbrüchlich, wenn man es genau betrachtete, nichts war unveränderlich, nichts stand unter der Drohung ewiger Verdammnis. Wer wollte hier wem etwas vormachen?

»Nun, wir sind beide noch da«, sagte Eva.

»Das ist ja das Schlimme.« Er sagte es mit einem irischen Akzent, um sie zum Lächeln zu bringen. Einen Schuß Whiskey für unterwegs und vielleicht ein Bier am Flughafen, bevor er Pater Jim wiedertraf. Ein einziges Glas Guinness. Sogar Pater Jim würde das wohl entschuldigen, Gelübde hin oder her, wenn er erfuhr, was er an diesem Nachmittag durchgemacht hatte. Wenn der Priester nur annähernd begriff, wie durch und durch töricht er sich fühlte.

Sie sagte, sie habe ihn sofort erkannt, als sie zur Tür hereingekommen war: die Krümmung seiner Schultern, diese blauen Augen. Sie habe ihn wiedererkannt, als wäre seit jenen Tagen, die sie auf Long Island verbracht hatten, überhaupt keine Zeit vergangen.

Die Hände immer noch im Schoß verschränkt, lehnte er sich im Stuhl zurück und sagte, sobald er wieder in New York sei, würde er wieder hinfahren und Dennis in Holtzmans kleinem Haus besuchen. Er genieße es so, da draußen zu sein. Der schönste Platz auf Erden.

»Wie geht es Dennis?« fragte sie, und er sagte es ihr. Er fragte: »Und Mary?«

Jetzt trat ein Ausdruck in ihr Gesicht, den er früher, während jener gemeinsamen Tage auf Long Island, nie gesehen hatte: Zorn und Entschlossenheit, Abscheu, eine alte Verbitterung – etwas, das die langen Jahre sie gelehrt hatten. Mary, so sagte sie und richtete sich dabei auf, als wollte sie darüberstehen, von Mary höre sie gar nichts mehr. Nicht seit damals, wenn du die Wahrheit wissen willst. Nicht seit Mary nichts mehr von Dennis gehört hat. Seit er mit ihr Schluß gemacht hat. Damals habe ihr Mary einmal geschrieben, Dennis würde ihm vielleicht sogar lieber sagen, sie sei gestorben, als ihn wissen zu lassen, daß sie einfach bloß grausam gewesen war. Du bist so gut wie tot für mich, hatte Mary geschrieben. Du hast alles für mich ruiniert. »Kannst du dir das vorstellen«, fragte Eva mit dieser neuen Verbitterung im Gesicht und in der Stimme, einem offenbar langgehegten Gefühl, das mittlerweile zutiefst vertraut schien. »Daß eine Schwester ihrem eigenen Fleisch und Blut so etwas sagt? Als ob es meine Schuld wäre, daß Dennis nichts mehr mit ihr zu tun haben wollte. Ich hab ihr zurückgeschrieben, Dennis täte nur, was jeder anständige Mann tun würde. Ich hätte ihr jedenfalls nicht gesagt, daß sie sich mit ihm alle Freiheiten rausnehmen soll.« Ihre Haut war faltig geworden und trocken, man ahnte, wie sie in zwei oder drei Jahrzehnten zu Staub zerfallen würde. Dann aber wirklich. Es war peinlich, dachte Billy (noch mehr Peinlichkeiten), diese zornigen Worte und Backfischbeschwerden aus dem Mund einer fülligen alten Großmutter zu hören, die längst weise genug geworden sein sollte, diese Verstimmung zu vergessen. Einer alten Frau, die weise genug sein sollte zu wissen, daß erkaltete Leidenschaft, deren Zeit längst abgelaufen war, etwas Lächerliches hatte. »Danach hat sie mir nicht mehr geschrieben. Meine jüngere Schwester trifft sie gelegentlich in New York. Sie ist aufs College gegangen – das City College in New York, der Mister und die Missis haben sie unterstützt – und hat schließlich eine Stelle als Lehrerin angenommen. Irgendwo in der Nähe von einer Stadt namens Binghamton. Geheiratet hat sie nie.« Dies mit einiger Befriedigung.

»Und ihr habt keinerlei Kontakt mehr?« fragte Billy.

Sie schüttelte den Kopf. Bis zu diesem Moment hätte er sagen können, daß die Jahre sie kaum verändert hatten. »Ich bin so gut wie tot für sie«, bemerkte sie hochtrabend. »Und sie für mich ebenfalls, wie ich hinzufügen könnte.«

Sie saßen in den zwei Gartenstühlen vor Holtzmans Haus, die sie auf dem spärlichen Gras des Rasens aufgestellt hatten, weil die niedrigen Stufen, auf denen sie in jungen Jahren an vielen Abenden gesessen hatten, mittlerweile für ihre alternden Rücken zu hart waren und ihre Beine einschlafen ließen. Billy, bereits sternhagelvoll, beugte sich vor und erklärte Dennis, daß also Verbitterung alles war, was unterm Strich übrigblieb.

Zwei alte Schwestern, die sich vor dreißig Jahren wegen zwei Jungs und ein paar böser Worte überworfen hatten und keinen Weg aus ihrem stummen transatlantischen Zerwürfnis fanden, weil eine (so könnte man sagen) zuviel gegeben hatte und die andere zuwenig. Das war alles – mehr blieb nicht von ihrer lieblichen Idylle an diesem wunderschönen Ort. Der vom Zorn beseelte Glaube war stärker gewesen als jeder von Zuneigung getragene. Das war es dann, so war es also zu Ende gegangen. Nichts als Verbitterung, um die Wahrheit zu sagen. Oder im besten Fall kleinliches Nachharken.

Wie hatte es der Dichter gesagt? Mehr Kraft in unserer Feindschaft als in unserer Liebe.

Mein Vater schüttelte den Kopf, beugte sich ebenfalls vor und stützte die Unterarme auf die Knie. »Du und deine Gedichte. Die haben auch mehr geschadet als genützt«, sagte er.

Er wußte, er sollte ihn eigentlich rauswerfen. Doch Billy hatte den Flachmann in seiner Jackentasche aus der Flasche in seiner Reisetasche nachgefüllt und war schon zu betrunken, als daß er ihn in den Zug hätte setzen können. Nicht daß Dennis im Moment die Kraft dazu gehabt hätte. Morgen früh würde er ihm einen Vortrag mit auf den Weg geben, den er sich schon jetzt halten hörte, mit folgendem Tenor: Wenn du so weitermachst, wirst du dich umbringen und vielleicht noch jemanden mit. Denk doch an Maeve. Denk an Rosemary und Kate. Denk an den armen Pater Jim und daran, was er deinetwegen für Mühen auf sich genommen hat. Denk an deine Freunde, Billy. Denk an mich. Das hatte er noch nie gesagt und würde es sicher auch nie wieder tun, aber nur dieses eine Mal würde er sich vielleicht trauen, ihm zu sagen: Denk an mich, Billy. Der ich ohne Claire bin und ohne den Glauben oder die Phantasie, ihr meine Gedanken, geschweige denn meine Gebete zu schicken. Laß für einen Moment deinen ganzen Unfug beiseite, Billy, laß die Vergangenheit ruhen und denk an die Menschen, die dich wirklich lieben und immer geliebt haben. Jeder von uns, Billy, ist der lebende Beweis dafür, daß sie machtlos ist, diese Liebe füreinander, und in nichts dem gleicht, was du dir darunter vorgestellt hast. Außer darin, daß sie nicht vergeht.

»Es tut mir leid, Billy«, sagte er statt dessen mit einem Kopfschütteln. »Wenn es das ist, was du willst, bitte ich dich um Verzeihung. Ich hätte dir längst die Wahrheit sagen sollen. Aber es war so viel Zeit vergangen – ich nehme an, ich habe irgendwann gedacht, es würde keinen Unterschied mehr machen.«

Billy saß aufrecht da, mit benebeltem Blick: einer, dem nicht mehr zu helfen war. Und doch stand – oder bildete mein Vater sich das nur ein? – in Billys blauen Augen immer noch diese alte Sehnsucht, die alte Verehrung, seine alte, beharrliche Liebe. »Ganz schönes Kunststück, über all die Jahre«, sagte er leise.

Dennis stimmte ihm zu.

»Eine ziemlich tolle Geschichte.«

Mein Vater nickte, noch immer vorgebeugt, das spärliche Gras unter seinen Füßen noch warm von der Sonne, obwohl der Tag sich zum Abend neigte. Der Geruch nach Teer von der aufgeheizten schwarzen Straße war schwach genug geworden, um den Blütenduft der Luft wieder durchdringen zu lassen. Genau die gleiche Luft wie damals vor so vielen Jahren. Der Duft der Sehnsucht schlechthin.

»Ist es dir schwergefallen?« fragte Billy mit seinem dünnen Lächeln.

»Nur am Anfang«, antwortete mein Vater. »Nach einer Weile habe ich es wohl selbst geglaubt.«

Billy nickte. »Mary hat nie geheiratet«, sagte er noch einmal, gleichsam als Angebot.

»Und dabei war sie ein hübsches Mädchen«, sagte mein Vater und lehnte es ab. »Da siehst du's wieder. Man kann nie wissen.«

Ich kam von der Straße her, und sie bemerkten mich erst, als ich über den Kies der Einfahrt ging.

Mein Vater blickte auf; Billy drehte sich im Stuhl halb zu mir um. Ich redete sofort los, damit ich weder in Billys tränennasse Augen sehen mußte noch in die dunklen, sorgenvollen Augen meines Vaters.

Ich hätte Matt West getroffen, sagte ich, den ältesten Sohn von Mr. West. Der Junge aus dem Wagen heute morgen. Unten am Strand, sagte ich, denn ich wollte weder das Bild des breiten Wagens noch den Nachklang von Marihuana heraufbeschwören. Ich wollte um sieben mit ihm ausgehen, wenn sie beide nichts dagegen hätten. Vielleicht ins Kino oder so. Sie hätten hoffentlich nichts einzuwenden.

Mein Vater lehnte sich zurück. »Billy ist nur für den Abend hier«, sagte er streng. »Kein guter Abend für andere Pläne.«

Billy aber winkte ab, wie meine Mutter es getan haben könnte. »Geh nur«, sagte er, und zu meinem Vater: »Laß sie gehen. Warum in aller Welt sollte sie einen Abend mit zwei alten Knackern verbringen wollen?« Er umfaßte den Rasen und die Straße, die länger werdenden Schatten und den immer noch blauen Himmel mit einer großen Geste. »An einem Abend wie diesem«, sagte er, »einer Sommernacht an diesem wunderschönen Ort.« Er sah mich an und konnte kaum weitersprechen. »Geh nur«, fuhr er mit überquellenden Augen fort. »Ich wünsche dir einen wunderschönen Abend, Liebes. Mit deinem Jungen. Geh nur.«

An jenem Abend entdeckten wir den Punkt, an dem deine und meine Kindheit sich begegneten: einen Sommerabend, einen der letzten, glaube ich, die wir mit meiner Großmutter im Haus auf Long Island verbrachten. Meine Brüder und ich spielten in einer Ecke des Gartens Federball, während meine Mutter und Großmutter und mein Vater in der anderen Hälfte im Halbkreis auf Gartenstühlen saßen. Ein duftender Spätsommerabend, der Himmel leuchtend rosa und purpur und gold gestreift, ein leichter Salzduft in der abkühlenden Luft, in der schon ein allererster Hauch von Herbst lag. Ein Krug mit Martinis stand vor ihnen auf einem Aluminiumtablett, dazu ein Teller Austern in ihren Schalenhälften, ein Tüpfelchen roter Cocktailsauce auf jeder Auster und jeweils eine Zitronenscheibe zur Verzierung. Für sie war es der Himmel auf Erden.

Von dort, wo wir spielten, konnten wir die Einfahrt einsehen; also müssen es unser langsameres Spiel und unsere Blicke gewesen sein, die meine Großmutter auf ihren Besucher aufmerksam machten, oder vielleicht das Knirschen der Reifen auf dem Kies. Er stieg mit der Karteikarte in der Hand aus dem Wagen und schien sie uns zeigen zu wollen, als wolle er nach dem Weg fragen, als er bemerkte, daß auch Erwachsene im Garten waren. Mein Vater stand von seinem Stuhl auf und kam auf ihn zu; meine Großmutter, die mehr wußte, folgte ihm auf den Fersen. Sie überholte meinen Vater, gerade als Mr. West seine Kappe abnahm, und führte ihn sofort um das Haus herum zum Vordereingang zurück. Wir hörten ihre Stimmen innen im Haus durch das Fliegengitter vor den Küchenfenstern und dann noch einmal aus dem hinteren Schlafzimmer. Offenbar redete sie die meiste Zeit über. Ihre Stimme war zwar im Alter rauher geworden, doch die Stimme einer Rothaarigen geblieben, obwohl sie ihr Haar hatte weiß werden lassen, da sie Färben verschmähte wie andere Formen der Selbsttäuschung auch. Meine Mutter sah meinen Vater an, und der zuckte mit den Schultern. Sie wechselten ein paar Worte. Er stand auf, um ihre Drinks aufzufüllen. Als meine Großmutter um die Hausecke bog und zu uns zurückkam, hielt sie ein kleines Bündel Zehndollarscheine in der Hand, und Mr. West hatte den Motor schon wieder angelassen.

Er fuhr zurück zu eurem Haus in Amagansett, wo der lange, laute Streit weiterging, der für dich die Ehe deiner Eltern war. Er kam herein, als du und deine Brüder gerade mit eurer Mutter am Eßtisch saßen – irgend etwas mit Ketchup, sagtest du, wenn du dich recht erinnertest. Aber in deiner Erinnerung habe jede Mahlzeit deiner Kindheit nach Ketchup gerochen (und dann zogst du den Kopf ein, weil du lachen mußtest oder weil du mich zum Lachen gebracht hattest). Deine Mutter kehrte ihm den Rücken zu, wie üblich, und weder du noch deine Brüder ließen sich von der eisigen Stille täuschen – ihr wußtet, sie würde höchstens ein paar Augenblicke halten. Dein Vater stampfte die Treppe zum Dachboden hinauf, stampfte mit zwei Koffern wieder herunter und verschwand im Schlafzimmer. Als er mit dem ersten Koffer wieder durch die Küche kam, fragte deine Mutter kühl: »Was wird das?«, und er sagte: »Ich gehe.« Na klar, formte sie lautlos mit ihren Lippen für dich und deine Brüder, die ihr in dem Moment weder für sie Partei ergreifen noch ihm glauben wolltet. Als er zurückkam, drehte sie ihm erneut den Rücken zu, doch als er mit dem zweiten Koffer durch die Küche ging, sprang sie von ihrem Stuhl auf und folgte ihm durch die Küchentür, die Stufen hinunter, über den Rasenstreifen neben dem Haus bis zum Wagen.

Es mag Familien geben, sagtest du, die ihre Stimmen im Freien senkten (meine zum Beispiel, wie ich dir erzählte, die ungefähr zur selben Zeit an jenem Abend still über gegrillten Steaks saßen und sich die Erklärung meiner Großmutter anhörten, warum es vernünftig sei, das Haus rund ums Jahr zu vermieten, ungeachtet unserer schönen Erinnerungen), doch deine gehörte nicht dazu. Gute zehn Minuten lang gingen sie draußen auf dem kleinen Rasenstück neben dem Haus aufeinander los, dann stürmte dein Vater wieder in die Küche und deine Mutter folgte ihm auf dem Fuße und versuchte, ihn hinten am Hemd festzuhalten. Mit ihren glänzenden Augen und den entschlossenen Kinnladen waren sie beide, sagtest du, so von ihrer Wut vereinnahmt, daß sie weder Augen noch Ohren für die drei Jungen hatten, die immer noch am Tisch vor den Resten eines weiteren Ketchupdinners hockten. Von der Küche zurück ins Schlafzimmer. Das entscheidende Wort in diesen Auseinandersetzungen, sagtest du, war *Du*. *Du*, herausgespuckt wie ein naßgekautes Papierkügelchen, *Du*, abgekratzt und zurückgeschleudert. Ich? *Du*! Hätten sie sich nur darauf verständigen können, wer von ihnen *Du* war, hätten sie endlich und mit Sicherheit gewußt, wer schuld hatte. Dann hätten sie wenigstens etwas gelöst gehabt. (Hier zogst du wieder den Kopf ein, um zu lächeln. Mir gefielen dein Mund, deine dunklen Augen, das Lederarmband um dein schmales Handgelenk.)

Dein Vater verbrachte die Nacht auf seinem Boot. Vielleicht auch noch das nächste Dutzend Nächte, denn es war mindestens schon September – das neue Schuljahr hatte jedenfalls schon begonnen –, bevor er dich und deine Brüder zum ersten Mal in das kleine Haus holte, das er gemietet hatte. Natürlich fandest du es scheußlich: die muffigen Zimmer, die blutroten Schindeln und das Gefühl, daß wenn dein Vater dir je fremd werden konnte, dann hier, wo er in der kleinen Küche herumging, Schranktüren und Schubladen öffnete und vor sich hin murmelte: Also wo hat sie bloß ... Während er Spiegeleiger mit Speck briet und sie euch auf ausgeblichenen Porzellantellern servierte, die weder ihm gehörten noch eurer Mutter, sondern die meine Mutter vor etlichen Sommern für ein paar Dollar in East Hampton beim Trödler mitgenommen hatte (Relikte eines anderen Aufruhrs in einem anderen Haushalt). Du hast das kleine Haus gehaßt, weil es, zumindest in deinen Augen damals, der greifbare Beweis dafür war, daß es mit der Ehe deiner Eltern und den Tagen, da ihr fünf unter einem Dach lebtet, aus und vorbei war. Daß die Wut und das Geschrei sich nie, wie du immer geglaubt hattest, wieder in Liebe und Frieden auflösen würde. Verschwendet keinen Gedanken daran, sagtest du zu Cody und John. Jede Hoffnung wäre zuviel.

Du schliefst in dem Zimmer mit den Cartoonfiguren aus Preßspan an der Wand. Mein Zimmer, sagte ich, da schlafe ich immer, wenn ich dort bin – »Dann haben wir ja schon im selben Bett geschlafen«, sagtest du und nahmst lächelnd alle möglichen Abkürzungen auf einmal. Wir staunten gemeinsam über das, was wir bisher nicht gewußt hatten, wobei die Parallelen in unserer Vergangenheit uns nicht mehr entzückten als das, was, wie wir zu spüren meinten, die Zukunft für uns bereithielt, ja immer schon für uns bereitgehalten hatte, ohne daß wir es wußten.

Das war die Lektion, die du durch das Haus gelernt hast, sagtest du – da waren wir schon mittendrin, und unsere Hüllen fielen, wie es damals üblich war, von selbst, irgendwo über uns das Meeresrauschen, die feuchte Wärme der Nacht, dieselben Sterne, unsere eigene kleine Sommeridylle. Das hattest du aus deinem zerbrochenen Elternhaus gelernt: daß an die Stelle der fehlenden Liebe, der Verflüchtigung und des Verfalls der Familie, an die Stelle des ewigen Kampfes um Liebe, der Frieden trat. Das war die Lehre, die du daraus gezogen hattest: Man konnte das eine oder das andere haben und bezahlte für das eine mit dem anderen.

Ich stimmte dir zu. Wir redeten damals alle so über die Liebe: welterfahren, mit offenen Augen, ohne Illusionen. Natürlich logen wir dabei. Denn was wir in jenem Augenblick wirklich glaubten – und was wir hin und wieder bis an unser Lebensende glauben würden –, war, daß die ganze Geschichte von Holtzmans kleinem Haus, von seinem bankrotten Bauherrn über die Geldgier meiner Großmutter bis zu der bitteren Ehe deiner Eltern, in dieser Nacht und durch unsere Begegnung ihre Erfüllung gefunden hatte.

Am Morgen darauf waren Billys Augen blutunterlaufen, als er am Frühstückstisch saß, doch war er ein zu gewiefter Trinker, als daß man ihm den Kater angemerkt hätte. Er hatte geduscht und sich rasiert, und sein nasses Haar war glatt zurückgekämmt. Der offene Kragen seines hellblauen Hemds zeigte die alternde, fleckige Haut seines Halses. Nichts in seinem Gesicht oder seinem Verhalten deutete darauf hin, daß er auch nur ein Wort von der Gardinenpredigt gehört hatte, die mein Vater ihm in seinem Zimmer gehalten hatte, noch bevor Billy oder übrigens auch ich (die ich hinter der Wand, an der immer noch die Cartoonfiguren von früher hingen, der Stimme meines Vaters lauschte) auch nur einen Fuß aus dem Bett gestreckt hatten: Umbringen würde er sich damit und jeden lüge er an und ob sich Pater Jim die ganze Mühe wirklich umsonst gemacht haben sollte, und ob er nicht wieder zu den AA gehen wolle – bei Ted und Mary Casey und Onkel Jim habe es doch auch funktioniert. Warum nicht? Warum nicht?

Billys schwarze Tasche wartete schon vor der Haustür, als er in die Küche kam. Er sah sie und sagte: »Hier ist Ihr Hut, warum so eilig?«

Mein Vater stand am Herd und briet die Eier. Er drehte sich um und lächelte, und einen Moment lang dachte ich, er würde nachgeben. Aber er verstand es genauso geschickt wie sein Cousin, sich die Dinge zu versagen, die ihm am meisten Freude bereiteten. »Es gibt einen Zug um 17 nach 11«, sagte er.

Am Tisch nahm sich Billy einen Löffel heißen Kaffee und verschüttete die Hälfte, als er ihn zitternd zum Mund führte, so daß er Teller, Hose und Hemd damit bekleckerte. Er wischte mit seiner Serviette an sich herum und nahm dann einen kleinen Packen Postkarten und einen Tintenfüller aus seiner Brusttasche. Beides legte er auf den Tisch neben seinen Teller.

»Noch einmal zu Irland«, begann er. »Wir sind da drüben überall. Alle unsere Gesichter.« Zu mir: »Deinen Dad sah ich in Dublin einen Guinness-Laster fahren. Und sein Dad trieb oben im Nordwesten vor mir eine Schafherde über die Straße.«

Er schraubte den Füller auf und nahm ihn in die Hand, legte ihn aber wieder hin, als klar war, daß seine zitternden Finger ihn noch nicht ruhig halten konnten.

»Ich habe meine Mutter gesehen«, fuhr er fort. »Du lieber Gott, ich habe meine Mutter fast in jedem Laden gesehen, in dem ich war, meistens hinter dem Tresen. Und das Gesicht meines Vaters habe ich bei einem der

Priester gesehen, die in dem Kurhaus die Messe lasen.«

Er nahm die Karten auf und sah sie durch: der Ententeich, trautes Heim, Glück allein, der Maidstone Club, ein Sonnenuntergang am Strand von Amagansett.

»Uns alle hab ich gesehen«, sagte er dabei. »Dich und Danny und Claire. Meine beiden Schwestern. Mac hat mir am Flughafen das Auto vermietet. Ted Lynch hat bei einem Hurlingmatch direkt hinter uns gesessen, und tut mir leid, das sagen zu müssen, Dennis, aber der war nun wirklich besoffen.« Er zwinkerte mir zu. »Von wegen immer schön sachte mit den alten Pferden.«

Mein Vater mußte lächeln, eine alte Angewohnheit von ihm. Er konnte nicht anders, als Billy amüsant zu finden, sogar einen Billy, der einen Kater hatte und jeden belog, einen Billy, dem nicht mehr zu helfen war.

Billy legte die Karten mit der Schriftseite nach oben zurück auf den Tisch. Er nahm noch einen Löffel Kaffee, und diesmal hielt er die Hand ruhiger.

»Allerdings hab ich keinen gesehen, der Ähnlichkeit mit Kates Peter hatte«, sagte er. »Was nur beweist, was ich schon gesagt habe, daß nämlich dieses Gerede über die dunklen Iren eine Lüge ist. Wenn ihr mich fragt, steht da hinter Sullivan der gute alte Name Sulinowsky.«

Er nahm den Füller und wendete die Postkarte wieder, um das Foto zu betrachten. Trautes Heim, Glück allein. »Maeve natürlich«, fuhr er fort, »und ihren Vater. Sein Gesicht siehst du dort an jeder Ecke. Onkel Jim. Bridie Shea, wieder als kleines Mädchen.« Er schrieb die ersten Zeilen, langsam, sorgfältig die Kontrolle während. »Wäre das nicht ein Geschenk für die arme Bridie, noch einmal ein Mädchen zu sein und da oben immer im Fenster ihrer Mutter zu sitzen, wie früher? Völlig frei von Sorgen. Ich habe zu Pater Jim gesagt, Irland wäre wie ein Vorgeschmack auf das Jenseits. Ich muß eine Ausgabe von jedem Iren gesehen haben, den ich kenne.«

»Und was ist mit dir?« fragte mein Vater. »Sah irgendwer aus wie du?«

Billy blickte von seiner Postkarte auf. Er hatte eine einzige Zeile quer darüber geschrieben, zwei dünn hingekrakelte Worte nur, soweit ich sehen konnte.

»Na klar«, sagte er. »Ich war dieser junge Bursche in Clonmel. Eine lebende Legende an der Tankstelle und in der ganzen Gegend.« Mein Vater lachte auf, und Billy sah mich an. »Laß dir die Geschichte von deinem Vater erzählen«, sagte er, obwohl ich es natürlich nicht tat, nicht zu der Zeit, da meine eigene Zukunft mich so in den Bann geschlagen hatte. Außerdem war ich zu sehr damit beschäftigt zu entziffern, was er auf die Karte geschrieben hatte, die er mit seiner Hand verdeckte. Es sah aus wie *Schöne Freundin*, nur diese zwei Worte.

Und dann sah ich, wie er die Karte an Maeve adressierte.

Das Haus auf Long Island war ein niedriger, rechteckiger Bau mit roten Schindeln und einem grünen Dach. Die Schindeln fühlten sich rauh an, glitzerten aber, gesprenkelt mit Glimmer, in der Sonne. In die Vorderseite waren zwei dunkelgrün abgesetzte Fenster eingelassen, dazwischen eine Tür, auch sie grün. Die drei Holzstufen waren einmal passend zur Tür gestrichen worden; mittlerweile war die Farbe großenteils abgeblättert, und überall schaute das nackte Holz durch.

Der Rasen zeigte jetzt im April ein helles Grün mit dünnen, nassen, neugeborenen Grashalmen. Sogar das niedrige, flachwachsende Unkraut am Rand des Grundstücks schien gerade erst gesprossen zu sein, genau wie das Gewirr der Geißblattranken, die den Maschendrahtzaun an der einen Seite bedeckten und sich im Sommer mit dem Summen der Bienen vermengten. Auf dem Kies der Einfahrt standen überall Pfützen. Die Straße vor dem Haus war immer noch schwarz von dem vielen Regen, der Billys raschen Aufstieg in den Himmel garantiert hatte, aber sie trocknete schon ab, und bis Mittag würde der bereits verblassende Pinselstrich am Rand wieder in Federenden aus Straßenstaub auslaufen. An den heißesten Tagen stieg von der Straße derselbe scharfe Geruch auf wie an dem Tag, als sie geteert worden war. Und natürlich Wellen von flirrender Luft, die in der Hitze schwammen: Luft, von Erde bewegt.

Um die Vorstadtbungalows und sandverwehten Sommerhäuser war es zumeist noch still, und nur in ein oder zwei von ihnen brannte Licht: Wieder war ein Samstagmorgen gewonnen. In der Bucht lag der Bogen des Strandes menschenleer; an seinen Rändern sammelten sich Steine und Muscheln. Dunkles Wasser wusch plätschernd über sie hin und lief wieder ab.

In der Mitte des immer noch unbebauten Grundstücks auf der Straßenseite gegenüber waren die Überreste der zerfallenden Fundamente für ein nie gebautes Haus mittlerweile so überwachsen, daß sogar schon im April das Gelände fast unter sprießendem Unkraut, trockenen Stengeln und dem Laub vom letzten Jahr verschwand.

Dies war immer der Blick von der Vordertreppe des kleinen Hauses auf Long Island gewesen: ein blaßgrünes Stück Land, die Baumreihe, der blaue Himmel, der bei einem bestimmten Licht das im Spiegel der Bucht aufblitzende Sonnenlicht zu reflektieren schien.

Die Fliegengittertür am oberen Ende der Stufen war, wie anscheinend alle Fliegengittertüren in Sommerhäuschen, gegen den Einfall von drahtschneidenden Moskitos mit fünf mal fünf Zentimetern Fliegendraht geflickt – obere Gitterhälfte, rechte obere Ecke (wie überall). Dahinter dann die schwere grüne Haustür.

Die Tür öffnete sich in einen schmalen Raum mit einem leichten Geruch von Moder und feuchter Ozeanluft. Gleich hinter der Tür ein kleiner Flickenteppich, ein anderer, größerer unter dem schweren Couchtisch. Obendrauf drei klamme Reader's-Digest-Hefte und ein blauweißer Fahrplan der Long Island Railroad für den

Bahnhof in East Hampton. Eine Couch mit Holzrahmen und Tweedpolstern, die Kanten weiß abgewetzt. Ein Schaukelstuhl aus dunklem Holz und ein Ohrensessel mit einem buntkarierten Überwurf. Daneben ein Tisch und eine Lampe, deren Fuß aus einer schellacküberzogenen Tauwerksrolle bestand. Ein alter Cinzano-Aschenbecher und eine uralte Schachtel nicht mehr zu gebrauchender Streichhölzer von Jungle Pete. Eine schmiedeeiserne Stehlampe. Spuren vom Sand des letzten Sommers auf dem Holzboden unter der Couch, Spuren von Staub in jeder Ecke. Holzkohlenstückchen an den Bodenleisten, die Stockflecken verhindern sollten.

Das andere Ende des Raumes öffnete sich zur Küche mit ihrem schweren Resopaltisch, den Küchenschränken mit ihren roten Arbeitsflächen und dem gewölbten Kühlschrank. Die Spüle stand an der Hinterwand unter einer langen Reihe schmaler Fenster, die so weit oben eingelassen waren, daß allen Geschirrspülern von einsfünfundfünfzig abwärts die Sicht versperrt war. Neben der Spüle führte eine Tür in den Hintergarten, die das einzige Fenster im Haus mit Gardinen aufwies; vor allen anderen hingen gelbe Rollos. Hinter einer anderen Tür neben dem Kühlschrank begann ein schmaler Flur, der zu den drei Schlafzimmern führte. Dahinter das einzige Badezimer mit Wanne und Waschbecken (auf wackligen Spinnenbeinen) aus angeschlagenem weißen Porzellan und einem rissigen grauen Linoleumboden.

Das Schlafzimmer auf der anderen Seite des Flurs war ein paar Zentimeter breiter als die anderen und dank eines zweiten Fensters das hellste der drei, gelb gestrichen und mit acht hölzernen Margeriten aus dem Schuhgeschäft dekoriert, die meine Großmutter in einer unergründlichen Konstellation über die rückwärtige

Wand verteilt hatte. Eine hohe Frisierkommode mit einem Tischläufer. Ein Nachttisch mit einer Milchglaslampe, auf dem eine Zeitschrift lag, aufgeschlagen und auf halb gefaltet, so daß nur eine weiße Seite mit schwarzer Schrift zu sehen war, die von keinem Foto aufgelockert wurde. Quer über die Seite eine Lesebrille, die seit letzter Nacht dort lag, weil es zu spät geworden war, um bis zum Ende zu kommen, und es zu viele Worte waren und sich alles nur darum drehte, wie sehr die Bürger den Präsidenten liebten, der nur ein Schauspieler war, wenn man es genau betrachtete, ein Schauspieler, der ihnen seinen Text vorlas.

Auf dem Doppelbett, Kopfteil aus dunklem Mahagoni, kein Fußbrett, die weiße Chenille-Bettdecke halb zurückgeschlagen, dünne Bezüge mit verwaschenem Blumenmuster, öffnete mein Vater die Augen und sah denselben Raum, in dem er zu Bett gegangen war. Dasselbe Zimmer, in dem er eingeschlafen war: Nachts der umschattete Lichtkreis der Milchglaslampe, jetzt sonnenhelles frühes Morgenlicht im Auf und Ab des gelben Rollos, das von der Brise am unteren Ende eingesogen und dann wieder losgelassen wurde (ein Kind auf einer Schaukel), so daß es gegen das Schiebefenster schlug. Von just diesem Geräusch war er wach geworden. In der Ferne bimmelten die Warnglocken der Bojen in der Bucht (die Kleine in ihrem Schwimmreifen). Der Duft von frischem Gras und dem Ozean, von Moder, von dem Haus auf Long Island, vom Ostteil der Insel. Ich bin noch hier.

Er schwang die Beine aus dem Bett, richtete sich auf, blieb einen Moment lang sitzen. Nur das Licht war anders, sonst nichts, Zeitschrift auf dem Tisch, Brille auch, Kleider über dem Stuhl, Margeriten, Kommode, Kulturbeutel auf dem Tischläufer, weil seine Tochter mit ihm hier war und ihre Kosmetiktasche gern auf den Spülkasten der Toilette stellte.

Da stand sie auch, als er über den Flur ins Bad ging, hellrosa und blau, prall und rund. Er gab ihr einen sanften Stups, als er den Deckel hob.

Im Zimmer zog er das Rollo bis über das geöffnete Fenster hoch, damit das Schlagen sie nicht weckte – und hörte daraufhin das gleiche Geräusch, schwach, doch beständig, von dem Rollo, das in ihrem Zimmer nebenan gegen das Fenster schlug. Beide hatten sie also die Fenster trotz der kalten Luft die ganze Nacht über offengelassen. Noch lag Nebel auf dem grauen Gras und über den Ranken entlang dem Zaun. Auf der ganzen Welt gab es keinen Ort, an dem er lieber aufwachen würde.

Einen Augenlick blieb er zwischen Kommode und Bett stehen und ließ eine elementare Einsicht auf sich wirken: Hier war er im selben Zimmer, wo sich das Bewußtsein aus- und nun wieder eingeschaltet hatte. Nur das Licht war anders. Es war wieder Tag.

In der Küche setzte er Wasser auf, halbierte Orangen und drückte sie unter seiner Hand in einer altmodischen gläsernen Saftpresse aus. Tatsächlich war es genau die Presse, die seine Mutter in seiner Jugend benutzt hatte, damals in der Wohnung in Woodside. Sie war irgendwie auf diesen Strand gespült worden, und er stellte sich vor, daß sie eine lange Odyssee hinter sich hatte, die sie, in Zeitungspapier gewickelt und in einer Kiste verpackt, von jener kleinen Küche in Queens in den Keller von Holtzmans Haus in Jamaica geführt hatte (wo Jahre vergangen waren: Licht vor dem schmalen Kellerfenster, dann Dunkelheit, erneut Licht, und das tausendmal hintereinander, während er aus Übersee zurückkehrte, Mary kennenlernte, Claire kennenlernte, heiratete, Vater wurde), bis jemand – er selbst? Holtzman? seine Mutter? – die Kiste mit der Aufschrift *Küchensachen* heraufholte und sie hier hinaus zum Haus auf Long Island brachte, wo sie für Jahre aus dem Blick verschwand, um dann als etwas wieder aufzutauchen, das er mit Mr. West teilte, solange der noch »der Mieter meiner Mutter« war und noch nicht »der Schwiegervater meiner Tochter«, und nun stand er an diesem Morgen im April, dem zweiten nach Billys Beerdigung, erstaunt, ja entzückt vor diesem Gegenstand, vor den Dingen, die den Wechsel der Zeiten überdauerten.

Er goß den Saft in zwei kurze, breite Gläser, wusch sich die Hände und trocknete sie ab. Er zog an der Hintertür, bis sie aufging – der Türrahmen klemmte, die Gardine schwang hin und her, auf der Bühne wäre die ganze Wand mitgekommen –, und trat auf die schmale Veranda hinaus, wo die Pinselstriche in der dunkelgrünen Farbe von ihm und Billy stammten. Wunderbar, die süße Frühlingsluft von Ost-Long-Island. Frisches Gras, süß duftende Blüten und eine Spur von Meersalz. Im hellen Grün der blassen Bäume spielten hoch oben dünne gelbe Sonnenstrahlen; auch dies ein Bühneneffekt.

Er begann mit ein paar Gymnastikübungen. Seine Arme waren winterblaß, die feinen Haare darauf zumeist grau, ganz sicher grauer, als Claire sie je gesehen hatte. Bis Sonnenuntergang werden seine Arme nach der Arbeit, die er sich vorgenommen hat (Sense und Heckenschere sowie ein Spachtel und Schmirgelpapier für die alte Farbe), ein rötliches Braun angenommen haben. Er berührte seine Hüfte, die Schultern, hob die Hände über den Kopf und jeder, der ihm zusah, hätte gedacht, er preise den Schöpfer. Es war wieder Tag.

Drinnen ächzten und stöhnten die Rohre, und Wasser rauschte gurgelnd durch die Wände, so daß es klang, als würde das Haus von Wasserleitungen zusammengehalten statt von Brettern und Balken. Seine Tochter stand unter der Dusche.

Er holte das Frühstückstablett unter der Arbeitsplatte hervor, stellte Tassen und Untertassen darauf, Schüsseln, Corn-flakes, Zucker, eine Tüte Milch, ein Glas Marmelade, legte Löffel dazu. Toastete vier Scheiben Brot und goß gerade das Wasser für den Tee in die Kanne, als sie in die Küche kam. Sie war barfuß, trug Trainingshosen und ein altes T-Shirt, und ihr nasses Haar roch nach Shampoo.

»Guten Morgen, meine Schöne«, sagte er, und mit dem Handtuch um ihre Schultern drapiert erwiderte sie: »Guten Morgen«. Sie sagte, sie sei schon laufen gewesen, zum Strand hinunter und zurück, und ihm wurde klar, daß er ihr Rollo in einem leeren Zimmer hatte schlagen hören. Morgen würden sie nach Rosedale zurückfahren. Und noch am selben Abend würde sie nach Hause fliegen.

Er hob das Tablett an, und sie ging vor ihm durch das Wohnzimmer. Noch einmal schloß sie die grüne Tür auf, öffnete sie, und Sonnenlicht und Vogelgesang verwandelten einen langen Streifen des dunklen, klammen Raumes. Sie drückte die Fliegengittertür auf und trat halb hinaus, die Tür für ihn offenhaltend.

Er sagte: »Ich danke Ihnen, Ma'am«, und stemmte seinen Ellenbogen gegen die Tür, um sie vorgehen zu lassen. Auf der untersten Treppenstufe drehte sie sich um und wollte ihm das Tablett abnehmen, doch er sagte: »Es geht schon« und ließ die Gittertür hinter sich zufallen, während er auf die zweite Stufe trat, sich umwandte und das Tablett mit einem leisen Klirren des Geschirrs vorsichtig auf der obersten Stufe abstellte. Er setzte sich daneben. Sie saß unter ihm, zu seinen Füßen, schüttelte ihr Haar aus, fuhr mit den Fingern hindurch, und von ihrem Shampoo ging ein Geruch aus, der wie eine schlechte und zugleich bemühte Kopie der duftenden Frühlingsluft wirkte. Er nahm die Teetasse und goß ihr ein. Sie streckte die Hand danach aus.

»Danke schön«, sagte sie.

»Ist mir ein Vergnügen.«

Sie nippte an ihrem Tee. Die Brise, die ihn geweckt hatte, war in der Sonne abgeflaut, doch etwas vom kalten Morgengrauen hing noch in der Luft. Man wagte ja nicht, zu einer erwachsenen Tochter, einer verheirateten Frau mit eigenen Kindern zu sagen: Ist dir auch warm genug? Brauchst du einen Pulli? Willst du nicht lieber Schuhe anziehen?

Er sagte: »Du wirst noch bei deinen Schwiegereltern anrufen müssen, bevor du fliegst.«

Ich sagte ja, ich hätte ihnen schon gesagt, ich würde vorbeikommen.

»Das ist mal ein glückliches Paar«, bemerkte mein Vater und meinte Mr. West und seine Frau, die nun, da ihre drei Jungs erwachsen und flügge geworden waren, wiedervereint waren. Wiedervereint in ihrem Nest, wie du gesagt hattest, im alten Haus in Amagansett, zwischen den Ruinen. Was war zählebiger, hattest du gefragt, als das Verlangen nach Verbundenheit, vor allem im Alter? Zählebiger als Tatsachen, als die Erinnerung. Deine Eltern wandten sich jedesmal mit großen Augen ab, wenn du oder einer deiner Brüder sagte: Aber ihr habt euch doch gehaßt… Sie hätten nur Platz gebraucht, sagten die beiden dann und wendeten unsere eigenen Worte gegen uns. Sie hätten nur eine schwierige Phase in ihrer Ehe durchgemacht, die zu eurem Pech, Jungs, mehr oder weniger mit eurer Kindheit zusammengefallen war…

An diesem Morgen, zwei Tage nach Billys Beerdigung, saßen mein Vater und ich auf den Treppenstufen des Hauses auf Long Island und redeten darüber, was an dem kleinen Haus gemacht werden mußte, um es für den Sommer und auch für seine Pensionierung im nächsten Jahr in Schuß zu bringen. Dann würde er das Haus in Rosedale zum Verkauf anbieten und auf Dauer hier draußen leben. Eine zweite Generalüberholung war überfällig: Wärmeisolierung, Leitungsrohre, Heizung. Ein neuer Anstrich. Alles, was Billy und er vor Jahren gemacht hatten, mußte abermals gemacht werden, und noch einiges dazu. Er brauchte neue Möbel, einen richtigen Garten, sobald er dauerhaft hier draußen wohnte. Auch viel Besuch, gab es doch gute sechs Monate, von April bis mindestens September, vielleicht sogar Oktober, die er verplanen konnte. Meine drei Brüder und ihre Familien mußten je einmal kommen, und er hoffte, auch ich würde mit den Kindern von der Westküste herüberkommen. Mindestens für eine Woche, vielleicht auch für zwei.

Mein Vater saß auf der Stufe über mir, der Stufe, die er noch an diesem Nachmittag mit Spachtel und Schmirgelpapier in Angriff nehmen würde, ließ den Blick auf den blauen Himmel über der Bucht und die Biegung des Strandes jenseits der Baumreihe schweifen und beschrieb mir, was er alles an diesem wundervollen Ort anstellen wollte – in einem Haus, das (genau betrachtet) immer noch das Haus des alten Holtzman war, das überraschende Erbe von einer Mutter, die nie viel von großen Gefühlen gehalten, trotzdem aber zweimal geheiratet und ihn geliebt hatte und am Ende, nachdem sie Holtzmans Geld in alle wohltätigen Winde verstreut hatte, zu ihm gesagt hatte: Hol Billy mit seiner Frau dahin, denn wenn man es genau betrachtete, hatte sie alle möglichen Dinge im Kopf und im Herzen, von denen wir nie etwas wußten. Da war zum Beispiel ihre Kraft zum Glauben, ebenso wie die Bereitschaft, sich täuschen zu lassen, weil man das eine nicht ohne das andere haben kann, und das eine die Kehrseite des anderen ist.

Er würde die Quinns hierher einladen, sagte mein Vater, Mickey würde auch bald in Rente gehen. Und die diversen Lynches, klar, und Danny, und Bridie, wenn sie mal eine Pause brauchte, damit sie sich an einem schönen Ort von der Betreuung des armen Jim erholen konnte. Er würde die Caseys herholen und unsere beiden Nachbarsfamilien in Rosedale; die Schwester meiner Mutter, Louise, mit Familie, auch wenn sie ihn wahnsinnig machte. Und, sagte er, Maeve wolle er auch einladen.

Ich sah ihn über die Schulter an. Als er einen Namen nach dem anderen aufzählte, hatte ich daran denken müssen, wie offensichtlich Billys Name in der Liste fehlte, und das obwohl Billy über die Jahre nie hatte kommen wollen; daher dachte ich, mein Vater habe ihren Namen nur deswegen erwähnt. Billy zuliebe. Er sagte: Soweit ich weiß, ist Maeve noch nie hier draußen gewesen. Sie sollte es sehen. Es würde ihr gefallen.

Ich nickte und sagte, klar. Ich könne sie förmlich vor mir sehen, wie sie am Bahnhof in East Hampton aus dem Zug stieg, langsam und zögernd, die Hand am Handlauf neben den Trittstufen (der schlichte Perlenring), die sich dort viel länger festhielt als nötig und verharrte, bis der Schaffner ihr die Hand reichte, um ihr herunterzuhelfen. (Hinter ihr Dorothy oder vielleicht Bridie, weil es nicht anging, daß sie die Reise hierher ganz allein unternahm.) Ein einfaches Kleid oder ein Hosenanzug für die Fahrt, ihr rundes Gesicht und das kurze Haar. Mein Vater würde ihre Reisetasche nehmen und sie zum Mittagessen in ein Restaurant gegenüber vom Bahnhof führen, dann würde er sie auf die übliche Tour mitnehmen und ihr die schönen Sommersitze zeigen (*Häuschen im Grünen*, würde er sagen), bei denen keiner von beiden auch nur den Gedanken daran gewagt hätte, so etwas je besitzen oder auch nur betreten zu wollen, sondern zufrieden war, wie wir es alle zufrieden gewesen waren, nur an ihnen vorbeizufahren und sie zu bewundern. Billys Idee vom Himmel auf Erden, würde er zu ihr sagen – schon die Idee an sich war genug.

Früh am Abend würden sie in den Liegestühlen auf dem spärlichen Rasen sitzen und einen Cocktail trinken, danach Dinner im Ort oder vielleicht etwas vom Grill. Das hintere Schlafzimmer, weil sie da ungestörter war und das Bett schon aufgeschlagen. Frische, ein wenig fadenscheinige Handtücher aus dem Haus in Rosedale auf der Frisierkommode. Sie würden über das lächelnde Seepferdchen aus Preßspan lachen, das an der Wand hing – noch eine Dekoration aus Holtzmans Geschäft.

Holtzman mit seinem realen Reichtum, der letzten Endes ihrer aller Leben verändert hatte. (»Sogar das meiner Tochter«, würde er sagen. »Sie hat Matt hier draußen kennengelernt, weißt du.«) Während Reichtum im übertragenen Sinne letzten Endes nichts ändere, vielleicht abgesehen von den Geschichten, die erzählt würden.

»Wenn du die Wahl hast zwischen Liebe und Geld«, würde mein Vater zu Maeve sagen, einen alten Witz wieder aufwärmend, »dann nimm das Geld.«

Und dann, nach der Messe und einem kleinen Frühstück, am Sonntagnachmittag die Fahrt zurück zum Bahnhof. Die blendend aussehenden Menschen um sie auf dem Bahnsteig, die meisten jung, alle wie verwandelt durch ein Wochenende in der Sonne, die Arme voller Früchte und Wildblumen.

Zu dieser Zeit, zwei oder drei Jahre nach Billys Tod, würde Maeve eine Arbeit angenommen haben. Eine kleine Stelle, die Ted Lynch für sie bei der Erzdiözese aufgetan hatte, nachdem sie ihn überzeugt hatte, daß ihre einstige Neigung, ins Kloster zu gehen, schon längst vergangen war. Das reizende indische Ehepaar würde sie vom Bahnhof in Bayside abholen und sie nach Hause fahren, zurück zu dem schmalen Haus, in dem sie jetzt allein mit dem Hund lebte. In Frieden, wie sie würde zugeben müssen. Und dort würde sie sich zweifellos fragen, wann Dennis sie wohl wieder einladen würde, weil es da draußen so wunderschön war und weil Billy das kleine Haus so geliebt hatte, ganz gleich, wie lange und mit welchem Nachdruck er sich ihm verweigert hatte. Schließlich hatte er sich vieles von dem vorenthalten, was er am meisten liebte, der arme Mann.

Sie würde hoffen, wieder dorthin eingeladen zu werden, denn als sie und Dennis am Abend zuvor mit einer Scheibe Toast und einem Tee am Tisch gesessen hatten, waren die Toten dort bei ihnen gewesen, gerade außerhalb des Lichtkegels: Billy und Claire, unvergessen und nicht weniger betrauert, doch für den Moment wenigstens still und ohne Worte, ihre Gesichter in den Träumen stets abgewandt, damit die anderen Leben, die Leben derjenigen, die sie geliebt hatten, Vollendung finden und weitergehen konnten.

Genau wie sicherlich das irische Mädchen, das Billy in seiner Jugend geliebt hatte, als er gerade aus dem Krieg zurückgekehrt war, irgendwann schließlich das Gesicht abgewandt hatte.

Unvergessen und nicht weniger betrauert. Sechs oder

sieben Jahre später würde mein Vater das selbst sagen, als wir wieder auf diesen Stufen saßen und ich zusah, wie unsere Kinder auf dem Rasen Krocket spielten (und mich fragte, zählte, wie viele Jahre mit solchen Sommern es noch geben würde, mit einem Vater, der am Leben war, Kindern, die noch Kinder waren – wie viele mehr genug wären). Jetzt nicht weniger geliebt als damals, würde mein Vater sagen, als er mir die Neuigkeit beibrachte: Doch das Leben geht trotzdem weiter. Man braucht irgendeine Form von Linderung. Irgendeine Entschädigung.

Ich würde ihn über die Schulter ansehen. Ob es Buße sei, würde ich ihn fragen wollen, die Wiedergutmachung für eine lang zurückliegende und gutgemeinte Lüge, für das Leben, das ihr durch sie vorenthalten worden war? Oder war es lediglich Fürsorge, wieder einmal Fürsorge? Streckte er wieder einmal die Hand aus, um jemandem zu helfen, der zufällig in seiner Nähe war?

Natürlich konnte ich das nicht fragen, und ob es so war, ließ sich unmöglich sagen. Seine Bereitschaft zum Mitgefühl war nicht geringer als Billys Begabung zur Selbstverleugnung. Bei beiden – vermutlich bei allen von ihnen – war ihr Glaube nicht weniger stark als ihr Verdacht, am Ende würde sich doch herausstellen, daß sie unrecht gehabt hatten. Und ihre Gewißheit, daß sie trotzdem weiter glauben würden.

Sie wurden im März 1991 getraut, mein Vater und Maeve. In der kleinen Kirche in East Hampton, die jetzt Most Holy Trinity heißt und nicht mehr St. Philomena – die arme Frau war in den Sechzigern aus dem Heiligenkanon gestrichen worden, weil Zweifel aufgekommen waren, ob sie tatsächlich gelebt hatte. Als ob es, wenn man es genau betrachtete, was die bunte Fülle von Geschichten betraf, die in den Heiligenviten versammelt waren – die auch den Glauben meines Vaters und Billys und einen gewissen Teil meines eigenen Glaubens ausmachten –, auch nur im geringsten darauf ankam, was Wirklichkeit war, was Vorstellung war, was Glaubenssache war.

Zitatnachweis

S. 86: »Die See-Insel von Innisfree«, Übersetzung von Gerschon Jarecki von William Butler Yeats' »The Lake Isle of Innisfree«, in: Werner Vordtriede (Hrsg.): William Butler Yeats. Werke. I: Gedichte, Neuwied und Berlin: Luchterhand 1970.

zu S. 113: »Drunten beim Weidengarten«, Übersetzung von Gerschon Jarecki von William Butler Yeats´ »Down by the salley gardens«, in: Werner Vordtriede (Hrsg.): William Butler Yeats. Werke. I: Gedichte, Neuwied und Berlin: Luchterhand 1970.

S. 247: Yeats, »Loss of Love«, ebd.

Die Originalausgabe erschien 1998 unter dem Titel
Charming Billy
bei Farrar, Straus and Giroux, New York, USA.

2. Auflage 2001

Der Claassen Verlag ist ein Unternehmen der
Econ Ullstein List Verlag GmbH & Co. KG München

ISBN 3-546-00218-0

Lektorat: Karen Nölle-Fischer
Satz: Franzis print & media, München
Druck und Bindung: Clausen & Bosse, Leck